漫娱图书
SINCE BOOKS

名 家 经 典 书 系

卷贰

大明锦衣卫之

踏雪者

君天◎著

长江出版社

漫娱图书

目录

踏雪者

这世上不是只有黑与白，还有灰色。那些游走在灰色地带的人，整日在风雪狂澜中奔走，然无论其去过哪里，做过什么，最终都会被冰雪掩盖。既不显赫于人前，亦不留名于身后，谓之踏雪者。

泉州无常

第一章

楔子

洪熙元年四月，这一季的泉州府仿佛被龙王爷牵挂上了，从三月头上开始就不停地下雨。如今已是四月，依然没有停止的迹象。南安县的青石街上雨水化成了小河涓涓向前，由于水面没过大人的膝盖，所有的孩子都被禁止外出。

公鸡、驴子、大水牛……篮子、水缸、破牌匾……无聊寂寞的孩童们很不安分地坐在自家门廊前，细数着方才有什么物件漂过家门口。

“娘！那是什么？”张家的孩童在水里游了个来回，指着从村外缓缓漂来的一大片东西。

坐在高处的孩子娘瞥了一眼，皱眉道：“不知是哪里的山泥被冲下来了。快回屋去，被你爹知道你乱玩水，打断你的腿。”

小孩浮在水里，笑嘻嘻地不当回事，探头探脑地张望着前头。

“快上来！”孩子娘下了台阶，一把拽住孩子的胳臂，把他拎出了水面。

孩子一瘪嘴想要哭闹，却听到不远处传来惊天动地的一声尖叫！女人和孩子同时向邻家望去，就见黑漆漆的一具骸骨趴在隔壁老陈家的门槛上。那骸骨腐烂了一半，头搁在门槛上，半条胳臂浮在水里一划一划的，门洞里的老陈媳妇正无法克制地大声惨叫着。女人和孩子再望向不远处自家的门前，那雨水汇聚成的水道里一具又一具的尸体正慢慢漂过……

女人“扑通”一下昏倒在地。孩子大叫连连，跌跌爬爬地冲去内宅，叫自家阿爹去了。

两日后，大雨初歇。青石街出现了几个官差模样的人。

“最初发现那些尸体就是在这条街。咱们一路朝前，过牌楼再绕过一个山梁就是这一带的墓地。您如果要去坟地，我这就带您去。不过那边路不太好走。如果是看尸体，我们还是回殓房。”捕头低着头，小声向府衙的主事赵齐解释着。

赵齐小心翼翼地回头请示了一下边上的灰衣人，才回答道：“坟地必须去看。之前让保持那边原样不动，你做到了吧？”

“当然，当然！”捕头赶紧招呼过来一驾马车。

赵齐上前一步，又退回来招呼灰衣人。灰衣人却笑道：“这样吧，这条路的确不好走，赵大人不如和捕头回县衙殓房，乱坟岗我自己上去看看就是了。”

“那怎么行？杜哥，不管怎样我也要陪你上去一次。”赵齐正色道。

“那么先上车。”灰衣人笑了笑，“到乱坟岗还是有些路的，上山前先借卜脚力吧。”

由青石街到乱坟岗的路被泥石流冲刷得不成样子。赵齐跟着杜郁非好不容易爬上了山坡，却被眼前的情景吓得一脚踩空。如杜郁非所言，这是可以俯瞰整个乱坟岗的位置，这片只有三亩左右的坟场里，葬着方圆几百里最穷困的一群人，是南安县最底层的最后归宿。

坟地位于落鹰崖的半山腰，前所未有的大雨造成了泥石流，这里原本就松动的土层被彻底冲垮，使得大批尸体被冲下山，随着附近决堤的晋江流向了县城。

由于连日大雨，上山并不容易。

杜郁非认真审视这片坟地，由于县衙的捕头办事清楚，懂得大批无名尸体的出现意味着什么，所以第一时间征询了府衙的意见，现场得以保存。

这里并非他第一次来，毕竟之前他在泉州府干了多年的刑部主事，南安县也不是第一次发生凶杀案。他差不多还记得此地原来的布局。

那些无名尸体的掩埋地是在靠近悬崖的一棵大松树下。树边原本有一块两人合抱大小的岩石，现在那块石头被泥石流冲下了山坡，露出地上星罗棋布的一排穴眼，其中还有两具尸体未被冲下山。

等候已久的仵作吴备低声道："留在这儿的尸体和被冲下山的那些无名尸体有男有女，都是喉骨被折断的。我初步看了下，各个年纪的死者都有，死亡时间至少是十年前。"

赵齐揉着崴到的脚，皱眉问："十年前？一共是多少……"

"九具无名尸体。"吴备小声道，仿佛怕惊动到坟地里的幽魂。

"只有十年前的尸体？十年前附近发生过什么特别的事吗？我怎么一点印象也没有。"杜郁非思索道。

吴备搔了搔稀疏的发髻，低声道："我也没有印象，如果这些人是同一个凶手所杀，那么这个凶手应该还未被发现。"

"但十年前是什么让他停止了杀戮呢？"杜郁非扭头对赵齐道，"赵大人，怎么看？"

"也许凶手已经死了，如果是这样就真是谢天谢地了。"赵齐看着被泥石流肆虐过的坟场，皱眉道，"不过，如果他真的已经死了，我们又如何确定？"

杜郁非道："泉州府的乱坟岗不止这一处，这大雨既然已经停了，我们就派人把附近几个县的墓地都查一下。我和赵大人一样，也希望什么都查不到，那样大家都能清静点。要不然这十年前的事，破案的可能性有多少还真不好说。"

吴备深吸了口气，点头道："好，这几天我就带人四处查一下。不过你说凶手如果还活着，他发现这里的事情败露，他会不会急着去其他地方转移尸体？”

杜郁非慢慢道：“大多数时候，我们只能尽人事听天命。查乱坟岗的事我来做。老吴，你不如把精力集中在已经发现的尸体上，九具尸体无论如何都要挖点线索出来。”

“是……”吴备忽然笑了笑，“杜大人，你回来还没一年，就遇到这种棘手的差事。看来，你就是个闲不住的命啊。”

“呃，这事该落在赵大人头上才对。我一个被贬谪的贱吏，谈什么棘手不棘手？”杜郁非摸了摸鼻子。

赵齐抱拳道：“杜哥，你可一定要帮我！在泉州刑部，谁不知道我这个刑部主事是靠上头照顾给的差事。实际本事我可连你手指头都及不上。我想，大概老天爷是知道你回泉州来了，才把这事揭出来，以期为众多冤魂申冤吧。”

杜郁非眉头挤成了山字，其实他被贬谪回泉州，已经一年又二十一天了。这也许是他这辈子最清闲的岁月，但偏偏又觉得很没意思。眼下，杜郁非是真心希望能从别的乱坟岗翻出点花样来。

由于在泰山武林大会得罪了东厂大将楚利典，杜郁非被御史以勾结江湖上的杀人魔王梦星辰，滥用锦衣卫武力屠戮百姓的罪名弹劾。永乐帝因为北征在即，故在该事件调查清楚前，降旨杜郁非闭门思过。

然而，之后永乐帝北征回师途中于榆木川驾崩，东厂趁机将杜郁非的官职一贬到底调离出京师。

太子朱高炽，也就是洪熙帝，初登大宝各方面千头万绪，没顾得上管杜郁非的事。亏得杜郁非的上司刘勉多方奔走，他才得以回到原籍泉州，在府衙刑部做了个九品的小官。而刘勉付出的代价是贬官三级为千户。东厂更是栽了很多罪名在其头上，短时间也不可能起复了。

至此，东厂和锦衣卫的这一轮斗争，以锦衣卫全线败退告终。

当然外围人并不知道的是，被贬谪回泉州的杜郁非仍旧保住了锦衣卫的身份，尽管不是千户，而是最普通的一介校尉。

回到泉州刑部的杜郁非，前锦衣卫的身份已不是秘密，即便他此刻只是芝麻绿豆官，也没人敢轻视他。在他先前调任北京时，泉州府任命了新的刑部主事，名叫赵齐，赵齐办案能力普通，但深谙官场之道，恭恭敬敬地对杜郁非执弟子之礼。

据说此人在京师有着不错的背景，杜郁非虽然没去打听，但同样对这个“学生”客客气气，大小事情知无不言。

连续十天，泉州府各地的乱坟岗陆续挖出许多可疑尸骨，尸骨源源不断地被运往泉州刑部殓房，其数量远超杜郁非的预期。这让他有扇自己一巴掌的冲动，之前实在不该对找到新尸体有所期待。

吴备出乎意料精神抖擞，他看着已经面如土色的赵齐，以及一脸懊恼的杜郁非，沉声道：“目前为止，在泉州府各地的乱坟岗已挖掘出三十七具符合最初甄选的尸体。其中同安县乱坟岗发现的尸体中有一具为干尸，最为特别。三十七具尸体分别来自四个县的乱坟岗。数量和男女比例，以及死者年龄并无规律，但每一处的尸体，大体都是同一时期。也就是说，凶手是在一段时间集中在一个地点弃尸，然后……”他故意拖长了声音。

“别卖关子。”杜郁非没好气道。

吴备笑了笑：“这些死者的死亡时间大约贯穿了近三十年，但没有最近三年的。你觉得我们是否要再扩大搜索范围？”

杜郁非看了眼赵齐，赵齐低声道：“既然查了，自然要一查到底。我们这次不仅要查乱坟岗，连一些正经的墓地也不能放过。对所有的坟场做个全面排查。你看呢？杜哥。”

“既然你这么说了，我当然支持你，但有一点，此事必须秘密进行，否则民间会陷入恐慌。”杜郁非点头道。

赵齐深吸口气，又道：“只是接下来除了扩大搜索，还要做点什么？”

杜郁非看着这一殓房的尸体，问道：“一具的身份都没确定，运气那么不好？”

“不……确定了一具尸体的身份。”吴备指了指最正中的那张停尸台，

“死者大约三十五岁到四十五岁之间，身高八尺，全身骨头粗壮，右脚缺了两根脚趾，身上有数处地方曾经骨折。从死亡时间和死者年龄，以及尸骨上的特征看，我推测他是十年前失踪的福建镇平将军周剑钧。”

杜郁非见赵齐面露疑惑之色，介绍道：“周剑钧是‘靖难’旧臣，十年前北上面圣，被派往广东上任，经过我泉州府的时候失踪。他们住的是特别布置过的馆驿，当时的府尹罗孝直晚上曾经宴请过他，但第二天天明时分，他的随从发现他失踪了。周剑钧带着十二个随从，分别住在他的房间两边，每个房间住两人，夜间并未安排警卫。他的失踪是那些年里泉州府最大的悬案之一，上任不久的罗孝直险些因此被罢官。”

“那时杜大人还在老杜大人手上历练，不过也算是经历过这个案子的。”吴备补充道。

“家父当年可是受着空前的压力，但也没有一点线索。”杜郁非走到尸体近前，周剑钧的画像他当年也是看了无数遍，眼前的尸骨真就是那个失踪的将军？

他看着尸骨的肋骨和肩胛骨，点头道：“周剑钧在战时肩胛骨折断过，胸口也被大锤砸过。此人应该就是当年我们费了九牛二虎之力也没找到的人了。”

吴备道：“但这个案子是十年前的，当年线索本就不多，如今还能追的自然更少。所以即便我们认出了这一个受害者，又该从何查起？”

赵齐轻咳一下，低声道：“所以我自作主张，召集了一些人来。”

“一些人？”杜郁非笑了起来。

“是的……我叫了各县的捕头和仵作，大约二十一个人，前来辨认尸体。”赵齐略有忐忑地看着杜郁非，“这也是没有办法的办法。”

“这是个好主意，大人何须过谦？”杜郁非笑了笑。

泉州府下有晋江、南安、同安、惠安、安溪、永春、德化七县。每个县的大捕头和仵作，都是能挑大梁、可独当一面的干吏。所有人在进入殓房前都被要求对看到的守口如瓶，即便如此，这些能干的差役一时看到这么多尸体，亦激灵灵打了个冷战。

杜郁非立于高处，审视着那些研究尸体的人，悄悄拍了拍赵齐的肩膀，压低声音道：“在人前，你是大人，不用对我那么恭敬；在私下，你我是兄弟，也无须行弟子礼。”

“那怎么可以？”赵齐笑道，“师父，我这个徒弟你是收定了啊。”

杜郁非眯着眼睛看了对方一眼，转移话题道：“这个案子你可以规避责任的，万一有人捅到上头，这个案子最后没有解决，你这辈子想要升迁可就难了。你若把这个案子正式交给我，赢了你有功劳，就算没破，你也没大责任。”

赵齐笑道：“大多数人一辈子就只会有这么一个案子而已，师父你可别指望我会放手啊。”

忽然，楼下停尸大厅里几个仵作开始交头接耳，杜郁非高声道：“你们发现了什么？大胆说。”

同安县的仵作抱拳道：“在下认出了一具尸骨。”他指着身边的停尸台，那是所有尸体中唯一的一具干尸，其身材矮小，但头发茂盛，依稀能看出生前姣好的面目，“此女，二十三年前失踪，当时‘靖难’刚过，本县举行了当时州府里最大的一次庙会。她是同翔村村长的女儿，叫杨月琴，庙会后失踪。”

“你凭何认为此人定是杨月琴？”赵齐问道。

老头子沉声道：“我叫杨奉，她是我的侄女，当时十六岁。老朽已过花甲之年仍不退隐，就是期待有朝一日能找到我这苦命的侄女。”

“你将来龙去脉重新理一遍，等众人认尸结束后，一起汇总上来。”赵齐示意众人继续。

杨月琴和周剑钧……身份背景完全不同，怎么会被同一人所杀？杜郁非摸摸鼻子，等待其他人的发现。

又过了不久，德化县的捕头凌云燕躬身道：“属下认出两具尸体。”

“讲！”赵齐眉毛扬起。

凌云燕躬身道：“一具是两年前失踪的谢旺水，另一具是两年以前同样失踪的邵家民。谢旺水是泉州府的陶瓷商人，是前几年仅次于李南城的富户之一。邵家民则是他的仇人，是生意上的竞争对手，事事压谢旺水一头。我看了尸检报告，这两具尸骨的骨龄都在两到三年间，发现尸骨的地点在德化。他们的店铺和宅子都在德化。这两人生前我就认识，两具尸骨的身高也符合。此二人失踪的时间大约差了两个月，当然，除此之外，我并无更多的证据。”

“所以你是凭直觉认为这两具尸骨，就是那两个冤家商人？”赵齐问。

“是。”凌云燕不卑不亢。

吴备小声对赵齐和杜郁非道：“谢旺水一案，我有跟进过。这一说，这两具尸骨倒是符合那两个失踪者的特征。”

杜郁非道：“可以暂定是此二人，就怕这尸体即便是家属来也难辨认了。其他人还有发现吗？”

其他捕头和仵作发出轻轻叹息，都摇了摇头沉默不语。

“这算是有收获了。各位莫要泄气，办案如剥茧抽丝，有了开头就会有结果。接着吴备先生会将这些尸体的死亡时间进一步确定，你们回去整理各县同时期失踪者的名单来对照。”杜郁非微笑着微微一顿，“各位都是有经验的老公门，可以努力回想一下，自己遇到的失踪案悬案，我相信一定还会有所收获。吴备，我不管你找谁帮忙，我们要进一步确认这些人的死亡时间。”

吴备听他这么说，不由想起几年前，杜郁非在此衙门做主事时的情景。那七年真是泉州府无往不利的七年啊。

“请杜老师告之我们接下来该怎么办？”赵齐小声请示。

杜郁非道：“我们先去德化看看。另外，先前你说的扩大坟场排查的事，要抓紧办了，以防凶手听到风声处理尸体。重点放在德化，目前看那边的尸体相对较新。”

吴备小声道：“有一种方法可以把尸骨的骨龄精确到半年以内，但我要人帮忙，要和我一样有经验的。尸体太多，我一个人忙不过来。”

“我帮你找人。”赵齐认真道。

一

白瓷映草绿，举子衬花红。

德化作为名震天下的瓷都，一直都是泉州府的钱袋子。从县城遥遥望去，远处的戴云山绵延起伏，仿佛一条巨龙守护着一方净土。但谁又知道，这样美好的地方，居然也卷入了“乱坟风波”。

两日后，杜郁非坐在赤水街的赤云茶馆里，一面抿着茶水一面看着长街上的商铺。不远处的旺水货行和邵家窑正是对门的两家店，尽管旧主人相继不见，店面还是保留了下来，而且并无衰败的征兆。

忽然一驾马车停在了路边。

“这是福建卫所连夜送来的卷宗，相信比县衙的要详细些。谢旺水和邵家民都是有趣的人，两人的恩怨持续了两代十余年。”苏月夜捧着一摞卷宗，笑盈盈地坐到他身旁。

苏姐儿跟着贬谪的杜郁非回到泉州，闲了有一年时间，忽然得到这个案子显然也非常振奋。

“你向卫所要资料，北京很快就会收到风声，收到风声后，你觉得袁彬会不会开心地杀过来？”杜郁非给苏姐儿倒上了一盏茶。

“你是盼着他来吧，大哥想小弟了？不过你离开京师后，他成了刘大人的第一爱将，可不是那么容易走开的。我想等他杀过来，案子早该了了。当然不排除他找个理由过来找你蹭吃蹭喝。”苏月夜品了口茶，“我担心的是罗邪。这一年多，自从你去她师门见过她后，就再没消息传出来了。就连锦衣卫的系统也只知道这一年来修罗宗大小事被她接管，但她的具体行踪却无从把握。我怕她真这么一去不返。”

听到罗邪的名字，杜郁非在心底叹了口气。

一年前的武林大会结束后，他前往修罗宗总坛无尽崖拜访修罗宗宗主、罗邪的师父——吕仙楼，但迎接他的是罗邪。罗邪用了三天时间，带着他游遍了无尽崖，最后于“清照池”边促膝谈心。

“宗门、江湖、师父，都很重要，而最重要的是你。我终有一天会去找你，但不是现在……”

感情的事，从来是单纯又复杂。可以归结为爱或不爱，又不能凭着爱就决定所有。

杜郁非心头一颤，轻轻摆脱那日的回忆，重新把心神拉回到德化。

三十七具尸体，只有四具有了可能的身份。如果谢旺水和邵家民有联系，那是否所有的死者都有关联？

“谢旺水和邵家民是世交，做的也是同一个行当。谢旺水的妻子李欣儿和邵家民可谓是青梅竹马。”苏月夜见杜郁非没有回应罗邪的事，遂将话题带回眼前的案子，“他们的恩怨，说是由商场起的，不如说是情债。据说邵家民和李欣儿有染，或者说从小李欣儿和他就更亲密些。坊间有两种讲法，谢家的立场上说邵家勾引他谢家的媳妇，邵家立场则反过来说谢旺水当年不择手段横刀夺爱。可能是在婚前谢旺水就夺了李欣儿的身子，所以李欣儿不得不嫁给他。”

“总之，两人还真有深仇大恨。”杜郁非打断了苏月夜的陈述，“凶手杀了那么多人，最后把谢旺水和邵家民都杀了，那么杀人的理由应该和这些无关。唯一要定性的就是，这两人不是朋友，而是敌人。”

苏月夜沉默了一下，点头道：“是。”她发现老杜的情绪的确不好，不由莫名地心里一苦。

杜郁非没感受到对方的情绪，摊开卷宗看了一下，皱眉道：“两年前，这些案子为何没送到府衙里来？我居然没看过这些。”

“失踪案，没有尸体。下头一般不会给你看吧。”苏月夜回答。

“但这两人是有联系的……”杜郁非挠了挠头，那时他很多事是交给丁蟹的，有没注意到的案件也很正常，“两人失踪都是在夜里，都是在自家店里失踪。我们今晚重新走一遍……看那个凶手到底高明到什么水平，能把两个大男人无声无息地从自己家里劫走。”

苏月夜笑道：“你让我连夜赶来，就是为了让我陪你夜游德化？”

杜郁非指着前头那条只有一里长的石子路：“我们从这里开始。这是瓷都最红火的一条街，一里长的路集中了六十九家店铺，其中各大窑场的陶瓷店六十三家，小吃店茶社三家，南北杂货三家。邵家窑和旺水都是个中翘楚。”

“你对这里那么了解？”

杜郁非道：“是的，我十四岁入公门，头五年就是在各个县的衙门待着。德化我干过七个月。做主事之后，又不知来过多少次。这条路，你陪我走一遭吧。我们聊聊案子，看看月色。”

苏月夜微笑着捧起卷宗，跟在他一步之后。

“那些捕头和仵作回到自家县衙对照了记录后，又有几个死者的身份被暂定了出来。这些死者身份覆盖各行各业，他们失踪的时间间隔很长，至少相差一个月，没有十四岁以下的孩童，失踪时间大多在夜晚。其实我们泉州府的治安过去十年一直很好，到底是什么人能像黑夜里的恶魔那样穿梭在街面上？”杜郁非走在街上慢慢道。

苏月夜道：“这凶手熟悉各行各业的事，出击时间多是夜晚，说明他白天应该有正经营生。他再次作案的时间间隔长且较有规律，可见凶手很沉着，很有自控力，而且不排除是在选择和调查下一个猎物。”

杜郁非推开了旺水货行的门，里面的小厮躬身施礼小声解说着店铺的布局，而后悄然退出。

谢旺水当日在店里留到很晚，那天是每月账面的结算日，他是个很勤恳的老板，凡事事无巨细都要过问，那一天是肯定在店里的。而且按照他的习惯，第二天要等第一批货物进店，所以整晚都在店里。这个情况几乎每个伙计都知道。

据说那一夜当值的伙计没人听到特别的声音，一大早也没看到老板出来收货。尽管有人觉得奇怪，但连同账房先生在内，都以为谢旺水回了谢宅。因为一年前李欣儿去世后，谢旺水的身体一直在走下坡路。

“从谢旺水的卧室到店铺大门，隔着一个院子，前后三道门。他离开却没惊动任何人，这实在说不过去。他不是江湖人，而且身体不太好。”苏月夜站在卧室的门边望向那些虚掩的房门说道。

杜郁非道："另一个确定了的死者，镇平将军周剑钧失踪的时候也是如此，左右房间的随从都没发现他离开，说是一夜没有动静……我们去对门。"

对门邵家窑的布局和旺水货行并无太大差别，都是前面店铺，后面库房和院子，然后是伙计和掌柜的临时住所。

"谢旺水失踪后，邵家窑几乎接过了他大半的生意，那两个月的时间里，邵家民在这条街完全没有竞争对手。"苏月夜翻着卷宗，"忽然有一天，邵家民也失踪了。在旺水货行发生的事，在邵家窑又发生了一次。这次无人得利，因为当时正值庆王之乱，所有人自顾不暇。"

"怪不得这些案子没到我手里，那时我正忙得焦头烂额。"杜郁非摸着胡茬，忽然道，"你说，凶手会不会是职业杀手？他对各行各业各种人，进行无差别格杀。而且似乎杀人之后，得利的一方也和凶手没有关系。"

"职业杀手不会这样处理尸体。我不得不说这么处理尸体有点耸人听闻，但手法的确老道。"苏月夜叹了口气，光凭目前的这些线索，根本无法锁定凶手。

杜郁非飘身上到院墙，居高临下看着附近几家宅院的布局。这种店铺的矮墙上潜伏不了人，更别提背着一个人不被街道上的人看见了。而这个时间段刚过酉时，赤水街上还有不少行人。

所以对方是等到子时之后才出手的吗？但是凶手又是如何确定目标一定在屋里呢？凶手需要一个位置监控店铺，因为店铺不仅有正门还有后门。

如果要监视邵家窑和旺水货行，又该从何处看呢？杜郁非瞥了眼路边的几棵大树，然后摇了摇头。这里并没有观察的视野，要确认目标是否整晚在屋内，只能是有内鬼。

忽然，远处街面传来一声尖叫，然后呼喝声此起彼伏。杜郁非和苏月夜循着声音跑去，就见几个公差正在捆缚一个青袍汉子，那汉子身材矮小、贼眉鼠眼，有个褡裢落在地上，里面散落出几件瓷器。

"赵齐，你到了赤云街不来找我，倒是管起闲事来了？"杜郁非没好气道。

领着公差办事的是赵齐，他赶忙道："杜哥，我一早就到了，但路上遇到几个疑似小偷的，所以就带人把他们抓了起来。"

办着凶杀案，也不忘抓小偷？苏月夜不由笑了起来。赵齐看到杜郁非身边有个如此漂亮的人儿，不由一怔，一时不知再说什么。

街面上的偷儿？杜郁非看对方有点面熟，问道："你是不是穿堂风的人？"

"杜大人！我是……我是穿堂风的于章！杜大人救我！"那汉子赶紧点头。

"穿堂风是当年大风堂的分支。经过庆王之乱，大风堂宋夜叉死后，他们就回到德化找饭吃了。"杜郁非向赵齐介绍道。

赵齐皱起眉头，低声道："两天前，他在夜市顺手牵羊，今天又在附近的店铺入室行窃。我们总不能就这么把他放了。"

"我有说要放他吗？"杜郁非盯着于章，沉声道，"找个地方，我要审他。"

于章听了勃然变色，大声道："杜大人，小的只是个惯偷，没有什么值得您亲自审问的啊！大人！"冷血神捕杜郁非的狠辣名声，在福建黑道里可是深入人心的。

一旁的赵齐仿佛仍震惊于苏月夜的美丽，犹豫了片刻才道："师父，盗窃这种事不用您操心吧。"

杜郁非面无表情地摆了摆手，回头看了苏月夜一眼，苏姐儿了然于心地对他点点头。

小黑屋里只有杜郁非、赵齐、苏月夜、于章四人。

于章并没有被严刑拷问，而是恭敬地站在房间中央，一旁的桌上还放着几碟小菜和一杯水酒。他先有些受宠若惊地看着杜郁非，紧接着整个人都颤抖起来。

他曾经听大风堂的兄弟说过杜郁非的故事，大风堂的老大宋夜叉对外号称雷霆手段杀伐凛然，实则一切手腕都是向这辣手主事学来的。据说这个刑部老爷曾经好酒好菜招待过名震淮南黑道的何氏兄弟，然后不给任何理由就把对方沉入了晋江。几年前《禁刀令》时期，更是亲自剁了不少刀客的手。眼前这演的又是哪一出？

杜郁非在赵齐耳边嘱咐了几句，赵齐恍然点头，上前一步道："你叫于章，江湖上的绰号叫章鱼，说你有八只手，是福建有名的偷儿。你是穿堂风的头目，加入大风堂后你们一度控制了整个泉州。是不是？"

"是……但穿堂风没有控制整个泉州，我也只是小头目。"于章承认。

赵齐肃然道："杜大人的脾气你应该很清楚，所以我接下来问的话，你要老实回答。"

于章点头称是。

"你是地面上的地头蛇，穿堂风的据点就在德化。这赤云街的事，乃至整个德化的地面，你应该很熟悉。"

于章眯着眼睛，继续点头称是。

"我们在查两年前谢旺水和邵家民的失踪案，我们想知道地面上是怎么谈论这个事的。"

"那时候正是庆王作乱的日子，由于大风堂宋老大出事，大风堂很乱，我们穿堂风也很乱，所以可能不太了解这两个掌柜出了什么事。"于章想了想，又道，"不过当时由于大风堂乱了，我和几个弟兄就从泉州城回了德化，所以的确比旁人更清楚一些。可以给杜大人说一下。

"谢旺水和邵家民，谢家生意做得比邵家大，两个人平日里看也没问题。当年两人都不是老板时，也算是亲如手足的好兄弟。最后为了一个李欣儿翻脸。

"李欣儿一早许配的邵家，但据说是谢旺水先一步动手把李欣儿破了身子，所以李家悔婚，改嫁了谢家。至此谢邵两家闹翻。

"再之后，谢家原本想和好，但邵家总是试图在生意上打压谢家。谢家于是反击……两边的商战一度弄得附近很热闹，其实对赤云街的生意是有助力的。我们这些吃偏门的，人多自然机会也多。"

“这些事谢家和邵家的总管也能告诉我们，说些外人不知道的。”赵齐打断了对方的闲聊。

于章低声道：“李欣儿其实不守妇道，她嫁到谢家后，一直和邵家民有来往，不知管事们有没有和大人说？我们这些偷儿常年游走在各大户的院落，可是亲眼见过不少事。李欣儿怀上了邵家的骨血，最后谢旺水不得已处理了她。”

“你是说谢旺水杀了李欣儿，你可有证据？”赵齐问。

“没有证据，但我们知道李欣儿流产身亡之前，和谢旺水发生过激烈争执。我有手下听到了那次争执。”于章很认真地回答。

赵齐问道：“所以，你是说谢家和邵家是因为这个女人结仇，然后可能互相买凶对付了对方？”

于章躬身道：“若要问我这事，在下大约是这个看法。李欣儿死后一年，谢旺水失踪，他失踪后两个月，邵家民失踪。这明显是报仇，再报仇的节奏。”

杜郁非忽然问道：“这两家有没有共同的敌人？”

“回大人，他们当时共同的敌人应该是泉州首富李南城，但只是生意上的敌人，而且那时候李南城和我们宋老大陷入庆王之乱，一样是自顾不暇。至于别的……小的不知。”

“如果我要确认目标是否一整晚都在大宅子里，除了在外监控，还有什么办法？”杜郁非又问。

于章思索道：“若是我，会乔装打扮混入宅子，在里面看着比在外头保险。”

杜郁非手指敲了敲桌子，低声道：“你是地面上人头最熟的人，这个县有没有什么让你很不舒服的人物？或者说，这几年发生过哪些外人看着不起眼，但你觉得很特别，很不舒服的事？你可以说没有，但如果乱编了来敷衍，日后我会找你算账。”

“这个……小人的确不知，但如果大人放了小人，或许我们这些在路面上混的其他人会有些线索。”于章看似诚恳，但谁都听得出他话里有话。

说到这里，忽然外面有人急匆匆地敲门。

赵齐打开门，就见德化县的捕头凌云燕面色苍白地说道："大人！我们又找到新的……"他看到里面有外人，强忍住没说出尸体二字。

新发现尸体的地方叫霆坟，是死于统一战争的雷霆将军罗震霆的墓地，埋在那里的还有当时和他一起战死的八百卫士的尸骨。所以霆坟有灵骨塔，原本占地大约两百亩。霆坟修建至今已过去四十多年，罗震霆并没有什么后人，也无弟子和亲近的旧部仍在做官，所以此地逐渐没落。两百亩的青山绿水日渐荒芜，成了山野之人的栖息地。

在霆坟的西北角，同样是在一棵巨大的松树下，杜郁非等人赶到时，大树下已挖出三具尸骨，这三具尸骨有两具是枯骨，还有一具居然还没彻底腐烂。

"下头还有。"凌云燕小声道。

"挖！"杜郁非下令，"这具没有彻底腐烂的，马上送去给吴备。"

凌云燕带着二十多个公差，围着这棵大树有条不紊地挖下去。官道被暂时封锁，路边停满了高篷马车，每挖出一具就拉去县衙殓房。

"二十四具尸体，很难说其他角落是否还有。"赵齐两手冰冷，但说话仍算镇定，"有一个问题，这些尸体年代跨度非常久远。有的是几十年前的，但你也看到刚才有新的尸体。这怎么可能，怎么可能有人连续杀人作恶几十年？"

杜郁非淡然道："这世上只有你想不到的事，没有绝不可能的事。只要他继续作案，我们就能抓住他。"

"等一等！"路边忽然传来苏月夜惊恐的叫声，她拦住了一副担架，担架上的尸体早成白骨，但脚腕上挂着一枚暗红的挂件。

所有人都朝这边看过来，向来淡定温婉的苏月夜此时像疯了般扑在尸体上，一根根地抚摸白骨，直到摸到尸体左小腿一处断裂愈合的痕迹，不由失声痛哭。

杜郁非眼中闪过一丝异色，对赵齐道："赵哥儿啊，咱们这案子只怕没有原以为的那么简单。"

“我本来就没觉得简单，现在是又发生了什么？”赵齐问。

杜郁非一路将苏月夜送回客栈，屋内只有他二人，等苏月夜稳定了情绪，才慢慢道：“这是你的姐姐苏曼，对吗？”

“是的。这是我姐姐苏曼。”苏月夜眼睛通红，抱歉道，“大人，事出突然，我失态了。我一直以为姐姐只是离开了鹿园，没想到她是死在这个恶魔手里，实在是没想到……”

杜郁非手按住她的肩膀，平静道：“你如何能从一堆白骨中认出她？”

苏月夜卷起袖子，她那玉琢般动人的手臂上戴着一枚小小的长命锁，金锁款式大小和方才尸体上的一模一样：“这是爹妈给我们姐妹俩的遗物。是从前江南第一大首饰行天宫阁的物品，虽然不是什么天价物件，但也不是寻常人能有的东西。加上姐姐小时候摔折过左腿，所以她的左腿骨上留有痕迹。我就凭这两点方才认定那具尸骨是我姐姐苏曼。”

杜郁非道：“事关案件，尽管你从前的事我知道一二，但仍需要你从头说一遍给我，告诉我你姐姐当年离开的始末。”

“我祖父是大明开国元勋，‘靖难’之时，我父隶属建文帝阵营。靖难以后，我们这些败军子弟，一早就注定了悲惨的命运。我们这些千金小姐，自幼就被卖入小教坊。”苏月夜嘴角微微抽动了一下，随即露出淡漠的神情，“我姐姐大我三岁，且丽质天成，进鹿园时十五岁，没多久就成了那里的头牌。她为了保护我，也为了保护自己，在外头是一副强悍尖刻的嘴脸。尽管红透了半边天，却也得罪了许多达官贵人。另外她为了保护我不那么小就……就被人欺侮，更是和鹿园的上层势同水火。这样的日子持续了两年，直到有一天，她去栖霞寺进香，之后就再没回来。”

“那是永乐几年？”杜郁非问。

“永乐九年辛卯年。由于当时她和多家公子来往密切，经常和我说可能会嫁入豪门跳出火坑，所以我以为她是有计划地逃走了。后来有人说她是跟人私奔了，也有人说她被仇家绑了，总之一点消息也没有。没有她照顾的我，在鹿园度日如年……”

苏月夜沉默了片刻，很多话想说却不能倾诉，因为之后她在姐姐的前车之鉴下，在青楼混出了名堂，口碑也远远好过苏曼。

然而这样的日子终是无趣，直到有一天她遇到了初到京师的杜郁非。

杜郁非那时候还不是锦衣卫，但在锦衣卫里已有人脉。因缘际会下，锦衣卫的老千户苏晋南收她为义女，并教授了一身武艺。

离开鹿园那天，她欢欢喜喜地打扮好，等待杜郁非的到来。几乎所有的姐妹都在猜测那个天赐郎君是谁。结果来的只是一驾两匹白马拉的马车……

苏月夜明白，她和杜郁非间始终有道不可逾越的鸿沟。尽管到京师前，杜郁非青梅竹马的妻子已在捉拿大将军薛永明时死了。尽管，他有他的过去，我有我的秘密。苏月夜心头酸楚，藏着一个无法诉说的秘密。

二人因锦衣卫的公事常有来往，苏月夜并没有重提旧事。但在杜郁非厌倦京师、决定返回福建照顾老父的时候，她主动提出跟随杜郁非回福建，做他在泉州的锦衣卫暗桩。

那一次也是惹得京师天雷阵阵后回来的。苏月夜心里叹了口气，和这次的情况倒是很像。那次一待就是七年，这次不知又要多久。

这辈子，我只求在杜郁非身侧，无论他孑然一身也好，有了红颜知己也罢，只要守在他边上就够了。

杜郁非见其泪眼盈盈，轻叹口气，认真道："我们一定会抓住他，一定！"

二

三日后。

泉州府的刑部从未聚集过那么多捕头，不仅有辖内各县的捕头，更有福建其他临近州府的捕头。并不大的房间内黑压压站了三四十号人。

明面上赵齐是泉州府的主事，由他说了开场白，随后便把权力交给了杜郁非。

尽管离开了多年，面前这些人的面孔杜郁非还是很熟悉的，下头这些人也愿听他指挥，这让赵齐非常服气。

杜郁非轻咳了一下，站到众人前抱拳道："各位，好久不见。"

下面这些人多数都知道他"曾经"是锦衣卫，见他那么客气忙纷纷还礼。

"各位是老相识了，不认识我的，应该也听过我。在案子面前，我只谈案子。这次案子是在南安县发现的，但只是这个案子的一部分。原本我和赵大人合计着，这个案子再大也就是福建范围内，但我们在德化县霆坟挖出的这些尸体告诉我们，我们错了。"杜郁非指着房间的东墙，墙上纸头上写了十个名字，"目前我们能确定的这十个死者，死亡时间跨越四十多年，其生前失踪的地点更可能是在大明的任何地方。毫无疑问这是我遇到的泉州第一大案，甚至是福建第一大案。我们先让本府仵作吴备来说一下目前验尸的情形。"

吴备面无表情地站在人前，向四周一拱手，苦着脸道："感谢各位同仁，老朽身为仵作三十七年，也是第一次遇到这样的案子。

"目前，我们从各个坟地挖出疑似被同一凶手杀死的人的尸体总共八十三具，确认出身份的只有这十人。之所以算在同一个凶手头上，是因为他们的死亡方式和尸体处理手法都相同。

"这些人的共同特征是，不管之前受过什么折磨，最后都被一刀割喉，然后被弃尸在某片荒废了的坟地。由于大多数尸骨年代久远，之前受过什么皮肉之苦已很难考证。有同仁提出，这些尸体是否是帮派的刑罚手段。我们认为不大可能。

"第一，如果是泉州府本地的帮派，有这样的手段，我们不会不知道；第二，目前确认的死者，至少有两人不是本地人，一人不是在福建失踪。因此基本排除了本地帮会作案的可能。"

"我们听说死者有的是四十多年前死的，有的是最近才死的。这怎么可能是同一个杀手做的？跨越五十年时间行凶杀人，他还是人吗？如果凶手杀第一个人时十五岁，如今也有六十五岁了，这有可能吗？如果他第一次杀人二十岁，如今不得七十岁了？"人群中有捕快问道。

吴备道："人活七十古来稀，若是普通人，六十五岁算是衰老的年纪了，但也有老当益壮的。若他是江湖人，有武艺在身更另当别论。”

又有人道：“目前已挖出八十三具尸体，把这些都算到同一人头上，恕我直言，这实在有些荒唐。试问杀八十多人要多久？而他为何杀那么多人？各位身在公门多年，难道不知凡是凶手杀人，必有其理由。恩怨情仇，必占其一。五十年，杀八十三人，即便是一百人，一年只杀两人，为何那么慢？正常人又怎么可能如此做？”

赵齐悄悄对杜郁非道：“这是汀州府刑部的新任主事楼锋，很讨厌的一个家伙。”

杜郁非笑了笑：“此人未必没见识，只是喜欢跟人抬杠，而且乐此不疲。另外他可是有东厂背景的，你轻易不要招惹他。”

赵齐倒吸一口冷气，顿时对那中年人刮目相看。

吴备不紧不慢回答道：“这个凶手绝不是正常人，至于为什么这样杀人，正是我们要查的。楼大人，我是来介绍尸检情况的，你让不让我说完？”

楼锋笑了笑，举手表示继续。

赵齐发现楼锋和杜郁非的笑容有些接近，那似乎是一种纵横官场的感觉。他扭头看了杜郁非一眼，随即又觉得不是如此。

吴备继续道：“我们在这些尸体中发现了一具干尸，因此对死者生前状况有了更多了解。死者生前被长时间用药麻醉，该药物类似曼陀罗，但又不完全是，应该是自制的一种麻药。

“这位化作干尸的受害人，生前体弱多病，长期服用各种药物。可能是某种药物和曼陀罗起了冲突，导致人死了很久也不腐烂。我们在霆坟挖出的那具新尸体，也证实了我们的猜测，在尸体里有一种没见过的毒药，而且死者生前处于严重脱水状态。”

众人议论纷纷时，杜郁非重新走上来道：“我们分析凶手可能是个六十岁以上的老人，因为他能单独将尸体运往郊野，所以一定有车驾做助力。他生活富裕，有单独的宅子可将被害人囚禁。他计划周全，很有自控能力，一年只杀两到三人。他杀人前，会先将人麻醉带走，然后在他认为安全的地方动手杀人。

“如此，我们在第一案发现场，就毫无线索可以利用，只能在记录失踪者的卷宗里寻找可能和他有关的案子。凶手长期住在泉州府，所以弃尸的地点在泉州诸县的坟地，最近的居住地可能是德化县，但不排除他的生意，或者说工作在其他地方。他擅长用毒麻醉人，所以可能有一定医术背景。不得不说，这是个谨慎而且聪明的杀人魔王。

“我认为他不是一个有名的江湖人，因为他杀的人多数都不会武艺，也和江湖无关。此人行凶五十年，有行凶之心，有行凶的能力，却从未出现在我们视野里。平日里一定是个和气的、不起眼的人，而且一定有稳定的收入。此人所杀之人超出福建的范围，他的职业可能需要游走四方。”

有人插嘴道：“女人杀人喜欢用毒，男人杀人通常都是直接动手。凶手会否是个女子？”

“不排除凶手有女性同党，但目前我们暂定凶手是单独作案。女人自己驾车，自己弃尸，这可能性不大。”赵齐回答。

“所以这是个至少六十多岁，有医术背景的老人，会武艺且身体很强壮，本地人。”凌云燕皱着眉头道，“游方郎中，是不是最符合这个描述的人？我们要彻查县内所有六十岁以上的医生。”

赵齐道：“暂时不要打草惊蛇，就算要查也得暗地里查。府尹大人不希望此案惊动地方百姓，你们听到的所有和案情有关的事，对外要守口如瓶。府尹林大人已经将此案报往京师刑部，一个月内会有特使下来帮忙的。”

楼锋笑道：“特使是一定有，至于能否帮忙就没人晓得了。”

这次屋内众人纷纷点头称是。

杜郁非轻咳一声，将话题拉回：“我目前不知道的是：一，此人杀人挑选对象的方式是什么；二，此人的职业；三，此人何时再杀人；四，此人行凶近五十年，是否有同伙。这些都有待我们去查。我和赵大人讨论了一下，拟出份他可能从事行业的清单：第一，游方郎中；第二，储办货物的商人，比如药材类；第三，如果他不是商人那可能是送货人，比如说镖局镖师；第四，因为他是在统一战争后开始杀人并定居福建的，他可能有军队背景，那么退役的军医也是一种可能。大家可以按这个范围回去排查，若同时拥有多个特征，就重点观察一下。具体要注意的事项，我已写好了文书清单，你们带回去参照即可。”

赵齐道：“这个案子，是泉州府第一大案。刚才有人质疑我泉州府衙的判断。我当然不敢保证目前的这些判断一定没问题，所以你们能想到些什么，能提供一些线索的话，我非常欢迎。下面叫到名字的留下，其他弟兄可以回自己县继续搜索。”

大约有十个人被留下，都是地方上缉捕调查和尸体检验的翘楚。让人意外的是楼锋也被杜郁非留下了。

“大家随便坐。”杜郁非让苏月夜将一份新的简报递给众人，“接下来，我们将从头理一遍线索，着重分析突破。”

赵齐道：“这个案子很大，我们府衙商量了一下，给凶手定个名字。不过坊间对此已有流言，流言称他为‘泉州无常’。我想……这个名字挺合适。”

泉州无常？无常索命，众人一阵沉默。

吴备道：“在霆坟挖出的白骨，只有一具尸体是最近的，另外有两具十年左右的，其他二十一具骨龄都至少在三十年以上。相对其他坟地挖出的尸体，这里大多数尸骨都更老。”

杜郁非道：“我们在霆坟挖出的那具没有完全腐烂的尸体，已经确定了身份，是汀州人，叫钱富贵，死亡时间在十日内。”

“居然是他？”楼锋吃了一惊。

“是的，钱富贵人如其名，出生在巨贾世家，是长汀数一数二的大户子弟。”杜郁非道，“我们之所以确定是他，是因为他身上的衣服和部分血肉都还没腐败，我们找到他的一处胎记，并核对了一个月前你们汀州的失踪简报。”

楼锋沉着脸道：“是的，他大半年前外出办货，按道理是三个月前回泉州。他将货物和伙计打发回了长汀，自己留在泉州逍遥，但他曾经向管家保证，一定会在幼子出生前回到长汀的。

“他的儿子在上月初五出生，但他始终未见人影。钱富贵有在外玩乐忘记归家的前例，但这是他第一个孩子出世，而他和夫人的感情尚可，无论如何都不会不回家。所以他的管家就报了官。”

“他留在泉州逍遥必是金屋藏娇，他的宅子除了公开的那一栋，还有哪里？公开的那一座宅院，有半年没住过人。”杜郁非问。

“在泉州北码头。”楼锋飞快回答。

杜郁非道：“他人在泉州，尸体却在德化。这中间发生了什么，是我们接下来要查探的重中之重。楼大人，钱富贵的生平，仇敌和好友，欠债和积德的事物，就交给你理清。这案子若从这里突破，你绝对大功一件。”

楼锋道：“别提功劳不功劳，这是我们公门中人应该做的。三日内必定给杜兄你一份详细报告。”

杜郁非道：“可以。还要查一个线索，就是长汀最近有没有其他失踪的人和钱富贵是有交集的。”

“这是什么意思？”楼锋问。

“只是我一个还不成熟的想法，你帮我查一下就是。”杜郁非又对其他人道，“凶手几个月才杀一个人，有着很好的耐心。我们不能输给他。只要我们比他仔细，更沉得住气，就一定能找到他。凌捕头，我让你筛选的名单，你准备好了吗？”

凌云燕道：“德化十多万人口，要筛选出来谈何容易。尤其是德化有两大特点，一是商人多，二是镖行多。全国四大镖局在德化都有分部，当然他们主要分部是在泉州，但在德化都有落脚点。至于医生……六十岁以上，记录在案的不下五十人。”

所有人听到这个情况皆不由皱起眉头。

德化是泉州府的缩影，这些问题在别的县、别的城镇也一定会遇到。

“不过加上军队服役的背景，以及对麻醉特别在行的特点。我缩小范围，列出了十个人，再去掉那些常年在泉州不动地方的，最后只剩下一个人。”凌云燕交出一张纸条，上面写着“颜青牛”三字，“他是德化的名医，也经常去外地出诊，今年七十八岁，在泉州府各个县都住过。太祖爷那会儿，他是常遇春大将军手底下的兵。从这些看，他完全符合我们圈的范围。”

“颜青牛……这两个月他到过泉州吗？”赵齐问。

“近三年他通常在泉州、福州、德化三地坐诊，其他地方已经不去了。”凌云燕显然来之前做了充足的准备。

苏月夜道：“颜青牛是德化名医，悬壶济世五十年，门生故交遍天下。若我们弄错了，这可不是小事。”

“我这边真找不出第二个符合我们推测的人了。”凌云燕苦笑道。

杜郁非道：“对其严密监控，但不要打草惊蛇。让于章的穿堂风帮忙，有风吹草动及时上报。你回去先打探一下，他十年前的冬天有没有去过应天府。凶手是用毒高手，你们要小心。”说到这里他蓦然想到罗邪也是用毒高手，不由略有神伤。

苏月夜提醒道：“还要查一下，颜青牛身边有没有人失踪，比如和他有过节的。”

“不是我爱抬杠啊，杜哥。你们既然挖开了霆坟，那里面有最新的受害人尸体对吧？不出意外的话，这已经打草惊蛇了。他短期内肯定不会再作案，何况这个凶手本来就是个耐心极好的家伙。”楼锋不咸不淡地提出了意见。

“监控是为了不让他逃走，而我们的突破口应该在钱富贵身上。”杜郁非不厌其烦地解释，他翻看了一下吴备给的报告，“尸检的大体结果已出，八十多具尸体经过检验，最初每年只有一到两具，近五年增加到了每年两到三具。这变化虽然不大，但对凶手来说总有理由促使他这么做。”

“我们接下来该怎么做？”赵齐问。

“仵作在吴备的带领下，继续分析这些尸骨的死亡时间，死者身份必须一一确认出来。我知道这急不来，但我们还是要抓紧。楼大人这次带了汀州府的首席仵作齐麟先生还有三个助手来。”杜郁非对角落里一个精神矍铄、相貌堂堂的仵作点了点头，又道，“钱富贵和谢旺水、邵家民是我们确认的三个死者。这三人死亡时间间隔两年。我们已发掘的尸体里还有三具尸体是这两年内死亡的，我假定所有死者都像谢旺水、邵家民那样是有联系的，那么只要我们确认了这三具尸体的身份，我们就能知道凶手是如何选择被害人的！我配给你们汀州和泉州两府的刑部主簿，他们会和你们一起梳理失踪者的卷宗。”

“谢杜大人。”吴备施礼道。

“其他人现在就跟我去北码头，我们去钱富贵金屋藏娇的地方看一看。”杜郁非说道。

楼锋和杜郁非寒暄了两句，在离开前突然压低声音道：“人人都说杜兄乃刑侦良材，今日一见果然名不虚传。蛰伏在泉州实在是屈才了，我厂督主对大人早就青眼有加，这个案子若能成功解决，或许飞黄腾达就在眼前。杜兄可千万保重。”

杜郁非眯起眼睛扫了对方一眼，笑道：“你知道我的身份。”

“当然，厂卫本一家嘛。”楼锋笑着大步离开。

杜郁非来到北码头钱富贵的住所，站在门前蓦然一怔。这里是宋山河，也就是大风堂堂主宋夜叉过去住的地方。

两年前的泉州地面，李南城和宋夜叉两分天下，由于大风堂在远海洗劫了李家从海外回来的贸易船队，杀死对方十条船的水手，共计超过五百人，“夜叉”之名不胫而走。而作为当时府衙和地方势力的联系人，宋夜叉和杜郁非算是熟人，所以这块地方他以前是经常来的。

如今早已物是人非。

苏月夜道：“我有时候会想，我们认真地抓捕一些所谓穷凶极恶的杀人魔，而实际上宋夜叉和李南城对峙的那几年，他们杀的人也绝对不少，那时候我们却睁一只眼闭一只眼，是否真的是正义呢？”

杜郁非轻声道：“在什么位置做什么事。就如东厂，如锦衣卫，又用各种手段杀了多少人？我们身在公门，身在锦衣卫，又该怎么做？很多事本身就很矛盾，所以我宁愿不去多想。何况，我从没觉得自己是好人。我力争去做好眼前最紧要的事，当前的目标就是这个泉州杀人魔。”说着他当先步入此处宅院。

这是一套前后两进的小宅子，花园小楼，还有个水池。据说钱富贵每次到泉州都会在这里逗留几日，而且此处从不招待外客。

赵齐道：“他逾时不归，钱家派人来找过，没有找到他。过了半个月他们才报官。听说他们还收拾过屋子。此处即便是第一案发现场，就算凶手留下痕迹，也被他们收拾掉了。”

“钱富贵的情人是谁，住哪里？”杜郁非问。

“这连楼锋也不知道，甚至钱富贵的管家也不知道。”赵齐回答。

杜郁非皱眉道：“这怎么可能？总有人知道吧。这又不是谋财害命的事，需要那么保密吗？而且，如果是女人独自住在这里，他不在时总要有人帮他照看。一个女人过日子可不容易，那种娇贵的女人更不可能自己做杂务。”

“这里没有女人居住的痕迹。这真奇怪了。”苏月夜在房间里走了一圈，带着疑问的口气道。

赵齐笑道：“那有没有男人合住的痕迹？”

“这里只住过一个人，只有一个人的衣物，连床上的枕头也只有一个。”苏月夜很认真地回答。

“一个大男人每次远行后都要在此停留几日，却是一个人住，这是为何？”杜郁非扫视着四周，问道，“那他不在时，是谁照看屋子？总有人负责打扫吧！”

负责打扫的叫全叔，是个四十多岁的中年人。钱家在泉州的两处宅子皆是他在负责照看，那个大宅子还有其他人一起做，这个小宅子就只有他管。他负责修剪花木、打扫卫生，事情不多，主人不在时不需每天都来。

“钱富贵回来在这里住了多久？有没有特别的事发生？”杜郁非问。

全叔答道：“没有特别的事啊，除了少爷临走时没和我打招呼。但以前也有过这种情况，所以这次少爷不见了，我也没在意。”

“这里虽是小宅子，但你家少爷住这里，平时生活应该很讲究吧。你一个人照顾得过来？”苏月夜问。

“没问题。我们少爷跑惯了码头，生活上和那些带脂粉气的公子哥不同，平日里生活很有规律。而且他在的时候，都会有酒楼按时把他的饭菜送来，衣物则每天有人拿去洗。我除了接收这些事务，晚上都不用住在这里。”

赵齐皱眉道：“他在的时候，晚上也不使唤你？晚上一个仆人也没有？”

“是。”全叔点头。

“这可真是奇怪。”杜郁非笑了起来。这样的家伙不是圣人，就是极品怪物。

“我再问一次，你真的觉得钱富贵一点奇怪的地方都没有？任何你能想到的怪癖，哪怕最不起眼的小事，都可以告诉我。”

全叔皱眉思索了片刻，说道：“只有一件事，每次少爷来时行李都很多，马车上有很大的箱子，但走的时候从来不带行李。”

“你少爷是在酒楼订菜，饭量大吗？”苏月夜面色阴沉起来。

“少爷饭量大不大我不知道，我从没看着他吃饭。但他是订了不少菜，不过对少爷来说，这些应该不算问题吧。”全叔理所当然道。

苏月夜和杜郁非交换了眼神，杜郁非对赵齐道：“命差役彻底搜查这个宅子。钱富贵不简单。”

赵齐道：“杜哥，我以为我们是来查受害者的。”

“受害者未必只是受害者，某些怪物的味道，我隔着很远就能闻到。”杜郁非淡然道。

苏月夜则追问全叔道：“你家少爷除了在自家后院忙事情，平日有客人吗？”

全叔点头道：“一般是没有，但一个月前，他有个生意上的朋友来看他。他很难得地让那老头子进屋了。”

“老头，你知道他的名字吗？”赵齐问。

全叔皱眉道：“这我就不知道了……对方说自己姓张，哦，对了，少爷说过，那老先生是做药材生意的。”

“我找来画师，你能帮忙把那人的样子画下来吗？”赵齐眼睛亮了起来。

“我……我可以试试看。”全叔小声道。

十多个公差搜索了半日也没找出什么特殊的东西，放金银财宝的秘密库房倒是找到了，里面有不少稀罕物件。

赵齐摊开手，带着疑问望向杜郁非。杜郁非摸着胡茬，站在院子里重新打量整栋宅子，当年和宋夜叉往来的点滴一一浮现在脑海里。

“宋夜叉怎么会买那么小一栋宅子，真奇怪，继他之后钱富贵也看中了这里。”苏月夜问。

杜郁非道：“你如果站在街上，会发现这里距离左右邻居的屋舍间距较大，有一条直路可以直通码头，道路的另一头则通向一片树林。这里闹中取静，很适合短期调整，并且能脱离其他人的视线，万一出事跑路也很方便。这是当年的府尹罗孝直送给宋夜叉的，当然名义上托了其他富商。这是宋夜叉最初的几栋产业之一，后来他死了，自然是谁捡谁要了。”

“你常来这里？”苏月夜发现杜郁非很有感触。

“头两年，我和宋夜叉的关系不错。他一个大老粗初掌大权，接触泉州、福建方方面面那么多有钱人，很不适应。我教他在家里养一池子鱼，没事的时候可以在家里钓钓鱼，换换心情。这样可以少杀点人。”杜郁非自嘲地笑了笑，“钓鱼换心情，是我父亲教我的，我顺手就教了他，但我还是太天真了。之后宋夜叉的确适应了灯红酒绿、掌人生死的生活，但人可没少杀。”

“现在这里的池子可没有什么鱼。”一直在边上听着的赵齐插嘴道，“看来钱富贵这个富家子还没宋夜叉那大老粗有格调。一蓑烟雨任平生的境界，不是谁都能学会的。”

“等一等……”杜郁非忽然想到了什么，他把全叔叫来问道，“钱富贵一过来，这里就是你管的？”

“是的，大人。”全叔回答。

“钱富贵买下这里后，改建过吗？谁帮他改的？”

全叔皱眉道：“应该是江南的一个工匠，弄好之后就回江南了。工期很短，应该改得不大，反正我是没看出改了什么。”

杜郁非指着水池的东面，对赵齐道：“从那边开始仔细搜索，这个水池被改小了。如果我没记错，那边大概有五丈见方的大小，原本应该是水，但现在是花坛。”

众差役立即集中搜索那个位置，不多时有人道："报大人！花坛搬空了，下面发现一处暗门！"

这时天色已近昏暗，杜郁非、苏月夜、赵齐一起围拢过去。那是个土地色的暗门，一个不起眼的钥匙孔在门的左下方。

所有人齐齐望向全叔，全叔赶忙摆手道："不不不！大人，我不知道有这地方啊！"

杜郁非敲了敲门，暗门发出沉闷的金属声，等候片刻，另一头并无回应。有差役取来工具，将铁门撬开。下方黑洞洞的，借着光线可以看到一条斜坡小路延伸下去。杜郁非立即带头朝下走，却被赵齐拦住。年轻人很紧张，但也很执着地抢在杜郁非身前步入黑暗。

这条通道并不很深，三十来步后就是一个转口。墙壁上有油灯，苏月夜将其一一点燃，顿时亮了许多。转角处，又有一扇门，门锁打开，一股潮湿的怪味涌了出来。

赵齐摸索着点亮了屋内的油灯，眼前出现不堪的画面。四周墙上画满了春宫图。

这是一个大约十丈见方的房间，屋内摆设极尽奢华，房间正中还有一个不小的酒池，在酒池边有一张软卧，床上躺着个极度瘦削、面无血色的女子。

众人慢慢围拢上去，烛火照亮了床榻，那女子突然睁开眼睛……所有人都被吓得退了一步！

女子发出惊恐的叫声，然后就是急促咳嗽，不停抽搐……苏月夜立即上前，提起银针连扎数个穴位。

杜郁非绕着屋子转了一圈，再无别的发现，他拉着赵齐到边上道："彻底搜查一遍荷花池，我怀疑会有尸体。此事要保密，钱富贵这条线仍然是我们抓到犯人的突破口。"

赵齐恭敬领命，此刻的他已经完全忘记了，自己才是主事，而杜郁非应是他的助手。

三

荷花池里挖出四具女尸，死亡时间间隔都在半年左右，算起来钱富贵每半年左右置办一次货物，就会在泉州逗留一个月左右。四名女子的死亡时间和他逗留时间基本相符，但钱富贵已死，这事已算是死无对证。钱富贵每一次置办货物，都是出海前往澎湖等地，所以这些女子很可能是从那里带回的。

杜郁非走出这所宅院时，眼前不断闪现那些尸体的样子。尽管他是老公门，但每次遇到这样的杀手，仍不禁要问，这个世界为何如此不堪。

被救的女子名叫冯柔，澎湖人，被钱富贵当作奴隶购买上船。上岸后，几乎每天钱富贵都会与其淫乐，但上个月某一晚他并未出现。几天后原本放在屋内的粮食吃完，在最困难时，她将地上的那张熊皮也吃掉了。在杜郁非他们进屋前，她已断粮多日，就靠着酒池里的水酒充饥，酒已喝完，人也虚弱至极。

可惜的是冯柔只能提供这些线索，她并不知道钱富贵为何会失踪，更不知钱富贵一旦把她玩腻了就会杀人沉尸。直到最后，她仍以为自己是被买来做妾的，只不过这个主人有些怪癖。

到此为止，泉州府衙对“泉州无常”的调查再次陷入僵局。他们唯一的新线索是一张老者画像，那老头身高八尺，器宇轩昂，留着三绺长髯。

“大爷的……你说这是不是颜青牛？你见过那老家伙的是吧？”赵齐爆了粗口。

“当然，这样的本地名流，我怎会没见过。”杜郁非把画像递给了苏月夜，“就是他吧？”

苏月夜拳头握紧，秀眉微蹙：“还是要谨慎，他和云南沐王府关系非常好。”

“把他的卷宗备好，我们去德化会会他。”杜郁非深吸一口气。

德化县城，西门青牛巷的落英堂，是泉州一代名医颜青牛的坐馆之地。

颜青牛今年七十八岁，曾经在大将军常遇春的麾下任医官。退伍后，拜江南名医司空长春为师，五年后独自悬壶济世。如今他在福建杏林几乎是说一不二的人物。

杜郁非在苏月夜的引荐下进入了落英堂，主客各自入座后。

颜青牛端详着杜郁非，略作沉吟，才慢慢笑道："杜大人，你是无事不登三宝殿，我听说你们刑部最近遇到了些麻烦，你又如何会拨冗来见我这个老头子呢？"

杜郁非则将仵作验尸所得和关于那特殊曼陀罗药剂的报告递给对方道："这是我最近接手的案子，我想请教老爷子，手边可有这种药物？"

颜青牛扫了眼报告，眼角抖动了一下，低声道："这是由很特殊的黑曼陀罗花秘制的麻醉剂才会产生的效果。这种药物我没有。"

"黑色曼陀罗？"杜郁非问。

颜青牛道："是的。曼陀罗花植株高大，花朵大而艳丽，通常只有白色、紫色、红色。颜色不同，药效不同。当然，它的药效主要是麻醉作用。江湖上也有人用粗糙的手法将其制成蒙汗药，而世上大多数的麻醉药、迷药，其基础成分都是曼陀罗花。但黑色曼陀罗极为少见，它是偶然出现在各色的曼陀罗花中的，一千株曼陀罗里，也未必有一株黑色的。有魔教中人曾经尝试大规模栽种，但多数做的都是无用功。"

"不过这东西是确实存在于世的。对吗？"杜郁非问。

"是。"颜青牛沉声道，"但这是地狱之花。"

杜郁非收起报告，拱手道："老先生，我开门见山地说吧。最近我们接触到一个大案，凶手杀死了许多人。他在杀人前，就是用黑色曼陀罗花炼制的迷药将人迷倒的。这个凶手应该上了年纪，且有军队背景，他可能是杏林中人，也可能只是药材商人。在你的身边，你能想到什么人符合我们的推测？"

颜青牛听到军队背景时，眼角又抖了抖。老头子喝了口茶水，手有些不稳，茶盏发出声响。他略微定了定神，摇头道："我一时可想不出来，即便能想到一些人，但又怎能在毫无证据的情况下，随意指认他们是凶手？

老夫一把年纪了，绝不会临老贸然给人抹黑。”

杜郁非将对方的举动都看在眼里，边上苏月夜递上了凌云燕总结的颜青牛近半年的行程，以及钱富贵那边失踪的时间对照表：“上个月你去过泉州城住了几天，有没有见过一个叫钱富贵的人？”

颜青牛皱眉道：“我在泉州城留了三日，行程一贯如此。以前是悬壶七日，如今老了只坐诊三日。你说的钱富贵，我见过，我和他父亲是世交。他在泉州时，如遇到我，会找我要调理的膏方。他家媳妇即将临产，所以找我要了产后调理的方子。”

杜郁非又问：“庆王之乱时，也就是两年前的六月和七月，你都在德化？”

“当然，天太热的时候，我不爱动地方。何况我就住德化，一个月哪怕要去外地出诊，也还是会回来住。你这是什么意思？”颜青牛终于板起脸道，“你查我的行踪，难道怀疑我会和那凶手有什么瓜葛？”

“因为很不巧，这几个时间点，皆有命案发生。”杜郁非脸上只有例行公事的笑容，“我最后问你一个问题。十多年前，也就是永乐九年的秋天，你是否在应天府？据我所知，你是在的。”

“我当然在。那一年，皇太子，也就是今上龙体欠安，我是作为福建代表去会诊的。”颜青牛愤然起身，“杜郁非，你别以为你是公门世家，且在本地有些人脉，就敢对我胡言乱语。若你真能证明我是凶手，拿出证据来！否则给我滚出落英堂！”

杜郁非冷静地望着对方，拱了拱手，转身离开大厅。

赵齐皱眉在他身后道：“杜哥，我们不搜一搜吗？看这老家伙气急败坏的样子，一定有所隐瞒。”

“谁都看得出他有所隐瞒，但他隐瞒的到底是什么？”杜郁非扫视着落英堂外几马车的药材，这样的名医每次出门都会有人跟随，他是如何做到单独行动的？这里面一定还有问题。

杜郁非看了眼沉默不语的苏月夜，女人正回望药堂边的马车微微发怔。几个车夫看到如此美丽的女人，亦驻足回望，有几个看得呆了。

颜青牛的春泥山庄位于德化县县城西郊。山庄除了他颜氏子弟一百多口人的住所，还有他们落英堂的药库，以及一块叫“落英苗圃”的药材田。

当晚杜郁非的马车停在距离春泥山庄两个路口的地方，穿堂风的于章在亥时三刻，悄无声息地从马车窗递来一张山庄的布局图。杜郁非扫了一遍，悄悄下车，转过一条巷子飞身上房。他的影子在乡间小路上飞过，仿佛一只孤独的鹰。那个“泉州无常”是个非常细致敏感的家伙，从不犯错，即便是自己的屋子，秘密也只会藏在极隐秘的地方。而那些隐秘的地点，除非如在钱富贵的宅子那样大张旗鼓地搜索，否则是很难发现的。

远处传来打更的声音，过了亥时的春泥山庄正进入梦乡。杜郁非蹲在高墙上，待得打更的走过，才贴着屋顶的青瓦掠向下一个院落。他的目标很明确，找曼陀罗花。

落英苗圃在山庄的西后院，说是药材田，却并非传统意义的田地。这是一个精致的院落，大约只有一亩地的大小，种植了三十余种珍稀药材。在露天苗圃后，有一个药材处理工坊。于章的地图上标得很清楚，工坊里还有个种植小棚，但里面有什么东西就没人知道了。

杜郁非沉下心思，呼吸带动身体，身体带动周围的风，人轻盈地贴地飞行，转过围栏拔地而起。一个盘旋落在一株草药后，抬眼望去已经可以看到那座木色的工坊。周围这些草药一件件看似熟悉，却又和平日见到的有所不同。无极草、空灵叶、龙爪树、赤铁沙、白虎木、五星海棠……药田边一个小池塘里还有金丝鲤鱼若隐若现。

这些东西有些非常珍惜，但并不是杜郁非要找的。他一路靠近工坊，按理说这里至少会有一个长工照看才对，但他侧耳听了听，屋内并无呼吸声。他按动屋门，忽然听到机簧触发的声音，杜郁非立即一个铁板桥，上半身向后平躺，一点寒星擦着他的鼻尖飞了过去。而后一阵清脆的摇铃声，在夜空里远远传开。

杜郁非一皱眉，飞身后退，但他身后的药田一瞬间仿佛布局全都变了，方才来的路已不见踪影。他勉强上前几步，立即感到一阵天旋地转，周围的一切仿佛都在向自己攻击。杜郁非倒吸一口冷气，掠上房顶，抬头仰望天上星斗才将心念平静。他重新打量这片药田，发现不起眼的布局中居然暗合奇门遁甲。

“绝大多数看似神奇的阵法，其实只是一连串的图形组合，而那些各类图形实则是一些心理暗示的符号的放大罢了。”这是罗邪传授他奇门遁甲时，开篇就提醒他的话。

那这里的阵法又算是怎么个水平？杜郁非凝神聚气，重新扫视药田，长吸口气，倾尽全力向外掠起。这一大步直接掠出四丈有余，但依旧没脱离范围，四周的一切已经扑面而来。他闭起眼睛，腰间长剑斜掠而出，似斩一切可断不可断之物。踏雪剑剑尖点地，水练般的剑锋化作一道绝美的弧形，将其弹向远方。他不看不闻不想不听……

突然一道掌风在其前方刮起。

杜郁非心里蓦然感觉到危机，使出“白驹过隙”，身子从无法想象的角度斜飞出去，但肩头依旧被对方掌风击中了，只一个起落就又飞回了工坊边。他睁开双目看到颜青牛正气定神闲地望着自己，手里还托着一盆七寸高的盆栽。盆栽里一朵妖艳的黑色曼陀罗于夜色中魅惑绽放。

“杜大人，我知道你一定会来，所以等候多时了。”老头子白衣飘飘，一双眼睛炯炯有神。

“颜老原来是世外高人，在下真是眼拙。”杜郁非看着对方站的姿势，微笑道，“武当的绵掌。”

颜青牛道：“我不算武当派的，但当年的确从张三丰先生那里学得绵掌。可惜那么多年都未曾和人动手，想来有些暴殄天物。”

“如此，你我何不切磋一下？”杜郁非抱拳道，“赌注就是你手里的曼陀罗如何？”

颜青牛大笑道：“好！”他将曼陀罗花放下，眼神仿佛仍是青春少年，脚踩八卦步稳稳地走出药田。

杜郁非眯着眼睛注视对方，斜斜刺出一剑，剑光照亮天空，剑锋若莲。颜青牛左手做云手，轻挽住剑锋，斜跨一步右手击向杜郁非头颅。踏雪剑灵动一扭，剑锋并不脱出对方的手掌，但剑尖方向已然改变，居然轻点颜青牛右手脉门。颜青牛双掌一分，轻易将剑锋拦住，但右面露出空档。杜郁非左臂飞掠在对方的肩颈，却是点到为止，退出五步后，再次抬手示意对方再来。

颜青牛老脸微红，深吸口气，脚步加快，双臂如电展动，武当绵掌里居然还带着各种稀奇古怪的武学。谭腿、八卦掌、绵掌、华山通臂拳、少林罗汉拳、魔教神手大劈棺……颜青牛的武功博杂之极，居然各门各派层出不穷。杜郁非细数对方的招式，只是随手破之。

打到五十余招，颜青牛大叫一声："不打了，你为何守而不攻！"

杜郁非笑道："我只是在等你奉上曼陀罗花。"

"你！"颜青牛瞪起眼睛，后又苦笑道，"罢了，你说的是实话，我根本不是你的对手。泉州第一高手名不虚传，但你是否知道，我并非你说的那个凶手。"

"原本不确定，但我现在相信你了。"杜郁非道，"若你是凶手，不会轻易拿出黑色曼陀罗，更不会正大光明地与我交手，那个凶手绝不是这种人。但你一定知道些什么，我看你日间的表现，凶手难道是你亲近之人？"

"我的确想到了一个人，但是在我的记忆里，那个人应该早就死了。"颜青牛看着夜幕轻轻叹了口气。这一瞬间，他又从方才那个武学顽童变回了那个名医老叟。

"这个人是谁？"杜郁非盯着地上那盆黑色曼陀罗。

"我们边走边说吧。"颜青牛将盆栽递给杜郁非，然后走出药田。

"那个人叫崔炭，是我的战友同袍，也是我的师弟。"走在山庄僻静的夜路上，颜青牛低声道，"几十年前打蒙古人时，我们都在常遇春将军的麾下。我们是同乡，而且同是医官，年岁相当，所以关系特别好。说是医官，其实我们只是略懂外伤如何紧急处理，距离懂得医术还差得很远。

"崔炭是个非常能干的人，有着常人所没有的沉稳和仔细，相较而言，年轻时的我绝不如他。在常遇春将军麾下当兵，常常遭逢恶战，所谓生离死别只是等闲事。我们在军中五年，各自独当一面。

“大战陈友谅时，老崔受了重伤，左臂和左面的锁骨都碎了。这一次我们遇到了后来的师父司空长春，他把原本该残废的崔炭救了回来，虽然他左手的功能不如从前，但至少不用截肢。那次以后，他一到阴雨天，身上就会剧痛无比，慢慢地性格也发生了变化。”

“怎么样的变化？”杜郁非问。

“这个很难说清，大战结束后，天下一统。我和他都无意仕途，所以一起退伍投入了师父司空长春的门下。师父菩萨心肠，不论好人坏人只要被他看到都会救，而且在医术上追求完美，提倡无痛去疾，所以他对麻醉和各种珍稀药材有特殊喜好。

“你看到了，我的药田里有不少好东西，这些就是从师门养成的爱好。而崔炭他因为自身的旧伤，对麻醉更有学习的动力，但师父告诫他，麻醉药用多了，就是慢性毒药，切记不可越线。他……他当时是听的，至少在师父在世的时候。”

“司马先生是洪武十五年过世的吧？”杜郁非问。

“你记性倒好，的确是那一年。那一年是壬戌年，大明收复了云南。那时候我和崔炭拜入师门已有十年。师父在那一年，云游福建，救了几个山贼，却被山贼杀死在道边……我和崔炭一起，千里迢迢从江南赶来福建收尸……后来就定居在泉州府。”

杜郁非道：“这是我父亲办的案子，大约三个月后，我父亲在泉州城郊抓获了那三个山贼，其中两个在拘捕时就地正法。”

“是的……这也是我愿意向你说这个案子的原因。尽管凶手被正法，但崔炭的人生亦发生了变化。他不再行医救人，不，应该说，他不再悬壶济世，而是对病人非常挑剔。他不救任何一个品行上有问题的人，甚至不惜耽误医治的时机，也要调查清楚对方的背景。久而久之，他的医馆开不下去了，后来，我和他的联系也越来越少。”

“那你为何觉得‘泉州无常’，会是他？”杜郁非问。

“因为在洪武二十五年，也就是恩师故去十年的时候，他忽然来到我的落英堂祭奠恩师。之后，他喝醉了，在师父的灵位前忏悔，说自己这几年杀了很多人。最初是为了培育黑色曼陀罗。这是地狱之花，有传言要人血浇灌才能生长开花。他鬼迷心窍，杀了一个他认为是恶人的人，但他由于心头有愧，所以给对方一个承诺，愿意为被杀的人，杀一个人。”

“为被害人，杀一个人？”杜郁非皱起眉头，“这算什么想法？”

“收割一人的性命，再为其除去一人了却恩怨，算作补偿。”颜青牛眼角又抖了抖，“但他用了那第一个死者的血，并没有培育出黑色曼陀罗，所以他每次都会把受害人带回屋子，用活人的血养花。不知是真的杀了够多的人还是巧合，在第十年的时候，黑色曼陀罗花真的被培育了出来，也就是这一年，他来祭拜恩师了。”

“他有没有说杀的人是谁？”杜郁非问。

“就是那三个山贼之一，唯一没有被正法的。坐牢两年后，不知为何就被释放了。”

杜郁非努力回忆道：“那第三个人叫季鹏，他只是从犯，并没有杀人。司马先生的死和这个人没有直接关系，而且正是因为他，府衙刑部才能抓到另外两人。”

“总之崔炭杀的第一个人是他。”

杜郁非道：“你当时没有报官？”

“当然没有，他是我的师弟，即便不是我的师弟，我们也是一起从刀山火海滚过来的兄弟。他那一身的伤有不少是为我受的，我怎么可能去检举他？而且，他当时放弃了本地的住所，北上去了江南。人都跑了，我又检举什么？你可以因为我知情不报抓我见官，我反正一把年纪了，死在哪里都一样的。”颜青牛说到这里，眼里满是血丝，“你手里的这株黑色曼陀罗，就是那一年他留给我的临别礼物。他和我最初走的是一条路，悬壶济世，后来我们过的却是完全不一样的生活。为何会变成这样，我也不明白。”

杜郁非道：“你为何认为他已经死了？”

颜青牛苦着脸道：“师父二十年祭典，他托人送了礼物回来，三十年祭典时也有，但四十年时却没有。他是一个对礼数很执着的人。他一定是死了，否则不会缺了礼数。而且……你说他一直在泉州作案，但我不觉得他还在泉州，如果他在德化，我会知道……我一定会知道。”

“他有子嗣吗，成过家吗？”杜郁非又问。

“没有，孑然一身，了无牵挂，独来独往。”

杜郁非不由沉默，颜青牛的这种感觉或许很玄，但的确不失为一种可能，人和人之间就是有那种无法言传，却一定存在的羁绊。

“他泉州的老房子在哪里？”杜郁非诚恳地问道。

“德化，沧海巷，现在房子的主人是武威镖局的镖师。”

四

德化，沧海巷。

崔炭的旧宅已被搜索了三遍，但也许真的是年代久远，崔炭至少已有十多年没在此居住，所以从早晨查到午后，依旧毫无收获。这种挫败感让人深深地绝望，但和在钱富贵的宅子一样，突破靠的是十分的耐心。所以休息了片刻后，那二十个差役在凌云燕的带领下，又开始了新一轮的搜索。

“师父，你信颜青牛的话？谁知道他是不是编出一个不存在的人？”赵齐坐在茶铺，远远望着被翻遍了的宅子。从发现尸体到现在，不知不觉已经半个多月的时间过去了。

杜郁非道：“苏月夜从卫所调了资料出来。崔炭这个人是真实存在的，而且所有的经历一如颜青牛所言，但即便是锦衣卫的资料，也没有他洪武十五年之后的记录。这个人就像凭空消失了一样。”

赵齐道：“即便这个人是真的，我仍然觉得不能排除颜青牛把所有坏事都推到此人身上的可能，毕竟颜青牛的生活轨迹和我们这些受害人失踪的时间点相符。”

杜郁非纠正他道：“只是部分受害人。我们连这里大多数受害人是谁都没搞清，更别提失踪的时间了。”

“那正常人为何在药田布奇门遁甲？”赵齐反问。

杜郁非沉默了一下，这的确很难回答，但由于他接触过许多江湖人，大宅子有阵法布置也很平常。

苏月夜的马车从远处疾驶而来，她飞身掠出车子，递上一份文书：“杜哥，吴备将所有尸体的具体骨龄列了出来，各县的捕头也从旧宗卷拟出了一份三十三人的死者名单。他们按照死者骨龄、失踪名单，再参考了前后死者有仇怨的原则进行排查，果然大大提高了效率。”

这三十三人的名单里第一个名字就是李鹏，他果然是最初的受害人。这三十三个名字几乎贯穿了整个杀戮过程，而那些没有找出身份的尸骨也根据骨龄做了排序，从而发现了一个问题。在“泉州无常”杀戮的四十多年中，其中有两年左右的空白期，那是永乐十一年下半年到十三年上半年，而后的日子，其杀人的节奏比之前略快，从平均一到二人，上升到两到三人。

苏月夜道：“楼锋排查钱富贵的关系人，发现他有一个对头名叫何向宁，在五个月前失踪。他问这个人是否符合你之前的猜想。”

“若真是收割一人，再杀一人了却恩怨，那何向宁说的名字肯定是钱富贵。因为钱富贵出海办事，所以凶手才等了那么久。”赵齐咬牙道，“这一点颜青牛说的是实话。”

杜郁非盯着永乐十三年第一个死者的名字——苏曼。苏曼是永乐九年从南京失踪的，她这几年的空白里发生了什么？更没有证据表明，永乐九年苏曼的失踪也和凶手有关。

另外，又是什么让凶手在停止杀戮两年后，忽然又开杀戒，而且还是从外地寻找猎物？从年龄看，永乐十三年，崔炭已经六十八岁，是什么刺激他对一个二八年华的青楼女子动手？

杜郁非食指敲了敲眉心，仿佛悟到了什么，拉住苏月夜耳语了几句。苏月夜点了点头，立即回到马车扬长而去。

赵齐想要询问，却见杜郁非两眼闪过精光，大步走向崔炭的旧宅。崔宅是一个简单的庭院，卧室和客厅都不大，厢房更是简陋，如今已被用作储物室。有一点奇怪的是在卧室不大的空间里，还有一个小的储藏室。杜郁非叫来了屋子现在的主人周镖师询问情况。周镖师表示他在这里住了十年，是住的时间最长的人。他搬进来时，这里就被隔开了，听之前的住客说，最初这里好像是个内卧室，他反正没钱翻修，索性将这小间改成了储藏室。

内卧室，如果是崔炭的女人，何必要分两个房间？杜郁非皱起眉头，盯着如今已成了储物室的小屋道："你这个房间里还有当年留下的家具吗？虽然已经有十多年了，可能性不大，但还请你仔细想一下。"

周镖师挠挠头，将储藏室里的两块布帘掀起，指着两个足有四尺半长的木箱道："这两个箱子是老屋子就有的。我看它们很结实，就留下来装东西用了，阴雨天也不翻潮，是个好东西啊。"

杜郁非深吸一口气，身子一阵发冷，仿佛听到了什么在黑暗中嘶吼……他低声道："我出二两银子，你把这两个箱子给我吧。"

府衙的差役将箱子缓缓抬出宅子，由赵齐和凌云燕押送着送回县衙。杜郁非则快马加鞭再次奔向落英堂。

他们都没发现，有一双浑浊的眼睛一直在街角的阴影里注视着他们。

"孩子？不，崔炭没有子嗣，至少他和我一起时没有。他年轻时爱过一个女子，但该女子死于战乱。他没有子嗣。"颜青牛摇头道。

"也许不是他的孩子，但的确跟他一起过日子。"杜郁非仍追问道。

"这……这不符合他的脾气。"颜青牛拍着脑袋，沉吟片刻，忽然道，"对了，他在师父十年祭的时候来到春泥山庄，当时我送他到庄外，替他赶车的是个小毛孩，也就十岁左右。我问过他那是谁，那个问题似乎困扰了他，他回答说谁也不是。"

"知道那个孩子的名字吗？"

颜青牛苦笑摇头："那么多年前的事了，老夫哪里还记得？而且崔炭那小子向来话不多，任何秘密到了他那里就能烂肚子里。他说可能是因为他的父亲是个走镖的镖师的缘故，客人的事情对外守口如瓶。"

“不必介意。”杜郁非轻轻在心里叹了口气，是镖师的后代吗。

泉州府殓房。

吴备刚将一具尸骨摆回台面，就见苏月夜急匆匆地走回来。吴备不禁责备道：“我的苏姐儿，你怎么又回来了？德化和泉州城虽然不远，但也不必如此来回吧。再说了，有事让差役走一趟不可以吗？他们传个话总不会出错吧。”

苏月夜道：“杜哥的事我总要自己办才心安。我那两匹马儿，这条道早跑熟了，比寻常马匹会更快些。”

“我也听说你的大白马跟你有好多年，据说平时都不用说话就能心意相通，颇有灵性。”

苏月夜笑了笑，大白马啊……是当年初到泉州杜郁非给自己的礼物呢。

吴备指着刚摆出来的尸骨：“我有个大发现，颜青牛不是说崔炭左半边身体受过重伤吗？我们在霆坟挖出的两具十年左右骨龄的尸骨，其中一具就是这样。左臂、左腿、左骨盆、左肩胛骨都受过重伤。一开始我们以为是尸骨没有保存好，认真看了后觉得应该是生前就有的老伤，所以这具尸骨可能是崔炭。”

“这个发现太重要了！”苏月夜看着尸体道，“杜哥怀疑凶手是两个人，如果能确定这是崔炭的尸骨，就证明了杜哥的想法。你能否在其他尸骨上寻找可能是两个凶手的证据？从永乐十三年开始，也就是凶手开始加速杀人的时候。”

“这个……我的确有过相同的怀疑，所以又重新检查了一遍尸体。”吴备指着被他分开摆放的尸骨道，“但是分水岭不是在十三年而是在十四年。从永乐十四年开始，凶手似乎换了一把刀。”

“我们在最初的时候，不是说死者都是死在同一种刀下吗？”苏月夜问。

吴备道：“是同一种刀，它们都是打蒙古人时，常十万麾下军士配备的制式短刀。但在永乐十四年前的尸体，那把刀是把有磨损的，刀锋有使用多年的自然磨损。十四年后的刀，是一把新刀，可能是同一款刀，但刀锋一定是新的。”

“所以凶手可能是两个人？”苏月夜追问道。

“可能，但也可能只是换了一把刀。换刀的原因无非是刀丢了或刀断了。”吴备指着两处喉骨上的划痕，“第一把刀应该不那么容易折断。另外，在凶手停止行凶两年后，再次行凶杀死苏曼时，用的是先前那把刀。这也是肯定的。”

“是吗？”除了杜郁非，没人知道苏曼是苏月夜的姐姐。苏月夜心神不定地走出府衙，思绪再次回到了姐姐离开的前一晚。

“丫头，明天我去栖霞寺进香许愿，你要不要我给你求个签呀？”

“不用。姐姐你今天怎么又和人吵架了。”

“呀，你也要说我吗？那个老鸨这样欺负那几个江湖人，干吗呀？江湖人虽不如王公子弟有钱，也不用这么不给人好脸色啊。我们这个园子伺候的主子再高贵，不也得靠普通大爷的光顾才能活着？如果只做贵人的生意，那么多姑娘岂不是白养了？”苏曼振振有词道。

“我只是问你怎么会吵架……你就啰里啰嗦那么多。”

“你还敢嫌我啰嗦？臭丫头！如果你姐姐不凶，你以为你不会被拉出去接客？”苏曼瞟了她一眼，忽然笑道，“还是你长大了，开始想知道男人了，所以不需要姐姐保护了？我告诉你！如果姐姐嫁不进豪门，那你一定得嫁进豪门。姐姐的后半辈子就靠你了！”

“就知道豪门、豪门。一入豪门深似海啊！”

“我们一定要争取嫁入豪门，不管怎么苦都比做妓强……我们凭什么就是做妓女的命？我们原本就不该如此。”这最后一句苏曼说得无比落寞。

苏曼在被卖入勾栏前早已定亲，是李家侯爷的公子。而今，无论李家还是苏家，都已流水落花春去也……苏月夜登上马车，脑子变得昏昏沉沉，不知不觉睡了过去。

马车的驭手抬起低沉的头颅，露出冰冷而迷茫的双眸："曼儿，你终于回来了吗？曼儿……"

第二天午后，杜郁非回到泉州府衙没见到苏月夜。吴备告知，苏姐儿应该是连夜去德化的，照理他们应该在官道上相遇才对。

杜郁非后背骤然发凉，难道苏姐儿出事了？是自己大意了吗？

吴备见他面色不对，立即安慰道："也许是路上错过了呢？苏姐儿一身武艺，还有卫士同车做驭手，应该不会出事的。"

赵齐立即道："我马上派人去找。"他一声令下，全城捕快都忙碌起来。

杜郁非眉头紧锁，一面吩咐："把所有和崔炭有关的旧卷宗送到签押房来。"一面大步走向府衙门口，找来昨夜值班的差役问，"昨天苏姑娘离开时，是独自上车离开的吗？"

"是的大人。"差役回答。

"当时街上有没有什么碍眼的人？"杜郁非问。

"一切如常大人。"

"如常能和现在一样？"杜郁非沉着脸。

差役思索道："前面街上最近几天白天都在运货物，但晚上苏姑娘走的时候，街上没有什么人。"

杜郁非扬眉望向前面街口，那是个叫集旺的货行，开在那条街已有十年的历史。他大步走下台阶，突然街上急匆匆跑来一匹战马，停在府衙的台阶下。

骑士飞身下马，对杜郁非躬身施礼道："大哥！什么事让你那么着急？"

"袁彬！"杜郁非吃惊地看着面前的锦衣青年。

袁彬微笑道："吃惊吗？小弟在江南公干，一听说你这里出了大案就快马加鞭赶来了。大哥，有这种案子怎么能没我？"他见到刚走出府衙的赵齐，顿时瞪大眼睛道，"我当是谁，原来是齐少，你怎么闷声不响地在泉州给我大哥打杂了？"

"他官阶比我高。"杜郁非没好气道。

“屁的官阶……他就算是京城的大纨绔，在我们面前也是狗屁。”袁彬还想说什么，发现杜郁非和赵齐的面色都很不好，怔道，“到底怎么了？”

“苏姐儿失踪了……”赵齐低声道。

“什么？”袁彬亦勃然变色。

赵齐迅速把事情经过说了一遍。袁彬眼中闪过一丝焦急，但仍旧不动声色地上前半步，躬身道：“大哥，我对这案子不熟悉，赵齐又不够聪明。卷宗里找线索我们不擅长，不如你把外头的事交给我们，你去卷宗里看看是否有遗漏。我在来的路上粗略看了下案子的简报，这个‘泉州无常’不是逮住人就杀的狂魔，苏姐儿一时半会儿应该不会出事。事分轻重缓急，办事也要各尽其能，这是你一直教导我的。”

袁彬说的的确有理，杜郁非拍了拍袁彬的肩膀，强忍住亲自去找苏月夜的冲动，返身去签押房看卷宗。赵齐看到这一幕，有些羡慕嫉妒地望着袁彬。

“怎么？哥哥我跟着杜老大的时候，你还在念私塾呢！走，你不是一直想进锦衣卫吗？办成这个案子，我带你进锦衣卫。”袁彬一甩衣摆重新上马，飞鱼服在阳光下烁人眼眸。

杜郁非回到签押房的小楼，里面堆着半人高的卷宗。他推开窗，望着外面碧蓝的天空，忽然想到两年前“庆王之乱”时，也是苏月夜帮他搜集信息统筹全局。这个女人从来都不曾离开过，这一次可千万不能出事。

杜郁非很明白，平日那么多事，大半都是苏姐儿帮他完成的。那么多的事没有了她，又该怎么办？他从前可没想过这个问题。

关于凶手处理尸体和杀人的手法，之前都已经了解。但凶手为何杀人，杀人既然遵照收割一人性命，再为其除去一人了却恩怨做“补偿”的原则，为何会停了两年？他难道不该在这规则的推动下不停杀人吗？

杜郁非看着那些卷宗，搓了搓脸，缓缓拿起最上面的一本《司马长生案》。若是这老头子不被杀，崔炭就不会误入歧途，这是一切的开端……

司马长春前往泉州给当时的泉州府尹常性看病，在回程路上适逢山贼头领中了蛇毒，司马长春救治了山贼首领，得到了医金被放下山，却被护送下山的三个山贼所杀。

该案由杜佑程经手，老捕头用了三天了解状况，约见了山贼首领，然后追查到季鹏的下落。杀人时，季鹏并未动手，甚至曾劝阻同伴，因此一经盘问立即全盘托出，最终另外两名山贼在福州落网。季鹏协助办案有功，入狱服刑，被判三年……

若干年后，杜郁非翻看旧卷宗时，曾经为此询问过养父。杜佑程解释说，季鹏为人老实，家中少妻有孕，得饶人处且饶人。

季鹏有个儿子，洪武十五年时儿子尚未出生，但到洪武二十五年，也就是司马长春十年祭时应该十岁。季鹏是崔炭手下第一个亡魂，崔炭在头十年里，对杀人仍有忏悔之意。会不会那个小车夫就是季鹏的孩子？

杜郁非去到楼下，叫上三个刑部的文书，让他们将头十年受害者的亲属关系理出来，找到可能是那个小车夫的孩子。而他继续翻看在永乐十一年前，也就是“泉州无常”那两年空白期前，最后一个受害人的资料。那是个叫林秋水的捕头，隶属于福州府衙，他上头的死者是福州地上一霸，人称“小福王”的夏嵩，其在福州地面上的能量，绝对比得上泉州的李南城和宋夜叉。

夏嵩上通奸佞，下欺百姓。林秋水掌握了其对一户农庄灭门的证据，就在要将其绳之以法时，夏嵩突然失踪，很多人以为他是畏罪潜逃了。而在夏嵩失踪三个月后，林秋水也告失踪。

这事一度在福州引起很大反响，整个福建的官差都出动去寻找林秋水。杜郁非还记得，当时自己整天跟着父亲出勤，杜佑程为了这个案子有一个月不曾回家。杜佑程曾说，在福建公门里，若有人让他心服口服，那就是林秋水，那是个在私德方面毫无瑕疵的人。

收割一人性命，再为其除去一人了却恩怨作为补偿。这样的杀戮粗听合理，但若死者被杀前迟迟不肯说出另一个名字，那岂不是就不能杀他？又或者说万一死者说的要杀的那个人，在被“泉州无常”杀之前就死了，那这场环环相扣的杀戮又该如何继续？

杜郁非在了解了这一原则后，也曾扪心自问，若自己遇到这一情况，是否会说出那个仇人的名字？一下子，他还真想不出让“泉州无常”帮着去杀谁。有没有可能林秋水没有说那个名字，所以“泉州无常”陷入了两年的空档期？

“泉州无常”目前做过不少特别的事，他莫名其妙地有两年的空档期，又莫名其妙地出手杀了苏曼，一个二八年华的当红妓女。但苏曼是永乐九年失踪的，却在永乐十三年才被杀。尽管“泉州无常”杀人节奏很慢，但也没有证据说他会保留一个受害人六个月以上。这个凶手如果前后是同一人，那在七十八岁的高龄时仍在杀戮更是不可思议的事。即便江湖上的许多黑道人物、邪派高手，多数都会在七十岁之前退隐江湖。

“这绝对是两个人。”杜郁非拍了下桌子。

这时，边上的文书小声禀告道：“我们查阅了卷宗，符合杜哥你所说情况的孩子有三个，除了季鹏的孩子，另两个都一直和家人一起生活，从未失踪或者惹上官司。季鹏的妻子生孩子时难产死了，孩子叫季明，由季鹏的母亲抚养。季鹏出狱后，孩子就被送回他手里，但他失踪时，那个孩子也一起失踪了。之后就没了下落。”

“季鹏的画像有吗？”杜郁非问。

“怕是没有，但当年办这个案子的老公门都还在，或许……我们能让他们帮忙画一幅？不过时间久远怕是记不清了。”一个文书建议道。

“很好！马上去办。”杜郁非敲了敲桌子，“关于钱富贵的案子，我还有事情要问那个管家，帮我把那个姓全的找来！”

“是。”文书领命。

杜郁非看着桌上那些死者名单，收割一人性命，再为其除去一人了却恩怨，钱富贵前头的敌人如果是何向宁，那后面那个人会是谁？

五

时间转瞬即逝，杜郁非从大批的卷宗里起身。窗外明月高挂，酉时已过，袁彬他们居然还没回来……

突然，屋外传来一声马嘶，是大白！杜郁非飘身掠出窗户，就见袁彬和赵齐面无表情地驾着马车进入院子，而另一边的公差压着马车的车夫。

“到底怎么回事？”杜郁非大声问道。

“我在门外等苏姑娘，但不知不觉就睡过去了，醒来时倒在路边……”车夫战战兢兢道。

“你醒来时在哪里，看到了什么？”

“在西边的水沟边，但我动不了……一直到赵大人找到我！”

“他被迷晕了，身上几乎完全被麻醉。我不明白凶手为何放了他，照道理留着他才更保险。”赵齐在一旁道。

“你一直晕着，什么也没听到，什么也没看到？”杜郁非问。

“我……我……”车夫哭道，“我没用……我没保护好苏小姐。”

“你是在哪里发现他的？”杜郁非问。

赵齐道：“西北三十里，二十八都外三里。我已把那边警戒起来了。”

“不，他一定绕路了。地图、地图！”杜郁非叫道，边上立即有人递上泉州府地图。

“他可以去的地方太多了。”杜郁非心乱如麻。

“大哥，大白和小黄是自己跑回来的。它们空车跑到了泉州城北门，被守城官兵拦了下来。”袁彬禀告道，“这算不算老马识途？”

杜郁非眼睛一亮，上前抚摸着大白马的鬃毛，轻声说了几句话。白马跺着脚，晃头打着响鼻。

杜郁非立即吩咐道：“把楼上的卷宗搬上车，我们跟它们走！”

“什么？”赵齐难以置信道。

袁彬反问道：“你还有更好的办法？”他快步上楼搬起卷宗跳上了马车。

“马儿马儿！我们去找你的主人，走！”杜郁非给大白加了一鞭，那白马居然无须别人驾驭，转身拉着马车冲出了府衙。

车子一面向外奔，袁彬一面继续汇报道：“之前你想查的货行，这几日是在忙着送货走镖。前几日整个福建大雨，所以那些该走的货物这几天才开始陆续上路。”

“镖行……这里除了商行，最多的就是镖行了。”杜郁非拍了拍手边的卷宗，但那么多镖行又从何查起？

苏月夜睁开眼睛，发现自己半躺在一把太师椅上，周围是套古朴的家具，门外有一个开阔的院子，池塘里倒映着皎洁的月。她抬了抬手，除了手指还算灵活，从胳臂开始就不能动弹，全身其他部位也仿佛废了一样。门外传来脚步声，苏月夜立即假装昏迷。

一个神情落寞的男人走入屋子，看着苏月夜露出温暖的笑容。他在屋角的神龛点了一束香，拜了几拜，自语道："老天有眼，终于让曼儿又回到了我身边。我崔略明谢佛祖保佑，从今日起斋戒一月，忙过这一季，我一定去寺庙还愿。”

崔略明……没听过这个名字，但是他姓崔，难道是崔炭的儿子？苏月夜心念转动，偷偷看了眼对方的样子，那是个年过中年的汉子，一身简朴的衣着，手臂上绑着袖章，脚上穿着快靴，手上有武者护腕。这是镖局低等武师的打扮，但她看不清那臂章的花纹，所以不知是哪个镖局。

那汉子从抽屉里取出两支红烛，然后张罗了一桌子的酒菜，安稳地坐在苏月夜对面，痴痴地望着她。

是他？苏月夜思索了片刻，慢慢睁开眼睛。当她看清对方的长相，不由一惊。

面前的人居然是那个管理钱富贵宅子的全叔，当时他做了简单的易容，但五官轮廓并没有大的变化。

“曼儿，你醒了！”崔略明喜道。

苏月夜呻吟一声，娇滴滴道："这是哪里？”

“这是我们家呀！你不记得了？”崔略明笑道。

“我们家？这里是泉州……泉州……”苏月夜察言观色，欲言又止。

崔略明立即道："九都，我们九都的家。你终于回来了。”

“我终于回来了？”苏月夜美目流转，“为什么这么说？难道不是你把我带回来的吗？就和从前一样。”

“我……”崔略明怔了一下。

苏月夜笑道：“我们相遇的那一年，在栖霞寺，你不就是这么把我带回家的吗？我一开始还不高兴，还骂你。但后来不是被你的诚恳打动了吗？”她一面说，一面观察对方的表情，尽管这些都是猜测，但她觉得距离真相不会太远。

“是……第一晚你很害怕，但也很开心，因为你终于不用回鹿园了。你让我把你带得远远的，我就把你带回福建了。”崔略明红着脸，笑嘻嘻道，“还记得回福建的第一晚吗？我们好开心啊。”

苏月夜打了个哈欠，轻声道：“我都不记得在这里住过多久了。”

“很久呢！你每晚都会和我讲故事……你总说要去很远的地方，所以有天你突然就不见了。我一直在找你，找呀找！对了，从前欺负你的那个将军，周剑钧，他再也不会欺负你了。”

他杀了我姐姐，却不记得了？还是另有杀手？苏月夜笑了笑，轻声道：“我好累，想坐起来。你能帮我吗？”

崔略明犹豫了一下问：“你不会再走了吧？”

“不会……那么多年我走了好多地方，最后发现还是你最好。怎么会再走？”苏月夜柔声道，那柔美的声音像极了苏曼骗人时的调调。

崔略明拿起酒杯，小小地喂了苏月夜一口：“我早就给你准备好了。”

苏月夜调整内息，发现身体出现了复苏的迹象，她微微调整了一下坐姿，小声道：“傻子，我们来好好聊聊。”

杜郁非的马车来到距离九都五里的官道，这里向北可以到德化，向东则是九都，朝西南走就是车夫被发现的二十八都。凶手是在这个三岔路口换了马车吗？杜郁非看了眼远处的驿站，这里不是一般的通信驿站，而是货物中转驿站。中转库房前，插着好几家镖行的旗子。

“我去查二十八都。”从德化过来的凌云燕道。

“查二十八都，查谁？查什么？怎么查？”杜郁非瞪起眼睛，“万一惊走了凶手，你负得起责任？”

“我……”凌云燕顿时汗流浃背。

“我们自己走一遍这条路。”杜郁非驾着马车，沿着官道重新走了一遍从二十八都到九都的道路，而后他又沿着官路向着德化走了两里才返回驿站。他一直沉着脸，袁彬和凌云燕都不敢多嘴。

这时，远处有快马飞驰而来，禀告道：“报大人。赵齐大人急报。”

杜郁非打开文书，赵齐报告说真正的全叔在调查的那几天被迷翻在家，由于错过了官府的问询，所以一直躲在家里不敢出门。那日他们在钱富贵宅子遇到的很可能是凶手本人。赵齐还送来了两份画像，一幅是当时参与调查的“假全叔”的画像，另一幅是季鹏的画像，两人五官居然有六分相似。

杜郁非冷笑一声，吩咐道：“通知泉州府所有镖局的管事，到九都来认人。谁来得最晚，我拆了他们招牌！”

泉州一共有三十七家镖局，最大的是震远、武威、风云三家。三十七家镖局的管事齐聚一堂，这是春节行业年会也没有过的事。但是这些人听说是杜郁非召集，连夜出发没有一个敢拖后腿，天光微明时分就都到了九都。有两个下马时就一阵狂吐，显然平日里养尊处优。

两张肖像在管事手里传阅，杜郁非道：“此人四十出头，平日沉默寡言。常常跟着镖局走远程的镖。他在镖局地位并不高，可能介于镖师和普通伙计之间的位置。这个人是十多岁时进的镖局，所以应该是镖局的老人了。他的家在并不热闹的地方，回泉州通常不住镖局给的地方，他有自己的地方住。此人略通医术，平日走镖有人遇到意外，他会出手相助。他在镖局可以接触货物，甚至可能平日负责清点货物，或者负责替同伴准备走镖的装备，所以每次出镖都会带着大的长条箱子。”

“啊！”说到这里，有人举手道，“我想到了！说来这画像虽有些偏差，但的确有点像啊。这是崔略明，我们镖局的一个老镖师，他功夫一般，但做事很仔细。若非平日不善交际，应该做大镖头了，但他平时有点神神道道，不太跟伙计们应酬，不太合群，可他……他会是‘泉州无常’？”

“你是什么镖局的？”袁彬问。

“我是福威镖局的，我们虽不如三大镖行，但也算是……”那管事笑道。

“崔略明住哪里？”杜郁非打断他道。

“他在德化有住所，但好像在别处也有……具体我不清楚。”管事的吞吞吐吐。

“我知道。崔略明是九都人，他在德化分行入的镖局，当时是李镖头的朋友托进来的，具体是谁不记得了，李镖头好像说是一个医生。你们说他功夫一般我可不同意，他遇到过不少厉害的敌人，都很轻松地解决了。”管事身后有个年轻镖师道，“他和我出过几次镖，虽不健谈，但算是个老实人。我是九都人，聊天的时候得知他在这里有个小院子。”

“带我去！”杜郁非大喜过望，他的大手抓住对方肩头，让那年轻人疼得一龇牙。

苏月夜小心翼翼地和崔略明聊着天，一个通宵就这么过去了。两人仿佛多年不见的亲密爱人，有说不完的知心话。苏月夜了解到对方就是姐姐消失前那个夜晚曾经到过“鹿园”的江湖人，姐姐曾经为了他和老鸨吵架。她是那么多年来，第一个为他出头的陌生人。而后他一路跟着苏曼去到栖霞寺，最后鼓起勇气把她“带”走。

崔略明更告诉苏月夜，鹿园吵架的那一天，并不是他第一次见苏曼。他当时在应天府已有一个月，几乎隔三岔五就找机会见苏曼，只不过苏曼不知道而已。

崔略明又聊到了自己的童年，他是跟着养父长大的，养父姓崔。亲生父亲是谁，原本并不记得，但养父的记事本说了很多隐秘又恐怖的事。

“什么恐怖的事？”苏月夜问。

崔略明面色微变，本能地回答道：“这不能和你说。”

“为什么？我又不会和你生气。”苏月夜悄悄握住他的手。

“我的养父，是杀死我父亲的……凶手……”崔略明目光有些呆滞，“我十岁以前，他一直带着我到处流浪。虽然他不说，但我知道每过几个月他的大箱子里就会装一个人。

“有一次，我趁他不在打开了箱子，箱子里的人求我救他，我……我没有，而是拿刀砍了他一下。养父回来非常生气……很生气很生气……我就不停地道歉。后来他摸着我的头，跟我说下不为例，永远永远不要再碰他的箱子……”崔略明忽然提高了嗓音，用一个陌生而沙哑的嗓子重复了一遍，“永远不要碰我的箱子！”

这仿佛来自地狱的声音，让苏月夜抖了一下。崔略明仿佛换了一个人，用冰冷的目光看了看她，然后又瑟缩着身子道：“三个月后，我记得那一晚养父一夜没睡，第二天他把我送给了镖局的李镖头，说想让我学点功夫，以后能在镖局混口饭吃。学点功夫我倒是无所谓，但他把我交给李镖头后，就再也没回来。”崔略明忽然哭了起来，“我真的不会再去碰那些箱子了……爹，我真的不会……”

苏月夜眼睛微红，这个崔略明其实也是可怜人，他只是个被恶魔捡去的孩子。她试图去握对方的手，崔略明却忽然抬起头道：“很多年后，在我以为我把所有事都忘记了的时候，他忽然回来找我了，我养父……回来找我了。但我已经不是孩子了，我不需要他。他说他要忏悔，要忏悔这一生，忏悔丢下了我。我没有听他的，他很失望，第二次来找我的时候，他喝醉了，再次忏悔丢下了我。忽然，他又忏悔杀了我的父亲，忏悔杀了很多人。”

崔略明忽然抬头苦笑道：“是的，我早知道他杀了很多人，但不知道他杀了我的亲生父亲。他说那事发生的时候我还小，大概只有两岁。他留了点银子给我，说如果我不想做镖师，可以拿去做点生意。他把这里给了我，说有了这里我会更了解他。

“我犹豫了两天，终于还是来了九都，我很缺钱，也很想更了解他。推开房门的那一刻，我就接过了他的人生、银子、房子，和满载杀人回忆的记事本，甚至他的刀也在那边挂着。”他指了指床脚的那把军刀，“不过现在这把已经不是过去那把了。”

“但你……没有马上就学他。”苏月夜小声道。

“当然！我又不是杀人狂，怎会和那个恶魔一样？”说到这里崔略明已经不看苏月夜了，他的眼神仿佛穿过屋子的墙壁望向远方，“我挣扎了几个月，镖局只要有任务，我就去做，让自己不停地忙，没空去胡思乱想。但每次回到泉州，我就忍不住想要回到这里……我就像着了魔。

“后来，我被派去应天府取镖，就在那里我遇到了你……你是那么美丽可爱，还愿意和我一起回福建，于是我千里迢迢和你一起押镖回到泉州。这间房子有了你就变得不同，我再也不去想什么杀人，不去想那些该死的过去的事。但是你……但是……”崔略明忽然看着苏月夜，“但是你为何忽然要走？”

“我要走？”苏月夜听了那么久的故事，几乎以为自己就是苏曼，被对方喝问时，整个人一惊。

“你要走……你要离开这个乡下。你说你生来就是嫁给豪门的命，为何要在这里无聊地过日子？连续几天我们一直在吵架，我很累，很累很累……那一天也是这样的月亮，我……”崔略明眼睛里满是疑惑，在原地看着影子转了几圈，忽然道，“你不是曼儿……你是谁？”

“我……”苏月夜心念急转，真不知如何回答。

“那一夜，苏曼已经被我杀了……你不是苏曼，你是谁？”崔略明仿佛忽然苏醒了一般，从上到下都散发出一种恐怖的气息。

苏月夜试图后退，却被他一掌劈倒在墙边，被麻醉了一整日的她根本没有反抗的能力。

“有人来了……很多人……”崔略明忽然抬头望向院子，他丢下苏月夜，一步跨到屋外。

杜郁非、袁彬、赵齐带着一干捕快从三个方向进入崔家小院，外头更有数十个公差将附近路口层层封堵。袁彬走在最前头，尽管凶手似乎是用毒高手，他也一点都不担心，毕竟不过是个镖局的镖师嘛。但他们刚越过篱笆，就有捕快相继倒下，袁彬屏住呼吸，扫视四周，就见如幽灵般的崔略明出现在他的侧后方。袁彬拔剑疾刺，崔略明左手弹出一片烟雾。袁彬匆忙避开烟雾，脚下突然一轻，失去平衡朝后摔倒。他挣扎着试图爬起，却见自己身处一片黑色的不明花朵中，意识虽在，身体却不听使唤了。

院子不过十丈见方，但每向前一步都有捕快倒下。一同前来的捕快相继倒在药田边，只剩杜郁非站在崔略明的面前。

“难道真有人到了百毒不侵的境界？”崔略明面无表情道。

“区区迷药还难不倒我。”杜郁非一身肃杀。

崔略明皱眉道：“你就是杜郁非？福建冷血神捕，说的就是你？”

“是。”杜郁非手扶踏雪剑，冷静回答。

“很好，杜大人，我要杀了你。但你放心，我会给你一个足以安慰的条件。你这一生中若有想杀的仇敌，给我一个名字，我会替你了却这桩心愿。”崔略明说话的声音沙哑有力，仿佛摇身一变，成了另一个人。

杜郁非笑了起来，低声道：“你这算是承认杀了钱富贵，而他最后的心愿是杀我吗？”

“不错，他或许觉得，我在泉州唯一杀不了的就是你，这样可以让我自投罗网，但是……既然你来到我的小屋，那就是你自投罗网。”晨曦下的崔略明身影凛冽肃杀，手握一柄短锋军刀，仿佛来自阴司的无常。

杜郁非道：“要杀我的人那么多，我还不是活得好好的。崔略明，我念你因崔炭影响一生，原本就是个可怜人。束手就擒，我给你个公道。”

“公道？收割一命还一命，还不够公道吗？”崔略明哈哈狂笑，忽然狡黠道，“杜大人，如果你真不受黑曼陀罗的影响，早就对我动手了。你从一进院子就站着不动，自然是因为你无法动弹。我差点被你糊弄了。”

崔略明一步步向杜郁非逼近，每走一步他都注意着杜郁非的动向，但杜郁非并没有动手的意思。两人的距离已不到三尺，崔略明冷笑着举起军刀，斩向杜郁非的肩颈，他要活捉对方。杜郁非依然一动不动，一直到刀锋落在他的左肩上。崔略明眼中闪过一丝喜色，杜郁非突然抬手抓住了刀锋，踏雪剑从腰间流淌而出，一道寒芒若水泻地一般洒向崔略明的胸口。崔略明大骇飞退，胸口被划出道一尺长的口子，鲜血淋漓。他一个箭步掠回房门。

杜郁非跨出一步，却无法追出，几乎是半跪在屋门前，晨曦中的空气里弥漫着一层仿若沙尘的雾气，踏雪剑虽然不停抖动，但依然在他手里。

崔略明犹豫了一下，终究没敢再次靠近杜郁非。他回到屋子，看到昏迷于地的苏月夜，那动人心魄的面庞是如此让人难以抗拒。

崔略明咬了咬牙，试图上前将女子带走。

杜郁非大喝一声，踏雪剑破空而出，呼啸着直刺对方后背。崔略明尖啸一声，回手将长剑击落，但军刀亦被剑锋震落在地。

突然，苏月夜从地上捡起军刀，纵身跃起，一刀刺入崔略明的小腹……崔略明眼睛向前突起……嘴里不断咳出鲜血。苏月夜盯着对方空洞无助的眼眸，握刀的手不住发抖，但面色依旧冰冷。

“曼儿……是你回来找我了吗？”崔略明咳着鲜血，慢慢跪倒在地，“这次不要走了好吗？”

苏月夜和他一起跪下，再次用力将刀推了一寸。崔略明身子一紧，随后慢慢放松，倒于血泊之中……

苏月夜望向屋外，杜郁非脸冲着屋子趴在地上，已然失去意识，她向前爬了几步，将他牢牢抱在了怀中。

尾声

泉州无常一案告破一个多月，袁彬就在泉州住了一个多月，因为在他看来，破了那么大的案子，杜郁非复职的事绝对是板上钉钉的，他乐得和老大一起北上回京师。

他们从九都的屋子里找到了崔炭的记事本，里面详细记载了每一件案子的细节。诚如杜郁非所料，林秋水是唯一一个没有说出“名字”的人。这本记事簿的后几页则是崔略明所做案子的记录，这样一来，泉州府衙照着这个本子，按图索骥将许多悬案一一查明。

忽然一日，袁彬收到了卫所的简报，看完后他面无表情地将简报递给了杜郁非。

杜郁非扫了一眼，流露出一丝怒意，但随即笑道："东厂居然直接把我调过去了，他们现在在皇上那里真是说一不二啊。"

"大哥……你怎么办？"袁彬急问。

杜郁非道："还能怎么办，我哪里都不去不行吗？就算这官我不做了，也不去东厂。他能奈我何？"

"你要抗命？"袁彬吃惊道。

"我又不是第一个有了缺但不去上任的官。那些三四品的大员没遇到美差就抱病不出，我不行吗？"杜郁非笑了笑道，"不要担心，到什么山砍什么柴嘛，再等等，这正式的任命不是还没下来吗。"

"但简报既然出了，基本就是确定的事了。"袁彬懊恼地叹了口气。

几天之后，一个消息震动了万里神州。

登基才十个月的洪熙帝朱高炽于钦安殿猝死，刚刚走入正轨的大明，又将迎来新一轮的变化。

杜郁非坐于自家院中，悠闲地望着北方，轻声自语道："这下轮到太子殿下了，他怎么都该记得我吧。"

苏月夜从后院笑嘻嘻地过来道："你就那么想回京师做锦衣卫？"

"无聊嘛……"杜郁非叹了口气，"斗惯了恶龙，我已经不习惯在泉州对付虾兵蟹将了。"

苏月夜挨着他坐下道："反正你去哪里我都跟着。"

第二章 大娘难书

大艰难书

楔子

杜郁非身着飞鱼服，站在弘德殿前的斜廊边，四周静得连针落地的声音也清晰可闻，他小心望了望碧蓝的天空，吸了口气平静心境。

远处偶尔会有宦官和侍卫经过，并没有人多看他一眼，大约过了半个时辰，一个大腹便便须发花白的老者走出弘德殿，抬手点了点他。

杜郁非上前躬身施礼。

这个老者是锦衣卫指挥使赛哈同，尽管平日里大多数事务都是下面的人在做，但实际上他才是锦衣卫的一号人物。

“皇上点名要你回京师，这种事并不多见，你好自为之。”老头子小声嘱咐，“宫里的事情忙好后，来见我一次。”

“是的，大人。”杜郁非小声回答。

“去吧，皇上在等你了。”老头子笑着拍了一下他的肩膀。

说起来，杜郁非上次见朱瞻基还是两年前京师斗蟀会的时候，那时候朱瞻基还是皇太孙，杜郁非做了他一个月的护卫队长。

之后，他被永乐帝贬回泉州，就和这个皇太孙没有了联系，而朱瞻基在短短一年半的时间里就完成了皇太孙、皇太子、皇帝这三个身份的变换。

现在两人一个坐于殿内，一个跪在殿门口。

杜郁非赫然发现，已是当今皇上的朱瞻基和从前完全不同，对面那个身着龙袍的人身上充满了一种难以言喻的压迫感。

朱瞻基看了杜郁非一会儿，微笑道："起来吧。郁非，这一年多来，你受苦了。"

"泉州刑部并不苦。"杜郁非起身笑道。

朱瞻基用手指搔了下眉梢，问道："听说你无论如何都不肯去东厂，这是为何？东厂和锦衣卫，不都是为朕效力吗？何况既然派你去东厂，就一定会给你个不错的位置，若对东厂不满意，你可以亲手去改变它。"

杜郁非没想到皇帝开门见山就问他这个，苦笑道："臣在锦衣卫十年，一朝身着飞鱼服，一生皆配绣春刀。东厂……东厂真的不适合我。臣下愿在锦衣卫替皇上分忧，请皇上恕我任性。"

他并没有直说自己对东厂的不满，毕竟东厂做的许多事也是直接听从皇帝的吩咐，这个身为锦衣卫的他相当清楚。

"任性……"朱瞻基笑了起来，"有本事的人，自然是有性格的。你去不去东厂，朕不在意。只不过现在东厂即将由金英接手，他手下实在是缺人。这样，你若能完成今次的任务，朕就许你留在锦衣卫。"

杜郁非躬身道："遵陛下旨意。"

朱瞻基在龙书案前踱了几步，低声道："朕要你查先帝的死因。"

杜郁非吓了一跳，小声问道："皇上……"

朱瞻基摇了摇手指，道："朕没有说先帝一定是被人害死的，但朕也不认为登基后身体一直很健康的先帝会忽然驾崩。"

杜郁非露出思索的神色，这一次他并没急着回话，但汗水已经湿透了后背。

果然，朱瞻基又道："先帝的龙体一直不算健康，尤其是上一次被东瀛人惊吓过后。但也许是去年新登大宝，他的精气神焕然一新，加上宫里的御医对他加倍小心地照顾，甚至老郑和也提供了一些海外仙方，所以最近半年先帝的身子骨一直是很好的。直到三个月前，先帝决定迁都。”

“迁都……”杜郁非一怔。

“嗯，这些事你肯定不会知道。先帝决定将国度迁回南京，所以在前些时候，他派朕去南京筹备。”朱瞻基慢慢道，“朕出发前，他忽然身体很不舒服，卧床了一日。朕离开时也很忐忑，随后没多久就收到了噩耗。”

杜郁非轻声道：“陛下是想要我查明先帝的死因，而这里并非一定有凶手？”

朱瞻基道：“是。朕有种说不出的感觉，总觉得先帝不是病死那么简单。你的能力朕很清楚，而且你为人谨慎，这事交给你来查是最合适的了。”

“谢陛下。”杜郁非心头一阵感激。

“此事必须秘密进行，好在你本就是锦衣卫，领一个大汉将军的缺就可以在宫里走动了。”朱瞻基面色慢慢凝重，“有任何进展，随时向朕汇报。”

“臣遵旨。”杜郁非跪倒领命，略一停顿道，“但要调查……这事儿，需要到后宫等一些不太方便的地方，问一些不太可能问到的人。”

“袁忠！杜郁非在宫里有何需求，都由你来安排。”朱瞻基道。

一个身形宽厚但并不高大的中年男子从角落里走出施礼，普通人根本感觉不到他一直在弘德殿里。

朱瞻基又对杜郁非道：“若人手不够，你可以让信得过的人进宫，袁彬、苏妞儿，朕都信得过。但此事机密，知道的人越少越好，即便赛哈同也一样。”

杜郁非沉声道：“臣明白。”

一

宣德元年六月，杜郁非回到了阔别一年半的京师。

他被调回是因为一件足以压死任何人的任务——查明洪熙帝朱高炽的死因。这项工作几乎不可能完成，即便真的完成了，涉及皇家机密，也极可能九死一生。

当杜郁非走出弘德殿，他微微吐了口气。方才立于殿内他仿佛身有千斤重担，之前他也曾在太子府见过先帝和当时还是皇太孙的当今圣上，但在不同的环境，同一个人给别人的压力怎会发生那么大的变化？

永乐帝朱棣在位二十二年后死于军中，他传位给大儿子朱高炽，而洪熙帝朱高炽只做了十个月的皇帝就驾崩了。在历史上他和他的儿子朱瞻基，两人在位时期合称为仁宣之治。

在坊间一直流传着一种说法，说是朱高炽尽管身体肥胖、喜爱女色，但身体还没差到才做十个月的皇帝就扛不住的地步。至于谋害他的人，直指即位的宣德帝朱瞻基。

也许就因为这个，圣上才希望自己能够查明真相？只是即便查明了，流言也不会消失吧。杜郁非回望了一眼弘德殿，心里叹了口气。他曾经在太子府当了一个多月的差，个人以为朱瞻基是不会做杀父夺位这种事的。朱瞻基身为太子年纪尚轻，何必那么着急？做皇帝又不是什么享福的事……

袁忠带着杜郁非在紫禁城熟悉环境，皇城之大，飞檐遮天、城墙巍峨、长桥卧波，让人大开眼界。他们一路上看到不少宦官和巡逻的卫队，宦官们对袁忠并不太尊敬，袁忠也不以为意。杜郁非恭敬地跟在对方身后，不仅仅因为对方是老前辈，更因为袁忠是锦衣卫里三大“锦衣羽卫”之一。

锦衣卫全称“锦衣亲军都指挥使司”，其系统里最高阶级常设有指挥使一人，指挥使同知两人，这三个人是全国数万锦衣卫的权力最高峰。而“锦衣羽卫”则代表着锦衣卫系统里武勋的最高峰，只有在锦衣卫供职十年以上，武艺达到万人敌的程度并且为皇家立有极大功劳的人才能获得。这种荣耀即便是锦衣卫指挥使也不是想要就能要到的。

一圈转下来已日落西山，袁忠这才不紧不慢道：“前头那个院子叫思正院，是特殊情况下外来人员在大内歇脚的地方，你可以把这当作临时处理事务之处。我已将先帝起居情况记录放在了你桌上，那个卷宗只能在大内看，不可带出去。苏月夜和袁彬我一会儿让他们去思正院找你。另外我多给你三个腰牌，这样你的手下就能自由出入大内，大内晚上是有宵禁的，但有这腰牌就可通行无阻。当然活动范围仅限于我刚才带你看的那些地方，再往里头走必须有大太监带着，即便我也不能乱走。”

杜郁非小声道：“关于这次的差事，袁大人，你可有指点晚辈的？”

“你是刑侦圣手，哪里需要我的指点。”袁忠笑了笑，拱手离开。

杜郁非步入思正院，院子里并没有仆从，所有一切都要自己动手。他并不在意这些，琢磨着这次的差事，他径直到里屋翻阅袁忠留下的卷宗。这厚达五百页的文书里记录了洪熙帝最后两个月的生活点滴，内容包括洪熙帝朱高炽每日的饮食、药物、临幸的嫔妃、处理奏折的时间，以及非上朝时间接见过的大臣等。卷宗的最后，还附有御医对洪熙帝死因的批注，说是无疾骤崩。

光看这些有什么用，若有人在菜里下毒，难道还会将毒药的名字标注在菜上？杜郁非轻轻叹了口气，完全无从下手。

他想了想，重新翻看了一遍，这次的速度比先前要快得多。洪熙帝平日里非常勤政，但即便每日批阅奏折到很晚，他也要临幸一个妃子，所谓勤政和娱乐两不耽误。故曾有御史进言说洪熙帝纵欲无度……

“皇上碰个女人，关你们御史屁事……”杜郁非原本对此不以为然，如今看了每日的日程，终于还是嘀咕道，“是有点多……太多是不太好啊。”

最后他目光落在一件叫妙法石的物品上。这件物品由一个叫周秀的人上供到御前，是这两个月出现在洪熙帝近前唯一一件特别的东西。

周秀……这个名字有点熟，但到底是在哪里听过？杜郁非看完全部卷宗已是深夜，外头飘来了饭菜香。苏月夜和袁彬早就等在了外面，苏姐儿居然把她那个书馆级别的档案柜搬来了这里。袁彬给她说着宫里的种种趣闻，见到杜郁非出来，赶忙起身见礼。

“你们有没有听过周秀这个人？”杜郁非问，“好像是礼部的某个官员。”

苏月夜笑道：“有的，是礼部的一个主事，曾经跟着郑和大人去过海外。回来后就没有实缺了，一直在京里闲着。”

袁彬道：“大人，这次到底是什么事，我可从来没在大内办过差事。”

“你爹没告诉你？”杜郁非笑了笑。

“哎！你也和他相处过半日了，我父亲大人的嘴巴可是出了名的紧。”袁彬苦笑道。

“好。我下面说的话，不得告诉其他人，否则会引来杀身之祸。”杜郁非看着这两个可交付生死的朋友，低声道，“我们受命查先帝的死因，皇上想知道究竟发生了什么。”

苏月夜顿时紧张起来，皱眉道：“皇上……到底是什么意思？”

杜郁非道：“我也想知道，但看上去他似乎没有其他想法，只是要搞清楚先帝是否真是意外死亡。”

袁彬道：“大哥，你知道最近外头的流言吧？坊间都说是今上……”

“你不要命了？”杜郁非抬手将其制止，沉着脸道，“外头说什么我不管，这差事落到我头上就推不掉。你们若不想做，可以即刻离开大内。”

袁彬摸着鼻子苦笑：“我们怎么可能撒手不管。”

“就是。不过我们来之前，还真没想到会是这事儿。”苏月夜笑道。

“妙法石是什么，你们知道吗？”杜郁非又问。

“听上去像佛法加持的玉器？”苏月夜道。袁彬则摇了摇头。

杜郁非道：“我看了五百页的卷宗，只发现这一件碍眼的东西。苏姐儿，你帮我看第二遍，看看有没有其他可疑的事情。另外，这几百页的文书内容很多，你要帮我把宫里的关系网理出来。袁彬，你和我去找袁忠大人，我们去弄明白‘妙法石’到底是什么。”他说走就走，袁彬只能跟上去。

袁忠领着“锦衣羽卫”的头衔，从永乐时期就在紫禁城服役，主要差事为皇上的贴身护卫，在大内有自己的房间，他所在的屋子也是距离寝宫最近的侍卫值班室。

他听杜郁非说了情况，立即前往司礼监找到经手的太监莫诚。

“妙法石我当然记得。”莫诚皱起眉头，“半年前御医给先帝和太后开了一些金石的方子调养身子，后来周秀可能听说了此事，将海外的一枚玉石供入大内，说是有增添精力、调养气血的作用。原本是给当今太后用的，太后用了几天后发现果然有效，因怜惜先帝身体，就转献给先帝。”

“那块玉石还在吗？”杜郁非问。

莫诚道：“先帝用过的东西，别人是不可再用的，所以这玉石被收回内书堂库房了。”

杜郁非皱眉道：“这东西又不是印章，干吗要收回内书堂？”

莫诚额前冒出一滴冷汗，低声道：“妙法石给先帝用了几天，的确有传说里提升精气、调养气血的功效。它的大小适合做印石……”

“找来我看。”杜郁非道。

“这……”莫诚望向袁忠。

“圣上有旨，杜大人在宫里可便宜行事。”袁忠面无表情道。

杜郁非默不作声地将莫诚的表情都看在眼里。

“好……”莫诚想了一想，对门外的太监道，“王振，你去内书堂把妙法石取来。”

门外值班的太监答应了一声，杜郁非对袁彬使了个眼色，袁彬便跟了出去。

在等待玉石的时候，杜郁非并不说话，只是目光冰冷地盯着莫诚。莫诚看着对方那身飞鱼服，心底冒起一股子凉气：“我说杜大人，这到底是查的什么事？”

“你不需要知道。”杜郁非一句话就顶了回去。袁忠则不动声色地抿了口茶。

不多时，王振捧着一个墨玉盒子走了进来。杜郁非望了袁彬一眼，袁彬点头表示没有问题。

“袁大人，这妙法石你是见过的，可是此石？”杜郁非打开盒子问。

袁忠眯着眼睛端详了一下妙法石：“样子没错。但我也没碰过。”

那是枚带着一丝红晕的白色玉石，大约女人拳头大小，并未精细加工过。

“好。东西我取走了。”杜郁非并没有对莫诚多解释。

但取来东西的王振却道：“杜大人就这么取走有些不妥，毕竟是大内的东西，万一丢了不好交代。”

“难道还要打借条？”杜郁非反问。

“是。”王振理所当然道。

杜郁非看了眼莫诚，发现对方心思已经不在这里了，笑了笑道：“好。”

杜郁非走出司礼监，小声道：“袁大人，帮我盯住莫诚和王振，莫诚一定有所隐瞒。袁彬，明日一早，你和我到北镇抚司大牢问询周秀。”

“是的大人。”袁彬躬身领命。

袁忠略带诧异地看了儿子一眼，这小子在家从未对人这么恭谨过，就连自己这个做爹的也不例外。

他低声道：“周秀是三宝大人的手下，虽然远洋船队久未启动，但毕竟还是有那么层关系。你是否要提前和他打个招呼？”

“需要的时候，我会打招呼的。”杜郁非点头道。

去年杜郁非被贬官时，他的直属上司刘勉也被弹劾。而今他回到京师，刘勉却仍旧在降职中。杜郁非一回来就和赛哈同提及此事，然而赛哈同口头答应，实际并未出力，所以杜郁非不愿和他多打交道。

北镇抚司的诏狱，是锦衣卫属下的大牢，锦衣卫抓人无须经过刑部、大理寺、都察院等三法司。大明一代的官吏对“诏狱”二字无不闻之变色。

一大早，袁彬很客气地将周秀从家里“请”来诏狱，但并没把周秀放入大牢，而是安排到了问询房。袁彬把他晾在那里半个时辰，当房门再次打开后，袁彬和杜郁非同时一愣，周秀居然满身是伤地倒毙于座位边。

“这是怎么回事，你门口没放守卫？”杜郁非责备道。

“当然安排守卫了！”袁彬跑出屋外，但哪里有什么守卫的影子。远处警戒的卫兵被他喊了过来，卫兵却回答，袁彬离开后，那个守卫就离开了，这期间没人进去过，他隔得远也没听到异动。

“那个守卫你认识吗？”杜郁非问。

卫兵想了想道：“从排班看应该是宋杰，但看样子又觉得不是。”

“你马上给我把今天值班的队长叫来！”杜郁非吩咐完，和袁彬重新回到屋内。周秀嘴巴被封住，手掌和手指被扭断，胸口凹陷，肋骨断了四根。

袁彬按捺住烦躁的情绪道：“似乎是标准的行刑顺序，但我们一般不会那么快就把人弄死，我也没吩咐那个人用刑。”

“可还记得那人的样子？”

“一个相貌很普通的青年，无特征……身高比我略矮。”袁彬回忆道，“说话声音很低沉，似乎压着嗓子。”

杜郁非道：“对方是特意进来灭口的……或许还不只是灭口，他用的是锦衣卫逼供的手法把周秀弄死……”

袁彬道：“但我今早谁都没告诉就把他带来了，还有谁会知道这事？我家老爷子绝不会泄密。”

“这事牵涉在内的还有司礼监那些太监。”杜郁非深吸口气，吩咐道，“这个杀手混入诏狱杀人，最多只有一晚准备，并非经过深思熟虑。你马上安排手下排查宋杰这个人，我要去东海园一次。”

“那是三宝大人的住所……杜哥你……”袁彬苦起脸。

杜郁非道：“他的人在我们的地方出事，总不能让别人通知他吧。何况我的确有些事想问他，就不知能否见到。据说三宝大人从海外回来后，很少见外客。中午我们在皇城会合。”

紫禁城东面有个叫东海园的地方，就是大明远洋船队的统帅，被人称作“三宝太监”的郑和的京师住所。这个园子的山水布局模仿中国东南沿海的模样。自永乐二十年，郑和第六次下西洋回国后，大多数的时间都是在此地消磨的。杜郁非在泉州任职时，远远地见过郑和两次，正面交道一次也没打过。

并没有在门房等多久，杜郁非就被请入府内。走在路上他不由想到，昨夜袁忠就让他见一下郑和，没想到那么快自己就到了必须登门拜访的地步。

郑和懒散地靠在屋内长椅中，早晨的阳光透过窗户洒在他身上，让这位老人的脸上显出些许红润："杜大人，我的身体不太好，所以就不起身了。"那是一个略带沙哑的声音。

杜郁非赶紧见礼，并简单诉明了来意。

"这么说周秀死在了诏狱，但并不是你的人做的。"郑和看了他一眼，只这一眼就将杜郁非的一切都看通透了。

杜郁非恭敬道："是的大人，下官来此是想了解周秀的为人，以及那件妙法石是否是船队的宝物。"

"周秀，我记得这个人。他并非是我大宝船上的官员，而是五号宝船上的，为人颇为谨慎，嗜钱如命、胆小如鼠，应该不可能做出你说的谋逆之事。"郑和手指轻轻敲击长椅扶手，"五号宝船的指挥是阮飞，此刻他也在京师，你可以找他问一下。至于妙法石，那东西是什么样子的？光听名字我一点印象也没有。"

"是这个东西。"杜郁非从怀中拿出锦布包裹的玉石。

郑和接过玉石，皱眉道："就是这个？从没见过，也许是五号宝船上的东西。"

"所以，还是得问阮飞。"杜郁非慢慢问道，"不知阮飞是个怎么样的人？"

郑和道："他是交趾人，是那边的一个富商。我第二次下西洋时，让他跟船远洋。他统御船队颇有经验，多年来积功升到了指挥的位置，原本带着麾下的一千军士在南京，但新帝登基他便回来到兵部述职了。他应该住在七海居酒楼，那是我们海外船队的产业。"

杜郁非略做寒暄，起身告辞。

郑和目送对方离开，自语道："他拿来的那块石头似乎缺了点什么，我完全感觉不到宝物的力量。那东西怎么会落在周秀手里？他如果知道宝物的价值，又怎么会送入宫里？"

杜郁非前往七海居并没有找到阮飞，隐约觉得有些不对劲，便立即赶回紫禁城。他刚回到紫禁城外的大直道上，就有锦衣卫的小校向他报信，顿时面色变得阴沉。

司礼监的莫诚也死了……对方在皇城里杀了人，使得原以为没有阴谋的一个案子，忽然变成了惊天大案。

袁忠和袁彬早就在侍卫值班室等他，等他一到，立即带他去往莫诚的死亡地点。

莫诚死在自己的院子里，做宦官做到他这个地位，虽然依然是皇家的奴才，但对外已是地位尊贵的人，何况司礼监的太监在宫里更是人上之人。

莫诚衣服穿戴整齐地躺在床上，留了一封遗书，上面说在先帝死后，他将妙法石留在内书堂库房，结果不幸将其遗失。原以为那只是件没人会过问的东西，没想到被锦衣卫问起了。他不想受诏狱之苦，所以服毒自尽。

“说得像真的一样……若他真的只是遗失了妙法石，周秀为何会死？”袁彬嘟囔道。

袁忠冷笑道：“对外头人来说，周秀难道不是死于我们锦衣卫的寻衅逼供？”

“这……”袁彬皱起眉头。

袁忠道：“若有言官弹劾，这事就一定要有人负责。我们只有一天时间来追查那块石头的下落并证明莫诚是他杀。”

“不会有言官弹劾的，宫里的事大叔你压一天。周秀的事，我已和郑和大人打过招呼了，压个一两日没有问题。”杜郁非笑道。

“你以为对方做了这事，会由着你压下去？一定会主动捅开。”袁忠反问。

杜郁非道：“哪个言官弹劾，哪个就和对方有瓜葛。我倒要看看是谁。”

袁彬道：“这些且不去说，眼下我们该怎么查？诏狱那里找到了宋杰的尸体，他今日一早被勒断脖子丢在了柴房。”

“所以仅一个早晨，对方就杀了三人，三条人命三种手法。”杜郁非看着莫诚的尸体，又看了遍遗书，“这里没有提到家人，屋子里的东西也未刻意整理过，说是自杀疑点甚多。袁大人，能否带我去见圣上。”

袁忠笑了笑道：“知道轻重缓急，你小子倒是个当官的料。我还以为你要等今上问了才去说。”

“瞒得住任何人也瞒不住圣上，您说是不是？”杜郁非想了想忽然加了一句，道，“昨天那个叫王振的多少会知道什么。袁彬，你去问他，客气点。”

二

朱瞻基正忙于接待瓦剌使节团，在偏殿听了杜郁非的汇报后，并没有任何怒气，只是命他放手去查。

杜郁非出殿后，袁彬和王振正等着他。

“王先生说，内书堂库房名义上是管理书籍、名画、册页、手卷、笔、砚等东西，但有时候也会收藏一些皇家用得到的小玩意儿。所以像妙法石这样的东西，落到莫诚手里也是可能的。”袁彬道，“至于妙法石遗失的事，他确实不知。”

“王先生？”杜郁非看了王振一眼。

王振笑道：“我进宫前略通经书，在内书堂有时会提点新人一些文笔方面的事，时间久了，大家都这么称呼我。”

“王先生，你进宫几年了？关于妙法石，你知道多少？”杜郁非问。

“我进宫三年左右。”王振道，“昨晚见的那块玉石，从外形上看的确很像。那东西我并不熟悉，只偶尔见过两次，印象中是由一个七彩宝石镶嵌成的盒子装着的，但昨晚取来时，只是用个普通的锦缎盒子装着，当时我就觉得有些蹊跷。说到妙法石，前些时候在宫里倒算是个热门话题。有人说那块玉石送到皇后，也就是现在的太后那边前，太后失眠已有数日，这块玉石放在她寝宫一个时辰后，太后就进入了梦乡。之后不久，太后将宝物转送给先帝，先帝的精气神也顿时好了许多。周秀送上来的时候，说这是海外仙石，某个岛国将它作为圣物供奉的。”

进宫不久就在司礼监混到不错的位子，这个太监不简单。

杜郁非笑问：“你和莫诚的关系如何？”

王振坦然道："他是内书堂的主事，我在他手底下干活，仅止于此。这个你一问便知。"

杜郁非盯着王振，慢慢道："若石头不是丢了，会不会是经他手流出宫了？或者说可能落到谁的手里？"

王振感觉到对方言语的压力，面前的锦衣卫位阶不高，却可随时觐见圣上。宫里因为他的追查死了人，他也没有落到任何处分，如此权衡可知，此人绝不是自己所能得罪的。

王振笑道："咱们都是在下头办差的人。杜大人一定也明白下面做事人的苦楚。"

杜郁非点头道："那当然，我们为每天的差事操碎了心，可俸禄就那么一点儿。莫诚已死，只要不是大逆不道的事，我也没兴趣追究。"

王振带二人来到僻静的角落，才压低声音道："宫里二十四个衙门，司礼监的权力不小，但油水却不一定是最足的，所以各位主事的确可能用手里有限的资源，为下头的部属，为上面的上司，谋点福利。内书堂里面有些东西，对皇家来说是渣渣，对外头的商贾而言却是宝物。为了能用到一点特供的笔墨纸砚，外头的一些商人和官员是愿意出大价钱的。这一来一去，自然有些固定来往的人。莫诚固定来往的那个商人，名叫沈庆余，是个官商，据说是京畿都漕运司里的一个漕运副使。"

"他可以自由进出皇城？"杜郁非皱眉道。

"明面上当然不能。"王振苦笑道，"但只要有人愿意带他进来，很多地方并不像你想的那么难进出。"

这时，远处有瓦剌使节团经过，队伍正中一人中等身材，面目方正，留有短髭，相貌堂堂。

袁彬小声道："那人就是瓦剌使节团的团长也先。据说他们这次送了不少好东西来，但也提出了不少新花样。杜哥，赛哈同大人前头又命人来找你，让你有空去见他一次。"

王振笑道："杜大人果然是能臣，各位大人都对你器重有加。说来，赛哈同大人是郑和大人的堂侄，杜大人去见一次定有收获。"

杜郁非不置可否，眯起眼睛想了想道："若我们查下来，沈庆余的确和此事有关，王先生你就是立了大功一件。"

他看到瓦剌使节团里有几个人单独离团，由一个太监带着去了其他地方。

王振顺着他的目光小声道："瓦剌使节团虽是草原蛮夷，但出手非常豪阔，陆续送了各宫各司不少好东西了。"

杜郁非回到思正院，苏月夜正在处理大量的人事档案，里面涉及宫里的一些重要人物，以及郑和船队与锦衣卫点点滴滴的联系。当杜郁非把赛哈同以及沈庆余的名字一起放上这个关系网，顿时把复杂程度提高了一倍。这个案子的相关名单走的是两条线索，一条是宫里这条线，相关的人为先帝、张太后、莫诚、王振、沈庆余、周秀；另一条是海外船队这条线，相关人物为郑和、周秀、阮飞、赛哈同、郑文铭。

"郑文铭……"杜郁非苦笑道，"我怎么忘记他了。海外船队郑和大人的公子是我们锦衣卫的千户。"

苏月夜道："我们锦衣卫指挥使赛哈同大人虽然年纪和郑和大人相仿，从辈分上说却是郑和大人的堂侄。海外船队里本身就有人出身于锦衣卫，而这些首脑们的第二代，很多都在我们系统里吃俸禄。锦衣卫和海外船队有着千丝万缕的联系。郑文铭并不在诏狱当差，所以应该和周秀的事无关。"

袁彬看着这份名单道："这两条线上最关键的人是周秀，但他已经死了，所以就完全看不出这两条线的关系了。"

"太后绝不可能谋害先帝，郑和大人应该也是无辜的。我们稍微调整一下，把最不可能涉及案子的人拿下。"杜郁非重新写了一遍名单，将人名简化为莫诚、王振、沈庆余、周秀、阮飞，"宫里宫外，这两条线还有另一个联系点。"

袁彬道："妙法石？"

"不错，周秀死了，石头依然可以查。"杜郁非道。

苏月夜皱眉道："但你们有没有想过另一个可能？就是先帝的死可能

和任何人都无关。我们查的这条线索，只是司礼监的太监在倒卖妙法石。”

杜郁非微微一怔，苦笑道：“这当然也不失为一种可能，但皇上让我们查明先帝驾崩的真相，目前妙法石是我们唯一可以查的东西。”

“这也确实……”苏月夜叹了口气。

杜郁非道：“接下来我们做两件事，袁彬你和我去抓沈庆余，苏姐儿，你去找阮飞，务必弄清楚妙法石的来历。”

“那船队的首脑和王振要盯着吗？”袁彬问。

杜郁非道：“船队的首脑没有确切线索证明此事与他们有关前不要碰。至于王振，袁忠大人会盯着。”

苏月夜将沈庆余的资料递给杜郁非：“沈庆余住在前海，平日里都在什刹海一带活动。”

袁彬奇道：“我们才知道这个人，你就弄好了他的资料？”

苏月夜道：“京师里六品以上官员的资料，我都是常备着的。”

袁彬翻了眼档案，骂道：“这贪官，居然在京师有十一套宅子！在各地还有三十五套！”

苏月夜笑道：“这只是他实际产业的九牛一毛，沈庆余在江湖上被人称作财神爷呢！”在杜郁非出门前，苏姐儿又拉住他道，“罗邪一个月前还在京师，据说先帝驾崩时，当今圣上从南面往北赶，路上遇到刺客追杀，是罗邪帮忙赶走了刺客，也因此让圣上想到了你。不知她此时是否还在京师。”

杜郁非和袁彬上了紫禁城外的马车，一路前往沈庆余的住所。

漕运副使尽管是肥缺中的肥缺，但他的宅子从外头看却颇为简朴。听说这是他的祖屋，从出生就住在这了。

袁彬于大门外笑道：“每次对方都走在我们前头，这次不会又是来收尸的吧。”

但事情却颇出乎意料，沈庆余的仆人表示主人三天前被漕运司派出公干。沈庆余每次离开京师至少都要一个月才会回来。杜郁非立即命袁彬前往漕运司确认此事，得到的答复是的确如此。

杜郁非冷笑了一下，世上哪有那么巧的事。

他摆出一副颇有官威的嘴脸，对沈府的管家道：“既然你家主人不在，我们要问的事该问谁？”

老管家从袖口递出一封银票，小声道：“大人公务在身我们自然是要配合的，但好歹我家主人也是官场中人，平时最懂规矩，从来不曾得罪锦衣卫的各位大人。你看他不在家是否……”

“是，你的确很懂规矩。”杜郁非给袁彬使了个眼色。

老管家笑道：“所以，能否通融一下。毕竟我家主人在京师有几分薄面，若是不着急……等他公干回来……”

袁彬接过银票，压低声音道：“其实这次没有大事，只是大内丢了点东西。我们都知道你家老爷是做什么，所以只是来询问一下的。他既然不在，问其他人也没用。”

“是的是的……我家老爷的事，只有他自己清楚。各位大人辛苦了！”管家赶忙道。

杜郁非笑问管家：“你们这个宅子里，一共多少人？主仆一起。”

老管家恭敬回道：“除了主人外，妻儿老小一共九人，仆人十一人，女眷都在后宅。”

杜郁非忽然冷笑道：“你也别以为我们好糊弄。我估摸着沈庆余还留在京里，什么在外办差都是胡说。今天看你懂规矩，我也不为难你，但上命难违，明日我们再来，若他还不在我们就要搜查屋子。到了明天，你这二十口人都给我下大牢！”

“可是……老爷他明天怎么可能回来？”老管家苦笑道，“大人……我家主人到底犯了什么事？”

“你不需要知道。”杜郁非瞪了他一眼，带着袁彬离开沈宅。管家看着对方那身华丽的飞鱼服，无可奈何地叹了口气，一路小跑前往内宅。

杜郁非和袁彬走出沈宅，沈宅附近的路口，二十个身着便服的锦衣卫已经布置好。

“大哥，你的意思是他没有离开京师，只是躲了起来？”袁彬问。

杜郁非道：“皇上什么时候让我们查的案子？”

“昨日。”袁彬回答。

杜郁非道：“他三天前就离开了京师，难道未卜先知吗？一定是有别的人逼他不能留在京师。但他若是真是按照漕运司的安排去公干，我们能查到他的去向，敌人同样也可以。他有那么多宅子，没必要躲去外地，只要随便找一处藏起来就行了。那谁给他送饭呢？必须是亲近的家人或者仆从。我们立即搜索他所有的宅院，总有一处能找到他。”

“十一处宅院……很难搜查清楚。”袁彬苦笑道。

“这没错，做个贪官总会有些优势，所以我没有动他的家人。如果他家里有人知道他的行踪，我刚才吓唬他们一下，一定会有人给他报信。”杜郁非拿着卫所里临时给出的沈宅人物清单，选出几个名字，“我们就看他们是谁去报信。这事不会让外人做的，一定是他的妻儿或者管家去做。”

但是他们等到子时过了，路上行人都没了，仍没有任何发现。沈宅偶有人外出，但都是普通的日常活动，而且杜郁非选的那几个人，没一个出过门。

有暗桩悄悄过来递了个纸条，卫所证实了杜郁非的猜测，没人看到沈庆余在三天前离开京城。

“那他真的还在京师，但如今算什么情况？”袁彬嚼着烧饼嘟囔道。

“罗邪说过，有时为了杀一个人，因为十分之一的可能，就要守个一天一夜。我们抓人也一样，等个半天算什么？”杜郁非转动着茶杯，说到罗邪他心里悄悄叹了口气。

“这话说得，不过……”袁彬想了想点头道，“很多时候的确如此。杜哥，在你回泉州那段日子，我也独自办过些案子，不管多小的案子都会有意外发生。有时候是天气，有时候只是目标临时改变了主意，有时候是某些人特别怕死，或者特别二。”

“特别怕死……”杜郁非抬手道，“沈庆余会不会根本没离开家？尽管他有十一处宅子，但这是他祖屋，还有什么地方比这里更有安全感？”

“他不怕敌人把他从家里揪出来？”袁彬问。

杜郁非道：“我们不也没有把他揪出来吗？他一定有骗人的法子。若他不是躲在家里，他的仆人会那么淡定不出去找他？”

袁彬喝了两口水，笑道：“那我们现在就去把他揪出来吧！”

杜郁非道：“我进去看看。你留在外头以防他逃掉。”

“不直接冲进去吗？如果他有密室或者地道，你现在进去怎么能找到他？”袁彬皱起眉头。

“我见机行事。你在外头蹲着，看看有没有人偷溜出来。”杜郁非说着，推开窗子飘身离开他们蹲点的小屋。他的飞鱼服早换成夜行衣，身形轻灵地掠上屋脊，几个起落就上了沈宅的围墙。

这是个前后三进的院子，内宅、花园、仆从住的屋子，分得很清楚，主人卧室的位置在东南面。按道理这个时间灯都应该熄了，但奇特的是内宅前的小院子里亮着很大的一个火把，这是江湖上有保镖守夜的意思，算是一个老规矩。立火把的人一定江湖地位尊贵，真有人不给他面子会惹很大的麻烦。

沈家到底请了什么人，他们总不能对抗官府吧？杜郁非正想到此，忽然从另一面的围墙掠上来两道人影。

走在前头的男子道：“天机社来取沈庆余的人头，不知哪路朋友在此坐镇。给面子的让一条路，我们交个朋友。”

“天机？天机是什么东西，没听说过。”一个阴柔的声音懒洋洋道。

对方大怒，喝道：“给脸不要脸！”

“哎？我也觉得天机不要脸。”院里的人笑道。

天机社的男子拔出长剑凌空掠下，但他并不知道院里的敌人在哪个位置，人在半空，目光不断扫视周围。突然一股旋风向其扫来，他立即半转身，一剑划出，长剑划出一道气墙。

“天机九剑之惊虹。不错不错，你也算是天机内院弟子了。”阴柔的声音忽然出现在长剑的另一边，袍袖卷起对方的左臂，天机弟子立即被丢回屋顶。

男子被丢回去才发出惨叫，他整条左臂都被卸了下来。他的同伴摘下背上的天机弩，连珠炮般的弩箭射向院子。

仍旧是一阵旋风刮过，所有弩箭都被激荡回去，其中一支正钉在女天机弟子的右手腕，那女弟子血流如注，骇然道："阁下到底是谁？"

"你不需要知道。"阴柔的声音笑了笑，"我不杀低阶弟子，快滚。"

这两个天机弟子虽不甘心，却也无可奈何，互相扶持着逃离了沈宅。

"墙上的朋友，你是离开呢？还是也下来试试？"阴柔声音沉默了片刻，忽然对着杜郁非所在的屋顶说道。

"罗牙儿，你很嚣张啊……你不需要知道……这句话明明是我锦衣卫的口头禅。"杜郁非摸着胡茬，慢悠悠地从屋顶站起。

院子里的罗邪一怔，因为戴着面具，她所有的神情变化都隐藏在面具下。尽管眼睛颇多怨念地一红，但罗邪很快轻巧地滑步站在火把下，抬头望着一年多没见的杜郁非，摘下面具笑盈盈道："我难道不是向来都很嚣张吗？"

两人相视无言，片刻之后，杜郁非轻轻叹了口气，飘身跃到院中，低声道："你居然放了那两个天机弟子一条生路。"

"我现在什么身份？身为修罗宗掌印人，欺负他们不是太掉价了？"罗邪笑了笑，微微松了口气。她是真的害怕杜郁非会和她说些感情方面的事，那种事……太复杂，如何理得清？

杜郁非笑道："你怎么成了沈庆余的保镖？"

"沈庆余是我修罗宗的人。"罗邪敲了敲自己额头，笑道，"总管说白天有两个锦衣卫来打秋风，难道是你和袁彬？真是笑死我了。"

杜郁非吃惊道："沈庆余是修罗宗的人？"

"他不是弟子，而是专门为我们宗门赚钱的供奉。"罗邪拉着杜郁非来到回廊下，"他是敛财能手，每年至少张罗给我修罗宗百万两银子，已经为我们服务了十一年。若非如此，你以为我会来帮他打更。"

"他为何被人盯上？"杜郁非问。

罗邪眼波流转，笑道："先说你是为何而来。"

杜郁非简单将宫里和诏狱那些事说了一遍，最后道："妙法石若是在他手里，你能否让他交出来？"

罗邪从怀里拿出一块乳白色但中心闪着一点红晕的玉石，微笑道："你是说这个？沈庆余不曾告诉我是从皇城里搞来的。"

杜郁非接过一看，这石头从表面看和莫诚给的替代品几乎一样，但拿在手里有种温暖的感觉，并且在火把下，石头正中闪烁着一层仿佛云霞的光影。

"应该就是这个！"他欣然道。

罗邪道："他说是孝敬师父的。昨天交给我以后，我觉得的确不错，将它带在身上，一些旧伤舒服多了。"

杜郁非沉默了一下："你能把这个交回宫里吗？"

"给你就是了。师父有那么多好东西，不差这一件。"罗邪苦笑道，"得罪皇家可不是好事。"

杜郁非道："我要见沈庆余，他在这里吧？"

罗邪微一皱眉，但随即道："我只答应不让人杀他，没说帮他挡锦衣卫。哎！我怎么那么聪明。"

杜郁非拍了拍她的头，笑道："聪明人不自夸，晓得不？但是天机的人为何要杀他？"

罗邪坦然接受男人的亲昵行为，笑道："这也是我想弄明白的。从昨天开始，已经有大大小小三批刺客来过。刚才若是知道屋顶上的第三个人是你，我就把那两个天机弟子留下问个明白了。"

"沈庆余自己也不知道？"杜郁非笑了笑道，"他会不会对你有所隐瞒？"

罗邪道："你自己找他问吧。我也想看看，他是不是在骗我入局。"

三

沈庆余一觉睡醒，就被请到了锦衣卫诏狱，这次杜郁非对他的安全加倍上心，连上茅厕都派人跟着。沈庆余保养得非常好，虽然中年发福，但举手投足间有种别样的潇洒。

“我实在是想不出锦衣卫为何会对我感兴趣。”沈庆余微笑着看着杜郁非，一点也不为身陷诏狱而紧张。

杜郁非将妙法石放在桌上，笑道：“你拿了皇家的东西，已经是灭族的罪。”

“你又不是从我手里搜到的，这东西和我一点关系也没有。”沈庆余面不改色，“当然，我也知道锦衣卫办案向来不讲证据。但看在我为罗师姐办事鞠躬尽瘁的分上，杜大人，你随便开个价，我们交个朋友好吗？”

“开个价？”杜郁非笑了笑，“我承认每个人都有个价码，但我不喜欢你的嘴脸。”

沈庆余眯起眼睛，摊开手道：“这又何必。”

罗邪敲了敲桌子，喝道：“好了，你俩不要扯了。老杜要问的是妙法石是如何被人从宫里弄出来的，另外就是你为何会惹了天机等一干杀手。这第二点我也很好奇。”

“我是一个生意人，当然会得罪人。大师姐，你答应我不问的。”沈庆余皱眉道。

“此一时彼一时，我只是旁听，问的是杜大人。”罗邪道。

“果然是女心向外。杜大人的事，就是你的事对吧？”沈庆余不等罗邪瞪眼睛就苦笑道，“好吧，我先说我是怎么把妙法石弄出宫的。我是个买卖人，大师姐知道，我很会揽财。我在朝廷的身份是漕运副使，在江湖上则专给各条线洗钱。我虽然不开钱庄，但我认识很多开钱庄的人，而且他们都不敢得罪我。我和宫里那些负责对外应酬的太监关系也不错，经常可以弄到点皇家的旧物件。那些物件在皇家眼中一文不值，但外头有成群的富商愿意出天价买一些御用的贡品。哪怕是过了时候的茶叶瓜果，也是有人要的，更别提一些皇家玩腻了，不会再碰的字画、古董、小玩意儿了。我通常只碰那些确定一定不会有人用的东西，比如我们太祖爷用剩下来的丢入库房的一些东西。再比如……那个不能提的人用过的东西被丢入库房后，我也会想办法弄点出来，转手出去就是天价。莫诚在司礼监很有前途，虽然不是那种能当上掌印的前途，但他负责应酬接待的地位很稳固，我和他就走得很近。先帝驾崩后，我例行公事去找他，问一下可不可以顺点东西出来……”

杜郁非心里叹了口气，果然干什么都能赚到钱，而这人是个专门盯着皇家尸体的秃鹫。

沈庆余继续道：“我看了一遍即将入库的物品清单，一眼就看到妙法石了。原本那东西是要送回给太后的，我想到很快就是门主的九十寿诞，就决定把这块石头搞到手。莫诚开的价不低，但我其实不是很在乎钱。他那人气量一般，他以为的天价，对我来说不算什么，但他还有个苛刻的条件，要我做一个仿的赝品给他。于是在四天前，我进宫用赝品换了那块石头并带出了紫禁城，但是……我一出城就遇到了怪异的事。”

“什么事？”杜郁非问。

罗邪道：“这我知道。他请我做保镖时跟我讲过。他四天前从宫里出来回漕运司的路上遇到了伏击，保镖李祥荣战死。他一路逃命跑到漕运司，在衙门里住了一天后联系了我。我去漕运司接他回家，对外宣称他去外地公干。这是三天前的事。”

杜郁非问：“李祥荣的尸体在哪里？”

“掉在运河里了。他跟了我八年，危难时刻救过我五次。”沈庆余露出痛心的表情。

“李祥荣的武艺怎么样？”杜郁非问。

罗邪道：“我没见过李祥荣，但他五年前杀过黄河霸刀，两年前杀过辽东鬼王，算是第一流的高手了。”

杜郁非沉默了一会儿，又问：“敌人什么来历？”

沈庆余道：“我也不知什么来历，四天前，是我和宫里那些大太监们约好结账的日子，身上会多带一些银两。这是有规律可循的。在六七年前，经常有道上的人伏击我，后来我就找了李祥荣做保镖。最近两年这种事很少发生，但依然会有。这次来的人非常强，若非老李拼命护我，我就交代在那儿了。”

“你最近有得罪过什么人？”杜郁非问。

“这，看你问的。”沈庆余道，“我经手的都是几十万的买卖，有人会因为我的生意一夜暴富，自然也有人会倾家荡产。但最近两个月，我一直在忙先帝的事，即便有得罪人也是之前的问题了。”

杜郁非看问不出什么，转身准备离开，忽又回头道：“妙法石在宫里时，是有一个宝石盒子装着的，我听说那个盒子在你这里？”

沈庆余一怔，随即摇头道：“不，那个盒子不在我这。”

离开审讯室，罗邪道：“你也没问出什么来。”

杜郁非道：“我相信他说的大部分都是真的。”

“哪些是假的？”罗邪问。

“这很难说。比如我想诈他一下盒子的事，他虽然回答得很快，但总觉得有些问题。”杜郁非看了看从外头回来的袁彬，“你那边有进展吗？”

袁彬面色凝重地点了点头，他叫了一小队的守卫把守审讯房后，才道：“昨晚我们捉到的天机弟子中，男的失血过多死了，女的名叫章艳，是男刺客的接引人，也是比较了解这单生意的人。她说资料里说沈庆余是个普通的贪官，天机是按照杀贪官的标准来接的单子。出于江湖规矩，她不能说出主顾的名字。大哥，你这边沈庆余有交代吗？”

“江湖规矩，这句话真是熟悉。沈庆余承认从宫里拿了妙法石，但其他的都没说清楚。他声称不知道要杀他的是哪路仇家。”杜郁非看了罗邪一眼，他俩初识之时，罗邪就经常说这句话，“有没有办法让章艳开口？”

罗邪道：“接引人不开口，就找她的上线聊一下。天机负责京师这一片的是姬风铃，我出面来约，或许她会愿意见面。”

袁彬道：“大哥，苏大姐派人来说，她仍旧没有找到阮飞，这事儿变得有些蹊跷。另外赛哈同大人又派人来叫你了。”

“看来不得不去一次了。”杜郁非皱起眉头。

“赛老叫你去，你皱什么眉头？”罗邪诧异道。

“赛老？”

罗邪道：“最近一年刘大叔被降职，锦衣卫就靠赛哈同撑着，是他不时地和我保持联系，也是他在先帝驾崩时提醒我去救今上的。救驾之后，我修罗宗在京师也是靠他照顾，他为我们提供了不少便利。”

“近一年他对我的照顾也不少。”袁彬插嘴道。

杜郁非笑了笑，各个衙门都有派系之争，他们锦衣卫自然也有。他的直属上司刘勉尽管为两代皇上都立了不少功，但论资排辈，无论如何也不能从赛哈同手里抢过锦衣卫指挥使的位子。而赛哈同一直都是韬光养晦，对刘勉既不拆台也不帮手。刘勉这一下去，赛哈同就忽然活跃起来了，看来赛哈同还是很有想法的一个老头。

“他对你那么好，一定是你帮他解决了难题吧？”他问罗邪。

罗邪道：“他希望我们修罗宗能帮他清理江湖人，使京畿范围内只存在少量的杀手组织。这其实是个不可能完成的任务。但借锦衣卫的手，为修罗宗服务，减少竞争对手，我又何乐而不为？”

“这是你们师门一直想做的事。”杜郁非道。

“是的，所以我的答复也很简单，唯一的条件就是所谓少量的杀手组织，不能有天机。”罗邪笑得像只狐狸。

赛哈同微笑看着前来拜见的杜郁非，并不提对方为何迟迟不理自己的召唤之事，而是拿出珍藏许久的好酒来款待他。

杜郁非出于礼貌品了一口，诧异道：“南京的秦淮酿？”

“我说好酒就要给懂的人喝，不愧是在应天府时就入的锦衣卫，一口就能尝出来。”赛哈同笑道，“如今新入我们卫所的那些家伙没一个懂酒的。”

杜郁非恭敬道：“属下这两日实在太忙，不然早就来聆听大人教诲了。请问大人有何吩咐？”

赛哈同侧头看了他一会儿，笑道：“罢了，老夫也不拐弯抹角，我找你主要有两件事。你知道瓦剌使节团吧？”

“昨日在宫里远远看过一眼。”杜郁非回答。

赛哈同道："瓦剌使节团这次进贡了不少草原上的东西，同时也提了不少要求。那些涉及国家大事的东西，让圣上头疼就行了，我们下面做事的没资格插嘴。但有一件和我们锦衣卫有关。"

"不知是什么事？"杜郁非问。

赛哈同道："瓦剌使节团的团长也先，是瓦剌目前掌权者脱欢的儿子。他带了三个铁甲卫士，希望能和大汉将军里的高手打一场。三局两胜，若是他们输了，就多进贡我们一千匹战马；若我们输了，我们就用十万两银子买他一千匹战马。银子不是问题，面子才是问题。我们不能输，输了，新皇上的面子就没有了。"他见杜郁非不说话，笑了笑继续道，"我大明多年不打仗了。皇城里的大汉将军，是有几个能打的，但这些人平时在紫禁城里，锐气早就被消磨了，我对他们不放心。他们最厉害的一个家伙好像是个二十来岁的小子，而我们的袁忠大人一把年纪了，名声在外，当然不能和他们这些人动手，不然不是欺负人吗？所以我就想到你了，正好你被暂调来了，就作为我们的代表打一仗如何？"

"这……"杜郁非并不觉得这有何麻烦，只是由自己出战多少削了皇城里那些寂寞高手的面子，毕竟他不是大汉将军里的嫡系，但赛哈同都那么客气地说了，他只能抱拳道，"属下领命。"

"很好。殿前比武是在十五日后，你这几日可要多保重。第二件事，是我那个堂叔啊，也就是郑和大人让我转告你的。"

杜郁非的好奇心顿时被激了起来，认真等待对方说下文。

赛哈同却不着急，喝了口酒，慢慢道："我找你原本只是为了那头一件事。这第二件嘛，是昨晚他忽然亲自到我这里跟我说的。他说那个叫阮飞的人不见了，是的，他知道你去找第五宝船的指挥阮飞没找到。他也帮你找了，同样没找到。这不是好事。阮飞是个很厉害的人，也是个很有组织纪律的人，他在南京带兵，原则上今日应该要回程的，但他已错过归期，同来的人也不知他的去向。郑和大人很担心，希望你能找到他。活要见人，死要见尸。"

杜郁非皱起眉头，郑和那么看得起自己吗？他笑了笑道："大人，郑和大人应该是……想要偏劳您的吧？"

“我原以为他是来找我帮忙的，但事实上他就是希望你来查。”赛哈同给杜郁非满上酒，“你很了不起啊。圣上遇到事找你解决，海上的郑大统帅遇到事情也找你解决。也许过不了几年，我们这些老骨头都要靠你照顾了。”

“属下不敢。”杜郁非欠身道，“属下对找阮飞一事真的毫无头绪。他不是京官，我们对他的了解不足，不知郑和大人有没有提示……”

赛哈同递给他一封文书:“这是郑和大人提供的阮飞的资料，内容不多，但比我们知道的多。另外……”他似考校杜郁非耐心般停顿了一下，“他想告诉你，妙法石是一件特殊的东西，若他早知道有人会将此物贡入大内，他是一定会阻止的。他希望你事情办完后，把妙法石交还给他，那是他船上一个异人的物品。”

“这个异人是谁？”杜郁非立即问。

赛哈同笑了笑道：“郑和的船队纵横七海，搜罗了世界各地的奇人异士到麾下，真要说是哪一个还挺不好猜。好在老夫也替你问了他一句。他的回答是……就是那个人。”

“所以……”杜郁非一头雾水。

赛哈同道：“是朱岩岚，湘王朱柏的公子。”

“湘王不是没有子嗣吗？”杜郁非皱眉，但赛哈同并不对他多做解释，也没有再说妙法石有何特殊之处。

杜郁非离开赛哈同的府邸时，发现自己搞不明白的事更多了。传说湘王朱柏是洪武帝第十二子，建文时期满门自尽，并未留下后人。

罗邪在赛哈同府门前等他，说已和天机的姬风铃约好在年华楼见面，杜郁非立即与她同去年华楼。

年华楼是位于右军街东首的一座酒楼，据说建元大都时建成。踏过青石板铺就的长街，就能看到分成上下三层的酒楼。此地以美酒“梦里星落”闻名于世，门口酒幡上“年华似水”四字风流摇曳，是大明开国元勋文成公刘伯温的手书。而如今在酒楼边还有个花摊，堆满了各色鲜花，映得一街满是绚丽的色彩。

酒楼前一个读书郎打扮，八九岁模样的可爱小男孩迎着二人抱拳道：“罗先生、杜先生，家师已在沧澜厅等候多时。”

“你怎么知道我是罗先生？”杜郁非道。

罗邪道：“你怎么知道我姓杜？”

“二位莫开玩笑。”男孩分别见礼道，“杜先生，罗先生。我是不会搞错的。搞错了，师父会宰了我的。”

“带路。”罗邪微微一撇嘴，原本见天机舵主的紧张气氛被冲淡了不少。

男孩笑道：“罗先生，家师不喜应酬，但和你见面又需要一个大家都觉得安全的地方。请你莫怪。”

杜郁非看得有趣，这男孩唇红齿白，简直像个玉娃娃，而且他背着一个书筒，一副随时随地都很用功的样子：“你叫什么名字？”

“我叫阿雪，姬伤雪。”男孩微笑回答，仿佛这是个天下人都该知道的名字。

罗邪重新看了对方一眼，慢慢道：“如果有一天，天机没有了，你就来修罗宗找我。”

“如果天机没有了，我一定会自成一派的。”男孩回答。

“你也相信天机会没有？”罗邪笑问。

“汉唐宋元都没有了，世上没有什么是亘古长存的。”男孩无比淡定道，“天下兴衰自有时。”

天下兴衰自有时……这下罗邪不得不对这小孩刮目相看。

“阿雪，你又在扯那些有的没的了。”一个柔和的声音出现在前方。说话的是名两鬓斑白、眉目如画的女子，岁月在她脸上留下的痕迹并不曾让她憔悴，反而为她增添了别样的风姿。

这就是天机社三号人物姬风铃，天机在京畿重地的话事人。

三人要了一壶“梦里星落”临窗而坐。

“所以，你是想知道是谁出花红要沈庆余的人头，对吧？”姬风铃端着酒杯，皱起鼻子，“我还以为你是来和我谈地盘的。”

"地盘这种事，和你谈有用？"罗邪反问。

"哟，这可不是求人的语气。"姬风铃笑着看了杜郁非一眼，"不过我算是知道为何你们修罗宗在北方混得风生水起了。你有好靠山嘛。"

杜郁非咳嗽了一下道："你搞错了。这次的事，不是罗邪求你，她只是带我来问你。姬当家的，天机和修罗宗的恩怨我没兴趣过问。这案子是目前锦衣卫手里的第一大案，希望你能配合。"

姬风铃皱眉道："第一大案……沈庆余有那么了不起？他到底是什么人？"

杜郁非道："可以由你来告诉我他是什么人。毕竟他是你们的标靶，你一定会做一些了解。"

"你知道按照江湖规矩，我是不能说的，说出了给花红的人，之后再怎么接单子？"姬风铃微一停顿，又道，"除非你给我点好处。"

"你想要什么？"杜郁非笑问。

"天机被关了几个人在诏狱里，我要你放出来。"姬风铃好整以暇。

杜郁非笑了笑道："我可以尽力试试看。你给我名单，我挑一个放出来。"

姬风铃一抬手，边上的姬仿雪立即准备好笔墨，她一气呵成写了十个名字，字如银钩铁画毫无脂粉气："你问吧，一个问题放一个人。"女人乐滋滋地仿佛完成了大买卖。

她看了罗邪一眼，发现自从杜郁非说话后，罗邪就像个小女子一样只负责给男人倒酒，不再多说一个字，这架势和她印象中的修罗宗大师姐完全不同。面前的锦衣卫究竟有何高明的地方？

"是谁要杀沈庆余？"杜郁非问。

姬风铃道："我们天机有个暗花系统，只要你放入全额的花红，写上标靶的身份资料，以及杀人的理由，我们就会回应。这样出花红的人，可以隐藏自己身份。"

"你总不会是放个箩筐在那边收钱吧？总有人看到对方的模样。"杜郁非笑道。

"是个中等身材的老头，有易容，京师本地口音。沈庆余是个贪官，对方给的身份资料上说，他是大富豪沈万三的后人，很擅长运作财源，还有个身份是江湖上洗黑钱的能手。资料还提到他身边有个厉害的保镖叫李祥荣，但我们看了看，李祥荣的水平大约是准一流，还没到顶尖高手的程度。所以只派了两个内院弟子去，结果……”姬风铃苦笑道，“居然撞在你罗邪的手里。你们什么时候连保镖的生意都接了？”

罗邪并不理她，自顾自地吃着小菜。她可不会告诉对方，沈庆余是自家揽财的供奉。

杜郁非想了想又道：“我要那份介绍沈庆余的资料。”

姬风铃看了阿雪一眼，男孩从书筒里拿出一份大约有三页的档案。杜郁非收好档案，又问：“你们京师收暗花的地点有几个，他投在哪里？”

“只有什刹海这一个。说来外人是不太会知道的，只有江湖上的行家才知道那个地方。”姬风铃笑道，“你这算几个问题了？”

杜郁非忽然问道：“向你打听两个人，阮飞、朱岩岚。”

“阮飞……”姬风铃皱眉道，“是安南人，不过在我们大明当官，大多数时间都在南京吧！他手里有点资金，经常出没于各大钱庄。每年会来京师两次，是来收账的。他和我们天机有过一次来往，那是在几年前。杀的什么人你想问吗？那得算另一个问题。”

“问。”杜郁非道。

“杀的是我们大明在交趾的一个武官的恩师，是个京官。那个京官死后，那武官也被调任了。我这么说，你不难查到是谁。”姬风铃想了想又道，“至于朱岩岚，我不知道是谁。”

杜郁非举起酒杯，笑了笑道：“喝酒。”

姬风铃看着杜郁非手边那张写满了名字的纸条，幽幽叹了口气，能救出一个算一个吧。

当他们离开年华楼，罗邪看着长街上的花摊，忽然道：“你知道吗？那个女人曾经是天下所有女杀手的目标。她是大明第一个晋升五千两身价的女杀手，也是五十年来第一个进入天机高层的女人。而我现在却很怕变成她那样。”

“是因为太孤单吗？”杜郁非轻声问。

罗邪看了看地上的影子，小声道：“主要是每天都想着如何杀人，是件很无趣的事。”神情萧索的她，让人有种拥其入怀的冲动。

杜郁非换了话题道：“阮飞和沈庆余之间，你觉得他们有没有联系？”

罗邪想了想道：“这说不好。沈庆余不简单，而阮飞的身份也不会仅仅是郑和船队中的武官那么简单。我觉得这两个人应该是认识的，毕竟他们在京畿的各大钱庄都很有人脉，说不定有过往来。但我已经向沈庆余保证过会保他平安，有确凿证据证明他和你的案子有关前，能否放他出诏狱？否则我对宗门里其他供奉不好交代。我看他一副忧心忡忡的样子，不像装出来的。”

杜郁非点了点头，其实与罗邪重逢之后，她要什么他都会答应。毕竟他原以为今生可能都无法再见她了。

他走到花摊前买了两支不知名的花递给罗邪，罗邪低眉一笑，摘下面具，将花朵戴于发间。这刹那美好的容颜引来路人的轻声一叹。

四

在罗邪的要求下，沈庆余被放了回去，保险起见，杜郁非派了一队锦衣卫守在沈宅附近。这时，京师刑部忽然传来消息，说在运河的支流河道里发现了一具男尸，杜郁非立即连夜赶往发现尸体的地方。

仵作道：“杜哥。你白天的时候打了招呼，说可能有这么一具中年男尸，没想到晚上就浮出来了。初步看来，死亡时间在四五天前，死亡原因是被人击碎胸骨抛到河里。死者身份不好说，身上没找到能证明身份的东西。从体格上看，死者身体很健康，是个练家子。”

罗邪道：“是李祥荣吗？”

“又没人见过李祥荣。”杜郁非皱起眉头，忽然道，“去东海园，叫郑和大人派人来认尸体。”他又扭头对从诏狱带来的仵作道，“你怎么看？”

锦衣卫的仵作低声道："死者身上这一拳和死于诏狱的周秀所受的伤很像，拳印大小一致。"

杜郁非吩咐身边的番子："去告诉袁彬，盯紧沈庆余，我随时过去。"

半个时辰之后，郑和派来一个面色红润、长发披肩、目若朗星的男子。人们看这个人第一眼会觉得对方非常年轻，但仔细看后便会意识到此人怎么也该年过三十了。

"杜大人你猜得没错，这的确是阮飞。"男子确认道。

"你认人的依据是？"杜郁非毫不放松地追问。

那人道："阮飞后颈有胎记，类似葫芦。他常说自己是仙人转世。我和他一起航海多年，不会认错。"

杜郁非道："阁下也是船队的高人，请问尊姓大名？"

"我叫朱岩岚，也许郑大人已经跟你提过。"男子微笑道。

杜郁非不由又上下看了对方几眼，面前的男子除了眼神带着一种漫不经心的悠远外，实在看不出有何特别之处。杜郁非手指点了点额头，对朱岩岚道："我去找沈庆余，他可能是杀阮飞的凶手。你去吗？"

"同去。"朱岩岚简单回答。

当杜郁非、罗邪、朱岩岚赶回什刹海的沈宅，隔着两条街就听到兵器的交击声。杜郁非和罗邪果断飞身上房，朱岩岚则依旧在路上不急不慢地走着。

远处屋顶上袁彬正和三个黑衣武者周旋，一柄长剑灵动地穿梭于敌人之间，屋下有三五个黑衣人已被击倒。

这一组敌人的武艺十分怪异，三人结成刀阵并不落于下风。袁彬陡然大喝一声，一剑将面前的武士弯刀劈落，一脚将其击落屋顶。

刀阵一破，另两人顿时招架不住，被袁彬连续刺翻。就在这时，远处的屋顶上怪鸟般掠来一人，那人身着青色衣袍，双掌凌空如乌云压顶般袭来。袁彬长剑上扬挑向对方，却被对手一掌拦下。敌人右手一翻，剑锋被生生震断，左掌顺势击向袁彬的天灵盖。

袁彬踏着屋顶上的青瓦向后滑步，但对方的行动更快他一步。袁彬闷哼一声，握着断剑不退反进，搏命刺向敌人心口。对方转身避过断剑，单手抓住袁彬的肩头，一个倒摔将其抛落在街心。

远处，罗邪见这一幕低声道："是大漠排云手。"

青袍人不等袁彬落地，紧追过去，人在半空，一脚踏向袁彬心口。

杜郁非一个箭步从敌人脚下将袁彬夺过，袁彬转了一圈被他放在民居屋檐下。罗邪指尖刀丝闪动，已百转千回地斩向敌人。青袍人仍旧拍出一掌，却发现一条若隐若现的刀丝缠上了手腕，他猛一撤步，手掌灵活地脱出刀丝的环绕。

"杜哥……快去沈宅，对方来了很多人！"袁彬急道。

杜郁非望向前面的丁字路口，黑压压的有十数人冲入了沈家。他深吸口气，顺着长街高速掠去。

青袍人斜飞上屋顶想要横向拦截杜郁非，但罗邪十指飞扬，修罗乾坤斩惊天而起。青袍人在半空几乎无处可躲，他双掌一合，身体周围陡然散发出狂野的罡气把罗邪的刀风全都挡开。

于是黑夜中，杜郁非、青袍人、罗邪成一直线相继奔向沈宅。

杜郁非飞上沈宅的围墙，同时一路踢翻了多个黑衣人。青袍人已及时追上，双掌带着血腥味拍向杜郁非后心。杜郁非双脚挂在屋檐上，人在半空回旋一荡，踏雪剑扫向对方咽喉。青袍人双掌一合夹住剑锋，踏雪剑却突然拐弯，剑尖从诡异的角度点向他的耳朵。青袍人冷笑一声，身体一沉，用力跺了脚屋顶。杜郁非挂着的屋檐碎裂陷落，杜郁非失去平衡落在院子里。青袍人双臂一展，仿若大袖遮天，如青翼蝙蝠般飘向内宅。

这时罗邪也到了，她衣袖卷动着屋顶青瓦，蒲扇大的瓦片如同鸟羽般片片飞起，"噼里啪啦"砸向青袍人的后背。青袍人烦躁地一转身，那些瓦片居然同时被震碎。但这样，杜郁非又抢到了他的前头。

沈宅只有前后三间，穿过中庭，一路都是死尸。黑衣人、锦衣卫、吴宅的仆人，甚至还有罗邪留在这里的两个修罗宗弟子。杜郁非来到内宅，一股浓烈的血腥味扑面而来，内宅前的回廊上六个锦衣卫倒于四周，边上还有个和青袍人一样打扮的老者。

“这算什么？沈庆余！”杜郁非大吼道。

几乎同时青袍人也进入了后院，他看到老者的尸体，失声道：“这不可能！”他说的是蒙古话，杜郁非没有听懂。

第三个到场的罗邪一路走来也是面目铁青，毕竟是她坚持让杜郁非放走沈庆余，才直接导致死了那么多人。

“沈庆余在哪里？”她对青袍人喝问。

“我也想知道。他杀了我师兄，他必须死。”青袍人用生硬的汉语道。

杜郁非道：“真是笑话，你本来就是来杀他的，许你杀人，不许人杀你？”

“但我师兄那么好的武功，他怎么可能死在这里？”青袍人怒道。

罗邪高声道：“沈庆余！沈庆余！”

青袍人沉着脸扫视四周，这时候有六七个黑衣人聚集到他身边。而锦衣卫那里，袁彬和剩余的两个守卫也聚集到了这里。

杜郁非道：“袁彬，这里到底怎么回事？”

袁彬道：“一刻钟前，我接到你的命令说要盯死沈庆余，就准备前往沈家的岗哨。我刚离开马车就见到有黑衣人从两个方向袭击沈家。我们这里一共十个锦衣卫，两个住在沈家，八个在外面。我尽全力拦截黑衣人，将弟兄们都派到沈家救急。毕竟沈家还有两个修罗宗的弟子，防御力不算很低。但黑衣人人数众多，陆陆续续有二十多人，其中这个青袍老者和他的护卫格外厉害。我被他那三个护卫拖住，青袍老者闯入了沈家。”他扭头问另两个锦衣卫，“你们比我先到沈家，这里到底发生了什么？”

其中一个锦衣卫道：“我们在外院和黑衣人作战，修罗宗的两个弟子出来帮忙。修罗宗弟子很厉害，我们迅速稳固了外围。谨慎起见，这几个弟兄进入内宅保护沈庆余。这时这个青袍老头到了，他和修罗宗弟子大战了一场，修罗宗弟子不是他的对手，突然内宅传来惨叫声，修罗宗弟子一分心被这老头杀了，老头子也冲入了内宅……但里面发生了什么我们就不知道了。”

“若是如此，沈庆余又在哪里？这老头子如果能双杀修罗宗弟子，沈庆余不是死定了吗？”袁彬皱眉道。

青袍人沉脸看着杜郁非、罗邪想要离开，自问若强行开战未必能讨到便宜。

罗邪先他一步站在高处，笑道：“阁下那么高的武艺，今天摆出那么大的阵仗，不留下名字就想走吗？”

“我看他是瓦剌使节团的人，怕被主子知道自己不仅没成功还丢了人，所以想逃跑。”杜郁非不冷不热道，“你若一定要逃，我未必能留得住你。但你师兄和手下的尸体不想要了？”

青袍人皱起眉头，他身后有黑衣人小声道：“大师兄的尸体不可以丢啊。”

青袍人深吸口气，对罗邪道：“你是修罗宗的什么人？”

罗邪微一拱手道：“修罗宗，掌印人，罗邪。”

“九天修罗，罗邪？”青袍人诧异道，“你很有名！那先前你打的那套就是修罗刀阵了。”

“有来有往，你的名字？”罗邪问。

“我听说修罗宗的弟子修有神功修罗观月。”青袍人道，“这样，我们对过一掌，若你能拼过我，我就告诉你名字，并且告诉你，我们是什么人。”

“你不笨嘛，知道我个性好强，就用言语挤兑住我。”罗邪手指伸展了一下，笑道，“你赌对了，我就是这个脾气。别说一掌，十掌都可。”

青袍人道：“一掌足矣，一掌和十掌没有区别。”他略带疑问地瞥了杜郁非一眼，很纳闷为何对方没有阻止这个赌约。

青袍人飞身上房，二人隔了十步，立于飞檐之上。天上明月穿过云层，微微露出一半，双方的影子斜映在院内。青袍人单掌向天，周围气流向其聚拢，一层淡淡的光辉出现在掌沿。罗邪双手负于身后，戴着面具的她神情淡漠，眼中透出一丝清冷的孤绝。但若用心去看，会发现一层若隐若现的刀丝环绕在她身侧。那刀丝从她衣袍蔓延出去，布满了她脚下一丈范围内的瓦面。

青袍人目光收缩，双臂旋起，陡然大喝一声，手掌向前急速劈出。在外人看来这一掌平淡无奇，和先前起手的架势没有天壤之别。但这一掌靠近罗邪一尺左右时，陡然爆发出惊天动地的狂野罡气，四周所有气流都为之抽空，在一瞬间全砸向罗邪的面门。

罗邪发出破天长啸，双手并举，十指飞扬，一丈内的所有刀丝瞬间卷起凌厉的刀风聚拢在身前。但每一道刀风切入对方的罡气，都仿佛扑火的飞蛾，被青袍人的罡气碾压击散。

青袍人的手掌化作赤色的“掌刃”，突破一切阻碍直劈罗邪的脑袋。眼看他就要得手，突然掌沿火辣辣地一疼，一条漆黑的刀丝平稳地拦在他的手掌前，以一发破千钧之势，硬生生地拦住了他的掌印。

罗邪嘴角挂起一丝冷笑，大喝道：“开！”汹涌澎湃的力量瞬间爆发于那根刀丝上。青袍人面色微变，亦大吼一声，罡气全力爆发。

气劲在空中一碰，发出一阵轰鸣！两人同时一晃，一同落下屋顶。但二人都不曾摔倒，皆凝神重新站住，所不同的是，罗邪立于院内，青袍人站在院外。青袍人一跺脚，上房想要逃离。

“不讲信用？”罗邪大怒飞身就追。

但不等罗邪上前，院子的围墙上突然出现了朱岩岚的身影。青袍人不由分说一掌劈出，朱岩岚只是轻轻一晃就让过了对方的攻击，一手按住青袍人的肩头，将其从围墙上按回了院内。青袍人试图挣脱，却被对方一推，带到了回廊下。

青袍人被这一手吓得面无人色：“你……这……这是什么功夫？”

朱岩岚并不回答，只是微笑道：“江湖人，若不讲信用，又如何在江湖立足？”

异人……杜郁非脑海里回响起赛哈同给朱岩岚的评价，这青袍人绝非弱者，在此人面前却仿佛三岁孩童一般。

“我……我……”青袍人看朱岩岚的眼神仿若看到了鬼神。

“你还不说？”罗邪怒道。

“各位少安毋躁，我来告诉你们。”一个拿腔拿调的声音从院外传来，青袍人听到这个声音顿时躬身后退。

说话的人中等身材，面目方正，留有短髭，相貌堂堂。他身后跟着一个黑衣青年，身形高挺伟岸，面容棱角分明，站在那里仿佛尚未出鞘的利剑，昂然而内敛。

杜郁非笑道："也先大人，他果然是你的手下。"

也先道："他叫赫雷塔，是我瓦剌国师烈蒙恩的二弟子。杜大人你说得没错，他的确是我的手下。若我告诉你前因后果，你我是否能合作呢？"

杜郁非微笑道："那要看阁下说多少真话了。"

"人说杜郁非是大明锦衣卫第一人，岂是那么容易骗的？对骗子，我用骗术，对能合作的人，我会比任何人都坦诚。我能先让人给我的手下收尸吗？毕竟……"也先说到这里，他眼里居然流露出些许哀伤，"他们死于大草原外，灵魂会很彷徨吧。"

回到瓦剌使节团住的馆驿，也先给杜郁非奉上草原特有的马奶茶，等两边人都退下了，他才慢慢道："你们嘴里的沈庆余，其实是我们的人。"

"具体怎么说？"杜郁非问。

"或者说，他是一个游走在各国之间，替各国做生意并且什么生意都做的人。"也先琢磨了一下，用他拿腔拿调的汉语重新组织了一下措辞。

杜郁非慢慢道："什么生意都做就是说，他除了做军械、精铁、药材这些原则上不可卖给草原人的生意外，还做……情报？"他发现沈庆余的身份真是一天变一次，这个人到底有多大本事？

也先道："是的，除此之外，他还替我们这些他邦小国代理一些金银周转的事。"

"若是如此，他是怎么得罪你的呢？"杜郁非问。

也先笑道："倒不是他得罪的我，而是我们……沈庆余，据说是沈万三的后人，因为那点私人的原因，对你们朝廷并不怎么忠心。而他出生于富豪世家，对赚钱有着天生的悟性，所以我们草原上的很多部落，会给他一些资金，让他帮忙运作。据我所知，他也不只是帮我们蒙古，同时也为朝鲜、日本、安南、锡兰等海外国家做这个。所以每年他手上运转的资金流，只怕不会小于两千万两。”

“两千万……”杜郁非倒吸一口冷气。

“这数字听上去很多，其实平摊到各个国家头上，也不算太多。但这里至少有六百万两是我们瓦刺给他的，主要用于帮忙收一点药材和精铁。”也先毫不避讳这些敏感信息，使得他的话多了几分可信度。

杜郁非道：“还是那个问题，你们为何要抓他呢？”

“因为他是阿勒查家的人，而我们是绰罗斯氏。我们已经灭了阿勒查家，所以希望他把阿勒查家委托给他的经费还给我们。毕竟那笔钱也不是阿勒查的私产，而是我们瓦刺的财产。”也先说到这里，嘴角露出一丝冷笑，“但他居然不肯，他说那笔钱和我们绰罗斯氏毫无关系。”

杜郁非道：“他是要赖那六百万两……”

“确切地说，是六百万两本金，加上最近三年的盈利，应该有九百五十万两白银。”也先叹了口气，“你说我能不找他要吗？但偏生，他找了那么多保镖，先是修罗宗，然后又是你们锦衣卫。所以今晚我才出此下策，想趁你们不在沈家时去绑了他，哪知道还是让他跑了。”

杜郁非想了想，觉得也先的话的确有些根据，他微笑道：“那你先前说我们有合作的空间，请问是……难不成你知道他会逃去哪里？”

也先道：“也不能说完全知道，但根据我们之前对他的了解，此人嗜钱如命，他若是逃走，一定会卷走这么多年来积累的宝藏。他在京城有多个藏钱的地方……嗯，应该说是我知道有三个这样的地方，可能有我不知道的。我可以把这些地方提供给你，若你在那里布下埋伏，很可能就可以把他抓住。而我的条件是……从他的宝藏里拿出九百万两给我们瓦刺。”

“这事我需要证实一下。”杜郁非并没立即同意。

这个态度惹得也先面色一沉，反问道：“难道你不相信我说的？我对你已是非常坦诚！难道你不给我面子？”

杜郁非摇了摇食指，笑道：“也先大人，你莫要激动。首先我很相信你说的话，但相信归相信，这事情我却做不了主。因为沈庆余的钱，其实就是我大明的钱，一旦我抓了他，他的钱就归我们朝廷，我不能做主把朝廷的钱给你瓦剌，所以，这事我要回去请示我们圣上。这你总能理解吧？我不可能私下去做的。”

也先皱起眉头，低声道：“这里没有外人，你大可把这事当作私活来做。我可以只要六百万两，剩下的都给你。而且那些宝藏一定远不止这个数，你大可收入自己囊中。人又何必和钱作对？”

杜郁非笑了笑道：“让我考虑一下如何？”但谁都听得出，他一点考虑的意思也没有。

也先眯起眼睛重新打量对方，忽然发现自己完全看不透杜郁非。这世上真有视金钱如粪土的人？

杜郁非忽然问道：“那个赫雷塔的师兄，身手比赫雷塔如何？”

也先道：“至少不在其之下。国师烈蒙恩的五个弟子，我带了三个来，最厉害的是老三黑摩柯，另两人则水平差不多。”

杜郁非道：“这就奇了……按照你之前的印象，沈庆余有本事杀了他？”也先微一皱眉，杜郁非低声道，“我们对他的了解似乎太少了。”

当杜郁非离开馆驿，也先看着他的背影道：“大师，你觉得他信我们了吗？”

黑暗中一个声音道：“信不信都没关系，重要的是，我觉得他并不知道沈庆余真正的价值。”

也先道：“但如他所说，沈庆余杀了你的弟子，在从前看来是不可能的。唯一的解释，就是他从那块石头里悟出了什么。”

“沈万三本就是个喜爱神仙术的家伙，他的后人对此感兴趣也很正常，只是……那块来自海外的宝物，并不是沈庆余这种人能驾驭的。”那个声音沉默了一下，“但我们之前的确小看了他。”

杜郁非离开馆驿，袁彬小声问道：“杜哥，我们要和瓦剌人合作吗？”

“在京师，在大明，我们锦衣卫会有什么需要瓦剌人帮忙的事？”杜郁非反问。

“这……应该是没有。”袁彬道。

杜郁非道：“这就对了。尽管他刚才说的话大部分是真的，但对于抓沈庆余，我们不需要同他合作。也先绝不是个坦诚的人，他一定还有什么事瞒着我们。现在能给我们消息的就是朱岩岚了，希望他嘴巴别太紧。”

袁彬笑了笑道：“朱岩岚是我们自己人。”

“这话怎么说？”杜郁非问。

袁彬道：“我向父亲打听了这个人，父亲居然说朱岩岚是当年湘王朱柏的儿子，早在永乐年间就入了锦衣卫，是郑和船队内的第一高手，更是神秘的三大锦衣羽卫之一。你说，他还不是自己人吗？”

杜郁非道：“求你父亲一件事，让他把妙法石入宫的来龙去脉再查一遍，我只是想知道具体过程，并不是说这里一定有人需要负责。”

五

沈宅，书房。杜郁非和朱岩岚相对而坐。

“这里只有你我，希望朱先生能够知无不言。”杜郁非对这个武艺强得异乎寻常的高手非常客气，但他手边放着几本卷宗，显然已是胸有成竹。

“人说杜大人行事谨慎多谋，今日一见，果然如此。”朱岩岚笑了笑。

杜郁非笑道：“对非常人用非常法，朱先生也是我们锦衣卫，应该知道做锦衣卫不是容易的事。外人传我们万般恶名，却不知大明能有今日的繁荣，我们在暗底下着实出力不少。”

朱岩岚点头道：“我知你有许多疑问，我不敢说都能解答，但一定知无不言。你问吧。”

杜郁非也不客气，从口袋里把妙法石拿出，问道：“妙法石是你的东西，为何会落到周秀手里？而沈庆余和阮飞之间有什么关系？郑和大人说妙法石是特殊的宝物，它特殊在哪里？”

朱岩岚道：“妙法石，是我早年在海外一个小岛发现的宝物。我发现的时候，它是那个小岛原住民的圣物，但妙法石……并不是你手里的这块石头，而是那个盒子上的七彩宝石。”

“什么？”杜郁非吃惊道。

“是的。接下来我说的话，可能太过玄幻，或许你并不相信，但希望你不要打断我，听我慢慢说。”朱岩岚道，“妙法石里蕴含着一种神奇的力量，这力量并非是你所见的能治愈什么的力量，而是一种毁灭性的力量。我用了三年时间去研究那个七彩石头，只从中看到‘赤月中天，星辰飘零；连山雪照，大艰难书’这十六个字。”

“宝石里有字？”杜郁非皱起眉头，但他立即示意对方继续说。

“是的，而且普通人看不到。”朱岩岚慢慢道，“简单地说，宝石里藏着一本叫《大艰难书》的秘籍。这本书我从前听过，记录的是上古时期就有的一种神奇功夫。我征询了我师父的意见，他老人家说，我们门派的武艺和《大艰难书》是冲突的，不鼓励我去研究。而这本书，正如其名，是会给修习者带来厄运的一件东西。拥有它的人，日子会变得异常艰难。”

“这你也信？”杜郁非很吃惊面前的人有那么高的武功，居然会相信那么不着边际的事。

朱岩岚笑道：“当你在七海世界目睹了各种神奇事件后，一些事就不由你不信。很多年前，当我还只有十八岁时，我也什么都不信……我还是说妙法石吧。妙法石盒子里的那块玉石，是一种可以缓解《大艰难书》戾气的东西。盒子和玉石放在一起，会散发出一种浩然之气，让人觉得很舒服。但如果把盒子拿走，只剩下玉石，玉石就一无是处了，不过玉石是无害的，盒子则可能给人招致厄运。”

“妙法石入宫时，一定是盒子和石头全套都在的，要不然也不会让皇家用了近两个月吧。”杜郁非思忖道。

朱岩岚道：“那是肯定的，单纯一块石头激发的治愈力量，大约只够用个三五天。”

“那你这妙法石是如何丢失的，怎么会落在周秀手里？”杜郁非问。

朱岩岚道：“我只参加了三次下西洋，分别是第一次、第三次和第四次。在第四次下西洋的时候，我得到了妙法石。有一次海战，我们沉了一艘大船，我在船上放的很多东西都丢了。几年后，大约是五年前的永乐十九年，他们第六次下西洋回来，阮飞给我留了封信，说是找到了我的一箱东西，问我什么时候拿回去。我们这些海船上的人，不管是否还在船上，回大陆后都有定期联系的习惯。若是朋友有危难之事，我们收到信时又来得及，就一定会千里驰援。这些传递信息的驿站主要在大城，如京师、南京、成都等地方，至少也是府衙驿站。但那段时间，我一直在西南十万大山里办事，所以并没有收到他的信。”

“所以这妙法石是归阮飞保管的，那又怎么会到周秀手里？”杜郁非问。

“周秀是在阮飞的船上管物品的，但作为我的私人物品，阮飞应该不会交给他管。”朱岩岚摊手道，“这事我也无法解释。直到一个月前，我才从十万大山回来，到京师附近只是最近几天的事。说来我能回答你这些问题，也是运气使然。”

“十万大山……我知道，那里是蛮荒之地。你去那里做什么？”杜郁非问道。

朱岩岚笑道：“你还真是好奇，但这和你的案子无关。对了，关于沈庆余和阮飞之间有什么关系，这个不太好说。但阮飞在交趾的时候就是商人，商人和商人间有来往也是正常的。我不知你对沈庆余有多少了解，但我想提醒你一件事。”

“何事？”

朱岩岚道：“我注意到在沈家内宅的廊前，死了不少人，那些人是死于同一人之手。当然杀人的人为了掩盖这一事实，或者说，想要制造两边火拼的假象，在使用的兵器上做了伪装。但这些人都是被一种极为霸道的手法杀死的，几日后那些尸体恐怕都会呈现出全身骨骼碎裂的症状。这是修习《大艰难书》的方法不对而悟出的邪派武功，名字应该叫‘沧澜诀’。”

“修习的方式不对也能习得高强武功？”杜郁非再次叹了口气。

朱岩岚笑道：“这很稀奇吗？真正的好武艺都是如此，比如当年有人修习《九阴真经》，也用了速成的方法，悟得一种叫‘白骨爪’的东西。

‘沧澜诀’本身并无问题，但修习方法不对，就会显得很特殊，有伤天道。你父陆天冥当年在日月神魔教，也修习过不少特别的武技。”

杜郁非瞳孔收缩，很少有人知道自己的父亲是陆天冥，知道的人在锦衣卫里不超过五个人。

朱岩岚却不再多提这个事，继续道：“但要从《大艰难书》里悟出‘沧澜诀’，没有两三年时间绝无可能，所以妙法石只怕落到沈庆余手中时间已不短，这是我要提醒你的。毕竟你一直以为沈庆余只是在最近才获得妙法石，那样的话，很多线索的串联会发生偏差。但除此之外，我并没有更多的消息能提供给你。”

“如果我找回了《大艰难书》，你想我怎么处理？”杜郁非问。

“随你处理，有缘者得之。”朱岩岚笑道。

杜郁非走出书房，苏月夜急匆匆上来道：“我在沈家的密室里找到了沈庆余的账簿。上面不仅有他三年内的账务往来，还有许多财产来源的细节，结合我们之前对他的了解，或许可推断出他的藏身之处。”

“这很有用，这家伙狡兔三窟，有了他的账本，就等于有了他沈家产业的地图。”杜郁非等的就是这样的东西，他不和瓦剌合作的底气也在这里。

苏月夜又递上另一个本子，道：“这两日我问询了在京城的安南商人，有几个和我大明来往密切的人讲述了阮飞的背景。我已整理好。”

“这是个好法子，做得好！”杜郁非赞道。

“朱先生人呢？”苏月夜问。

“已经走了，但他提供了一条很值得琢磨的线索……”杜郁非翻看着阮飞的背景资料，脑子里想着朱岩岚最后那段话，原本串联起的线索此时被全部拆开，然而要重新整理又觉得还差些什么。

这时罗邪过来，同样递上两本账册：“这是十年来修罗宗和沈家的往来明细。我们修罗宗不少地下钱庄都托管在他手里，可以说……我们修罗宗的财产大半是沈庆余在直接控制。我们这些杀手，其实是在给他做事……”

“怎会如此？”杜郁非问。

罗邪苦笑道：“这只能说，懂得怎么控制钱的人，才是真正的恶魔。他通过简单的账务处理，看似每年给我们百万银两，实则他通过钱生钱，每年挪走的何止百万……”

苏月夜道：“从账簿往来看，沈庆余和阮飞早在十年前就认识，在五年前他和阮飞有大宗金钱往来。他给了阮飞五十万两银子，但没写阮飞给了他什么。”

“不出意外的话，他从阮飞处拿到的是妙法石。”杜郁非看了看天色，“希望袁彬能从宫里带些新线索回来。”

苏月夜看着账簿上的记录，低声道：“富可敌国原来是这个样啊。那么多产业竟然能瞒得了那么多人，瞒得了那么多年。相比之下，当年泉州的李南城就是小巫见大巫了。”

夜晚，紫禁城思正院。

杜郁非、罗邪、苏月夜、袁彬坐了一圈，边上还加了把椅子给袁忠。

袁彬道：“我折腾了一下午，终于把妙法石进宫的前因后果理了个头绪，具体的在我写的材料里。简单说就是半年前，张皇后，也就是现在的太后得了失眠症，御医连开几个方子都没啥效果。这时郭贵妃的宫女向张皇后的宫女推荐了一件叫妙法石的东西，妙法石是由周秀提供的。周秀并不求封赏，只求皇后能说动先帝重启下西洋的计划。因为先帝在位时，为节省开支将下西洋的计划搁置了。不过张皇后从不干政，只是给了周秀赏赐。接着，因为妙法石的确治愈了张皇后的失眠症，所以她将宝物转给了向来体虚的先帝。先帝使用妙法石一个多月后，身体忽然变弱，三日后驾崩。根据确切的线索，驾崩前的妙法石，只有那块玉石，而没有宝石盒子。”

苏月夜道：“郭贵妃，是先帝宠妃，为皇室生有三个皇子，分别为先帝的八、九、十子。第八子滕怀王朱瞻垲死于洪熙六月，有流言……有流言……”

袁忠道:“有流言说是被今上派人毒杀的，但这是奸佞之徒在造谣生事。但凡皇家有点风吹草动，外头必有心怀叵测的人造谣。我们在这里说案子不用避讳，否则很多事就没法做了。”

“是的，大人。”苏月夜继续道，“据说此事后，郭贵妃一度非常抑郁。根据朱岩岚大人的陈述，妙法石这件东西，必须是盒子和玉石同时使用才能起到治愈奇效，若被分开使用，玉石没有治愈之力，盒子则带异毒。”

“你是说不排除这是有人刻意投毒谋杀先帝，而且投毒的人是郭贵妃？但谋害先帝对她有何好处？”袁忠皱眉道。

杜郁非道:“我觉得郭贵妃要投毒的对象，更可能是张皇后。原因之一，可能是向当今圣上，也就是当时的太子复仇。另一个原因是，郭妃是宠妃，一旦张皇后死，她可能趁机上位。而当时有传言，先帝和今上因为迁都南京的事有了分歧，这或许令其以为废太子并非没有可能。”

袁忠沉默片刻，低声道：“若真是如此，只是可惜了先帝。”

杜郁非又道：“妙法石原是朱岩岚之物，由阮飞保管。根据我们锦衣卫的调查，阮飞原本为安南国人，永乐时期，安南国被我大明置为交趾布政使司，他一直力图复国。接下来，就是我的假设了。”袁忠示意他继续，杜郁非道，“复国需要资金，阮飞虽然有些家资，但还不足以担此重任，因此他向沈庆余求助。沈庆余在大明朝廷眼中是漕运副使，在大明商人眼中是官商，是个运作金钱的行家里手。在国外那些蛮夷眼里，则是可以买到任何资源的万事通。阮飞可能想求一大笔钱，但凭他个人的信用，以及安南国复国的风险，沈庆余不可能给他那么多钱。因此阮飞动用了朱岩岚的部分物品，比如说这件妙法石。他以妙法石换取了沈庆余五十万两银子。”

“即便沈庆余拿到了妙法石，这又怎么和周秀以及郭贵妃联系起来？”罗邪问。

袁彬道：“沈庆余常年为蒙古的阿勒查家服务，而阿勒查家在京里一度非常慷慨，他们一直支持着郭贵妃和她那些皇子。当然那些皇子并没做什么通敌卖国的事，但他们收了对方的供奉，就等于默认了必要时会为阿勒查家出头。若是郭贵妃想要对张皇后动手，她可能会向沈庆余求助。”

“而沈庆余的账簿显示，周秀欠他很多钱。”罗邪拍了拍卷宗，她显然也研究了档案，“这样一来，所有人的联系就建立起来了。沈庆余事后把妙法石从宫里弄了出来，为了灭口，在我们询问周秀前，杀了周秀。然而阮飞听到风声，来质问他到底做了什么，不排除还可能想敲诈他，所以也被他杀了。”

袁忠沉着脸道：“这么说就是，郭贵妃试图毒害张皇后，却误害了先帝。沈庆余为此谋逆之事提供了工具和人，此事背后可能涉及瓦剌阿勒查家。”

“是的，简单说就是这样。”杜郁非点头。

“你是否立即和我去见圣上？”袁忠问。

杜郁非皱眉道：“以上有不少内容只是我的推测，一切要等抓到沈庆余才能敲定。袁大人可去向圣上禀告，而我要仔细研究一下如何抓捕沈庆余。”

“将其家人尽数打入诏狱，逼其现身。”袁忠沉声道。

“他就算自首了，家人也同样会受到波及，他不会那么想不开。”苏月夜摇头道。

杜郁非看着那几本厚厚的账簿，低声道：“他一生最擅长倒弄金银，也只有金银能把他逼出来。我们就用他的那些财产来按图索骥！”

之后的五天，杜郁非根据沈庆余的账簿查封了他二百多处店铺，六十七座钱庄。最让沈庆余肉疼的是，杜郁非开启了他在京郊的三处金库。

这时，沈庆余给杜郁非写了一封信试图求和。信上说，尽管杜郁非根据账本，扫荡了他八成的财产，但他毕竟还有一些账簿外的私产，杜郁非是做不到对其赶尽杀绝的。但损失太大也肉疼，所以若是可能，他愿意贡献给杜郁非一千万两，只求杜郁非停止这些把人逼疯的举动。

杜郁非对这封信不做理睬，继续扫荡。

没几天，沈庆余来了第二封信，这封信里列举了二十余个京官的名字，他说只要杜郁非停止对他的逼迫，他就将朝里的关系网提供给杜郁非，这样杜郁非就能掌握许多不为人知的秘密，操控众多京官的生死。

杜郁非依然不为所动。

不知不觉又过了十天，袁彬道：“京师的财产已经抄没得差不多了，外头各省也都扫荡了千万两的数额上来。但这个家伙到底躲在哪里？”

罗邪道：“若我是他，反正赚钱不难，早就逃离京师，纵横天下去了。”

杜郁非笑了笑，对苏月夜道：“你说呢？”

苏月夜将一张复杂的人物关系网铺在桌上，微笑道：“这张图上，黑色是我们扫荡了的地方，红色是我们留着没有抄没的。黑色人名是扫荡过的地址使其暴露了的关系网，红色人名是他以为还没有暴露的。他的密室内有五本账本，分别藏在五个暗格。我留了一本没有碰。我们的主要做法是，让他以为我们漏了一本账册，那本账册的财产是安全的，而那本账册涉及的人也是安全的。”

袁彬道：“他真敢留在京师冒险？我觉得罗邪说得对，换作其他人一定远走高飞了。”

苏月夜道：“我分析了近三年来沈庆余做事的风格，以及他的先辈沈万三的做事风格。他深受先辈影响，做事大气，爱冒险。由于他多年来多次逆境求生，在生意场上绝地反击，培养了他极为自负的性格。这也是他不断给杜哥写信，希望挽回局势的原因。”

“就靠写信应该没用。此人颇喜欢双管齐下，一定在酝酿怎么对付你。”罗邪看了看这个错综复杂的表格，低声道，“所以目前为止，他仍旧认为郭贵妃是安全的？”

袁彬沉吟道：“即便他不认为郭贵妃那里并未暴露，也会暂时认定我们不敢去动郭贵妃。”

杜郁非道：“最近有不少御史在弹劾我们锦衣卫，但都被圣上压下了。我们也确实暂时动不了郭贵妃，她生了三个皇子，地位着实高得很。”

苏月夜笑道：“抄没沈家，直接给国库带来了几千万两的收益，皇上怎么会被几个御史的弹劾影响？”

“此时跳出来的御史都会被处理！”杜郁非道，“我托赛哈同大人派了另一条线的锦衣卫去盯郭贵妃。他排除了郭家外戚的产业，发现郭贵妃的寿安宫近来谢绝了外客，郭贵妃也不太出门。最危险的地方就是最安全的地方，他或许一直藏身于大内。”

“等等！”袁彬忽然跳了起来，“我好像想到了什么……”

“小圆子……你想到了什么那么激动？”罗邪没好气道。

袁彬道：“我们这几日一直在对付沈庆余，而我们之前并未和蒙古人合作，这几日我们收了那么多钱，对方也没再做出反应。蒙古人之前死了那么多人，他们会就这么算了？我觉得他们一定有所图，而且不只是钱。他们会不会也是盯着妙法石来的，如果那东西真的是宝贝，他们会不会冲着那个来的？”

杜郁非并没有对其他人说过《大艰难书》，只是说妙法石是一件能起死回生的宝物。

苏月夜道：“但如果沈庆余一直在宫里，他们瓦剌能有什么办法？”

“明天，瓦剌使节团的大多数人都会在宫里。”杜郁非皱眉道，“若要做点什么，明天是他们最好的机会。”

“明天不就是三对三的日子吗？”罗邪笑道，“我倒是很有兴趣参加。”

杜郁非抓起一边的飞鱼服，微笑道：“我这就去面圣。”

六

保和殿大排筵席，今日朱瞻基在此赐宴瓦剌使节团。这些日子，大明和也先敲定了许多合作细节，两边相处甚欢。

罗邪换了身红色的大汉将军服，头结男儿髻，英姿飒爽，可惜她依然戴着面具。

筵席进行了一个时辰，差不多所有宾客都带有三分醉意，殿内灯火通明，殿外大旗飞扬，篝火噼啪作响。赛哈同微笑着靠近朱瞻基和也先，两边都同意马上开始殿前比武。赛哈同小声又说了些什么，朱瞻基点头应允，却引得也先为之一愣。

大殿下方，罗邪小声道：“那老头说了什么，也先表情那么怪？”

杜郁非笑道:“赛老上去临时改了下三人对决的规则。仍然是三人上场，但只要赢的那方愿意，可以站在擂台上不下来。”

“那他有什么不满意的？还是觉得注定打不过我们？”罗邪撇嘴道。

杜郁非道：“或许他是不明白我们为何要改规则。也先是个疑心病很重的人。”

这时，赛哈同走到他们身边，轻声道：“对方也变了下规则，也先问万一刀剑无眼怎么办，圣上很大气地回答他，三人比武，生死不论。气势上我们是没输，但你们上去比武要多加小心。这十多天里，也先带着他那个叫黑摩柯的护卫到处比武，已经伤了京师十多个有名的武者。”

罗邪微笑道：“老爷子放心，杀人我拿手的。”

“圣上面前，不要太过血腥。”赛哈同一笑，又压低声音道，“寿安宫那边还没有动静，这里过去路不算短。万一有变又当如何？”

“袁彬已在那里，必要时我立即过去。”杜郁非笑道。

赛哈同点了点头，走到宴席中央高声宣布三人比武开始。大明这边的代表是一个大汉将军的武士，以及罗邪、杜郁非。瓦剌方面的代表则是一个铁甲武士，及赫雷塔、黑摩柯。然后他开始宣读比武规则，当宾客们听到“生死勿论”时，发出一片惊叹声。随后大明代表大汉将军和作为瓦剌代表的黑衣铁卫一同来到殿前的空地。

擂台是一个红色绳圈围起的正方形，大约九丈见方，铺着细细的黄土。绳圈悬高五尺，四个角立着四个碗口粗的木桩。

锣鼓声响，裁判官高声道：“比武开始！”

大明和瓦剌的第一个代表便在绳圈中各自行礼，展开了比试。

“谁会赢？”赛哈同看了一会儿，回到大明这边问。

罗邪道:“水平差不多，谁不怕死谁赢。我觉得草原人可能更蛮横些。”

赛哈同皱起眉头，这个大汉将军的代表，已是他手底下很拿得出手的战士了。

擂台中两人激斗到五十多招，刀剑转换速度越来越快，周围的宾客看得屏住呼吸。

“当”，双方人影一分，两人各中了对方一击，鲜血滴落在擂台的黄土上。两人额头都已见汗，瓦剌武士用手指蘸了一点自己的血放在舌尖上，疯虎似的向对方冲去。大明武士也咬牙迎战，但连外行都看得出来，大明武士已露败象。

“他可以选择退出绳圈，后面交给我就是了。”罗邪冷笑道。

赛哈同道：“在这种场合退出来，日后的前程就没了。”

果然场中的大明武士即便露出败象，仍硬着头皮不肯退出绳圈，但越是这样，比试就打得越发难看。瓦剌武士突然大吼一声，双手握刀凌空劈下，不仅将敌人的长剑斩断，更一刀劈在对方头上。大明武士冰冷的尸体栽倒在绳圈中。

“胜负已分！”裁判官高声道。

就在裁判大声喊话时，边上有锦衣卫快步走到杜郁非近前道：“寿安宫有异动，袁彬大人已入宫查看。”

杜郁非一皱眉，罗邪笑道：“规则果然改对了，你去吧，这里有我。”

赛哈同则道：“我会封锁比武场外围，他们的人暂时出不去。”

杜郁非看了眼瓦剌的比武代表，那边的人都在，那是谁去了寿安宫？他远远对皇帝拜了一拜，快步离开比武场。现在他是袁彬的援军，而对方则不会有支援。

杜郁非离开人群，沿着皇城的大直路高速冲起，脚踏在三丈半高的高墙上，两步跃上高墙，从一个飞檐掠向另一个飞檐。

也先笑道：“圣上，杜郁非这时离开，怕是会耽误之后的比武。”

“使者不用担心，该回来时他定会回来。”朱瞻基不动声色地举起酒杯和也先遥对一杯，他这样的举止让也先眼中闪过一丝不安。

罗邪摆着大汉将军服的袍袖，笑嘻嘻地走入绳圈，但她戴着面具，对手只能看到一种诡异的神情。

“跪下祈祷吧，你就要死了。”罗邪对黑衣武士道。

黑衣武士皱起眉头端详着她，罗邪恍然挠头道：“你听不懂汉语，这样……”她居然用蒙古话又说了一遍，然后嘟囔道，“还好我专门学过这两句话。”

黑衣武士听了大怒，叽里呱啦说了一大串话。罗邪抬手点了点他，笑道：“你说什么我也听不懂，上前领死吧！”

用手指点人的动作果然是通用手势，黑衣武士举刀向其冲来。罗邪上半身轻轻让过刀锋，左臂一抬，点在对方的肩头，将其推开三步。黑衣人大怒，刀锋旋转着斩向她的腰际。罗邪右臂轻舞，一根刀丝绽放点点光华，划过对方的喉咙。由于出手太快，鲜血喷洒时发出了轻锐的破空声。

罗邪轻轻叹了口气：“居然有那么大的差距，完全做不到那人般举重若轻。朱岩岚和我们不是在同一世界吗？”她轻吸口气，抬手点向依然一身青袍的赫雷塔，高声道，“你，上前领死吧！”

赫雷塔显然也看出了方才罗邪那几招的意思，事实上自从在沈家败于朱岩岚之手，他每晚的噩梦都是那个画面。习武四十年，从没人那么轻易就能击败他，从没有人……他知道若不能忘却那个画面，自己的武艺今生再难前进一步，但是……那样的惨败又怎么可能忘记……

赫雷塔大袖一展，隔空三步飘然步入绳圈。周围的文武官员大多不曾见过这样的武艺，不由爆发出一阵惊叹。

“他们太大惊小怪了，我们的天下他们不懂。”罗邪低声道，“那个人的天下，也许我们也不懂。所以你何必那么在意？”

“输的不是你，你当然说风凉话。”赫雷塔冷冷道，“但你说对了一点，你不是那个人，所以我不会再输。”

罗邪淡然道：“这你就错了。你仍然会输，而且仍旧是一招。”

“什么？”赫雷塔怔道。

罗邪竖起一根手指，傲然道：“你在沈家和我定下一掌之约，我在此跟你同样打一个赌。我能一招败你，若不能一招败你，我就认输。”

赫雷塔的脸瞬间涨红，愤怒道：“狂妄！狂妄至极！”

罗邪笑了笑，做了个让对方尽管出招的手势。

赫雷塔整个人凝聚出一重淡薄的雾气，双掌皆亮起琥珀色的光芒，人若一堵风墙，不急不慢地逼向罗邪。他一步步逐渐加快步伐，身上凝聚的罡气亦越来越强。

罗邪面色发白，但在对方跨出五步后，忽然长身而起，人在半空中划了道诡异的弧线，双手圈起三十多条刀丝罩向对方头顶。

赫雷塔大吼一声全力出手，隔断了所有刀丝，一掌轰向罗邪胸膛。但就在要拍中罗邪的时候，他突然感到脚下一阵剧痛。罗邪绽出邪魅的笑意，突然如陀螺般旋转起来，撤离对方三丈远。赫雷塔一掌击空，再低头看，自己的右腿已被刀丝割得支离破碎。

“我说了，打败你只要一招。”罗邪侧头微笑道。

赫雷塔全身不断哆嗦，剧痛让他对罗邪恨入骨髓。远处裁判在也先授意下叫道：“胜负已分！”但赫雷塔依然猛一跺左脚，整个人化作一道狂飙冲向罗邪。

罗邪目光收缩，对方这垂死一搏绝不可小觑。她向后急退，想要避开对方的锋锐，但一条腿的赫雷塔居然快得超乎想象。罗邪脚下生风，贴着绳圈不断旋转，赫雷塔则不惜血洒黄沙也要死战到底。

转了两圈，两人的速度越来越快，罗邪亦动了真火，猛地站在了绳圈角区的木桩上。黑色的刀丝凝聚在指尖，她十指连弹，点点刀丝冲天而起，毫不畏惧地拦向赫雷塔。每一点从天而降的刀丝扫在敌人身上，都把对方迫退一步，五步之后，赫雷塔委顿倒地。身上不断迸出刀伤的赫雷塔浓眉紧锁，挣扎着想要说些什么，却始终还是没有说出口就倒毙在地。

周围的观众一阵沉默，原本以为只是娱乐助兴的比武，竟然会弄得如此血腥。

罗邪此时却是觉得胸口一闷，忙强吸口气，将涌上心头的血压了回去。

不等裁判终止比武，瓦剌方的第三人黑摩柯已无声无息地出现在绳圈里，在场那么多人居然没人看到他是如何进入绳圈的。他将赫雷塔的尸体挪到绳圈外，弄得原本干净的武士服全是血污。

“规则是胜方可以连战，你方才胜了不会要走吧？”黑摩柯回过身，微笑道。

罗邪笑了笑道：“当然不会，三连胜又不难。”

“很好。”黑摩柯道，“我就怕你这样的聪明人会见好就收。那样我又该怎么为师兄报仇？”

“聪明人？”罗邪眨着眼问。

“你知道我师兄前次输给那个怪人后心魔未除，这次特意挑起他的心魔，然后趁乱重创了他，最后一举将其杀死。我说得没错吧？只可惜，你的武艺虽然不错，但我师兄毕竟不是弱者，所以你杀他还是付出了代价。如今你带着伤是赢不了我的。何况，就如我师兄，你也有心魔。你们的杜郁非此刻正在赶赴寿安宫的路上吧？”他忽然压低声音道，“那边等他的人是我师父。我师父强过我们这些弟子十倍，他去无疑是送死。”黑摩柯微微一笑，又提高声音道，“如何？想去帮他吗？可惜你马上就要死在这里了。”

“比你强百倍的人，杜郁非也杀过。你师父算什么东西。”罗邪嘴上毫不示弱，但心里莫名一沉。

黑摩柯看在眼中，长啸一声果断出手，他速度奇快地出现在罗邪侧后方，一拳击向罗邪肩头。罗邪尽全力也没避开，探手一抓对方衣袍，斜送出一缕刀丝。黑摩柯大喝一声抓住她的手臂，将其重重抛出。罗邪失去平衡跌出五步，但黑摩柯已紧追而至。

忽然，天空下起雨来……

杜郁非冲入寿安宫，宏伟的宫殿里躺着不少尸体。他远远看到袁彬护着一衣着华贵的中年美妇从宫里跑出来。

袁彬叫道：“杜大人，这是郭贵妃！沈庆余和瓦剌国师在大殿顶上！”

郭贵妃一把抓住杜郁非道：“沈庆余这几日胁迫了哀家，但那瓦剌国师更不是好人，一入宫就杀了哀家宫里的人。多亏了袁卫士相救，现在他们为了妙法石打了起来。”

杜郁非不知郭贵妃说的有几分是真话，但此刻必须去抓沈庆余，更不能让妙法石落在瓦剌人手里。他纵身掠上高殿，看到的竟是从未想过的场景。

沈庆余和瓦剌国师烈蒙恩，赤手空拳立于虚空之中……人影穿梭起落，看似不快，却时常能突破空间的限制，出现在绝不可能的角落。举手投足间并无杀气，却有毁灭天地的巨大波动蕴藏其中。这二人的拳脚往来，已无法用力量和速度来形容，拳脚相交居然没有任何声响发出……

杜郁非印象里，只有朱岩岚那一瞬间的出手有这样的感觉，除此之外，只怕连刀君梦星辰也未到这个境界。

寿安宫屋顶上的琉璃瓦泛起银光，杜郁非踩踏上去，发现琉璃瓦早已化作粉末。这样的沈庆余，居然毫不还手被自己请入诏狱？这样的一个绝顶高手，为何会被红尘中那些金银所误，染上了那么浓烈的铜臭气……这怎么可能？

杜郁非藏身于飞檐间，手按踏雪剑静候战机……尽管他无法插手两人的搏杀，但这不死不休的战局终会结束，而一旦结束，必分生死，赢了的那个也定会付出惨痛代价。机会稍纵即逝，但仍然还有机会……

杜郁非慢慢调整呼吸，他相信那二人一定知道自己已靠近，不过此刻他们绝对无暇顾及自己。

只有一剑的机会，杜郁非忽然兴奋起来，他一点都不为遇到强敌担心，而是因这种前所未有的刺激兴奋起来！

空中飞起小雨，瓦剌国师烈蒙恩忽然仰天大笑："沈庆余，你天资绝佳，可惜终究还是悟错了典籍。你距离那个境界太远了！"他跃在半空，突然一拳劈下。

沈庆余则站在大殿高处，发出一声类似猛兽的怒吼，双手迎向拳头。

"轰隆"，天空中霹雳声响起，两人同时被闪电穿过！

烈蒙恩发出狂笑，沈庆余则发出一声闷哼，寿安宫的屋顶为之塌陷……

烈蒙恩嘴角溢血，依然一气呵成地砸下第二拳。

杜郁非心里忽然一动，感觉对方的动作再非先前那样不可捕捉，就是此时！他剑随心动，飘忽而起，隔空飞出五丈，接近御剑飞行……踏雪剑直指烈蒙恩的后背。

烈蒙恩第二拳已砸在沈庆余心口，沈庆余喷出一大口鲜血，胸口骨头尽数折断。而这时杜郁非的剑到了！

烈蒙恩狞笑道："想要偷袭？"他猛然回身，一拳擂向杜郁非。

拳头尚未砸在身上，杜郁非身上骨头就嘎吱作响，他猛将自己身体甩动起来，"白驹过隙"身法施展开来，灵动飘起，凭空移出三步远。剑走偏锋，从怪异的角度刺向烈蒙恩的小腹。

烈蒙恩一皱眉，收回拳头，双掌一合，夹住了踏雪剑。杜郁非只觉一股排山倒海般的力量压迫而来……

此时，沈庆余突然睁开眼睛，一掌劈在烈蒙恩的心口，烈蒙恩受到重击，大骇飞退。

杜郁非感到踏雪剑不再被束缚，剑锋急向前刺，扭动划出对方指尖，切入烈蒙恩的小腹……瓦剌国师的肠子顿时流了一地。

烈蒙恩面色变了又变，恨声道："我功力通神……"

"却仍旧是血肉之躯。外族犯我大明者，必诛之。"杜郁非沉声道。他全身已被汗水湿透，绝无力量再刺出第二剑，但依然死死握着踏雪剑。

烈蒙恩向前跨了两步，低头看着完全无法愈合的伤口，嘴里喃喃自语道："连山雪照……大艰难书……大艰难书……"

"砰"，身体化解于虚空之中。

杜郁非重新望向不远处的沈庆余，实在不知该同对方说点什么。

沈庆余笑了笑道："他死了吗？我也快死了吧……杜郁非你过来。"他从怀中将七彩宝石铸成的盒子放在地上，"这个给你。"

杜郁非目光收缩，看着那个盒子发愣。

"你小子居然知道？你居然知道《大艰难书》……"沈庆余略带吃惊地说道，但随即又笑道，"是了，你一定见过天剑朱岩岚。"

"这是皇家的东西。你不要说话，锦衣卫已经包围了这里，我会把你活着抓回去。"杜郁非道。

“去他娘的皇家的东西。这是绝世重宝，有缘者得之。”沈庆余笑道，“你也别想把我抓回去，我就要死了。《大艰难书》是我沈家祖祖辈辈都在寻找的东西，是的……我的祖父沈万三，富可敌国，也在找这个……我也是。”他目光忽然散开，声音越来越微弱，“阮飞找我要复国的资金，拿了个宝箱让我开价，那么多宝物里我一眼就看中了这个盒子。这是我们沈家祖祖辈辈都在找的东西，连山雪照……大艰难书……可惜我只悟出一套不中用的功夫。我的天资还是太差了，但是……但是，杜郁非，若你也是有缘人，或许你可以……或……许……你……”

“连山雪照，大艰难书。到底是什么意思？！”杜郁非大声问。

沈庆余并不回答，而是忽然露出笑容道：“拿着这个盒子，杜郁非，我们把游戏进行……到……”话未说完，一代富豪就此撒手尘寰。

宫外脚步声和甲胄声不断传来，杜郁非抬头看了看破碎的殿顶，雨丝和月光交汇，透着一种说不出的空明，他犹豫了片刻将宝盒收入怀中。

保和殿前的绳圈中，两人已经激斗了很久。

罗邪受创数道，但每在绝境之下，都能绝处逢生。

风雨中，黑摩柯几乎生出厌烦的感觉，这个敌人……为何不能简单地接受死亡的命运！而他在心烦气躁之时，忽然中了两缕刀丝，更是让他无名火起。

此人绝非我的对手……为何却还是战意熊熊？黑摩柯看着罗邪那双倔强冰冷的眼神，心中生出一阵寒意，他出道三年，从草原到中原，从未遇到过这样的对手。

忽然周围一片哗然，一身是血的杜郁非出现在场边，他身后还跟着袁彬等数十个锦衣卫。

“师父……这不可能！”黑摩柯心神大乱，突然他身子被数缕刀丝缠绕住。

罗邪低声道：“我说了，强你百倍的人杜郁非也杀过。”

压抑多时的刀丝爆发出嗜血的疯狂，将黑摩柯斩为数截！胜负若只是看武艺，那还打个什么？

尾声

由于找不到烈蒙恩的尸体，所以无法将他的所作所为和瓦剌使节团扯上关系。宣德帝朱瞻基也就不对也先等人做追究，反之还赏赐了大量的金银作为他们擂台死了人的安抚。

至于杜郁非对先帝死因的追查，也因为沈庆余死在寿安宫而告一段落。郭贵妃对所有事都守口如瓶，使得很多细节都未曾弄明白，但世间的事又有多少是能真正搞清的呢？

不多久大内传出消息，尽管没有直接证据证明郭贵妃和先帝朱高炽的死有关，但朱瞻基还是将郭贵妃送去帝陵给先帝陪葬“以示恩宠”。

关于“妙法石”，杜郁非把那块玉石还回了大内，没有人再追问盒子的下落。总之在所有人心里，都觉得那个盒子是不祥之物，找不到反而是好事。杜郁非和罗邪曾经拿着盒子不断翻看，但并没有看到什么字，更别提什么秘籍了。但想到朱岩岚、沈庆余等人都那么郑重其事，他又不想将其束之高阁。

“你在寿安宫到底看到了什么？”罗邪问。

“说不清……”杜郁非道，“似乎是通向另一个境界的一种东西……但说不清。”

罗邪撇了撇嘴道：“最讨厌这种回答了，不过我知道你说的状况是存在的。我看到朱岩岚时，也是那种说不清的感觉。”

“朱岩岚或许是我们见过的最厉害的人了。”杜郁非叹了口气，毕竟自己在别人面前仿若蝼蚁，没人会觉得愉快。

罗邪摇头道：“不对，你说得不对。朱岩岚可能是我们见过的最特别的人，但未必是最厉害的。他若敢和我师父比武，未必能赢。”

吕仙楼吗？杜郁非笑了笑，果然每个人的心里，师父都是最后的那座高山。吕仙楼……听名字，他会不会也是那个境界的人？

“还有一个人，如果是梦星辰，说不定他也不比朱岩岚差。嗯！他的武艺未必更厉害，但比杀人，梦星辰一定强过朱岩岚！”罗邪忽然开心起来，说到杀人她忽然充满自信。

杜郁非好笑道："弄得好像比杀人，你就敢跟任何人比一样。"

罗邪道："天下就是个大的斗兽场，能活下来的才是赢家，其他什么境界不境界的都是虚空，都是浮云！"

杜郁非托着那个盒子，问道："那你说怎么处理这个？"

"连山雪照，大艰难书。你不怕日子艰难就留着呗。"罗邪满不在乎道，"还是你在意沈庆余死前说的，要和你把游戏玩下去，所以在犹豫要不要保留盒子？毕竟金钱权力你都拒绝了，这武学反而诱惑到你，也挺没道理的。"

杜郁非叹了口气，现在回想，他也不明白当时为何要冒那么大风险把这盒子带回来。他在后院找了块地方，将盒子埋了下去，一面挖土一面嘟囔道："我是怕你跟我一起太艰难。"

"什么，你说什么？"罗邪喜滋滋地问。

"什么都没说。"杜郁非回道。

第三章 乐安烽火

乐安烽火

楔子

乐安城外，墨竹村。

杨老汉躺在摇椅上舒服地享受着阳光，身边两个小孙子盘绕膝下，一个在搬弄着泥巴，一个在数蚂蚁。远处时不时有女子唠嗑的话语声传来，笑声一阵接着一阵。忽然孙子沾满泥巴的手按在了杨老汉的裤腿上。

“干啥呢？”杨老汉皱起眉头，但一点也没生气的意思，再严厉的人看到第三代都是非常溺爱的。

小孙子指了指竹林边，那里站着个文士模样的中年人，青色的衣袍不算华丽，但明眼人都能看出做工非常考究。

杨老汉微微一怔，眯起眼睛仔细端详对方，右手轻轻敲了敲椅子的扶手，自语道：“我都以为这一天不会来了呢。”他挥手让孙子去女人那边。

青袍人对其拱了拱手，杨老汉也起身还了一礼。青袍人笑道：“杨先生别来无恙。我来执行我们的约定了。”

老汉低声道：“王大人，太平了二十年，我怕是已经将原有的本事都忘记了。”

青袍人笑道：“宝剑不论放多久都还是宝剑。何况我当然记得你我的约定。你只负责保护主公，不会让你外出杀人。但若真有敌人靠近主公，也盼你不要留手。”

老汉抬头看了看天，轻声道：“你既然都记得，我还能说什么？”他对着躲在篱笆旁注视着自己的小孙子道，“老二，去跟你爹说，爷爷二十年前在京师跟他说好的事，现在要去做了。”

“爷爷……”小孙子完全不知道他在说什么。

“去吧。”老汉沉声道。两个孙子顿时不知为何悲从中来，大步飞奔去找父亲。

“也没有那么急，你大可安顿好了，再到城里来找我。”青袍人皱眉道。

“既然要走，又何必拖泥带水？”杨老汉缓步走向院里的大枣树，那有一座泥塑的佛像。

他伸手一拍，佛像由上至下裂为两半，露出一把青色的剑柄。看到剑柄，杨老汉眼中顿时闪过一丝难以言喻的豪情。他抬手将剑拔出，剑锋在阳光下闪过数道华彩，在光华缭绕中，依稀可见这是一柄半边是剑锋，半边为锯齿的奇门兵器。

老汉将衣袍撕下一片，把剑锋裹住，转身对青袍人道：“王斌大人，杨隽听从调遣。”

被称为王斌的青袍人亦对其一礼。二人一前一后离开了墨竹林。

杨隽道：“仁宗皇帝登基后，我以为汉王已经死了那条心，没想到最后还是忍不住。”

“如今的时机更好。”王斌淡然回答。

杨隽道：“再不动手我们这些老骨头都快死绝了。新人能指望吗？我可不想一个人面对朝廷的大内高手。”

“全天下的新人都一样指望不上，所以我们并不吃亏。”王斌笑了笑道，“大内高手里，除了袁忠，能有几个是你的对手？但我的确还要给你找些帮手。”

“比如说？”杨隽问。

“一个快把牢底坐穿的家伙。”

乐安大狱地牢，这里每天除了固定送饭的牢头外并无外人出入。长时间以来，送饭的牢头换了一拨又一拨，唯一不变的是那个被地牢称之为“妖怪”的死囚。可今日居然有人来见这个死囚，有见过世面的牢卒，更认出来人是汉王驾前最炙手可热的大官——王斌。

王斌详细了解了这个死囚的日常生活，然后带人步入地牢。除了终年见不到阳光，这里的条件并不算差。牢室大约有五丈见方，全天亮着火把。和普通牢房相比，最特别的是那粗得可怕的铁栅栏，每一条都有成年男子的胳臂那么粗。

脚步声传来时，牢里的死囚看了看墙上画的条痕皱起眉头。

“咣当”“哗啦啦”“噔啷”，连续三道大锁开启的声音，引得死囚精神一振，他沉声道：“谁？”

王斌笑吟吟地出现在牢门前，抱拳道：“宋公子，好久不见。”

“王斌……你已经那么老了吗？”死囚看着对方手里的钥匙，以及对方身后随从手里的两个箱子，不紧不慢道，“还说什么宋公子，你有见过牢里的公子吗？”

摸着鬓角的白发，王斌笑了笑道：“人都是会老的，二十年了，能不老吗？世上有些人，不管人在何处都是公子，你觉得呢？”

死囚道：“笑面虎王斌，你真会说话。以你如今的身份和地位，居然会来到这里，难不成很久以前朱高煦许给我的承诺要兑现了吗？”

“我不和聪明人说废话。”王斌笑道，“汉王起兵在即，你若愿意相助，即刻还你自由。”

“朱棣那贼子死了没多久，他就坐不住了。但他不该在朱高炽登基前起兵吗？如今朱高炽皇位稳固，即位有一年多了吧。他还忙个什么劲？”

王斌摸了摸鼻子，叹了口气道：“是，我们的确错过了一次机会，但老天有眼，我们还有二次机会。你在牢里消息闭塞，几个月前朱高炽也死了，如今是他的儿子朱瞻基即位。若再错过，我们再也等不来第三次机会了。”

“是你们没有机会，不是我。”死囚眼里带着讥笑道，“我已经被关了那么多年，随着你们汉王贬谪的地点，换了一个又一个黑牢。功名富贵只是过眼云烟，想当年，我也富贵过，也跋扈过。我十八岁时候带的兵，只怕比你现在带的还多，我为何要帮你？”

王斌道：“你有两个理由。”

“居然有两个那么多？”死囚冷笑道。

王斌道：“第一，你是宋睿文，是建文帝驾前第一猛将。朱棣建立的皇朝，你不想颠覆吗？你是白袍宋公子，天上地下都该知道你的名字，如今二十年了，你难道不想把失去的东西重新拿回来？”

“这也算理由？”死囚哑然失笑，“为了颠覆朱棣的基业，就该为他另一个儿子效力吗？荒谬。”

“第二，为了少林和武当。”王斌不动声色地说了第二个理由。

死囚瞪眼道：“什么？难道我被关在这儿的时间里，朱棣还灭了我的师门？”

王斌道：“一年半前，有个叫梦星辰的人屠了北少林，塔林之役尽灭少林罗汉堂精英。十个月前他独上武当，横扫了武当山，武当掌教和护山道人一起身死。”

死囚怔道：“这怎么可能？你骗我！”

“整个江湖都在说这个人的事迹，等你自由了随便找人问问便知真假。”王斌慢慢道，“你的父亲是少林的俗家弟子，你自幼拜入北少林，后又机缘巧合获得了武当《真武经》。你是百年来，甚至可能是千年来第一个精通武当、少林两家绝学的武者。放在几年前，还真是天下人敬仰的对象，但现在，少林和武当都不值钱了。”

“梦星辰……他多大年纪，用的什么兵器？出自什么门派？”死囚自语道，“他杀了那么多人，我的师兄弟……我的师父……”

“都死了。”王斌打开随从手里的一个箱子，里面是数截折断的禅杖，随后声音逐渐转扬，“梦星辰年纪二十左右，手持魔刀梦魂，无门无派，近期就会来到乐安，找我们汉王的麻烦。若是第一个理由不够你出手，这第二个理由如何？”

“但我若是帮你，不可能只杀梦星辰，是不是？”死囚低头看着自己师父的武器，身子忽然颤抖起来，“那个每天唠叨我，折磨我，却教会我一身绝世武功的和尚死了啊……”

王斌道：“不错，既然杀人，自然要杀个痛快。一旦我们起兵，会有许多刺客潜入乐安，出兵之前这些刺客都交给你处置。起兵后，我让你带兵杀个痛快。”

“你说话能算数？”死囚问。

“不算数你大可杀了我。而且你既然想报仇，就更没有选择的权利了。”王斌打开了第二个箱子，里面是一对暗青色的铁锏。

死囚眯起眼睛握住铁锏，颤抖的身体逐渐恢复了平静，慢慢道：“拿起容易，放下难。王斌，她还好吗？”

王斌眼中也现出温柔之色，低声道：“身体有点弱，总体来说还行。但我不建议你出去后便去见她。而且，我也不会让她变成你出山的第三个理由。”

“我不需要第三个理由……”死囚笑了笑，“的确，我已别无选择。梦星辰啊梦星辰，我时隔二十年，重开杀戒，你莫要让我失望才是。”

一

每天在锦衣卫北镇抚司衙门和刑部间来回奔波的杜郁非，今日偷得浮生半日闲，陪着罗邪和苏月夜在江东楼上小酌。原本他们也叫了袁彬，但袁彬有在北镇抚司书院的差事，抽不出空。

说来已是初夏的六月，京师仍旧凉风习习。江东楼原是应天府的知名酒楼，永乐帝迁都北京后，应天十六家知名的酒楼也一并迁址北上。这些酒楼，自然成了那些在迁都前就在朝里当差的人缅怀过去的所在。

“你为何让袁彬去书院教书？他又不是那块料。”罗邪问。

“那边缺有实战经验的教头，我让他暂时去分享些经验罢了。”杜郁非回答。

苏月夜则道：“袁少早晚要出去独当一面，到时候需要些自己的班底。

书院那些少年锦衣卫，再过个三五年就要成才了，如他们有师生之谊，那就是他最好的帮衬。让他去书院也是他父亲的意思，只不过由我们杜哥来办罢了。”

罗邪挠了挠头，她可没想过这事有那么大的学问，拿起酒杯换了个话题。

三人一会儿谈论着京师里各大衙门的种种传闻，转而又调侃着没在座的袁彬最近青睐的是哪家的小姐。但话锋一转，罗邪提到了最近江湖上对梦星辰的议论。

“大半年前，梦星辰独上武当山，于解剑池边，击败众多助拳的高手，最终在紫霄宫前斩杀了武当掌教天青真人和护山道人清欢。近来，很少有人愿意去找他麻烦。”罗邪转动着酒杯道，“听说他和东方家的姑娘一路游山玩水，准备去南京见忠孝侯了。”

“前半段是人尽皆知，后面这消息你又是如何知道的？”杜郁非奇道。

罗邪道：“我修罗宗耳目遍天下，梦星辰这种大魔头的踪迹是我们必须要掌握的，否则万一做任务的时候撞到他，那不是自讨苦吃？”

杜郁非笑道：“原来你修罗宗也有怕的人。”

苏月夜道：“武当天青真人号称是三丰真人之后武当第一人，这样的角色也被梦星辰斩杀，自然是谁都要忌惮他几分，不过梦星辰这次其实闯了大祸，他在武当山把紫霄宫的牌匾也拆了。那牌匾可是永乐帝的御笔所书，一旦有御史吃饱了没事干，给上头写上一笔，只怕全天下的厂卫都要去找他麻烦了。”

“不是怕，是我当他是朋友，所以不想有冲突。”罗邪瞪起眼睛。

“永乐帝的御笔手书……”杜郁非轻咳一声，这可真是伤脑筋。

“若他真是一路向南，那也就罢了。可我最近收到的消息不是如此。”苏月夜不紧不慢道，“最近卫所里送来的消息，梦星辰去了乐安。忠孝侯好像也在乐安。”

“乐安？”杜郁非眯起眼睛，思索道，“他们和汉王朱高煦有什么关系？”

苏月夜替他满上酒杯，笑道：“忠孝侯东方勉之是汉王的旧部，而最近十年他们几乎没什么往来，所以这次他去乐安就显得格外奇怪。这也是我能第一时间得到消息的原因。对于这些大人物，他们的动向朝廷总是特别关注的。”

罗邪道：“朱高煦在今上即位时摆出了不好的架势，今上从南京返回京师时，受到了乐安刺客的阻击。我当时为了保护今上，可是两天三夜没睡觉，这次他又要闹什么？”

苏月夜道：“这还不清楚，但我已命人把各路的消息汇总过来，这几天就会有个说法。我整理好后就给杜哥。”

他们正说着话，酒楼外忽然喧闹起来。杜郁非起身望向窗外，见几个脚踩军靴，但身着常服的士兵正醉醺醺地跟人吵架，吵架对象则是几个披着甲胄手执兵器的卫兵。

远远地听不真切吵的什么，但很快冲突就变得极为激烈，两边从互相推搡，变成拳脚相加。

苏月夜皱眉道：“这里距离三千营的军场很近，这又临近了一年一度操练的时节，很多中下级军官会来此喝酒，按理街市上的卫兵不会招惹他们才是。”

三千营是永乐帝一手创建的骑兵营，初建时只有三千蒙古骑兵，后来扩展为万人的规模，但名字依然叫三千营。

杜郁非见街口的人越来越多，不由皱眉道：“军人打架是司空见惯的事，但那么多人围观会出大事。”

话音未落，突然有惨叫声传来。

一名醉酒的军官仰天倒地，胸口插着一柄短刀，刀锋完全没入胸膛，外面只看得到刀柄。

罗邪秀眉一扬，飘身掠下酒楼，在刚才她依稀见到一缕刀光，随后那人影就飞入人群消失不见。她也不怕惊世骇俗，直接盘旋飞向屋顶，但放眼望去，夜色中又从何找寻杀手的踪迹。

杜郁非皱起眉头，寻常的杀手怎么可能躲过罗邪的眼睛？

罗邪回到他身边，小声道：“那人的杀气凛冽非常，杀过的人绝不少于我。但这种人为何要杀寻常士兵？”

任何时候一旦死人就是大案。此刻正是夜市最热闹的时候，片刻之间围观的人就将此处围得水泄不通。杜郁非拿出锦衣卫的腰牌，走到街口维持秩序，等待顺天府的刑部派人来勘查现场。苏月夜叫卫兵拘押了酒醉的军人，命人将尸体所在的位置围起。罗邪和杜郁非初步看了一下尸体，一刀贯胸是致命伤。这一刀干净利落，取的位置非常准。

杜郁非初步问询了参与斗殴的军士，得知死者名叫周云，是三千营丁字营的百户长，三十七岁。但没人承认那把刀是他们带来的，更没人承认人是自己杀的。

杜郁非还没等到刑部的人，从街口就来了二十多个铁甲武士。为首的是个身形高大，手脚修长的瘦削青年。

那青年武官见到杜郁非愣了一下，随即笑道：“杜大人！没想到会在此遇到你。”

此人名叫林羿，杜郁非和他相识于“蓝衫鬼”一案时的南京冬至祭典，当时林羿是朱高炽的护卫长，而今他在中军都督府任职，是太师张辅的爱将。

尽管这里靠近兵部衙门，但普通的士兵街头斗殴怎么会由他出面？杜郁非心里狐疑着，遂上前寒暄，说了一下看到的情况。

林羿皱起眉头，低声道：“如此说，杀人的另有其人？”

杜郁非道：“凶手的行动非常快，我不知他是否一开始就混在发生纠纷的人群里。”

“杜大人，等我片刻。”林羿深吸口气，沉默着看了一遍案发现场，然后回身对杜郁非道，“杜兄，能否借一步说话。”

杜郁非见对方郑重其事，就在江东楼找了个雅间。他对苏月夜使了个眼色，苏姐儿立即离开江东楼，而罗邪则紧紧跟在他身后。

林羿见到杜郁非和罗邪这样一个国字脸的男子在一起，而关系又非仆非友，不由露出古怪的表情。

杜郁非并不多做解释，他早就叫罗邪不要戴面具，但罗邪越是有外人在就越是戴得来劲，还时不时地换出各种不同的容颜，但不知为何，她最喜欢的还是二人初见面时用的那张面具。

进入雅间，罗邪安静地站于角落，保证四周一切都在掌控中。而林羿的跟班们都被留在了屋外。

“你一定奇怪，为何我会管起街上斗殴这种事。”林羿开门见山道，“事实上，这次的死者周云并不是普通的军官，而是三千营身手最好的几个百户长之一。这是我手上的案子里，第三个死者。”

“第三个？”杜郁非问。

林羿道：“事情发生于三天前，有个千户在鹤鸣楼前跟人械斗被乱刀捅死。由于这个叫万镇梁的千户在军里有不小的影响力，所以我请示了张大人，由我亲自调查，而并没让京师刑部管。当时我初步问询，无人承认对万镇梁行凶，于是我只有对参与者进行严刑拷问。当有人受刑不住招供时，供词虽有疑点，但我以为只要稍微加把劲就能查清事实。”

“既然有人供认，你为何仍觉得有疑点？”杜郁非问。

林羿道：“头一个案子和今天这个很像。那日万镇梁在酒楼吃了晚饭带着手下准备回营地。他只是稍许喝了点酒，也就是二两左右。在门前遇到酒醉的军士闹事，万镇梁前往喝问那几个士兵，结果发生口角，两方面厮打起来。最后万镇梁倒于血泊中，参与斗殴的六个士兵全被羁押。”

杜郁非点头道：“确实和今日的事很像。”

“疑点在于，万镇梁很能打，他是经历过‘靖难’的老卒，寻常十多个军士也近不得他身，怎么会死在这种寻常的斗殴中。”林羿低声道，“但遗留在事发地点的短刀确实是杀万镇梁的短刀，和今次不同，凶手杀人后丢了短刀而不是如今天这样留在死者体内。”

杜郁非笑了笑：“这只能算是你的直觉。”

林羿道：“不错。所以我并没太在意，但昨晚在翠柳居又发生了类似的事，这次是一个叫张东山的军官被杀。”

“张东山很特别？”杜郁非问。

林羿沉声道：“张东山是三千营的百户，一身马上武艺在军里排得上号。”

杜郁非皱眉道："和今天的死者周云一样？"

"是的。"林羿面色阴沉道，"根据尸检得出的线索，凶手习惯用右手，每次杀人只出一刀，干净利落。由于手法和凶器都很简单，所以并未留下什么有用的线索。若两个案子算是巧合，那加上今天这事，短短几天里，几个武艺出众的军官纷纷死于市井中，就绝不会是巧合了。所以我第一时间赶到了这里。"

杜郁非道："确实如此。"

林羿主动替杜郁非满上酒，抱拳道："杜大人，末将有个不情之请。我林羿自家人知自家事，带兵我马马虎虎还有些手段，真要查案子，我及不上半个杜大人，此案能否请你出手相助？文书方面我会在明日一早交到北镇抚司衙门。"

杜郁非挠了挠头，沉默了片刻道："我手边有很多事要做，你的案子我不确定是否要参与，能否容我考虑一晚？你可将案子的卷宗送到我的住所。"

"先谢过大人。"林羿起身抱拳道。

"此人是个高手。"罗邪看着林羿的背影低声道。

"高到什么程度？"杜郁非笑问。

罗邪道："他只怕是中军都督府里排名前五的高手，不然中军都督府的人才就太多了。"

"我大明五军营有近二十万人马，他中军至少有五万人，若他能排名前五，那已是真正的万人敌了。"杜郁非笑道，"你是否评价过高？"

"万人敌是以一敌万的意思，不是在一万人中排第一。你不要混淆概念。"罗邪笑道，"你让苏姐儿干啥去了？"

"我猜到林羿会找我帮忙，所以让苏姐儿去做初步调查。"杜郁非走出酒楼，外面的尸体已经搬走，围观的人群也早已散去，只留下那摊触目惊心的血迹。鹤鸣楼、翠柳居，今天又是河东楼，这些都是当年南京著名的十六楼，凶手总是选择这些地方作案，有什么理由吗？

杜郁非回到住所时，苏月夜尚未回来，院子里，袁彬正带着个十五六岁的少年练习剑术。

“阿牛！向左出剑，三连击！”罗邪看了一眼，立即叫道。

少年毫不犹豫地照做，攻击路线却被袁彬一剑封死，罗邪又道：“右行走乾步，刺肩头！”

袁彬依旧一剑挡住对方的长剑，冷笑道：“罗牙儿，你以为喊出声的攻击也能赢我？”

罗邪抱着胳臂笑道：“是时候了，地趟身法，扫腿！”

少年蜷缩成一个陀螺，长剑一侧忽然扬出扫堂腿。

袁彬被这突如其来的一招打了个措手不及，飞身斜掠出去才狼狈躲过。他瞪了一眼罗邪，才对杜郁非道：“杜哥，你们回来早了不少。江东楼的酒菜不合口味吗？”

“吃到一半遇到点事情。你书院之行还顺利吗？”杜郁非问。

袁彬道：“那边新收的子弟多数都不成器，说来你干吗让我去做教书先生？我又不是那块料。”

“哈。我也这么说！”罗邪笑道。

杜郁非并不回答，而是问少年道：“阿牛，你最近怎么样？”

阿牛名叫俞耕耘，是在“蓝衫鬼”一案时被杜郁非领入锦衣卫的乡间少年，在京师已有两年。杜郁非这些年在办案时，常吸收一些有潜质的少年进入锦衣卫书院，阿牛属于年龄较大的几个。

“杜叔，我很好！这个月他们已派我外出历练了。”阿牛恭敬回答。

“那么快吗？”杜郁非微微皱眉。

袁彬道：“书院每年都会挑出类拔萃的孩子提前出去历练，他们既然选了阿牛，就说明他很不错。”

杜郁非摸摸鼻子道：“可这小子才十五岁吧。”

“十五已经不小了，在乡下十五岁已经可以做爹了。”罗邪提了一壶酒出来，笑着拍了下阿牛的脑袋。那小子疼得一咧嘴，但很勤快地给众人准备起酒菜来。阿牛做得一手好菜，颇和杜郁非他们口味。

这时中军都督府的林羿连夜拜访，他带来了相关卷宗，内容并不多，只有三十页。袁彬和他很熟络的样子，这让杜郁非有些意外。

杜郁非问道：“袁少，你知不知道最近城里有不少军官莫名其妙地死于斗殴？”

袁彬道：“有那么点风声，但没关注。死的好像都是五六品，甚至更低阶的。”

“我们书院里有个学生的爹就死了，是被杀死在城北的一座酒楼，但好像并非斗殴。”阿牛插嘴道。

“他爹叫什么？”林羿眉毛一挑，鹤鸣楼、翠柳居、河东楼都不在北城。

阿牛道：“这事在书院反应很大，死的人叫殷顺成，是左军都督府的一个参将。他儿子叫殷浩然，在书院属于身手特别好的。”

林羿皱眉道：“难道还有我不知道的案子？”

殷顺成……杜郁非思索着，这下有了第四个死者，那凶手到底杀了多少人？

这时一阵香风吹来，苏月夜回来了。她捧着厚厚两本卷宗，苦笑道：“久等了，我也没想到随便一查就翻出那么多东西。杜哥，我们这次又遇到难事了……咦？林羿你居然跟到家里来了？”

林羿苦笑抱拳道：“我是真的走投无路。”

“苏姐儿，你查到了什么？”杜郁非问。

苏月夜道：“林羿手里的案子最多只有三件，但实际上在最近半个月里，京师范围里死于各种蹊跷事件的中下级军官多达十二人。几乎每天都有一个，而且死者要么是久经战阵的老卒，要么就是身手不凡的少壮。”

“居然有这么多！”林羿惊道。

“死者间有联系吗？”袁彬问。

苏月夜道：“分属各营各队，不排除他们有些彼此认识，但仅从资料看，他们并无直接联系。”

“都是酒后斗殴，现在的军纪那么差？”罗邪笑问。

苏月夜道：“当然不只是酒后斗殴。这些人有的是在外面被店面招牌砸死的，有的是马车撞上路人导致翻车死亡的，还有大约有六人是死于刀剑之下。”

林羿皱眉道：“所以有一半是意外死亡？”

“你觉得是意外，在同一个时间段？”苏月夜反问。

林羿略显尴尬道：“我只希望是意外，要不然就是通天的大事。”

“那你应该有心理准备了，我觉得这就是通天的大事。”苏月夜肃然道。

这气势顿时把林羿震住了，只有袁彬和杜郁非知道，看上去温柔婉约的苏月夜在指挥手下的锦衣卫探子时，从来都是说一不二的。

杜郁非想了想道：“林大人，这事在兵营里有什么影响吗？很多事是捂不住的，流言会走得很快。”

林羿道：“我封锁了消息，即便有流言也不会闹得太大。”

杜郁非敲了敲桌子，问苏月夜道：“我们现在手上有何线索可查？”

苏月夜将死者的档案排了一桌子，万镇梁、张东山、周云、殷顺成的名字赫然在列。她将万镇梁、殷顺成的名字挑出，一同挑出的还有个叫戚勇的人。“这三个人的年纪最大，都在四十岁以上，在迁都之前就已入伍，确切地说……”她略微犹豫了一下，压低声音道，“这些人都是汉王旧部。”

“我们军里有那么多汉王旧部？”林羿皱起眉头。

杜郁非笑了笑道：“这个说起来话就长了。当年成祖确定先帝为太子时，一手将汉王的部属全都打乱了编入各部。这些人当时被分到无法兴风作浪的位子，但的确是各军各营都有。”

林羿问道：“这些汉王旧部为何会死，为何还有很多不属于汉王的青壮派会死？”

杜郁非面色不变，淡然反问道：“你说呢？”

“这……我要去禀明太师。”林羿霍然起身道。

苏月夜摇头道：“你没有证据。你手上只有尸体，像你这么小的官，一旦卷入这种事会死得很惨。”

林羿皱眉道：“那你说该怎么办？”

杜郁非道：“第一，我们收集证据，若能抓到凶手当然好，若不能，则必须证明这些事和朱高煦有关；第二，我们锦衣卫会关注一下乐安，看看到底发生了什么。”他并没有说近日汉王和忠孝侯有来往的事，毕竟他不知道林羿的嘴巴紧不紧，“但第三件事，是我们可以做的，并且这要你去做。你能否将京畿的人马控制住，让所有军官和士兵全留在营地不许外出？只有那样我们才能让意外不再发生。”

林羿道：“不是你想得那么容易，这需要上头那些老大同时点头。一天两天只怕发不下这个命令，因为他们并不认为情势有那么严重。”

“那就只有第四步了。”杜郁非看着那些死者的名字，慢慢道，“把有人杀军官的消息在兵营里传播开，并且将杀人的地点确定在江东楼和鹤鸣楼。这两家酒楼只隔着一条街，方便我们联合布防。军营里那些天不怕地不怕的爷们，必定会前去喝酒寻事。若凶手再次动手，我们就在那里合围他。”

“这是守株待兔的办法。”林羿略有迟疑。

“恕我直言，若凶手不再动手，我们不会有丝毫办法。我们能做的就是等他再次出手。”苏月夜转而对罗邪道，“罗牙儿，你对杀手的事最为了解，你认为呢？”

罗邪目光凌厉地看着林羿，轻声道：“我不知凶手究竟有何目的，但他显然不会满足于只杀小角色，所以他一定还会出手。至于目标，你既然代表中军都督府盯上了他，也要小心他反过来盯上你。”

林羿笑了笑道：“我只怕他不来。”

杜郁非看了眼一旁等候吩咐的阿牛，向苏月夜询问了几句。

杜郁非的宅院外，一条黑影看着院内的灯火，不久街面上有黑衣人递上一张纸条。他扫了一眼，自语道：“锦衣卫，杜郁非；修罗宗，罗邪？这个组合挺奇怪的嘛。”

二

接下来的几天，林羿一方面向太师张辅请示是否可以临时关闭军营，不许闲散士兵外出；另一方面，在禁令下达之前，他和刑部联手在街上布置了大量的耳目，随时等候凶手下一次出手。这么等了几天，街面上喝酒的军士并未减少，但并无特别的事发生，那个杀手似乎一下子消失了。

罗邪小声道："这巡街的事何时是个头啊。"

杜郁非道："今明两天会有个结果。这个时候，林羿在兵部陪太师张辅讨论兵营的宵禁令，一旦这事定下，杀手就没了在外头杀人的机会。对方做这种事必定消息灵通，今晚一定有事发生。"

罗邪微微点头道："我给袁彬的礼物，还合用吗？"

"他发回消息表示一切顺利，所以你给他的东西应该合用。"杜郁非笑道，"难为你那么短的时间里，能做出那么精致的玩意儿。"

"因为有些东西若有瑕疵，就会有人死……我看今天确实会有事发生，这周围的人是越来越多了。"罗邪看着鹤鸣楼的方向，附近的行人忽然多了许多，尤其是鹤鸣楼前聚集了许多身着常服但脚踩军靴的军人。

"这是要做什么？"杜郁非眉头皱起。

苏月夜去问了一下，回来道："今天是万镇梁的头七，他的属下和战友来鹤鸣楼前祭奠他。"

"营里没安排祭拜，需要到这里？"杜郁非沉着脸道。

"似乎是没有。实话说，万镇梁这个级别的官，不是在阵前战死，怎么可能会在军营里给他设灵堂？"苏月夜小声道，"而且我看这事不简单，一定有人在组织。"

杜郁非道："林羿那家伙，没把自己的活做干净……"

不多时，在鹤鸣楼前搭起了临时灵堂，可以看出是一个中年大胡子军官在组织。

苏月夜道："那个大胡子叫温广，是万镇梁的部下，这次祭拜就是他组织的。"

罗邪低声道："戴孝的很多，还有不少人带着家伙，他们这是要干什么？”

杜郁非道：“苏姐儿去调些锦衣卫来，这个架势有点奇怪。万镇梁虽有一定的资历，死得也算蹊跷，但并不该引发这种事端。”

苏月夜快步离去，鹤鸣楼前的人越来越多。杜郁非在楼顶俯瞰街面，罗邪则站在对街的屋檐上。街面上各军各营都有代表前来，仪式简单又隆重。中军都督府派出官员询问后，来找杜郁非简单说了一下情况。据说这个叫温广的百夫长，承认自己私自聚集了军士有错，一会儿愿意跟杜郁非回北镇抚司领罪。

祭奠仪式持续了一个半时辰后逐渐进入尾声，温广带领万镇梁的部属集体上前叩拜灵牌。

“我查过了，温广是个大老粗，但为人义气，所以颇有号召力。他的性格和万镇梁很像，他们这队人马在兵营里交友广博，但他们并不像是会闹事的主。”苏月夜小声汇报道。

杜郁非道：“这人也不像有上乘武艺的样子。”

鹤鸣楼下，温广正请动万镇梁的灵位。当灵位被移到街面上，忽然周围人群里冲出三个灰衣人，各举短刀向温广冲去。这一突变出乎所有人意料。除了温广外，众人本能地向后一退，顿时将这百夫长暴露在敌人面前。温广连中两刀，却仍旧捧着灵牌，这时周围的军士才反应过来冲上去保护他。

杜郁非和罗邪同时皱眉，杀手尽管来得突然，但并非几日前他们看到的那个级别，别说三个灰衣人，即便要抓三十个这样的，也不够看。

“兵部的会议什么时候结束？”杜郁非忽然问。

苏月夜道：“估计还没结束，林羿说如果宵禁令通过，他会第一时间派人通知我们。”

“我去兵部看一下，这事有点不对劲。”杜郁非飘身掠出酒楼，从屋檐的青瓦上踏过，但并没走多远，面前出现了一个灰袍长髯的老者。

“我知道你要去哪里。此路不通。”老者说话时手指伸缩虚张。

杜郁非居然跟着那手指的曲张一阵恍惚，他忙微一调息，手扶剑柄收敛心神。那老头子趁机扬手攻击，灰蒙蒙的一蓬细沙罩向杜郁非头顶。

“唐门毒砂……”杜郁非脚踏屋檐，人从不可思议的角度滑行出去，所有的飞沙都落在瓦片上，众多瓦片千疮百孔。

“老杜快走，这里有我，这老家伙不是我们要找的人。”罗邪从远端的屋檐飞掠而至，拦在杜郁非和老者之间。

杜郁非头也不回奔向兵部衙门。

在兵部进行的例行会议，为了“宵禁令”的事扯了一下午，除了中军都督府的张辅，另外几位大人对林羿所说的事并不在意。他们的理由很简单，若有人在外狩猎军官，那么各大营都会派出高手反捕杀。这是锻炼队伍的大好机会，而不是胆小怕事地实行宵禁这种消极的办法。这种说法听上去颇为大气威武，但鉴于这些大员们并不知道敌人有多厉害，所以处理的方法显然过于草率。

林羿和三千营的千户董药师一起走出兵部，董药师和张东山是好友，他是支持宵禁的，一路上骂骂咧咧，几乎把那几个大佬的祖宗骂了个遍。

黄昏的街上，行人不知为何出奇的少，路面上只有泛黄的光影，以及忽然扬起的风声。

林羿抓住董药师的胳臂，小声道：“有敌人。”

街角一道长长的影子从屋檐上映下，一个白袍长发武者微笑注视着二人：“我听说，你二人是如今京师这十万守备军中最能打的。和平让人软弱，果然年轻人是越来越没用了。”

林羿眯起眼睛，手掌按在兵器的鹿皮套上，对面这人眉宇间凝结着一层跋扈的寒霜，即便赤手空拳依然给他极大的压力。

“怎么犹豫了，林羿你这几日不是一直在找我吗？”白袍客笑道。

董药师扬眉道：“这几日就是你在外头寻事？让我拿下你再说话！”佩刀出鞘身若铁塔的董药师揉身上前，三步就到了屋檐下。

董药师并非真的那么鲁莽，他跨出第一步时就已出刀，第二步时扫视四周是否有埋伏，第三步便开始等待屋檐上的对手变化位置。

白袍客一只脚站在屋檐上，居然四平八稳，看也不看董药师，而是对林羿道："不屑二打一？是想等死吗？"

"找死的是你！"董药师大喝一声，佩刀怒劈对方立足的飞檐。

他的佩刀比寻常军刀要厚上半寸，长出半尺。刀风狂飙而起，这是破石开碑的一刀！

"你空有蛮力，若在战场上，必死于弓箭之下。"电光火石之中，白袍客慢悠悠地向前跨出一步。

诡异的一幕出现，白袍客竟然站于董药师的刀背上，那悠闲的样子仿佛根本没移动过。

董药师怔住，他从未遇到过这种情况，手腕翻转虎吼一声想将对方甩下。

白袍客微微摇头，抬手一指将董药师那魁梧的身躯弹出十六七步，而将对方的佩刀依旧踩于脚底。这次他已立足于街市之上，远端有行人要路过这里，却莫名感觉到森森的寒气，随即无人胆敢踏足此地。

林羿大步奔去扶董药师，见对方眉心有一点指痕，那指力将董药师的脑袋完全贯穿，仿佛是弓箭穿透一般。方才还生龙活虎的汉子，只一个照面就命归黄泉。

白袍客望向林羿，用仿佛来自天外的声音道："亮出你的兵器吧，我听说你是那件家伙的当代主人。你配吗？"

林羿面无表情地站直身子，从鹿皮套中取出一对四尺长的金色钢鞭。那钢鞭的鞭身是一条披甲的金龙，鞭头为带有龙角的龙首。左手的龙身环绕着火焰，右手的龙身上缠绕着水流。

"水火虬龙棒，你果然是朱能的传人。"白袍客仿佛看到了丢失多年的玩具，眼中射出沉厚的回忆的神色。

林羿突然向前，水火虬龙棒带起凌厉的罡风，十步开外的白袍客衣袂被罡风迫得向后飞扬。白袍客脚步一甩，地上的钢刀立时飞起，直飞林羿的面门。林羿步伐不停，虬龙棒一绞将钢刀磕飞。

白袍客依然位置不变，只是看着对方突到身前，探手抓向棒梢。

林羿只觉一股巨大的力量涌向掌心，虬龙棒随时要脱手飞出。他猛一咬牙，按动棒柄的机簧，火棒上的鳞片忽然弹出三枚，一枚射向对方眼睛，一枚打向对方嘴唇，一枚奔向敌人喉咙。

白袍客微微侧身，三枚鳞片全都击空。林羿趁势追击，水棒打在对方衣衫上。但不知为何，这一棒仿佛打在春风里的柳叶上，全然不受力。他人也因此失去平衡侧跌。白袍客手掌反按在林羿的肩头，林羿顿时飞了出去，摔得眼冒金星。

水棒落在了白袍客手中，他上下看了看那兵器，自语道："斯人已去，对手难寻。"忽然将其丢于一旁，转而抬手点向林羿。

林羿看着对方眼角的皱纹，发现左眼角有着一枚红痣，不由勃然变色道："大力金刚指、沾衣十八跌……你是少林弟子？这……白袍……这……这不可能……"一个名字在心里呼之欲出，但他就是不愿承认对方会还活着。

忽然夕阳下划过一道矫若金龙的剑光，剑芒在红霞下蔓延开，扫向白袍客的后背。

白袍客霍然转身，两根手指夹住剑锋，微笑道："如此宝剑，难道不该在正面杀敌吗？"

杜郁非手腕一挑，剑若银蛇翩然起舞，连续刺出九剑，剑剑不离对方要害。出剑之时，他犹笑道："我是锦衣卫，你以为呢？"

白袍客目光收缩，脚踩太极步左右腾挪，十指连弹拨开层层剑气，却发现对方的剑网越来越紧。他眼角扫向远端，兵部源源不断地有军士向此地奔来。

"杀不杀他已不重要。"他大袖一挥，潇洒地飞身上房，"杜郁非，我们后会有期！"

杜郁非并不追击，而是望向犹自神情紧张不安的林羿，沉声问道："他到底是谁？"

林羿深吸几口气，试图稳定情绪，道："一骑破千军……白袍神将宋睿文。建文帝驾前第一高手！他居然没有死……这不可能！"

杜郁非心里叹了口气，有些人一辈子没受过挫折，一旦受挫是很难挺过去的。

林羿紧急去见太师张辅，禀告宋睿文出现在京师的事。杜郁非回到鹤鸣楼，楼前祭拜万镇梁的人早已散去。先前追砍温广的亡命徒都被抓住，可惜的是他们除了交代出有一灰袍老者给了他们一人五十两银子外，并不知道背后的具体事情。罗邪甚至发现这几人有迷失心神的迹象，加上之前她和灰衣老者过招时，发现对方会些神鬼之术，这些亡命徒确实可能不知自己在做什么。

忙得足不沾地的罗邪皱眉道："袁彬那家伙没发回什么有用的消息吗？"

杜郁非道："暂时没有。"

罗邪眯起眼睛，她知道袁彬被派出去调查另一条线索，已有几天没有归队，但杜郁非显然没有继续谈论的意思，低头画起白袍客和灰袍老者的肖像。

苏月夜一面将死者资料重新排列，一面汇总今日收到的各方消息。杜郁非在一旁三笔两笔将今日见到的白袍客和灰袍老者的肖像绘出。

"如果白袍客是宋睿文，那灰袍老者是谁？"他问。

"他用的是唐门毒砂，该是出身蜀中唐门，不过我没有印象唐门里谁会离魂术。这老家伙敢对你用毒砂，这事交给我了！"罗邪依然对先前杜郁非遇到的危险耿耿于怀，"这一系列的事如果是宋睿文做的，他杀那么多中低级军官的目的是什么？给建文帝复仇？"

杜郁非摇头道："若要报仇何用等到今天。关键是那么多年过去了，这个煞星为何挑现在复出？"

"他和林羿的师门有仇？"罗邪问。

杜郁非道："也不算有仇，林羿的师祖朱能将军曾和宋睿文在战场交过手，互有胜负。"

"确切地说，是朱能将军五战五败，不过每次都算是只差一线。"苏月夜笑了笑道。

杜郁非低声道："当年在夹河之役，击杀我靖难军第一武将张玉的就是宋睿文，张玉就是如今太师张辅大人的父亲。据说那一战时，天空、云和雾气都是红色的。”

罗邪道：“我听师父说过张玉，据说是文武双全的人中之龙，没想到是死在这个人手下。”

杜郁非道：“宋睿文参加的最后一次战役是长江保卫战。当时他和朱高煦的部下在水上大战一场，最后不知所终，生死不知。有传言说他逃回了南京和朱允炆一起失踪，也有人说他是被朱高煦杀了。现在看来，他是被朱高煦捉了，而且还投靠了对方才对。”

苏月夜将几份文书摆在桌上：“近期朱高煦和山东一些将领的确来往密切，并且和他南方的旧部东方勉之也有过交流。而东方勉之上个月前往乐安后，至今未回应天府。另外我得到消息，乐安汉王幕府里最近人事变动不小，嫡系的官员全面上位，外头派驻在乐安的人全都被调去无关痛痒的职位。”

杜郁非道：“那朱高煦这是要动真格的了？”

苏月夜指了指那些死亡的军官名单：“我搜集的信息还反映最近在河北山东山西都有中低级军官被杀事件。这些军官死后，我们各军各营也会迎来一连串的人事变动。先不说是否会有朱高煦的人上位，这些中低级军官是我大明战列真正的基石，少了他们，一旦开战我军战力会大打折扣。”苏月夜将一份文书递给杜郁非道，“我建议将此事连夜上报给赛哈同大人。这是我拟的报告书。”

“当然要上报，但更重要的是接下来怎么做？”罗邪问道。

杜郁非将两人的肖像递给苏月夜，吩咐道：“命暗桩在城内通缉二人，发现敌人立即上报，只监控不许动手。你明日联系林羿，告诉他不要独自外出，对方可能还要向他动手的。我现在去找赛哈同大人。”

罗邪看着宋睿文的肖像，微微撇了撇小嘴，嘟囔道：“一骑破千军，不吹牛会死？”

弘德殿内，宣德帝朱瞻基低头看着那份密报，脸上显出一种果然如此但又颇为遗憾的神色。

锦衣卫都指挥使赛哈同怕皇上对密报的可信性有所怀疑，低声道："苏月夜上报的信息，我已派人核查。从两日内各地送上的消息看，朱高煦的确和山东的部分将领有来往，而东方勉之也确实没有离开乐安城。"

朱瞻基看了眼边上的新任东厂督主金英，问道："你怎么看？"

金英道："陛下，恕臣直言，朱高煦向来心存反意，而陛下……新登大宝，或许是他最后的机会。"

"太师以为呢？这几日城里部分士卒被杀的事，是否和朱高煦能联系到一起？"朱瞻基问一旁沉默不语，执掌中军都督府的太师张辅。

张辅须发斑白，是久经战阵的宿将，他低声道："朱高煦的确久有反意，南方东方勉之颇有财力，然在应天府也不涉及兵权，且近年我和东方勉之有过些交往，他早已没有当年的豪情，跟着人谋反当无可能。至于城里发生的那些事，老臣的人也在查。事情涉及宋睿文，但宋睿文和朱高煦原本并无往来。"

"若你是朱高煦，又当如何？"朱瞻基笑问。

张辅道："他频繁联系山东的武臣，可能是想先取山东。他当年的旧部不仅是四散各地，大多数人更是垂垂老矣，人老了，若非真有所求，多是图个安逸，断无随他造反的道理。但是……东方家财力雄厚，是他必须争取的对象，而只要东方勉之不答应他，那东方家也该是陛下用心嘉奖的臣子。另外……臣以为若朱高煦真要造反，必会派人到京师游说，能拉拢一批墙头草是一批，而不是胡乱杀人。"

"有这种风声吗？"朱瞻基问金英。

金英摇头道："没有，或许他还未行动，但杀人这种事，或许他是想先拉旧部。杜郁非他们递上的文书我也看了，部分死者是朱高煦的旧部。但诚如张太师所言，那么多年了，许多旧部早已没了野心，多数都不会选择跟他造反，所以他杀了那些不愿意跟他的人，试图立威。"

张辅道："臣以为，仅仅联络山东等地的武臣就可定他谋逆之罪，朱高煦早有反意，陛下大可先发制人，发兵征讨。此人觊觎皇位久矣，留之后患无穷。”

朱瞻基眯起眼睛看着宫殿的天顶，沉默了片刻，摇头道：“打仗……死人太多了。这天下才太平了几年，在朕手里不到万不得已绝不开战。”

“只是……”张辅皱起浓眉。

朱瞻基笑道：“有没有可防其叛乱，但不打仗的办法？”

众人皆沉默不语，最后赛哈同小声道：“臣下以为，可派人去乐安府做两件事。第一，先弄清对方是否真的造反，并窃取对方的谋反计划，了解到底涉及哪些武臣；第二，派高手格杀其幕府核心人物，并派人训诫朱高煦。这两步若做得好，或许……不用动兵戈。”

“朱高煦是什么人，会听人训诫？”张辅摇头道。

朱瞻基想了想，低声道：“锦衣卫的点子不错，既然如此，就由你们和东厂联手去办这事。”张辅还想说些什么，朱瞻基笑道，“即便要打仗，我们也是要做准备的。在此之前就看厂卫的如何？至于平叛的人马，自然是太师来筹备。”

“臣领旨。”张辅恭敬回答。

“乐安的事让小杜去吧。听说他和东方家有过往来，他又向来能干，另外……”朱瞻基手指轻轻敲了敲龙椅，又对赛哈同道，“朕会派几个人一并去山东历练。”

“历练？”赛哈同一愣。

“朝里最近有几个年轻人不错，比如有个叫于谦的，你知道吗？”朱瞻基笑问众人。

东厂和锦衣卫都皱起眉头，唯有张辅道：“永乐十九年的进士，于谦。办事明达、性格宏毅。”

朱瞻基道：“就是他了。东厂和锦衣卫负责去乐安办事，但所有情报都要交到他手里，知道了吗？”

金英和赛哈同不敢怠慢，躬身领旨。

张辅忽然道：“杜郁非正在处理宋睿文的案子，只要宋睿文仍在京师，他只怕没那么容易走得开。”

“朕也曾听说过宋睿文的厉害，若他能为朕效力，可以既往不咎。”朱瞻基问赛哈同：“小杜在你手里一定被压了不少活，能说走就走吗？”

赛哈同恭敬道：“留在京城对付宋睿文是守，去乐安则是转守为攻。我想杜郁非一定会处理好的。”

三

接到去乐安的任务后，虽然赛哈同告知了杜郁非皇上的期许，但老杜就是一点也高兴不起来。尽管杜郁非在泉州刑部做主事时被称为冷血神捕，但他并不爱杀人。这次的任务，需要他作为刺客击杀敌方阵营的领军人物，先不去说执行的难度，对那些素未谋面的人，他实在没有半点杀意。

苏月夜了解他的心思，微笑道:“这任务其实最适合罗邪，而不适合你。”

“那丫头……”杜郁非摸摸鼻子，点头道，“一定隔着几里地就能闻到这股血腥味了。”

赛哈同看着二人的表情，觉得有些好笑，但仍不忘叮嘱道：“这次东厂的人也会去乐安，我们的战果不能比他们少。自古以来军功第一，若被他们比下去，东厂就又要骑到我们头上了。”

“所以是参与谋反的家伙，都得死吗？”苏月夜皱眉问。

“皇上为人仁慈，并没有说这个意思，然而我们锦衣卫要为皇上分忧，本就是做脏活累活的。”赛哈同看了眼杜郁非，忽然话锋一转道，“但毕竟是你在第一线负责，这个度可以自己把握。”

杜郁非问道：“这次的上线官阶不高，名叫于谦，是什么来头？”

“此人在朝里并无根基，即便圣上要用此人，也无法马上提拔。你放心干活，一切据实禀报便是。”赛哈同并不担心于谦，而是皱着眉头问道，“你准备怎么解决宋睿文？”

杜郁非道：“我们这几天对京师的外来人做了筛选，各个城门各个客栈的可疑人员都了然于心。尽管我们对宋睿文的下一步行动依旧难以判断，但是掌握了不少线索。山东都指挥靳荣的部下，大约有二十人在最近十天里陆续抵达了京师。”

“你这消息若早点给我，今天在弘德殿，圣上说不定就准了直接派兵了。”赛哈同皱眉道。

杜郁非道：“我们观察到的依然是冰山一角，朱高煦若真的要在京师有大动作，一定会派亲信来此，而不会全是外人的队伍。”

赛哈同问道：“你准备怎么做？一旦你去了乐安，放任宋睿文在京师终是祸患。”

杜郁非苦笑道：“我也希望自己有分身术。”

苏月夜道：“或许我们在乐安把事情闹大，他就会被调回去了。”

“没那么简单。”杜郁非摇头，“不过我会把袁彬留下对付他。”

赛哈同略微皱眉，但并没有说话。

这时外头有人急急飞奔进来道：“我们在醉仙楼发现了和宋睿文极为相似的人。”

杜郁非立即起身告辞，赛哈同看着他的背影，苦笑道：“杜郁非，你或许不知道，宋睿文绝对是二十年前的天下第一。”

杜郁非来到醉仙楼，一路上他心里一直有个疑问，为何宋睿文对当年应天府的十六酒楼有那么大的兴趣，每次行动都要挑在这些地方。罗邪在酒楼外待命，根据暗桩的汇报，那白袍人在酒楼三楼的平台喝酒，似乎是在等人。而在不久前，有锦衣卫来报，说在京郊的军牢发生了暴乱。尽管不知那边是否和宋睿文有关，苏月夜也已第一时间赶往军牢。

杜郁非和罗邪登上三楼的平台，远远就看到那个凛冽洒脱的白袍身影，目光更落在对方手边那个黑色的狭长包裹上，二人同时笑了起来。

白衣人也转过身望向他们，脸上露出异色道：“老杜，你们是特意来找我的？”

此人的确一身白衣，长发披肩、身形高大，但这个白衣人不是宋睿文，而是当今武林最炙手可热的人物，被整个白道视为洪水猛兽的刀君——梦星辰。

“你居然和宋睿文长得有三分相像……这真是奇了。”罗邪落座笑道。

“宋睿文？”梦星辰莫名其妙道。

“这几日京师里的头号通缉犯，朱允炆的旧部，最近可能正为朱高煦所用。”杜郁非看着梦星辰，然后加了一句，“听说你老丈人在乐安？”

梦星辰苦笑了一下道：“锦衣卫还真是什么都知道。”

“他若是失陷在乐安，你到京城来能做什么？”杜郁非问道。

“找你。”梦星辰很干脆地回答。

杜郁非并不接话茬，梦星辰摸了摸下巴，苦笑道：“清冉的爹在乐安被朱高煦扣下了。朱高煦放出话，让东方家的老二，也就是东方若风将家族的财源都交给乐安。东方家并不想造反，但又不敢直接找朝廷，所以就希望我能出手相助。我去乐安大杀一场当然没问题，可是要在朱高煦的老巢找人，几乎不可能完成，所以我来京师找你。”

“但你没有马上来找我，你今天在醉仙楼做什么？”杜郁非问。

梦星辰道：“东方若风和我相约来到京师，他约我在此见面。但他还没来，我已等了他半个时辰。”

“东方若风……”杜郁非心里一动，将灰衣老者的肖像放到梦星辰面前，“是不是他？”

“有点像，但我从没见他这么穿过，他在我面前一直是贵族做派。”梦星辰刀锋般的浓眉微微扬起，“怎么，他有问题？”

“他会武功？你对他有多少了解？”罗邪拍了下杜郁非，赞他脑子转得快。

梦星辰道：“他是清冉的叔叔，三十岁前一直在外面闯江湖，他的武功一部分来自东方家的家学，一部分来自他们家的护院，所以武艺颇为繁杂。不过真遇到顶尖高手，就没什么优势。他是我和东方家的主要联系人，这几天清冉一直和他在一起。你告诉我，他到底怎么了？”

杜郁非道：“此人是朱高煦的人，想必朱高煦之所以敢抓住东方勉之，就是因为他已实际控制了东方家的二号人物。你和清冉有多少天没有联系了？”

“已有两日。原本她也应该来醉仙楼……”梦星辰霍然起身道，“这家伙居然敢骗我。”

罗邪拦住他道：“他是清冉的叔叔，若非万不得已，应该不会对清冉下杀手。”

杜郁非则道：“你不要着急，我们分析清楚再做计较。我们先去京城的军牢，边走边说。”

“军牢？”梦星辰皱眉道。

杜郁非道：“我有理由相信，他们约你在此只是为了吸引官府的注意力，而实际目标是军牢里的人。”

宋睿文坐在醉仙楼对面的小酒馆里，出神地看着面前这座和南京老店格局一模一样的酒楼，脑海中，旧时的记忆不断涌现。他还记得当年最后一战前，就是在这里与麾下众将喝的壮行酒，他还记得很久很久以前，就是在这里遇到那个梦幻般的女子。

很多人都不明白，宋睿文为何要把行动地都选在酒楼附近。只有他自己知道，将行动的地方设在这金陵十六楼，能使他每次行动前都沉浸于美好而纠结的过去……那是一种别样的醉意。

当杜郁非、梦星辰离开醉仙楼时，宋睿文看着梦星辰的背影，微微握起拳头。这就是那个屠少林扫武当的人吗？这个年轻人有种浓厚的血腥味，这种味道在太平盛世里几乎不可能出现。

“果然不太一样。”他自语道。

这时一身灰衣的东方若风出现在他近前，小声道：“军牢的事办妥，已将那些个老卒送离京城，只是那些人看起来都已不堪大用。”

“那些家伙各个都至少坐了二十年牢，换谁会没有事？反正这些人只会打仗，其他的不会。”宋睿文笑道。

东方若风苦笑道：“说得也是，二十年前和现在，世道改变再多，但打仗的法子还是老样子。”

宋睿文道：“所以如何让这些家伙重振雄风，就让王斌去头疼吧。”

“你什么时候对梦星辰动手？他此时应该知道我有问题了。”东方若风摸摸额头，“那个魔头发起疯来，我可不想惹他。”

宋睿文道：“到时候我会跟你说。”

“你是在担心什么吗？放心，他的女人在我手里。”东方若风笑道。

宋睿文皱眉道：“她好歹是你侄女，你这话算是什么意思？”

东方若风有些好笑地扫了对方一眼：“她可能是那个魔头唯一的弱点，你居然不想利用？”

宋睿文鄙视地扫了对方一眼，举步离开了酒肆。东方若风犹豫了一下，没有跟过去。

宋睿文看着天空，在心里叹了口气：“有些家伙是需要去正面击败的，但又有多少人能懂？张玉、朱能，若你们还活着，或许这天下也会不同吧。”

杜郁非和梦星辰他们来到军牢时，苏月夜正在派人清点损失。

军牢这边死了三个守卫，丢失了五个囚徒。这五个人从迁都就被关在军牢，即便经过两次新皇登基，也没有被特赦。但由于被关得实在太久，实际关押的强度就下降了不少，敌人仅仅突破了两道牢门三道高墙，就将他们带了出去。

杜郁非翻看了越狱犯人的资料，初步看是一批很擅长带兵的老人，但卷宗被毁去了不少，所以很难确定到底被带走了什么人。他看了眼罗邪，发现对方脸上已有焦躁之色，低声道：“我也不喜欢被人牵着鼻子走，但敌暗我明，无须急躁。”

罗邪道：“我们完全不知他们下一步会做什么，这种感觉很不好。”

“或许原来是这样，但他们不该把梦星辰拉进来。现在我们对宋睿文和东方若风的了解，已超出他们的估计。”杜郁非笑了笑，“走，我们回北镇抚司衙门。”

罗邪看了梦星辰一眼，发现那个原本该最为焦急的人，居然很心平气和地立于屋外空地，她隐约觉得梦星辰和在泰山的时候有所不同。

大约一个时辰后，众人在锦衣卫北镇抚司衙门的别院坐定。

苏月夜做了面人名墙，将最近的事件和各个人名联系到一起。而与会者不分品阶围坐一圈，除了杜郁非、苏月夜，还有中军都督府的林羿，锦衣卫的头号人物赛哈同以及一个二十来岁相貌朴实目光炯炯的青年。罗邪和梦星辰各自坐在角落，在会议开始前大名俞耕耘的阿牛怯生生地坐在罗邪身边。

赛哈同起身道："给各位介绍一下，这是于谦大人，今后所有针对朱高煦的行动，于大人都会参与。"

于谦对众人抱拳见礼，并没有多说什么。赛哈同一抬手，示意杜郁非可以开始了。

杜郁非起身先简述了近来京师发生的这些命案，以及与宋睿文有关的一系列事。随后他走到人名墙前，指着那一长串的名字道："我其实并不太担心宋睿文，他武艺再高，也无法独闯大内，只要他动不了我们圣上，在外闹事我们随时可以调动人马围剿。我头疼的是如何将他们这些来京师作乱的乱党一网打尽，所以这几天，我努力搜集这些乱党的蛛丝马迹。搜集线索需要时间，拼构线索更要时间，而今天梦星辰给我们带来了乱党最重要的一块拼图，东方家的东方若风。"他点了点苏月夜。

苏月夜翻开卷宗道："东方若风，金陵东方家的二号人物，五十岁。和其兄东方勉之一样是汉王朱高煦旧部，曾官拜苏州都指挥使，永乐四年随大将朱能南征，后来不知为何退伍，回到金陵主持东方家的产业。有人说因为他作为朱高煦党羽过于忠诚，所以被成祖皇帝弃而不用。其身兼数家所长，唐门、武当、崆峒的武艺都有涉猎，还擅长离魂术。东方家在京师的产业一共九处，东方若风另有私产五处，都已在我们的控制之下。今日他们袭击了京郊军牢，带走了五个死囚，若他们不走朱高煦的产业，也不走山东都指挥靳荣的产业，那就只能走他的私产。"苏月夜将墙上一个名字圈出，"远峰镖局最适合做这个，而且今夜就有一镖生意出京。"

赛哈同问道："东方若风躲在哪里有头绪吗？我们一旦拦下远峰镖局，

他们一定会全盘转入地下。那时候就不好抓了。”

苏月夜笑了笑，叫道：“俞耕耘，你来说。”

阿牛红着脸从角落站起，期期艾艾居然紧张得说不出话。

杜郁非笑道：“你在东方若风身边卧底一个月，人在虎穴来去自如，在自己地盘说个话反而怕了？”

阿牛挠了挠头，深吸口气，抱拳道：“各位大人，小人俞耕耘，永乐二十二年锦衣书院的学生。一个月前，北镇抚司发现有一批江南的商铺同时换了老板并替换了大批伙计，所以让我们院生前去调查原因。这本是一件小案子，我作为院生代表参与了行动。我的背景身份是丰泽居小老板的侄儿，在那家店充当一等杂役。”

“丰泽居是重泽楼对街的一家老客栈，在大市街附近。一等杂役负责什么？”赛哈同问道。

阿牛道：“负责接待贵宾日常起居，以及清理贵宾的房间。”

“你会武艺，这是藏不住的，他们没起疑心？”林羿问。

阿牛道：“我作为丰泽居小老板的远亲，学过一些武艺，而他们新招的仆从，都懂一些武。这也是书院敢叫我们这几个学生去的原因。但我们去了二人，十天之后，只留下了我一个。”

“留你下来的原因是？”赛哈同问。

阿牛道：“我是应天府人……会说那里的方言，而且会炒几个南方菜，很适合伺候东方若风。不过，最初我们不知道那人是东方若风。”

杜郁非道：“我北镇抚司衙门最初布置的行动并非针对东方若风，更不是针对朱高煦和宋睿文。也正因此，反而误打误撞避开了对方的审查。某种程度说，我们下面的日常差事做得很好，京城里任何风吹草动都没有放过。你继续说吧。”

阿牛点头道：“我是应天府人，所以东方若风来的第一天就对我很满意。我当时的任务是调查丰泽居新接手的幕后老板身份，以及接手目的。大约在十天前，丰泽居来了一批山东的客人，约有十人，而且都带着兵器。我将此事上报了书院。”

苏月夜道："我们由此发现这批山东人是靳荣的部下，而且在其他客栈还有第二批人，另一个客栈是城北的王家老店。由于当时我们已经了解到朱高煦可能谋反的情报，因此杜郁非大人命我接手了这项任务，并让俞耕耘继续潜伏。"

杜郁非道："也正是在那时候，我派袁彬潜伏入了王家老店，后来他用其中一个山东军士的身份参与了东方若风的行动。"

"大约在四天前，我打听到敌人最近可能会有特别行动，是针对某处大牢的犯人。"阿牛此时说话已不再怯场，而是侃侃而谈，"但以我的卧底身份，无法调查到具体地点和任务。我只知道东方若风对外自称方风，是今天梦星辰告诉我们东方家卷入这次事件后，我们才进一步确认方风就是东方若风。"

苏月夜道："袁彬直接参与了本次劫牢的行动，并在现场留下了追踪线索，加上近日我们对东方若风的了解，可以说抓捕这批人的时机即将到来。"

"但你并未见过宋睿文，所以只是对东方若风有所了解而没有宋睿文的线索。宋睿文也并不住在丰泽居，对不对？"一直没有说话的于谦忽然问阿牛。

阿牛点头道："确实如此。"

于谦道："那么，除非袁彬接下来的卧底行动能接触到宋睿文，否则东方若风和宋睿文，我们是不可能一次性抓捕的。若我没有料错，宋睿文和东方若风是故意分开行动，他们任何一人落网，都不影响另一边的行动。"

杜郁非道："于大人的意思是？"

于谦道："对方如此行事，我们就不能再打着等二人同时落网的想法，而是能抓一个是一个。"

阿牛犹豫了一下，打断了众人的交流，道："小人还有一条情报没有说。小人在来北镇抚司之前，看到东方若风见了个特别的人，我已经将此人的容貌画下。小人以为，他们谈论的可能是东方若风下一步的行动。"

杜郁非接过阿牛画的肖像，微微皱眉，将画像传递给在座的其他人。

梦星辰看着画像道：“我之前去过乐安城朱高煦的府邸，此人是朱高煦的亲信枚青。”

“若是他，则说明他们将会有更大的行动。”赛哈同望向阿牛，点头道，“你做得很好！”

而后，众人开始讨论接下来各部衙门如何协调追踪敌人，而对远峰镖局的布控被第一时间布置下去。

就这么讨论了一个时辰，忽然有锦衣卫送来密报，苏月夜看罢秀眉一扬，回身道：“乐安的御史来报，朱高煦已公然谋反。”

四

袁彬从睡梦中被叫醒，带头人吩咐立即转移。他就只能裹起衣服，洗了把凉水脸，急匆匆地到院里集合。这是他潜入王家老店的第五天，也就是说从江东楼的案件发生使他们认为阿牛执行的任务可能和朱高煦有关后，袁彬就第一时间潜入了王家老店。

他最初的身份是王家老店的厨房杂役。在观察了两天后，他发现这些人大多来自山东各地的兵营，彼此之间并不了解，而所有人的名字都是代号，许甲、张乙、杨丙、王丁、钱戊……

在监视这批人的同时，袁彬大约了解了其中几人的背景，武艺最高的是叫“许甲”的人，但到底有多厉害要动过手后才知道。

袁彬将几张画像送到北镇抚司，苏月夜替他选了个适合的身份，罗邪帮他做了张面具。两天前，他将“王丁”带出客栈关入大牢，审讯了半个时辰后，自己便堂而皇之地用对方的身份潜伏进敌方队伍。

当他第一步踏入客栈，迎面就遇到“许甲”，而对方看也没多看他一眼。这让袁彬对罗邪的面具信心大增。

袁彬蛰伏数日，只见过一次东方若风，当然他只看出此人是头领，而不知其真实身份。他第一个任务是跟随同伴前往军牢劫狱，他们一行九人，带头的是“许甲”。行动所有步骤都经过精心计算，所以从靠近大牢到完成任务，只用了一刻钟。袁彬无法在众目睽睽下留下线索，好在任务完成后，所在的小队回到了客栈休息，因此他才有时间将消息在客栈传递出去。

今晚此次集合似乎是对方临时决定，所有人被配发了城防军的甲胄和兵器，但在左臂系上了一根红布条。当他们走上街市，远远看去似乎是一次正常的夜巡。但像袁彬这样的差人自然了解，平日里守城的军士是不会到大街上巡逻的，巡街是府衙的事。他们这样走在街道上，只能盼望不会遇到管闲事的官僚，否则后果不堪设想。

“许甲”并没告诉他们目标是哪里，从行进路线看，袁彬觉得他们是在前往中军都督府。

该如何把消息放出去？袁彬走在队伍最后，琢磨了一路都没等到机会，但队伍很快经过了中军都督府……什么都没发生。

这到底要去哪里？队伍又拐过了一处街口，袁彬心里一动，难道是去太师张辅的府邸？他迅速投出一枚袖箭，袖箭落在中军都督府的侧门台阶前。队伍里没人发现他做了什么，袁彬松了口气，但紧接着开始担心没人发现方才发出的那枚消息。中军都督府每一刻钟都会有一队军士巡逻周边，若那些巡逻卫兵没有偷懒，自会看到那枚镂有“锦衣卫”印记的箭头，但若是偷懒了……

袁彬面容紧绷，谋事在人成事在天。又过了一个街口，太师府就在眼前。漆黑的夜色中周围有更多人集结过来，大约有三十人……他们到底要做什么？这些人隐藏在街巷中，安静地等候指令。袁彬发现“许甲”也很紧张，所有人都很紧张，所以他的紧张情绪并不显得碍眼。

不多时，他看到一文士模样的人来到太师府的偏门，里面有人出来接他。当这个人进入太师府，“许甲”招了招手，示意袁彬和“钱戊”一左一右上墙放哨。袁彬面无表情地飞身上墙，他发现其他人的位置比自己更靠近太师府，而另一队的人则是直接潜入了府内。过了一会儿第三队人从另一边摸入太师府，只有他这队人在外把风。

原以为对方要突袭太师张辅，如今则要重新猜测对方的目的。这是谈判吗？若是谈判带那么多人来做什么，是谈不成功就杀人吗？张辅早年就随父张玉参与靖难之役，是大明的股肱之臣，如今位在太师统领中军。尽管听说他年轻时和朱高煦的交情相当不错，但这样的大官会听朱高煦的劝诱吗？袁彬深吸口气，这绝无可能，所以撕破脸是早晚的事。他扶着佩剑，悄悄掏出一个火折子，冷静地注视着院内的“同伴”，他们一旦行动就是自己出击之时。

也不知过了多久，远处响起更夫打更的声音，袁彬忽然没来由地心头一悚，前面高墙上人影闪动。是向前的人影……他当机立断，将火折子点起，丢在了身后的树丛里。

距离他最近的“钱戊”愣了一下，低声叫道：“你做什么？”

袁彬哪里理他，用前所未有的速度，穿过街道突入太师府。

这一举动立即惊动了“许甲”，那山东大汉顿时明白发生了什么，紧追着袁彬也冲了进去。太师府内此时乱作一片，宅院内的家丁护院刚走出屋子就被击杀。张辅带着十来个护卫，占据书房抵抗外敌。先期潜入太师府的两队人一队护送前来谈判的使者枚青后撤，另一队刺客全力攻打着张辅的书房。

袁彬疾步迎向从院里退出来的枚青。枚青身前的护卫看到袁彬穿着一样的服饰，尤其是手臂绑着红布条，丝毫没有防备。袁彬忽然拔剑，刺翻最前方的两人，那些护卫这才反应过来。但这些所谓的精锐战士全都不是袁彬的对手，袁彬知道背后还有敌人，所以毫不迟疑地痛下杀手。

当“许甲”追到他近前时，袁彬受了三道剑创，但护卫枚青的小队已全被刺翻在地。

“你到底是谁？”“许甲”喝问道。

袁彬微笑道：“锦衣卫。”

许甲眉头锁起，亮起长刀猛扑上前。袁彬将枚青朝前一推，迫得对方投鼠忌器不得不收刀，紧接着他一剑挑向枚青的脚跟，使其失去行动力，随后剑锋直指“许甲”的面门。

二人周旋了有十余招，袁彬听院外街道有马蹄声传来，沉声说：“我的援军到了。”

“许甲”心神大乱，袁彬剑锋突然一偏划向对方的左肋，直接把“许甲”挑起。

来的方向已有火光闪耀，袁彬看了眼趴在地上颤抖的枚青，一掌将对方劈晕丢入草丛，转身奔向张辅的书房。

攻打书房的刺客身手远好于外面把风的小队，袁彬到时，对方已攻破了书房大门。

袁彬大喝一声：“锦衣卫在此，佞臣乱我社稷者，必诛之！”

那些刺客大吃一惊，纷纷回首冲向袁彬，为首一人灰袍长袖，两鬓霜白，正是东方若风。老头子冷笑道：“乱社稷者？最擅长这种事的难道不是朱棣吗？所谓天子者，兵强马壮者为之，宁有种乎？”

“说兵强马壮何时能轮到朱高煦？”袁彬反问一句，挺剑向前连续刺翻三个刺客，当他冲到东方若风近前，突然发现对方眼眸在月色下闪出诡异的华彩。

袁彬仿佛身处一片血海，绝望而寒冷的感觉从心底蔓延开，周围到处都是尸体。这是……这怎么会是我的第一次任务？

袁彬猛然后退，堪堪躲过东方若风夺命的一抓。东方若风没料到袁彬那么快就清醒，微微一怔，手腕一抖，洒出一把钢针封锁袁彬的退路。袁彬剑锋舞动，钢针尚未近身就全被击落。但紧跟着又有数点寒芒射到，东方若风的身上居然有数不清的暗器，那些暗器在夜色里从各个方向飞向袁彬。

哪一枚暗器有毒，哪一枚没有？承受哪一枚可以继续战斗？哪一枚见血封喉？袁彬突然长身而起，长剑发出狂野的剑鸣，迎面而来的所有暗器都被剑气击飞，他只一步就到了东方若风的近前。东方若风骇然变色，原本掌控的战局竟完全失控！袁彬长剑刺向对方心口，东方若风眼中写满恐惧……

袁彬脑海里忽然出现了无数恐惧无依的眼神，先前那一片血海再次包围了他，神情一阵恍惚。东方若风立即后退，胸口虽然划过一道剑痕，但并不影响他的速度。不过他并没走多远，身前就出现了一道黑影。

梦星辰站在树梢上，面目冰冷地看着他道："清冉在哪里？"

东方若风面色惨白拔腿就走。

梦星辰一刀拦在他身前，将其左臂剁下，喝问道："清冉在哪？我不问第三遍。"

东方若风失声惨呼，梦星辰眼眶收缩，铁刀再次举起。

忽然从院墙那边闪过一道白影，杀气无声无息地袭向梦星辰的后脑。梦星辰刀锋拦向白影，那白影却在半路一折，转而扫向东方若风。东方若风毫无还手之力，被一下砸碎头颅。

梦星辰脸色不变，望定面前的白衣人。白衣人长发披肩，眼角皱纹有若刀刻，手里提着一对暗青色的铁锏。

"宋睿文？"梦星辰问。

"梦星辰？"宋睿文笑道。

梦星辰铁刀向前一探，四周的夜风为之聚拢，大上星辰的光芒瞬间汇集在刀锋上。宋睿文眼中战意涌动，双锏一前一后呼啸卷起。刀锏一碰，"当"的一声巨响！两人立足之处爆发出磅礴的气浪，数棵大树的树干皆被震裂开来。宋睿文一锏接下铁刀，第二锏砸向梦星辰的胸膛。梦星辰身形转动，刀锋极为灵动地回护胸前，反迎向对方的手腕。

宋睿文大喝一声，锏做剑用，顶在铁刀的刀背上。这次碰撞一点声响也没有，两人同时闷哼一声，各向后退出两步。

梦星辰扬眉，二次出刀，刀锋骤然亮起半尺青虹。宋睿文被那直迫而来的杀意逼退了一步，铁锏一合牢牢锁住刀锋。铁刀传来的力量怪异无比，宋睿文眉头微皱，脚踩八卦，一股绵柔之力缠上刀锋。梦星辰刀柄一转险些脱手，这是什么？他为之一怔。

宋睿文面容古井不波，两把铁锏化作两道光环，加上他的步伐，居然组成三个圆。每一个都无懈可击，每一个都杀意十足。梦星辰被他连续迫退了六七步，这是太极剑化出的功夫？他突然停步，咬牙出刀！人刀化而为一，以雷霆万钧之势斩向对方，一刀破三式！

“当当当”，两人虎口同时开裂，但梦星辰的铁刀不停，直接劈向宋睿文的胸膛。宋睿文长啸一声，凌空跃起，看似后退却双手一合，两把铁锏合为一条铁棍，在避开铁刀的同时，凌空一棍砸下。棍影简单棍势癫狂！倾力一击无双无对！

少林疯魔杖法……梦星辰眼望棍梢，双手握刀，铁刀向天硬撼一击。“嘭”，梦星辰小腿陷没地面半尺，一阵气血翻腾，刀锋上的青虹被一棍震散。

而宋睿文亦感觉胸口一阵绞痛，双臂有一瞬间失去知觉，似乎伤了经脉。他人在半空猛吸一口气，不可思议地盘旋而起，划出一道美丽的弧线落入黑暗遁走。

梦星辰自语道：“武当梯云纵……这家伙居然身兼两家之长，且每一项绝技都已修至化境，不愧是上一代的绝顶人物。”他艰难地从土里迈出一步，看到不远处杜郁非已经出现在树梢，对方是觉得寡不敌众才走的吗？

侵入太师府的敌人已被杜郁非和林羿肃清。袁彬亲手将枚青送到太师张辅面前，若无他在此，张辅怕是凶多吉少。罗邪和苏月夜一同去城外拦截远峰镖局的队伍，所以没有赶到此地。杜郁非将袁彬留在中军都督府的袖箭交还给他，袁彬看着上头“锦袁”二字，轻轻呼了口气。

“林羿告知中军的卫兵，这几日要打起精神，所以他们一看到这枚东西就向上禀告。我们算是第一时间就向这边集结吧。”杜郁非拍了拍袁彬的肩膀，“但若没有你放的那把火，恐怕我们也不知道他们的目标是太师府。此次你是首功！”

梦星辰走过来问道：“你明明已制住了东方若风，为何又被他跑了？”

袁彬苦笑道：“我也不明白，只是在那一瞬间脑海里都是一些不想记起的往事，走了一下神。若他不是选择逃走，而是选择反击，只怕此刻我也不能站在这里。不过你怎么会在这里？”

“他是为了对付朱高煦的人来京城的。”杜郁非转而对梦星辰道，“你怎么样？东方若风死了……要查清冉的下落会有点麻烦。”

“的确麻烦，但我相信清冉不会有事。”梦星辰对袁彬道，“杀人的心魔每个人都有，只要问心无愧就别太过纠结。”

林羿走过来道：“我们这次抓到那么多活口，定有人知道你女人的下落，另外，梦星辰，我不管你是不是武林人说的大魔头，在我眼里你是我中军十万将士的恩人。”

梦星辰皱眉道：“你难道不该谢袁彬吗，谢我做甚？”

杜郁非笑道：“袁彬是职责所在，而刚才若非你先到一步，谁能对付得了宋睿文？”

他们正说着，远处赛哈同对这边招了招手，杜郁非立即小跑过去，赛哈同又对袁彬招了下手。

林羿犹自对梦星辰道：“若有人在京师找你麻烦，就是和我们中军都督府作对。”

杜郁非等人在张辅的书房开起了临时会议，房里有着刺鼻的血腥味。

太师张辅率先道：“今日早朝，我会在金殿奏本弹劾朱高煦。有枚青和乐安御史的奏折在手，圣上定会发诏讨伐此贼。但在大军讨伐之前，我们还有许多工作要做，是谁领兵讨伐，粮草配给，如何进兵都要筹划。杜郁非，圣上之前命你去乐安，那旨意肯定仍是有效的，在我们大军去乐安前，你必须对朱高煦的幕府进行最大打击。”

杜郁非躬身道：“卑职明白。”

赛哈同道：“但是京师里仍然不能放松，我们这次没能抓到宋睿文，他始终是一大威胁。”

于谦问道：“杜郁非，接下来的行动，你心中可有谋划？”

杜郁非道：“我们今次抓获了不少宋睿文的党羽，要从他们口中得到尽可能多的消息。若仍不能得到宋睿文的行踪，那我提议让袁彬留在京城继续负责追踪宋睿文，由我去乐安。”

张辅看着袁彬道：“对付宋睿文，事关社稷安危，你能担此重任吗？”

袁彬毫不犹豫，躬身道：“袁彬鞠躬尽瘁死而后已。”

张辅道：“事情必须做好，我不需要你死。”

杜郁非道：“我会请梦星辰在京城帮他，袁彬此前卧底于敌方，京师没人比他更了解宋贼的动向。”

张辅道：“我也相信袁彬可以做好。如此，我们就各自为社稷出力。杜郁非你们审完枚青，就把他交给我吧。”

“是的，太师。”杜郁非点头应允。

五

在许多人眼中，宣德元年的八月，或许不是朱高煦那叱咤风云的一生中最辉煌的日子，却一定是他生命里最后一个大舞台。

只是不知，朱高煦是否作如此想？

王斌灰头土脸地走出朱高煦的书房。这是十天里第三次被责骂，自从决意起兵，汉王朱高煦的情绪就变得喜怒无常。

十日前，朱高煦命王斌去劝说在家丁忧的四川监察御史李浚相助造反，结果李浚连夜返京告密。王斌由于办事不力，被杖责三十。当日受牵连被杖责的共有二十三人，当场打死了七个。

三日前，不知为何乐安城派出的探马再也探不出任何大明王师的动向，而青州、沧州等地原本联系妥当的军马纷纷反悔，不参与朱高煦的造反。王斌是山东兵马的主要联络人，又一次被汉王召见，被劈头盖脸地责骂了一顿，降官一级。

今日，王斌在京城的耳目终于发回消息，说宣德帝朱瞻基决意御驾亲征。王斌连夜禀告朱高煦，希望其能立即率领大军去取济南，因为乐安城小不利大战，取了济南才能坐拥雄关力拒王师，一旦错过时机，将无以为拒。朱高煦却告诉他，正在考虑投降，放弃起兵……

投降？开什么玩笑……数万将士一起背负叛贼的骂名，如今一战未打，他就要投降？这还是当年那个横刀立马荡平南军，飞扬跋扈不把任何人看在眼里的汉王吗？王斌面色铁青据理力争，而朱高煦情绪波动非常大，先是对其大声呵斥，后又好言安抚，表示定会和朱瞻基决一雌雄。

他到底是什么想法？王斌皱着眉头，心神不定地走出书房，看着朦胧的月色轻轻叹了口气。

“很失望，是不是？”一月前被他请入王府的杨隽悄无声息地出现在身旁。

王斌看着那老头子，轻声道：“你都听到了？”

杨隽道：“年纪老了，耳朵却越发灵敏。我都听到了，他叫来了那么多人一起玩夺位的游戏，结果自己反而不想玩了。”

王斌冷笑道：“这游戏不是说不玩就能不玩的。”他拉着杨隽来到花园的隐蔽之地。

杨隽看了看他，忽然寒着脸道：“朱高煦这个情况，你是否一早就知道了？我来王府一个月，他的情绪一直都不稳定。时而癫狂，时而平静。当年那个睥睨天下的家伙早不知去哪儿了，而你还到处拉人来跟他陪葬！造反到底是他的意思，还是你的？”

“你若以为凭我王斌能左右汉王的想法，那真是太高看我了。”王斌瞪眼道，“从朱高炽即位时，他就一直在酝酿起兵。朱瞻基奔丧时，他还亲自策划了伏击。可惜被对方的高手瓦解，也正因此，他要我请四方高人相助。”

杨隽盯着对方片刻，苦笑道：“那如今又当如何？他这个样子，王师一至，乐安根本不堪一击。造反不成，可不是你我交出人头就能了事的，而是千万颗人头都要落地。”

王斌目光闪动，握拳道：“这几日我已看明白京师的做法。他们一方面在筹备大军，由皇帝御驾亲征，试图一战定乾坤；另一方面，皇帝派遣了大批的锦衣卫和东厂探子在乐安和山东活动。那些密探捕捉我们的探马，刺杀我方的官员。”

“你不也同样派了刺客去京城吗，宋睿文怎么样了？”杨隽问。

“如今京师和乐安同样都是一片鸡飞狗跳。区别则在于皇帝不会妥协，偌大的江山不会因为汉王吼了一声就拱手相让，而我们汉王见对方要御驾亲征却怕了。”王斌来回踱了两步，沉声道，“现今唯一的办法就是杀了朱瞻基。朱瞻基一死，天下必乱。杀了朱瞻基，我们汉王登高一呼天下可定，你我共建大业，也无须再担心还未造反就人头落地。”

“说得容易，怎么杀？”杨隽问。

王斌道：“宋睿文发来密函，他希望多加高手去京师，他已策划好刺杀朱瞻基的线路，但人手不够。杨先生，若你还有拼死一击的豪情，能否请你京师一行。”

“你是要我帮宋睿文演一出荆轲刺秦王？”杨隽动容道。

“你和宋睿文都可能是荆轲，但绝不会是秦舞阳。”王斌抓住杨隽的胳臂，恳求道，“你二人联手足以击败任何高手，而我已了解清楚，朱瞻基身边众多高手都在乐安，京师的力量勉强只够应付宋睿文。若你去了京师，大事必定！”杨隽犹豫着来回走了几步，王斌又道，“人生匆匆数十年，若不做些大事，与草木何异？杨先生，你的剑不想去会一会梦星辰和袁忠吗？”

杨隽手掌摩挲着袖中的短剑，苦笑了一下：“我就知道最后会这样，一入江湖无归期。”

王斌微笑道：“至少目前命运仍在我们自己手里。”

第二天清晨，杜郁非接到从乐安城里送出的消息，上面说汉王府有顶级高手连夜奔赴京师，姓名身份未知，但附上了一张老者的肖像。

身份未知吗？杜郁非将肖像递给于谦、金英、罗邪以及身边所有的部下，并没人认识这老头。但东厂和锦衣卫的消息都表明，汉王幕府有一个顶尖高手，一个月前击败了各个衙门的众多好手。

凭空冒出的高手？杜郁非皱起眉头，这可不是好事。

罗邪小声道：“不如我回去一次，若没事那是最好，若有事则支援袁彬。反正这边大局已定，那些朱高煦的狗腿一个个都躲在府里不敢出门了。”

这几日，罗邪配合锦衣卫和东厂杀了二十多个朱高煦的官员。她刻意没有让杜郁非出手，将脏活全都自己做了。她的理由是杜郁非这个官既然要长期当下去，手就不能太“脏”，亲手杀人的事能免则免。

如此一来，杜郁非就集中精力去判断，该打击哪些目标，以及在乐安附近保护哪些忠义的大臣。于是在于谦和杜郁非的领导下，圣上钦定的这次行动战果辉煌，而再过几日宣德帝就将御驾亲征，以眼下乐安城的情况，战必胜攻必克！

金英笑道：“虽然这消息来自我们东厂，但不排除是乐安城里的家伙受不了压力，想要声东击西。我认为，接下来加把劲，在圣上亲征前，把对面王斌、韦达、盛坚等能杀的都杀掉。”

于谦道：“圣上仁泽之君，不希望有太多杀戮的。”

这时，又有情报送来。这次的消息是说，今晨乐安城的前军指挥王斌带着一百多骑士出城，而且出城后很快就化整为零，消失于官道。

于谦道：“这有点鱼死网破的意思，而不是声东击西了。郁非兄，你怎么看？”

杜郁非对于谦抱拳道：“除了去京城支援宋睿文外，王斌目前没地方可去。他带的那点人有多少会真的去京城，有多少只是烟幕，我不敢下定论。但你我都知道，朱高煦手下能打的部下还不少，若组成亡命刺客团，京师必定陷入苦战。我的意思是，我和罗邪回京师去。”他转而对金英道，“这里的锦衣卫留下交给公公和于大人指挥。”

金英想了想点头道：“可以。杜大人，那个王斌颇为狡猾，杜大人回京路上千万小心。”

于谦道：“如此就辛苦郁非兄了。”

杜郁非一拱手，与众人就此告别，和罗邪说走就走。金英看着他的背影，微微叹了口气。

于谦笑道：“金公公，你这是什么意思？”

金英低声道：“可惜如此人才，不是我们东厂的人。”

这几日的京师与乐安一样笼罩在刺客的阴影下。宋睿文带着他为数不多的党羽，穿梭在黑夜里，除了皇宫大内外，几乎没有哪个衙门是安全的。而袁彬和梦星辰在大明京师的夜幕下，一次又一次和宋睿文相遇，每一次战况都可以用惨烈来形容。直到三天前，宋睿文忽然静默了。乐安卫所发来军情，说已打探清楚东方勉之被关押的地方，而让梦星辰烦恼的是，在京师，东方清冉仍然不知所踪。他们尽管抓到不少宋睿文的党羽，但没有人知道东方清冉在哪里。

"乐安来消息，朱高煦派出顶尖高手来京师，杜哥和罗邪正在赶来。"苏月夜道，"从时间上看，明日皇上就要御驾亲征，朱高煦加派高手应该是为了阻止圣上出兵。于谦大人认为，对方定会行刺圣上。"

袁彬皱眉道："但我们不知宋睿文会在哪里动手。"

"今夜，我们四更天进宫。圣上明日早朝过后，会起驾教军场。从紫禁城到教军场，圣上的队伍至少要走半个时辰。"苏月夜看着明天皇帝的日程小声说着。

梦星辰看着二人，有些好笑道："你们居然敢让我去大内？真不怕我魔劲发了把皇帝劈了？"

"你又不是疯子！杀了皇帝对你没有任何好处。"袁彬道。

"如果宋睿文联系了我，说只要我和他联手杀皇帝，他就放了清冉呢？"梦星辰反问。

袁彬笑了笑道："若他真的问了，你或许会答应。但他不会问。"

"为何？"梦星辰问。

袁彬道："宋睿文自以为天下第一，人挡杀人佛挡杀佛，他不会用女人来要挟你。若东方若风还活着或许可能，但宋睿文不会。这几日我们和他打了不止两三个回合，他的脾气我很清楚。"

梦星辰微微皱眉："你这么聪明？不如猜猜他会如何下手？"

"若是你，会怎么做？"袁彬问道。

梦星辰想了想，苦笑道："皇帝身边永远都有那么多人，最保险的办法是化装成大内侍卫等待时机。刺客人数不能多于三人。又或者不去考虑那么多，直接在自己最熟悉的位置，对皇帝的车队出手。以我或者宋睿文的身手，未必没有机会。若乐安派来的帮手也是我们这个水平，那机会的确大大增加。”

苏月夜道：“不用猜了，我们还有两个时辰才出发，何不各自休息？”

梦星辰微微点头，抱着黑色的包裹靠窗小憩，但他脑海里全是东方清冉的身影。当时在乐安将女孩交给东方若风时，他可没想到会分别那么久，但是话说回来，他和清冉相处的日子，一直是聚少离多。不是他自己被人追杀，或者追杀别人，就是清冉被师门、被家人召唤，必须远离自己。这样的日子何时是个头？

“你有你的大事要做，我有我的家族要顾。若老天注定要我们聚少离多，我会听从老天的安排，但即便是老天也不能让我的心和你分离。不管有任何阻隔，我都会回到你的身边。”女人曾经在他怀中如此说道，那是一种冬雷震震夏雨雪的决绝。

“究竟什么才算是大事？”梦星辰轻轻自语。

“事情有变。”苏月夜忽然出现在屋内。

梦星辰霍然站起。

“自从太师府之役，我们重创了宋睿文那批反贼后，他们那些漏网之鱼就全面转入地下。根据我们抓获的贼人当时供认的情报，他们一行在京师一共四十多人。这几日我算了一下，宋睿文身边的党羽不会超过五人。”苏月夜拿着手里的情报道，“阿牛在太师府之役后回到了丰泽居，然后就失踪了，过去的十多天里一点消息也没有。今晚他忽然发来消息，说是这几日一直和东方清冉在京师西郊五十里的铁马小筑，而明早他们可能会被转移去其他地方。”

“我们这里去铁马小筑要一个时辰，而我们马上就要出发去大内。”袁彬皱起眉头，“这就是宋睿文的阴谋了。”

“你是说，这条消息是假的？”苏月夜问。

袁彬道：“消息未必是假的，但若我们去证实，要去救人，势必分散了力量。而梦星辰，若你去铁马小筑，而宋睿文在那段时间里对皇上动手，我们就凭空损失了你这个高手。”

“你希望我不去铁马小筑？”梦星辰问。

苏月夜道：“由我带一百个锦衣卫去铁马小筑，一定不会让你家姑娘有事。杜哥让你留在京城帮袁彬，也是因为只有你能对付宋睿文。”

梦星辰沉默不语。

袁彬笑了笑道：“老梦你不用为难，你去铁马小筑吧，只要记得第一时间往回赶即可。你一个来回要两个时辰，圣上早朝至少一个时辰，之后宋睿文未必能找到机会马上动手。”

“可他一定会抢在梦星辰回来前动手的。”苏月夜大声道。

“但梦星辰只是江湖人，对他来说，保护他的女人才是最重要的事。这没什么好说的。”袁彬也大声道。

“可是女人再重要，能比得上皇上吗？”苏月夜怒道。

“好了！袁彬说得对，对我来说保护清冉是最重要的事，我必须去铁马一次，但我会第一时间赶回来。而我去的理由，不仅是为了救她。”梦星辰拿起铁刀，沉声道，“若我不能确定清冉的安全，即便面对宋睿文，也未必能挡住他，因为我有后顾之忧。总之我现在速去速回。”

袁彬和苏月夜来不及再说什么，梦星辰就消失不见。袁彬搓了搓手掌，沉声道：“如此，我们就尽力而为了。苏姐儿，你要知道，若梦星辰不亲自去铁马，而是在大内守着，一旦宋睿文跟他说要杀了皇帝，才能救清冉，他动摇的机会有多大？”

苏月夜推开窗子，星罗棋布的夜空中数点流星划过，这个天下有多少事是掌握在我们自己手里？她望着紫禁城的方向，轻轻呼出一口气。杜郁非你能否及时回来？

六

杜郁非和罗邪差不多已能望见北京城的城墙，从乐安一路奔来，即便以这两人的体力也是非常辛苦。但从出发后，他们就没再收到敌方的情报，算来今晨皇帝就将发动大军，异变随时都可能发生。官道上的茶水铺大清早就已开张，一些准备进城的客商在用早点，满身尘土的杜郁非下马靠近茶水铺。

“客官想要吃些什么？”茶水铺老板殷勤问道。

杜郁非笑道：“不知王斌大人想吃什么？”

“客官您说什么？”老板一怔。

杜郁非一剑拦在对方脖子上：“这条路我一年总得走个几次，老板我熟，更从没见过一大早有那么多人用餐。你们布置埋伏何不再用点心？”

他这么一来，周围所有的食客同时拔兵器站起，为首的王斌提着两把短斧。

杜郁非扬眉道：“日月双斧，王斌。我在乐安没去找你，你倒自己送上门来了？”

王斌冷笑道：“这些日子你们杀了我无数手足，不杀你难消我心头之恨。此地已布下天罗地网，你死定了。”他大斧一挥，身边那二十多个刺客同时奔向杜郁非。

杜郁非灵动的身影滑向最近的敌人，一剑就取走对方性命，然后急速掠向第二个第三个，尽管对方有二十余人，但根本形成不了合围，甚至连二打一的机会也没有。

“天罗地网就这点人？让你的虾兵蟹将都出来吧！”杜郁非道。

王斌面色不变，发出一声长啸，举起大斧冲向杜郁非，同时更多的刺客出现在官道远端，算来前后居然多达五十人。杜郁非一剑挑向王斌的斧子，那对斧头忽然产生一股怪异的吸力引偏了他的剑锋，王斌趁机一脚踢向杜郁非的小腹。杜郁非步伐轻巧一变，贴身让过，一肘击向对方胸口。王斌衣袍里衬着软甲，受他一肘只是微微一晃，大斧旋转着斩向杜郁非的脖子。

杜郁非后撤一步，踏雪剑闪动扫向对方脖子，以他的速度本该在对方动手之前就能将其刺翻，但那剑锋在从两斧之间穿过时，再次没来由地一偏，反而被王斌的斧头带开。王斌近身一斧正划在杜郁非的胸口，杜郁非大吼一声将对方一脚踹开，王斌趁机退后，周围其他刺客涌上前来。

杜郁非冷笑一声，手指拂过剑锋，踏雪剑于风中发出一声剑鸣。他脚步再次闪动，速度竟比之前又有提升，他在人群中不停闪动，目标只有一个就是王斌的人头。

王斌小心翼翼地寻找机会，试图故伎重施，但这一次当杜郁非的长剑再次靠近他的斧头时，居然没受任何影响，一剑挑向他的左肋。

"这……"王斌大惊飞退，他摸着流血的伤口，低声道，"不可能……你和陆天冥什么关系？"

"你的兵器材质特殊，对我的剑有怪异的吸力，但取巧是赢不了我的。"杜郁非冷笑上前。

王斌带来的部下居然同时护在其身前，杜郁非即便连续刺翻五人，他们依然悍不畏死地向他冲来。王斌面沉似水，再次发出尖厉的哨声，但这一次附近再无援军出现，他不由面色微变。

"我们知道你至少带出百人，你也该知道我们来的是两个人。"罗邪身上带着不少尘土和血迹，微笑着从官道另一边走出，"你方才隐藏着四十九人，叫出了五十一人。隐藏的埋伏已被我全部击倒，剩下这些……"她略一停顿高声道，"不想死的都给我滚！"

王斌目光扫视四周，沉声道："你以为我会怕死？"

"说得好。"罗邪飞身而起，如鬼魅般突入地方，瞬间斩杀两人。

乐安的刺客们人数虽多，但胆气已失，纷纷向后退却。这时官道一边忽然跑来二十多骑官军，为首的军人高声道："前面何人在此生事，此地官道将有大军通过，闲人速速回避！"

杜郁非上前一步亮出锦衣卫令牌道："锦衣卫北镇抚司在此捉拿叛党。"

"锦衣卫北镇抚司？"那些官军放慢脚步，队形微微变化。

罗邪叫道："老杜小心！他们队形不对。"

这批官军成扇形分三列排开，突然前排的人亮出火铳对着杜郁非、罗邪，甚至王斌的乐安刺客一通开火。杜郁非和罗邪同时飞掠闪避，但火铳的飞弹速度奇快，而且对面的敌人训练有素，第一拨开枪完毕立即散开，第二批紧接着击发，连续三波，官道上一片哀号……

一阵大风吹过，袁彬微微打了个冷战，他紧了下衣袍悄悄朝外走。大祀殿里，祭天仪式接近尾声，殿外两百名衣着华丽的大汉将军摆出仪仗，两翼的禁军也严阵以待，只等皇帝的车驾到位就能出发。经过几次和宋睿文的交锋，他深切了解到对方的厉害。宋睿文不仅武艺超群，智谋更是高人一头，每次出手都准备了不止一套计划。他曾经问过父亲袁忠，当年的宋睿文是什么样子。

“二十年前的宋睿文，是建文帝的武状元，加上他本是世家子弟，宋家公子在南京城里可是首屈一指的人物。无论是青楼花魁还是豪门贵妇，都把他定为春闺梦中人。打仗时，他通常冲在队伍最前方，如同一把利刃将敌阵破开，很多时候成祖皇帝的战前布置本该无懈可击，但就因为南军多了个宋睿文，往往优势化作劣势，劣势被拖入杀局。东昌之役后，宋睿文得了个名号，叫“一骑破千军”。“靖难”时期，几乎全天下的高手都被卷入到那场战争里，而在那几年，宋睿文毫无悬念地被认定为天下第一猛将。”

“你有没有和他交过手？”袁彬问。

袁忠苦笑了一下道：“没有赢过。”

“若今日再战呢？”袁彬不死心地问。

袁忠微微扬眉道：“那就看这二十年他是如何度过的了。但有一点，袁彬你要记住，当真正的高手出手，有再多的普通人做护卫也是没用的。”

锣鼓声响起，袁彬收回思绪望向皇帝的车队。大小九架车子出现在军队的正中，皇帝乘坐的龙辇最为庞大，位于整个车队的中间。

苏月夜一身戎装，护卫于队列旁，那俏美的容颜配上大汉将军的华服美得不可方物。她小声对袁彬道：“从这里到大校场至少要半个时辰，路上并没有什么可动手的地方。若宋睿文不在这里动手，之后怕是更没机会。”

“杜哥之前来消息说，乐安派了高手来帮他，难不成他是在等人？”袁彬也不知宋睿文何时会动手，守着皇帝是他们唯一的办法。

苏月夜道：“杜哥到现在都没到，对方即便比他早出发一会儿，也不一定就能及时赶到。”

他们说话间，天子车驾里发出命令，大队仪仗开始行动。袁彬目光扫向天子的车辇边的护卫，隐约觉得有些不对劲。靠近车辇的护卫好像变化了下位置，而拉车的白马跺着马蹄，颇有点不安的感觉。袁彬按住剑柄向那几个护卫快步靠近，这高频率的甲胄声也引起对方的注意。那两个禁军突然向后飞奔，袁彬追着对方跑出十余步才回首望向龙辇。突然在队伍偏前方一点的位置，身着大汉将军红袍的宋睿文突然掠出，他经过的路径上三个侍卫被都被他撞飞。

袁彬回身奔向龙辇，但究竟比对方慢了一步。宋睿文的铁锏隔着龙辇的小门狠狠砸下。

“嘭”，雕琢精美的华贵龙辇被砸得木屑飞溅。

“圣上！”四周的禁军大声惊呼！

忽然里面伸出一双手掌，夹住了宋睿文的铁锏。宋睿文站在车辕上，而对方坐于车内。一股强大的力量从铁锏上爆发开，二人同时一声闷哼！龙辇顿时四分五裂。宋睿文看着车内的袁忠，又看了看一脸狡猾的袁彬。

“所谓误中副车，说的就是你了。你想学荆轲刺秦王，却原来是博浪锥啊！”袁彬一副从容不迫的样子。

袁忠则面色苍白地立于一旁，方才那一锏可不容易接下。

宋睿文目光收缩，看着周围围拢过来的大内侍卫，笑道：“我明明看他进的车子，难道大祀殿里有密道？”

“这就不用你管了。”袁彬握剑冷笑。

宋睿文道：“你可知练气到一定境界，就会望气之术。我很确定朱瞻基就在这九架车子里面。既然不是这架，我就全都砸了。”他见袁彬闻言眉头微皱，微笑道，“看，你也并不比我聪明。”他猛地旋动身体，于半空中对着前方的一驾马车奋力砸下。马车的顶棚被卷飞出去，铁锏带起巨大的气浪，生生将马车上的车夫和马全都震死，那架车里空无一人。宋睿文抬手又砸向另一驾马车。

袁忠大吼一声拦在对方的身前，袁彬同时大声呼喊护驾，冲入那架龙辇将朱瞻基护了出来。宋睿文身形旋转想要去追赶朱瞻基，但袁忠始终拦在他的前头。

“我就先杀了你。”宋睿文双锏舞动，化作两道银光砸向对方。

袁忠用的只是一对肉掌，但这对肉掌毫无顾忌地穿梭在锏影中，而且那平日里看似有些迟钝、养尊处优的身子变得异常灵动，打出的掌法时而如暴风骤雨，时而又稳如泰山。

五十多招转瞬过去，宋睿文眼看朱瞻基已经跑出三十步外，不由冷笑道：“你只是跟着我的铁锏来变化掌法，自己的本事在哪里？大无相掌就这点能耐？”

“二十年不见，你毫无寸进，好意思说我？”袁忠淡然一笑。

宋睿文道：“你若以为拦住我就能救朱瞻基，那就真有些天真了。你们有计策，我会没有？”

袁忠听到此言，不由面色一变。而宋睿文的左手铁锏忽然划出一道圆弧，右手铁锏则直上直下，仿若天外神兵呼啸而至！

袁彬带着皇上走出三十多步，宋睿文带来的几个死士转眼就被禁军消灭。他远远望着和宋睿文过招的父亲，微微松了口气。在他们这些人心里有着根深蒂固的想法，就是即便父亲在此战死，皇帝也不能出事。然而，就在他刚刚松了口气时，突然队伍侧方大祀殿的飞檐上，一道人影踏空而至。那人手上一点寒芒于半空锁定朱瞻基的后心。

袁彬大吃一惊，转身护在朱瞻基的前头，长剑上扬到一半对方就到了！“叮”……袁彬觉得自己一剑挥空，然后胸口一凉。对方一击就将他的长剑斩断，随后给了他一剑。刺客看也没看他，又出一剑刺向朱瞻基。袁彬大吼一声，将断剑刺向敌人后背。他已看清来人是个头发花白的灰袍老者。

老头子回身一脚将其断剑踢飞，那半边剑锋状若锯齿的短剑直指朱瞻基。

朱瞻基瞪着对方，低喝一声：“朕受命于天，你敢妄动？”

杨隽微微一怔，苦笑道："应该说，我们都是受制于天。"天残刃去势不变，刺向朱瞻基的心口。

袁彬挣扎爬起，毫无高手风范地抱住老头子的右腿："万岁快走！"

朱瞻基连忙转身飞奔。杨隽愤然一脚将袁彬踹开，袁彬满嘴是血。

袁忠看到袁彬陷入危机，面色微变，心里默念："无我相，无人相，无众生相……"他双掌合十，一掌向前击出，但那掌力被宋睿文化作圆弧的左锏全部吸收，而他已无余地躲开对方的右锏。太极剑和韦陀杵？袁忠一咬牙，身子转动手肘砸向对方左肩，全身力量都在那一肘之上。"嘭"，袁忠被一锏扫出六丈，跌入尘埃人事不省。

"即便二十年我都在牢里，可也没落下半点功夫，而袁忠你迟钝了。"宋睿文稍微咳嗽了下，抹去嘴角的血渍，望向正被杨隽追逐的朱瞻基。他微笑着踏前一步，就拦在朱瞻基的去路上。

几乎同时，林羿举着水火虬龙棒带着一队禁军冲了上来。宋睿文傲然一笑，喝道："挡我者死。"一对铁锏带起狂风暴雨，林羿和他连换七击，被他一锏点在脑上。水火虬龙棒飞出很远，林羿倒在地上死不瞑目……

宋睿文脚步不停急速向前，连同林羿在内，那五十多名军士相继倒在他的铁锏下，但禁军前赴后继地冲了上来，杀之不尽……宋睿文仿佛回到了很多年前的战争岁月，朱棣的战士总是杀之不尽……

另一边杨隽连续斩杀十余名侍卫，逐渐靠近了朱瞻基。这时袁彬却又站了起来，提着长矛猛刺老头的后心。杨隽后背被长矛划出一道口子，脚步一乱。

袁彬握着一柄长矛，愤怒地拦在杨隽身前，吼道："佞臣乱我社稷者，必诛之！"

杨隽和朱瞻基同时为之动容。

"好好，那我就先杀你这个忠君爱国的锦衣卫。"晨曦中，杨隽的天残刃划出淡淡的残影，只一步就到了袁彬面前，带锯齿的剑刃切向袁彬脖子。

“当”，取人性命的天残刃被一柄长锋铁刀拦下，一身白衣的梦星辰一把将袁彬推开，微笑道：“幸好来得及。万事有我！”

袁彬身子一晃，奋力抓紧长矛稳住，咬牙道：“你的女人没事？”

“没事，你家小弟也没事。”梦星辰挥了一下铁刀，将刀锋扛于肩头，向前一步望向杨隽。

杨隽眯着眼睛打量着梦星辰，二十年不出江湖，天下出了这种怪物吗？

梦星辰傲然道：“年纪大的先出手。”

杨隽手指轻抚天残刃，锯齿剑锋向下，身子摆出一个奇特的架势。两人沉默了片刻，突然同时向前掠起。铁刀和天残刃在空中发出清脆的碰撞声，梦星辰的刀意如万马奔腾席卷而来，杨隽则如一条灵蛇，在他的刀锋中时隐时现。

突然，杨隽身法一变，举手投足有如猛虎下山，铁刀的每一击都被天残刃的锯齿挫开了方向。天残刃不走剑招，完全变成了一把大刀，梦星辰的刀风被他压制了下去。梦星辰忽然化作一道流光，口中发出绵绵不绝的长啸，刀芒再次攀升，两人的兵器不断迸发出火星。

“喀拉”，清脆的碰撞声戛然而止。梦星辰的铁刀由上至下，将天残刃劈为两段，杨隽苍老的脸上划过一条刀痕。老头子嘴角抽动了下倒入尘埃。

就在梦星辰发出长啸时，宋睿文突破了重重阻隔，冲到朱瞻基的近前。他目光冰冷，双锏带起无尽杀机，砸向皇帝的脑袋。忽然一道人影切入他和朱瞻基之间，诡异的剑锋直指他的喉咙。宋睿文大喝一声，铁锏化作扇影砸向对方，但那人只是轻轻一侧，剑锋又刺向他的手腕。宋睿文眉头微皱，硬受对方一剑，铁锏以无可阻挡之势砸向朱瞻基。那人长剑划过宋睿文的小臂，又用匪夷所思的身法将朱瞻基推出两步，铁锏正好走空。

宋睿文收锏，冷笑看着杜郁非，恨声道：“又是你。”

杜郁非一身尘土，血迹和汗水交杂，但目光依旧清澈，傲然道：“宋睿文，你已败了。”

宋睿文望向四周，梦星辰握刀站在东面，同样满身血污的罗邪一脸倦容坐于西面，苏月夜正给她包扎伤口。袁彬和袁忠相互扶持立于人群中。朱瞻基则气定神闲地立于数以千计的禁军中间。

朱瞻基高声道：“放下武器，朕饶你不死。”

宋睿文傲然道：“宋睿文这辈子从没放下过武器。”

朱瞻基微微皱眉，眼前的武者就是当年皇爷爷跟他提起过的猛将，那个曾经凭借一己之力，杀得燕兵丢盔弃甲的男人。此人原来是这个样子啊。

朱瞻基轻轻拍了拍杜郁非的肩膀。杜郁非看了看周围的禁军，举起了左拳，一干禁军纷纷举起弓弩对准了宋睿文。

梦星辰忽然道：“杜郁非，能否让我问他个问题？”

杜郁非点了点头，梦星辰上前两步道：“你将清冉留在铁马小筑，并未设置陷阱，也没对她造成任何伤害。这是为什么？你原本可以用她来要挟我，而清冉他们发出求救的消息，也是你默许的吧？”

宋睿文傲慢地甩了甩头发，沉声道：“我宋睿文一生，从不欺负妇孺，更不会用别人家人来威胁人。那是没用的人干的事。”

梦星辰转身对杜郁非和朱瞻基道：“梦星辰有一不情之请。在下希望和宋睿文决一生死，外人不得插手。”

杜郁非微微皱眉，回头请示宣德帝朱瞻基。

朱瞻基笑道：“梦星辰，朕欠你一个人情，还在想赏你什么。如此，若你败了，宋睿文可以走出大内，朕绝不留他；若你胜了，朕也不再赏你。”

梦星辰深吸口气，极少见地对朱瞻基躬身施礼，随后转身上前，傲然面对宋睿文。

苏月夜在杜郁非耳边道：“这事闹的，我忽然觉得宋睿文做了那么多，只是为了和梦星辰决一胜负，梦星辰似乎也是如此。”

“罗邪没事吗？”杜郁非问。

“暂时没事，但她怎么会受那么重的伤？你们来的路上到底遇到了什么？”苏月夜皱眉道。

杜郁非道：“她为我挡下了十多支火铳……我们中了王斌的埋伏。但我总觉得，那又不像是王斌的埋伏。”他忽然看到不远处林羿的尸体，不由一阵难受，“当时让王斌逃了，但总有弄清楚的时候。”

梦星辰和宋睿文相对而立，周围是紫禁城的禁军，天空中的太阳越升越高。

宋睿文双锏一合，化作一条长棍。他右手举棍，棍梢向天，左手却捏着道家的“气定神闲诀”。

梦星辰扛着铁刀，眯着眼睛倾听周围的一切。天下的生，天下的死；一切的阴，一切的阳。宋睿文仿佛消失了，他不属于生死，不属于阴阳……他明明就站在那里，却毫无破绽，甚至对于梦星辰的刀来说，他并不存在。一个并不存在的对手，该如何击败？

“换了你怎么做？”罗邪问杜郁非。

杜郁非苦笑道：“若没人逼我，我不会和这两人动手。”

“武当和少林的绝学在一人身上，他已自成一派。”袁忠轻叹道。

袁彬沉声道：“但梦星辰的刀已不只是刀。”

袁忠颔首道：“此二人都已在武道巅峰。”

梦星辰突然向前一步，就在他动的那一刹那，宋睿文长棍一侧就将梦星辰所有出刀的方位全部封死。梦星辰冷笑继续向前，宋睿文忽然大喝一声！长棍以掠夺一切的气势当头劈下！梦星辰身子做出流水般的旋转，铁刀如海上升腾的红日般，绽放出耀眼的光芒。一瞬间所有的杀意都爆发开来，千军万马横扫一切的刀意卷向宋睿文。

“一个没有打过仗的人，居然有如此杀意。”宋睿文长棍一指，低声道，“破禅！问心！”那棍子忽然又变回了铁锏，铁锏如流星般扫向梦星辰。每一锏都似一道疑问，每一锏都仿佛一个谜。

梦星辰的“破军”一式前所未有地被人接下了……场外观战的杜郁非、罗邪等人同时向前一步。

宋睿文的双锏肆虐起天上地下前所未有的暴风，而梦星辰就如暴风雨带起的惊涛骇浪里那一叶轻舟。不论风暴多么猛烈，他始终在海面上浮沉……忽然，梦星辰眼中闪过千万人吾往矣的坚决，铁刀化作青虹于暴风雨里跋扈而起！天空中隐约有雷声响起，一直明媚的天空忽然阴沉无比。

“当”，刀锋掠过铁锏……宋睿文眼中闪过一丝迷惑，随后又露出些许释然。“道……魔……魔……道……大道如天……”他喃喃自语了几句，脖颈上鲜血喷洒而出。

梦星辰傲然立于风中，铁刀上鲜血不断滴落在青石路上。天空中风云变幻，忽明忽暗……

周围的禁军原想爆发欢呼，却又好像被吓到了一般，没人发出半点声音。梦星辰对朱瞻基和杜郁非各施一礼，面无表情大步离开。

“他悟出了什么……”杜郁非忽然道。

罗邪苦笑道：“我再也不是他的对手了。”

尾声

当日，朱瞻基怀着一种难言的心情宣布出征，梦星辰刚才那一刀给他的感觉并不好，但他也明白有些人还是不要招惹的好。

数十万人马来到乐安城下，并未如何攻打，朱高煦就宣布投降。尽管王斌等人苦苦劝谏，仍然无人能改变他的主意，仿佛最初要造反的并不是他。

众人原本以为会有的恶战并未爆发，受降之日，于谦前往乐安城训诫朱高煦。杜郁非和袁彬等人在队列里看着于谦意气风发地训斥朱高煦，曾经不可一世的朱高煦居然伏于地上索索发抖。

“你说他是不是疯了？”朱瞻基问。

杜郁非不知如何回答。

朱瞻基叹了口气，轻声道："希望他是疯了吧。很多年前，这个叔叔曾是我最敬仰的人。"

王侯将相……剥去权力的外衣，可能比普通人更不堪一击。杜郁非的心里颇不是滋味，直接导致几日后论功行赏，他被授予北镇抚司镇抚这四品官时，也没有太多喜悦。

于谦皱眉道："郁非兄，你开心一点，千户和镇抚虽然就差半级，却是绝大多数人一辈子也熬不到的。"

"嘿嘿。"杜郁非皮笑肉不笑了一下。

于谦叹了口气，拉住杜郁非的袖子，低声道："我审了王斌，那些配有火铳的刺客，不是他的人。"

杜郁非眉头锁起，问："你确定？"

"这种时候王斌无须说谎。但若不是他……"于谦犹豫了一下，"就只能靠你自己去查了。"

杜郁非抱了抱拳，感谢道："多谢于大人。"

于谦笑道："圣上让我巡按江西，杜大人，你我后会有期。你家俞耕耘，我就先带走了。"

"阿牛能跟着你，是他的福气。"杜郁非抱拳道。

杜郁非从兵部出来，外头罗邪和阿牛等候已久。

"听说没有，朱高煦投降后，有个妃子失踪了。"罗邪忽然很八卦地说，"那个失踪的女人据说当年是宋睿文的情人。原来宋睿文是为了女人才为朱高煦卖命的啊。"

杜郁非皱眉道："偏你有那么多想法，我看宋睿文只是为了给少林武当报仇，才特意出山挑战梦星辰的。"

"哎，你心情还不好吗？至于吗，不就是在御前被梦星辰抢了次风头吗？"罗邪笑道。

"我才不在意什么风头。"杜郁非道，"若你知道，我们这次被人埋伏，是金英那老小子做的，你心情也好不起来。”

“东厂吗？”罗邪一怔，随即笑道，“不急不急，我们早晚会找他们算账的。”

杜郁非奇道：“你最近受了那么重的伤，但心情怎么那么好？”

“我可是为你受伤的哟，你是不是应该报答我？”罗邪笑嘻嘻道，说着还咳嗽了两下。

杜郁非不接她话茬，转而对阿牛道：“能跟随于谦大人是你的福气。此人非常能干，那么年轻就得圣上赏识，早晚出将入相，不过，这种人也容易树大招风，你要多加小心。”

“阿牛知道，杜叔。”阿牛回答。

杜郁非道：“还有，你既然正式出来为官，从今起，在人前就不要自称阿牛了。俞耕耘，从今起你叫俞耕耘。”

俞耕耘认认真真点头答应，随后告辞。

罗邪怒道：“杜郁非，你想好了没？准备怎么报答我？”

杜郁非看着她的眼睛，温柔道：“不许再为我受伤了，知道吗？”

“哦……”罗邪红着脸低头答应了一声。

暗影判官

第四章

暗影判官

楔子

清晨，细雨。

徐朝阳舒展着身子来到院子，抬头望了眼远处巍峨的泰山，“会当凌绝顶，一览众山小。”他心里忽然冒出这么句话。

昨夜，泰安县令鲁大全对自己恭恭敬敬地承诺日后将行门生礼。门生？那老东西有什么资格来做我的门生？不过这济南府风传的最硬的一块“泰山石”，也算是被踩在脚下了。

辛辛苦苦十年锦衣卫生涯，换来的一切都是值得的。果然，只有身着飞鱼服才有这种恐怖的权威，只有在京师外的锦衣卫才能体会这一方诸侯的感觉。“一览众山小。”徐朝阳心里重复了一遍，嘴角挂起微笑，举步迈入雨中。雨并不算小，他走到院中的大柏树下，肩头已被打湿。但徐朝阳深深吸了口气，两手平放于胸前，慢慢气沉丹田，很快身上散发出一层热气，肩头的雨水迅速被蒸干。

徐朝阳抬起手，掌成虎爪，在树下缓缓打出一路拳法。三十六路武当黑虎爪打到一半，忽然高处有衣袂声响！徐朝阳抬头望去，忽然满面都是风雨，下意识地一闭眼睛。

他闭眼前，刺眼的寒光已然掠起……

半个时辰后，杂役老黄提着水桶，颤巍巍地来到院子，此时的天空云开雨散。他舒服地打了个哈欠，忽然一皱眉，这一地的雨水为何是红色的？他趟着雨水走了两步再朝前望，心头猛然一惊！揉了揉眼睛，再看，老汉大叫一声，转身就跑，没跑两步就滑倒在血水中，满脸满身都是血水。他奋力起身再跑……

院子正中，徐朝阳的尸体被整理好摆在空地上，人头就摆在一旁，眼睛睁得极大。

一

乐安之乱后，锦衣卫确认东厂曾派人行刺杜郁非和罗邪。从此，北镇抚司几乎断绝了和东厂的一切往来。这些事上头的赛哈同很清楚，甚至连皇帝朱瞻基也可能是知道的，不过神奇的是，居然没人过问。这一僵局一拖就是几个月，很多正常事务都停滞着，几个月的时间，东厂和锦衣卫的关系降入了冰点。

眼看两边就要变得水火不容，忽然有个叫石清扬的东厂档头前来北镇抚司衙门拜访。此人说东厂最近遇到个棘手的案子，督主金英请杜郁非务必要前往东缉事厂协商。石清扬摆足了低姿态，并说此事和当年的锦衣卫指挥使纪纲有关，这让杜郁非一下子来了兴趣。

纪纲为“靖难”旧臣，是永乐朝第一任锦衣卫指挥使，因为谋逆大罪，被永乐帝送去都察院审问，最后被判凌迟，抄家灭族。但纪纲案怎会与最近的案子有关？于是，杜郁非请示了老大人赛哈同后，一大清早就前往了东厂。

这并不是杜郁非第一次到东厂衙门，但确实是朱高煦在乐安州作乱后的头一回。

东厂督主金英在大堂外的“流芳百世”牌坊前等候杜郁非，两人寒暄了一下，仿佛什么事情都没发生过，而后一起到大堂入座。

杜郁非开门见山道："石清扬提的案子，听说涉及纪纲。所有纪纲的卷宗都是锦衣卫不可外传的东西，若你们真想要了解，得给我说一下具体情况。"

金英笑道："这事说来有些复杂。小石头，你来解释吧。"

石清扬道："一个月前，我们厂的百户罗飞于家中被杀，同时死的还有其弟弟罗翔。罗翔也是我们东厂的人，二人同时被格杀于院中，尸体被整理过，人头被枭首放在一边，但他们的致命伤，其实都是胸口被利器穿过。"

"有何特别？"杜郁非问。

"这利器非刀非剑，是奇门兵器。"石清扬将一幅兵器草图拿出，"我们仵作验尸后，猜测凶器的外形可能是这样的。"

"钩子？"杜郁非皱眉，江湖上用钩子的成名人物并不多。

石清扬道："确切地说，是一对钩子。我们在京师的弟兄们开了个会，卢天行说他见过这种伤痕。当年纪纲被抓之前，他老宅密室的守门人就是死于这种伤口。卢天行当时是锦衣卫，纪纲让他看过尸体。"

杜郁非点了点头，卢天行为人如何，他并不清楚，但办案确实是把好手，当年有"神捕"之誉，算是纪纲一手提拔起来的。纪纲倒台后，卢天行勉强逃过株连，但在锦衣卫的仕途是彻底毁了，所以东厂成立之时，他第一时间转去了东厂，而且很快就坐上了副千户大档头的位子。

"另一点，两个案子的死亡时间也是一致的，都是在丑时前后。"石清扬又道，"但有一个疑问，那就是罗氏兄弟和纪纲应该完全没有关系。罗氏兄弟年纪不大，纪纲倒台时，他们只有十三四岁，怎么也凑不到一起去。"

"罗氏兄弟，最近得罪什么人了吗？"杜郁非问。

"他们手里案子一直很多，几乎每个月都要办两三个。因为效率高，所以罗飞升迁得很快，才二十二岁就已经是百户了。"石清扬回答。

杜郁非笑了笑："我无意说死者坏话。办案那么快，难免会有问题吧？"

"您说得是。"石清扬点头。

金英摆了摆手让石清扬退下，叹了口气道："郁非啊。实话实说，罗氏兄弟办事是有问题的，经常犯些小错。但他们家里有些背景，我们东厂又在用人之时，有些事我们就睁一只眼闭一只眼，谁叫我们没有郁非你这样的大才可用呢？若你能来厂子里帮我，我还用那种人做什么？”

“督主，你客气了。”杜郁非拱了拱手，目光扫着大堂里高挂的岳武穆画像，轻声道，“这里没有外人，我和公公你一贯交好。”

“是的，在办差时，你和罗邪还救过我。”金英抱拳道。

杜郁非看着对方眼睛，缓缓道：“如此，乐安之事后，你就欠我们两条命了。”

金英扶在椅子上的手掌一紧，随即苦笑道：“若我有事得罪了你，那真是抱歉了，身在官场我们都身不由己。”

“锦衣卫和东厂同是为皇上办事，你能做的，我们也能做。”杜郁非面无表情道，“但没必要到那一步，对吧？”

金英琢磨着对方的话，点头道：“是，这事错在我。”

杜郁非道：“那你这个案子，若要锦衣卫帮忙，就得允许我参与，两边合作办案，但我有最后定夺权。这事若真和当年纪纲案有关，就绝对不简单，不过话说回来，你对这案子哪里感兴趣？死两个败家孩子，对你又没什么坏处。”

“再败家的孩子也是自家孩子，而且当年纪纲权势滔天，我很好奇究竟是什么扳倒了他。”金英微笑道，“此事我派小石头和卢天行帮你，最后怎么处理你锦衣卫说了算就是。有空带罗邪来跟我喝茶吧。”

“她？她比我忙多了，最近不在京师。”杜郁非笑着抱拳起身。

金英看着对方的背影，那么大的事就这么说了就完了？可错过了上次的机会，就真是机不可失时不再来了。

石清扬将杜郁非带到了东厂殓房。杜郁非一路上看到的景象比普通衙门还要平和，若不说破谁能想到这是比锦衣卫更凶恶三分的东厂？

殓房外，模拟了两处案发现场。差役们根据卷宗记录，将罗宅和纪府的凶案现场在此还原。从尸体倒毙的角度，到周边三丈内的环境全都表现了出来。这是卢天行的一贯做派，只要是他经手的案子，都要照此做上几遍。

杜郁非来之前就看了过往卷宗，知道纪纲老宅的案子过去就是卢天行参与负责的，但后来纪纲被永乐帝处置，那些零碎的事就没人再提。不过想来，作为办案人，卢天行一定对那件悬案极有怨念，因此才会一遇到罗氏兄弟的案子，就又将从前的事提出来。

“神捕”卢天行中等个子，相貌平平，不仅头发花白，胡须里也有星星点点的白色。杜郁非还记得对方风华正茂时的样子，其实卢天行不过四十出头，本不至于这样，可想而知，纪纲案后他过得何等艰辛。

案件场景里，两个番子分别模仿罗飞罗翔。根据罗宅仆人的说法，罗飞通常会在院子里坐到很晚，而罗翔则很少陪着。案发现场罗翔的尸体更靠近内宅的石阶，所以可以想象罗飞遇袭时，罗翔只是偶尔路过，或者说是临时从房里面出来的。

卢天行若鬼魅般从围墙上落下，靠近“罗飞”，“罗飞”霍然起身，二人交谈了几句。卢天行拔剑动手，在兵器交击了两三次后，“罗翔”从一旁奔出。卢天行身形旋动，忽然杀到“罗翔”近前，左手拔出一柄短剑刺入对方小腹。“罗飞”为了救弟弟完全乱了方寸，卢天行一个转身长剑贯入其胸膛，然后一脚将其踢倒。

卢天行这样的干才让给东厂真是可惜了，杜郁非微微叹了口气。他初入锦衣卫时，卢天行曾带过他几天，如今真是物是人非。

两个“死者”倒下的位置，和之前假尸体拜放的位置基本一致。卢天行抬头道：“过程基本就是这样，随后罗家的仆人闻声奔出时，凶手已不见踪影，而尸体则被放在院子正中，并被砍去了脑袋。”

石清扬皱眉道：“将人斩首，若非有深仇大恨，就是一种特定仪式，但最近并没听过有类似的案子。”

卢天行道：“也许是我们接触的卷宗还太少。”

“跟我回北镇抚司，各种卷宗都会对你们开放。”杜郁非道。

卢天行微笑行礼，杜郁非入锦衣卫时还只是毛头小子，如今屡破奇案，在朝中混得风生水起，这在从前又如何能料到？

亲眼看罢罗氏兄弟的尸体，杜郁非带着石清扬和卢天行回到北镇抚司衙门，并把罗飞断头案的卷宗交给了苏月夜。

苏月夜翻看了一遍卷宗，板着脸问道："刺杀你的事，就这么算了？"

"赛老建议我暂忍一时。他既然介入，自然是大内有人说话了。除非我们有证据是金英下的令，不然能怎么样？这个哑巴亏是吃定了。"杜郁非道，"先维持着吧。"

"罗邪会答应？"苏月夜哼了一声。

"这种事，她比你看得开。"杜郁非笑了笑，"对照过纪纲案和罗飞案，可有发现？"

"对比案发现场的细节，如卢天行所说，两案看上去像是同一凶手，只是单看卷宗找不到两案联系的点。"苏月夜拍着卷宗道，"纪纲案的死者纪东、纪北，是当时老宅密室的守门人，算是纪纲家的亲信仆从。这两人之前是纪纲的护卫，据说当时是临时调去老宅做守卫的。纪纲平日里做了多少恶事，此二人都要算一份。"

"同样是兄弟，同样是联手作恶，这和罗氏兄弟是很像。"杜郁非道。

苏月夜道："但也仅此而已，两案死者生前尽管作恶不少，但他们的受害人并无交集，两案死者之间也无交集。卢天行为何觉得二者有关？"

杜郁非笑道："这个我也问过，他说并无证据，只是一种直觉。"

"我知道高手做事都凭直觉，但单凭手里这些内容，我们从何查起？"苏月夜无奈道。

杜郁非踱了两步，低声道："假设两案有关，时隔那么多年，凶手为何突然再次行凶？若是突然再次行凶，则两案和凶手必有交集，又或是说有没有可能他一直不曾停手，只是我们不知道？那就必须扩大调查范围。"

"即便扩大调查范围，也要有个方向。"苏月夜问。

"容我想想……"杜郁非重新翻看了一遍罗飞案的卷宗，来到东厂二人的房间，说道，"你们可有发现？"

石清扬摇头道："纪纲一案，当时他老宅的密室失守是突破口。第二天他那点破事就都被送到了成祖皇帝的案头。但送上那些密件的太监已经故去，没人知道当时到底发生了什么。”

卢天行则道：“我先前从罗飞兄弟经手的案卷入手，但近三个月的案子里，没有发现特别的东西，他们无非就是构陷了一些官员贪污渎职。那些事并非捕风捉影，只不过可大可小。”他发现杜郁非的目光不对，遂改了口风道，“我依旧觉得罗飞案和纪纲案是有关的。”他拿着毛笔，比画了两式剑招，“从剑锋切入的角度，这两案的死者似乎死于同一路剑术，路数接近于华山剑法。”

“但你们不是判定凶器是对钩子吗？”苏月夜反问。

“双钩的流派不多，多数起源于双刀或双剑，而凶手用奇门兵器，未必不是为了掩饰自己的真实身份。”石清扬解释道。

苏月夜道：“杜大人认为，目前我们手上线索太少，必须扩大调查范围。”

“愿闻其详。”卢天行点头。

“罗飞他们被杀，总有缘故。我看了你们对罗氏兄弟的评估，他们办案黑人钱财是很辣手，但平日行事并不跋扈，所以仍旧要从他们的旧案入手。他们既然入东厂才两年的时间，那就将他们经手的事全翻一遍，若是案件惹来的敌人，或许这个凶手是专门针对厂卫经手的案件而来，我们要重新审视一下近几年的案子。”

卢天行皱眉道：“这事是否做不完？我们每年经手的大案，全国一起是要过百的……”

“不，其实活不算多。”杜郁非笑道，“无论是锦衣卫还是东厂，每年在办案时间外意外死亡的人并不多，把注意力先集中在京师，先从这里的死者开始筛选。”

查案翻卷宗是每个公门中人的必修课，但为了查旧案翻阅旧宗卷，却是大多数人都不愿做的事。据说公门中人最不愿做的三件事，分别为“盯夜梢”“查内鬼”“翻旧卷”，这三件事一是太无聊，二是太纠结，三则是太烦心。查旧宗卷，通常不会有当时记录的人帮忙，别人写的东西，要看明白本就很难，更不用说还要和过往做对照并拿出自己的看法了。公门里办差的人，文化水平不高，记录的水平更有高低，要在一大堆含糊不清的旧文字里找到真相，这不仅仅是耐心，更是运气的问题了。

每次遇到这种事时，杜郁非都会庆幸自己有苏月夜。不论多含糊潦草的记录，苏姐儿都能将其剥茧抽丝，不论多厚的卷宗，最后她都能找到最直接的线索。

苏月夜带着五个文书加班加点地翻阅旧宗卷，既要查罗氏兄弟的旧案，又要查近期锦衣卫殉职的悬案，真是千头万绪。可尽管在这几年锦衣卫经常出现些稀奇古怪的状况，但真要找符合本次案子特征的旧案并不容易。她又将查找范围扩大到东厂，仍旧没有收获。如此就过了两日，卢天行和石清扬也逐渐失去信心，提出是否将调查铺向外地。

这时，杜郁非忽然收到罗邪的信。罗邪说她拜祭娘亲后，被族长要求去应天府帮助一个子侄辈的后生。那个侄了岁数比罗邪还大，但因醉酒伤人被关入了南京城的大牢，而原本以为只要赔钱的小事，忽然成了醉酒杀人，族长想问罗邪有没有在南京的朋友可以帮忙过问。

罗邪表示这事不用杜郁非插手，但她回来的行程可能要耽搁了。

冤案？杜郁非皱眉回了一封信，希望罗邪不要把事闹大，然后又写了封信给南京卫所。

“大人，有事发生了。”这时，苏月夜带着卢天行来到杜郁非的桌前，“但你一定很喜欢。”

杜郁非道：“说来听听。”

苏月夜笑道：“我们查了两日。京师范围不论是东厂还是锦衣卫，没有案子符合我们要求。但今天济南卫所突然发来加急，两日前，济南卫所的千户徐朝阳，被杀死于泰安县的县衙内。之前他卷入过几个有争议的案子，尤其是济南府通判刘堂贪墨一案，事情过后他升了官。徐朝阳被杀死，身上有两处致命伤，其首级被放在尸体边。”

“徐朝阳？这家伙身手可不弱，具体卷宗有没有发来？”杜郁非问。

苏月夜摇头道：“还没有，当地卫所已一片混乱，那徐朝阳算是那边的一把手。”

卢天行道:“死者的伤口是否和罗氏兄弟案一致我们并不清楚，但……”

杜郁非笑了笑抬手道：“我们立即去山东。”

众人日夜兼程前往山东，一路上卢天行和杜郁非聊了些办案心得，有些惺惺相惜的感觉。到达山东后，他们兵分两路，袁彬和石清扬去了济南府，杜郁非、卢天行、苏月夜直奔泰安县衙。

泰安的早晨飘着小雨，杜郁非望着远处的泰山，不禁想到了两年前，自己因这里的差事被贬回泉州，而后居然发生了那么多事……

“山东卫所的人第一时间封锁了现场，两天来这里没有外人进入过。”苏月夜小声道，“这时候下雨虽然恼人，但那天清晨这里也飘有小雨。你说如果徐朝阳因为雨天，没出来练功，是否能躲过一劫？”杜郁非问。

杜郁非道：“若有人处心积虑要杀你，靠躲是没用的。”

卢天行拿着县衙捕快给的案卷记录，一一对照真实场景，用石块标记了尸体所在的位置，划出了所有的脚印和墙壁、树木损坏的部位，然后将记录递给杜郁非。杜郁非对照了一遍，对其点点头，退回院子的回廊下。

苏月夜轻声道：“徐朝阳本身是内家拳高手，擅长武当虎爪手。罗飞和他比起来，会的只是花拳绣腿。”

杜郁非指着院墙上点点破碎的地方：“这次凶手并没很容易就得手，他们是经过一番恶斗的。”

卢天行翻看记录道：“但记录上说并未在墙外发现血迹，所以凶手并未受伤。”

杜郁非笑了笑，问道：“卢兄，我们是否根据记录演示一次？虽然在下雨，但我们没时间等天晴了。”

“如此，大人就扮演凶手吧。”卢天行拱了拱手，走到雨中。他扫视周围，选了一棵大树站定。他站的位置有一双足印，据说徐朝阳经常在此练功。卢天行忽然有些好奇对方会如何攻击。

杜郁非步出回廊飞身上墙，他潇洒地隔空跨出两步，找了个合适的距离潜伏下身子。他辨别了一下风向，突然凌空掠下，人在半空改变了路线，长剑直取对方前心。卢天行以为他会从背后攻击，却不料是正面进攻，头一抬却被雨水打湿了眼睛，只得斜跨一步双手格挡向剑锷。杜郁非身形旋转，一剑扫在对方背后，卢天行眉头锁紧，陡然转身在雨中架起双掌，凌厉无比地攻出三掌。杜郁非深吸口气迎风而起，长剑忽然斜刺向对方眉心。两人掌剑相交各退一步，但踏雪剑诡异地一拐，点在了卢天行的胸口。

“我输了……”卢天行苦笑。

杜郁非道：“没有输赢，我们只是在演练可能有的过程。卢兄，若非为了配合现场的那些足印和印记，也不用站在必输的线路上应付我的剑招。”

“你们两个快从雨里回来！”苏月夜皱眉叫道。

杜郁非和卢天行并肩走回廊下。

苏月夜问道：“但这么走个过程，你们有新发现吗？”

“凶手若无踏雪剑在手，用的必为有回转刀刃的铁钩，又或者是双兵。”杜郁非低声道，“不然他的身法要比我快上一截，那可能性不大。”

卢天行道：“凶手是借着雨势突然动手，打了徐朝阳一个措手不及。徐朝阳虽然也反击了，但从动手之初就被压制。只可惜我不会武当身法，不能模拟出更详尽的过程，但有一点，凶手能利用风雨给自己造势，定是极有经验的老手。我觉得这凶手定是成名人物，因为有这样的身手，要不出名也难，但我偏偏想不出，江湖上有谁用铁钩能用到这个水平。离别钩杨成，断魂钩司徒易，勾魂使者连举？这些人且不说都不在山东，更不是会为了别人出头的主。”

杜郁非摸摸鼻子并不多言，只是低声道：“我们分头行动，找县衙里和徐朝阳有接触的人谈一遍。”

许多人以为官差办案，重要的是那灵光一现的直觉，仿佛那些案件的结果是拍拍脑袋随便想出来的。其实绝大多数案件的告破，都是建立在脚踏实地的琐碎工作上。翻卷宗是一个，民间访查是另一个。民间访查的难度在于两点，被询问者要么胡言乱语，讲得云山雾罩；要么就是一语不发，死守真相叫人无可奈何。

这次徐朝阳案就属于后者。整个县衙没人愿意谈论这事，杂役老黄翻来覆去就是那几句。

当天因为下雨，他清扫的工作就晚了半个时辰，却发现了徐大人的尸体。而县令和师爷，也只是例行公事地说了些徐朝阳是几月几日来此，为的是什么公事，本来应该几月几日离开。但光知道这些有什么用？杜郁非又不愿将这些不说话的都拉去牢里，毕竟死了的徐朝阳早被锦衣卫内定为贪官。卢天行去了济南城和袁彬会合，这里只留下了杜郁非和苏月夜，整个县衙因为他们的存在气氛非常压抑。

不知不觉又过了两日。

衙门里年纪最大的师爷陈贯中前来见杜郁非："徐朝阳为了斗垮通判刘堂，在济南府的各县活动了很长时间。这次来泰安，是为了对付我们县太爷鲁大人……"

"他准备怎么对付？"杜郁非问。

陈贯中道："官场里的事，无非就是威逼利诱、恐吓栽赃这些事……说句您不爱听的话，锦衣卫是最擅长的了，还用我说？"

杜郁非笑道："恐怕你还是要说清楚，不然我可不好查。"

"徐朝阳有个外号，叫徐大嘴。叫这个绰号的原因，是他每到一处都会狮子大开口地伸手要钱，若你不满足他，他就会从各方面跟你做对，除非你背后有更大的势力可以压住他，不然，要么妥协，要么就是死路一条。"陈贯中低声道，"刘堂身为通判，管理一府的钱粮支出，很多事若他不点头，徐朝阳就很不好办，他们有冲突是在所难免。

"徐朝阳之前整刘堂的时候，用的就是栽赃嫁祸的手段。刘堂是难得的清官，硬是被他栽赃了三千两银子的黑心银，三千两……大明律例几十两就要砍头的。好好的清官，因为这莫须有的三千两银子，硬是被他安好罪名抄了家。这一次他来泰安，是因为县太爷在他整刘堂的时候，为刘堂说了几句公道话，所以他就在泰安坐镇，随时准备诬告我们鲁大人。大家都在为鲁大人担心，没想到，哈哈哈，他居然死在了泰安。他死在泰安未必是好事，但毕竟是死了个恶人，大家都是很开心的。”

“未必是好事，此话怎讲？”杜郁非问。

“徐朝阳是锦衣卫，锦衣卫死了，只会招来更多锦衣卫。自古官官相护，徐朝阳没做完的事，自会有人帮他做完。这对鲁大人未必是好事。”陈贯中面色不变，“不过，我在一旁观察了你们两日，杜大人和苏小姐都是不错的人，所以才冒死来见你们，说一些别人都知道，但不敢来说的话。反正我无儿无女无牵无挂。”

杜郁非笑道：“老爷子，你勇气可嘉，但既然来了，自然还要告诉我们一些别人不知道的事。”

陈贯中皱眉道：“别人不知道的事，我怎么会知道？”

“你觉得这里谁最希望徐朝阳死？”苏月夜给老头子沏了杯茶。

陈贯中道：“自然是他的冤家要他死。”

“你先前也说了，他是徐大嘴。在山东三年，他仇家可不少。”杜郁非道。

“我也不打马虎眼，最想他死的一定是刘堂家，最需要他死的，自然是我们鲁大人，但有一点……”陈贯中拍了拍脑袋，“徐朝阳可是武林高手，寻常还真找不出人能弄死他。”

弄死他……这个老爷子一点都没有师爷的谈吐啊。

“刘堂不是已经死了吗？”苏月夜皱眉。

陈贯中道：“但他的家人还在牢里。杜大人，你若真是来查案的，能顺便将刘家人救出来吗？若你能做到这点，相信整个山东的百姓都会主动给你提供破案的线索。”

苏月夜小声道：“刘堂的小儿子刘琦在济南府的大牢里，好像才十九岁。”

杜郁非笑了笑，即便把刘家的人从牢里救出来，那些百姓也不会来帮他抓杀徐朝阳的凶手的。这就是杀贪官带起的附加效果，也许正因为此，凶手才会明目张胆地入县衙杀人，因为不是一定不会有人看见，而是看见的人多数都不会开口。看来要找鲁县令谈一下。

“老爷子问我，如果这个凶手只杀贪官赃官，那我们还要抓捕这样的侠义之士吗？”苏月夜送走陈贯中回来道。

“侠者以武犯禁，他们做之前就知道自己会付出代价，而我们呢？”杜郁非看着衙门外雨天过天晴的天空，“我们到底是执法者，还是他们口中的所谓鹰犬？这轮不到我们选，因为……我们本是执法的鹰犬。”

二

卢天行来到济南城和袁彬、石清扬会合。袁彬他们已认真翻阅完了徐朝阳一案的卷宗。

袁彬看着徐朝阳的尸体，低声道：“他今年三十三岁，在山东卫所三年，之前在湖北卫所十年。济南府通判刘堂贪墨一案，正是由他操刀审讯的。那件事前后折腾了两年，最终以刘堂被抄家斩首，家人全都入狱四散告终。刘堂案后，徐朝阳在山东气焰滔天，没有官员再敢和他较量。”

“不过山东这个缺是空出来了，以袁少你的资历，只要你想，占住这个位置毫无问题。”石清扬笑道。

“我只跟杜大人，别的地方哪儿都不去。”袁彬说道，尸体已经腐烂，但伤口仍旧看得清，他拿着东厂仿制的凶器对照了一下，“伤口符合，这里仵作的活做得很细致。”

“看来山东我们是来对了。”石清扬拍了下卢天行的肩膀。

卢天行摇头道：“只可惜徐朝阳和罗飞一样得罪了太多人，我们仍旧不知从何查起。”

“杜大人会有办法的。”袁彬翻看了仵作的记录，“核对完毕，尸检没有问题。”

卢天行笑道：“但他眼下不在济南城，我们总不能在他来之前什么都不做。”

“你的意思是？”袁彬问。

卢天行道：“我们过一遍最近一个月在济南附近的江湖人，擅长用双刀、双剑或者长钩的优先排查，那些嗜好打抱不平的大侠优先排查，即便他们已经离开山东，也要将他们的日程问出来。”

袁彬眯起眼睛道：“这是个好办法！还要加个标准，必须武艺在徐朝阳之上。”

“这样，搜索范围就变得极小了。”石清扬微笑道，“东厂和锦衣卫比比，谁能先收集够消息？”

“可以。”袁彬淡然回答。

山东武林这几年人才辈出，要不然两年前的武林大会也不会在泰山召开，但也正因为两年前的武林大会，刀君梦星辰独闯泰山闹得腥风血雨，当时死了不少本地高手。如今再数一数济南府的英雄豪杰，能单独撂倒徐朝阳的还真没有几个。

石清扬将手里的人名资料放在桌上，慢慢道：“五虎断门刀的彭秋水、八卦金刀铁关西，还有就是最近在济南访友的江南霹雳堂雷动天。”这次调查似乎是东厂先了一步。

“江南霹雳堂的人用双兵？”袁彬问。

卢大行道：“江南霹雳堂善用火器，但雷动天则用的是双剑。他曾经跟随永乐帝北征，手中两柄大剑在千军万马中也是所向披靡的。”

“你这么一说我想起来了。”袁彬恍然道，“那就不会是他了。雷动天的大剑比我们绣春刀还要阔三两分，若真是他动的手，徐朝阳早就被大卸八块了。”

“不排除他换了兵器。”石清扬提醒道。

“这里三个人，有谁换了称手的兵器，还能杀掉徐朝阳并且全身而退的？”袁彬冷笑反问，“徐朝阳是永乐朝的武举出身，他在锦衣卫里身手大约能进前十五。”

“前十五……你这是怎么算出来的？”石清扬好笑道。

袁彬并没开玩笑的意思，慢慢道：“因为第十三是我。一年前他和我交过手，我险胜，但近来想必他有些放松了。”

“铁关西的八卦金刀，虽然是特例的双刀，但他八卦门和武当多少有些渊源，同在山东，他应该不会对徐朝阳动手。”卢天行没理睬二人的谈话，而是将手指点在彭秋水的卷宗上，“倒是他，彭秋水，当代五虎断门刀的掌门人，年纪三十五岁，精通的是极为少见的断门双刃斩。”

“彭秋水我见过，尽管出身武学世家，但也是济南府有名的纨绔子弟。”袁彬笑道，“这种人会为了别人出头对付锦衣卫？他们家大业大，杀锦衣卫可是要抄家灭族的。”

石清扬翻开彭秋水最近的行程，笑道：“但他半个月前是在京师的，这难道是巧合吗？”

袁彬摸摸鼻子道：“的确不会有那么巧，那我们就叫他来一趟吧。”

一日过去，袁彬并没行动。石清扬以东厂一贯的做派去往彭家将彭秋水带回了济南府的卫所。彭秋水个子不高，为人非常狂傲，简单地回答了几个关于行程的问题，之后就闭口不言，丝毫不将东厂和锦衣卫看在眼里。

石清扬本想动刑，彭秋水只是很不屑地看了他一眼：“你知道我是谁？”

石清扬感觉有些不对劲，他找到袁彬问道：“这家伙究竟什么来历，能这般有恃无恐？”

边上有锦衣卫给袁彬递上卷宗，他将调查的资料拿出，慢慢翻阅道：“彭家是当年彭和尚彭莹玉的旁支。彭和尚是谁你知道吧？尽管只是旁支，但彭和尚本身没有子嗣，所以他家有太祖爷颁的丹书铁券。彭秋水的媳妇，是云南沐家的女儿。你以为他是普通的江湖人吗？”

“这……你怎么不早说？”石清扬怒道。

“如果我告诉你这些，你就不去把他带来了？他是我们头号嫌犯，该审的就要审，而且，你当时去找他的时候不是兴高采烈的吗？”袁彬淡淡一笑，他手边有一份新到的简报，草草扫了一眼，眉头微微皱起。

石清扬冷笑道：“说得轻巧，谁去审？你去？”

“自然是我去。”袁彬拿简报敲了石清扬的肩膀，面无表情地走入审讯室。

“彭秋水，你小子摊上大事了。”袁彬一脸的幸灾乐祸。

“袁少，原来是你……你怎么会和东厂联手？”彭秋水一改之前桀骜的表情，微微松了口气，“说真的，你认识我也不是一天两天，我会杀锦衣卫？我像脑袋坏的吗？”

袁彬道：“你脑袋向来都是坏的，在京师在济南没少为平头百姓和大户人家动过手。”

“我……你有办法让我脱身吗？还是我需要做点什么？”彭秋水眼珠转动，央求道。

袁彬道：“这次的事很大，你得住几天了。你唯一能做的就是老实回答我的问题，这样等我们杜哥来了，不会让你太难做。否则我不动你，那些东厂的可不管那么多。你也知道，朝廷里有丹书铁券的都已快死绝了，这东西有还不如没有。怎么样？只要你是清白的，我的问题不会很难。”

彭秋水嘴角抽了一下：“你问。”

“我只问你两个时间分别在哪里。七天前的早上，徐朝阳死在泰安县衙时，你在哪里？十五天前的晚上，东厂罗飞罗翔兄弟死于自家院中时，你在哪里？”

“七天前，我在泰安……处理个人的事。十五天前，我在京师清点我们彭家在那边的生意……十五天前的事，我记不太清楚，好像……好像我是在喝酒，喝醉了，那天晚上的事都记不得了。”彭秋水说到这里脸色变得很难看，“但我肯定没去找什么罗飞罗翔兄弟，我都不知道他们住哪里！”

“但罗氏兄弟你认识？”袁彬立即问道。

“那当然，我们彭家是做保镖生意的，许多官员都是我们的客人，那两兄弟在京师那么活跃，我当然见过，但没深交……”

“据我所知，你们至少喝过三次酒。当然，还没有什么确切的生意来往。”袁彬笑了笑，手指在卷宗上划过，“你的事都在这里，所以不要骗我。我再问你一次，你在泰安处理什么个人事务，有人能证明你清晨不在县衙吗？”

“不能……我只是去那里找孙月华，但那天我是一早就回了自己宅子的，我一定没做你们说的事。”彭秋水冷笑道。

袁彬用力一拍桌子，大声道：“但没有人证可以证明你的清白，而你有杀死徐朝阳的能力！你与他也有过节！你是刘堂的学生，二十五年前，刘堂教你读书！不仅如此，你和罗飞、罗翔也有过节，你们在京师为了个女人曾经大打出手！彭秋水，你日子过昏头了？你给不出人证，这案子就坐死在你头上了！”

“这……”彭秋水额头上冷汗冒了出来。

审讯室外旁听的卢天行道：“锦衣卫何时把事情查得那么清楚，这些我们怎么不知道？”

石清扬皱眉道：“查案子难道不是你擅长的吗？”

袁彬走出房间道：“他没有不在场的证明，但我觉得不是他做的。”

“为何？”石清扬问。

袁彬没好气道：“若是他做的，难道不该事先想好说辞吗？我们的凶手那么多年没被追查过，难道是这种二货傻子？”

“但就这么放他走？”石清扬征询地望向卢天行，“若是大刑伺候，难说审不出其他东西。”

袁彬瞪眼道：“你们就知道用刑！会不会用点心？”

“即便他家里极有背景，即便他和你袁少有旧，我们也不能就这么放他走，除非有更明确的嫌犯出现。”卢天行不紧不慢道，“何况杜大人回来发现人犯不在，谁担责任？”

袁彬道：“我没说要马上放他走，一切等杜哥回来定夺，但别说我没提醒你们，若要动刑想想后果。”

卢天行道：“刚才你怎么不问他纪纲案之前他是否在京城？”

袁彬皱眉道：“三年前的今天你在哪里，谁会没事记那么多？”

卢天行沉声道：“但那一点毫无疑问也很重要！”

石清扬嘴巴一撇，阴恻恻地笑了笑：“他的时间线和凶手的吻合，该动手时我来动手，真闹大了，我们东厂又怕过谁来？”

“总之我希望等杜大人来了再说。”袁彬道。他和彭秋水并无深交，但从他的角度看，彭不像凶手。跟着杜郁非的日子让他学会一件事，可用心不用刑。

但是一等三天，杜郁非和苏月夜都没有来济南城。袁彬派人去了泰安，泰安县令表示两天前杜郁非就已离开，他不禁觉得事有蹊跷。而济南府开始过问彭秋水一案，过问的人来头一个比一个大，受了闷气的石清扬将彭秋水打得体无完肤，但他毕竟有些顾忌，所以没有把对方弄成残疾。

袁彬无法阻止东厂办事，卫所里派出许多人都无法查明杜郁非和苏月夜去了哪里。到了第五天，心急火燎的袁彬将手下那些锦衣卫臭骂了一顿，开始考虑要不要将此事上报京师。忽然有人来报，济南府刑部大牢来人找他，希望他能马上前往……

“大哥难道在那里？”袁彬皱起眉头。

杜郁非以刘丙的化名进入济南府刑部大牢，罪名是醉酒杀人，入的是地牢一层，刘堂的小儿子刘琦被关在同一层。据说同样姓刘的因为“刘堂案”被收罗了各种罪名，在刑部大牢里不下二十人，有些甚至并无亲属关系。人们通常有种误解，以为只要是锦衣卫参与的案子，犯人都会被关入诏狱，其实绝大多数人是没资格入诏狱的。

按照杜郁非的要求，泰安县的鲁县令将其安排入济南府大牢，出于保密考虑，其他的什么都不管。刑部大牢有个叫老蔡的牢头，是杜郁非的紧急联系人，按约定杜郁非在牢门前摆两枚石子，就是要求苏月夜前来探视。如果有意外发生，就在牢房门口摆三颗石子，外头的人会想办法把他弄出去。

杜郁非入牢后，先挨了五十杀威棒，苏月夜悄悄塞了二两银子，这些棒子真挨得不重。他住的牢房并非单人房，而是个通铺，不大的牢房里关了二十多个人，屎尿的味道、伤口化脓的味道，以及浓重的汗味弥漫于周围。杜郁非面无表情地走向新人铺，最靠近茅坑的一张破席子。周围囚徒见他懂规矩，就派了个矮个子来摸他门路。

杜郁非告诉他们，自己是南面离别社的帮众，因为在济南的酒楼打架误杀了人，被关了进来，自己的老婆和帮里的大哥都在给他奔走，过几天就会被转狱。

“转狱？”小矮子笑了笑，对身后的同伴眨眨眼。

“离别社的人？”一个身形庞大的中年壮汉向这边靠近，“我们这里也有离别社的人，你是哪个分舵的？”

杜郁非注意到对方眼里有股子犀利劲，右手老茧的位置显示，这是只擅长握刀的手。此人有点分量，似乎是此间的房主。

杜郁非皱眉道：“我是应天分舵的，但我没听说这里有自己弟兄啊。”他进来前简单调查过此地江湖背景，确认没有离别社的人。

小矮个上来就是一脚，正中杜郁非的小腹：“这是麻大哥！你个新来的杂碎，怎么和大哥说话的？”

“是，大哥。但据我所知，这里没有我们离别社的人。”杜郁非脸上露出一丝痛苦，但并不弯腰求饶。他心里想起一个名字，断刀客麻常。此人曾是建文帝军中的军士，建文帝战败后成了山东的巨寇，也就是俗称的“山东响马”，手提一柄断头的斩马刀勇猛异常，手下曾经统领数千山贼。“麻常，麻大哥的字号有谁会不知道，我老大一早提醒我，进来后要尊重大哥并带了礼物给大哥。”说着他脱下鞋子，拿出一块碎银交了上去。

麻常有些诧异地看了他一眼，笑骂道：“哪里来的傻子，牢里面银子有个球用？”但他还是收下了，然后道，“你老大是谁？”

杜郁非拍着胸脯，很骄傲道：“我老大，飞天大圣侯勇。”

“哦，我知道他。”麻常点了点头，抬手一指边上一个瘸子，“你，睡那边。刘兄弟，你以后就是我的人，去里面睡。他娘的，这年头姓刘的真倒霉，一茬一茬地被抓进来。”

什么叫你的人……杜郁非跟着麻常朝里走，这入狱的第一道手续算是办完了。

夜晚，戌时刚过，整个牢房就一片鼾声，连几个被认定为疯子的囚徒也不例外，过不了多久外面的牢头就要回去上层休息。

时近亥时，刑部大牢终于进入囚徒的时间。众多囚徒翻身爬起忙着手边的事。有人清算日间的纠纷，引发几场乱仗，而牢里的疯子也跟着胡言乱语，整层牢房变得分外热闹。这样的喧闹中也有人不动声色地沉迷于自己的世界，或哼着小曲儿，或用自制的棋子摆着棋谱，又或者在牢房墙壁上涂画。

麻常命人给杜郁非开了个欢迎会，小小的牢房里居然藏有半瓶土烧，有地位的囚徒一人喝了一口。

不久，外头有牢头悄悄送进来一包牛肉和一包馒头，这个牢头姓蔡。

“这都是托了兄弟你的福。”先前踢了杜郁非一脚的矮个子名叫孔杰，啃着骨头笑道，“麻老大把你贡献的银子交给上头的家伙，他们才会拿下来点吃的。这是只有逢年过节才会有的事。”

“前面麻老大说，这里姓刘的特别多，什么意思？”杜郁非问。

“这你都不知道？也难怪，你是外乡人。简单说吧，这里的通判刘堂得罪了锦衣卫，然后……”孔杰笑了笑。

杜郁非苦笑道：“好吧，得罪了锦衣卫，然后就没有然后了是吗？”

“然也！”孔杰拽了句文。

“那我们这里也有刘堂家的？”杜郁非有意无意问了一句，他事先安排进入这间牢房就是为了找刘堂的小儿子刘琦，但一圈转下来他并没见到。

孔杰笑道：“有的，但刘家少爷脾气臭，三天两头在这里跟人打架，被关去水牢反省，一时半会出不来了。咱们麻老大挺照顾他的，可惜这顿他是吃不上了！你是应天府南京城的人，大城市来的见过世面，怪不得出手豪阔。来，兄弟你交个底，到底因为什么进来的？”

“我没杀人，是被冤枉的……你呢？”杜郁非做出遗憾又有些愤怒的表情，看来要见刘琦也不容易。

“哎！我们这谁不是被冤枉的？”小矮个哈哈一笑，揽住杜郁非的胳臂晃了晃。那暧昧的神情，让杜郁非立即推开了对方。

杜郁非之所以想到牢里来见刘琦，是因为他觉得“刘堂案”是徐朝阳最有可能的死因。但在家族被锦衣卫迫害后，刘琦很难再相信锦衣卫，所以即便杜郁非重新提审刘琦，要想从对方嘴里套出杀徐朝阳凶手的信息，也是不可能的。不过，若是在牢里，用另一个身份来和对方接触，则可能找到一些有用的线索。办了那么多年案子，杜郁非相信因果循环，没有无缘无故的杀人，也没有无缘无故的报恩。如果有人为了“刘堂案”杀徐朝阳，那刘琦在牢里一定会得到照顾。

在等待刘琦从水牢回来的两天里，杜郁非努力和“难友”们打成一片。这个牢里的罪犯分东西两片，西面那片牢房关押的都是准备秋决的犯人，但由于如今已到了冬天，所以所谓秋决也是明年的事了。东面这片，也就是杜郁非所在的，说是重罪牢房，其实关的人很杂。打家劫舍的有，坑蒙拐骗的也有，甚至有一些路面上的疯子被关进来储备着。日后万一有有钱人家的子弟入狱，可以用他们做顶包的。东片分甲乙两间牢房，各有三十余人，麻常是甲房的老大，甲房和乙房常为了一些小事在放风时发生争斗。

这里也许并非所有人都是含冤入狱，但的确不少都是蹲大狱蹲得稀里糊涂的。总体而言，杜郁非见识过地狱般的诏狱，也曾在泉州大牢蹲过点，这里绝不算是最糟糕的牢房了。

待到两天后，众囚徒一觉醒来，狱卒带来了面色惨白，露在外面的皮肤都被水泡皱了的青年。麻常很亲切地将其拉到身边问寒问暖，但这个少爷则显得爱理不理，闷头走到一边，很不屑地嘴里骂骂咧咧着。

孔杰小声道：“这小少爷，若没有麻老大罩着，早被人打死了。谁管他家是不是冤枉的，这牢里谁不是被冤枉的？”昨日甲乙发生冲突，杜郁非替他扛了好几拳，自那以后他就和杜郁非混得很熟，几乎时时挨在一起。尽管杜郁非很不情愿，但也无可奈何，毕竟牢房就那么大。

杜郁非不禁叹了口气，问道：“麻老大为何对他那么关照，和他爹有旧？”

“这我们就不知道了，有人说……”孔杰声音压得更低，“麻老大还为了刘家找了阴司……”

“阴司是什么？”杜郁非皱起眉头。

但这时牢头开始点人头，所有人被排成几排，刑部牢房的管事挺着大肚子慢慢踱过栅栏，他身后跟着两三个狱卒，其中一个就是姓蔡的牢头。阴司……杜郁非依旧琢磨着这个词。

这一天，杜郁非尝试接触过刘琦两次，但那小少爷一副不爱搭理的样子。观其言谈举止，完全就是一纨绔子弟，但回过头想，一个在监狱里一年的人能保持这个态度也着实不易。有人小声告诉杜郁非，“刘堂案”有部分问题就是出在这刘琦身上，他作为刘堂的小儿子，虽无大恶，但整天惹是生非，最初就是他得罪的锦衣卫。

清官家的不孝子吗？杜郁非叹了口气。后来他又找机会问孔杰什么是阴司，但这次孔杰推说不知，而且整个晚上都对他避之唯恐不及。他悄悄地在狱卒巡夜前，在铁栅栏外摆了两枚石子。

第二天一早，苏月夜前来探视。苏月夜给自己弄了张很普通的村姑脸，即便如此仍旧在女人稀缺的大牢里引起了骚动，若非苏月夜带来的吃食足以打动麻常，让他替杜郁非清了场子，他们真连说话的空间都没有。

“我只说两件事。”杜郁非用身子挡住别人的视线，压低声音飞快道，“第一，我们要弄明白在牢里的阴司是什么，我怀疑是一个帮派；第二，那个刘琦性格有些怪异，我要知道他更多的事。”

苏月夜点了点头，问道：“袁彬那边有些麻烦，他们抓了五虎断门刀彭家的掌门，那边是彭莹玉一系，各方面都给了他很大的压力。我是否要替你传给他什么消息？”

“如无特殊事情，暂时不要跟他说。”杜郁非摇头道。

“为何？”苏月夜问。

杜郁非道：“东厂办案不谨慎，阴司这条线，我不想打草惊蛇。告诉袁彬再要他瞒着东厂，不如直接不告诉他。反正我在这里并无危险。”

“我们已经消失五天了，我怕他要急疯了。”苏月夜笑道。

杜郁非淡然道：“袁少要多一些历练，这不算什么。关于麻常你查到了什么？”

“此人身世颇为坎坷，但不确定和刘堂家有什么关系。他的弱点是一个先天眼睛有残疾的私生子，在他老家过活，无依无靠。”苏月夜低声道。

杜郁非道：“所以他可能因此被人利用。你辛苦了。”

“我哪里辛苦？你要小心，这儿毕竟是大牢。”苏月夜关切之情溢于言表，她悄悄塞给杜郁非一块包裹严实的锦衣卫令牌，“对了，罗邪回信说她亲戚的案子有侠客山庄的人管了，所以她已经北上。”

“只要不涉及官府，侠客山庄都敢管。”杜郁非笑了笑，“这就是白道武林。”

两人一边说这些，一边提高声音拉一些家常，最后还为了是否找离别社老大帮忙的事争吵起来。苏月夜表示不相信那个老大，杜郁非给了她一巴掌让她滚，于是娘们哭哭啼啼地离开了。

也许是杜郁非这一巴掌打出了男人的“霸气”，瞬间牢里的犯人们皆对其刮目相看。

麻常笑道：“这么美的娘们，在你进大牢了还来看你，你怎么舍得动手！”

“她哪里美……”杜郁非皱起眉头，真心实意地问了一句。苏月夜是化了丑妆来的，连本来面目的三分姿色都没有。

“条顺手白。”矮个子孔杰笑嘻嘻道。周围众人心有戚戚地不停点头。杜郁非只能跟着傻笑了下。

这时，刘琦很突兀地骂道：“入狱有三年，母猪赛貂蝉！看看你们的品位，一群土鳖！刚才那算个屁美女！”

杜郁非眼睛闪过一丝惊喜，靠拢过去笑道：“琦少爷，你这话真说我心里去了。真不明白，我这普普通通的婆娘怎么就美女了。”

“是丑婆娘！”刘琦瞪眼道。

“是，就是丑婆娘！”杜郁非示威似的瞪了孔杰一眼。

走出牢房的苏月夜并不知道自己被人如此议论，她离开大牢，穿过一个街口，马车就在大街对面，但她觉得似乎有人跟着自己，左右看了看，忽然加速穿过巷子来到大街边。左右各有一个路人露出破绽，犹豫是否要紧跟过去，苏月夜顿时明白她和杜郁非已经暴露，立即加速奔向马车。那俩路人情急之下望向远端，一个灰衣蒙面人突然从天而降，落在苏月夜的马车上。

“你究竟是什么人？”灰衣人问。

苏月夜心念急转，沉声道："你是阴司的人？我有冤情。"

灰衣人沉默了一下，抬手抓向苏月夜。苏月夜则已分辨清楚逃跑的方向，朝后急掠，几个起落就转入大街的人群中。灰衣人先是拔足追赶，但他那蒙面的诡异形象实在不适合出现在白天的大街上，只追了半条街就放弃了。苏月夜步伐逐渐变小，小心地观察了四周，然后循着方向去往济南府的府衙。

忽然，从她身边经过的一个女子对其撒出一片香粉，苏月夜猝不及防，吸入不少粉末，那女子轻巧地将其一揽，把她带往远处小巷。

三

济南刑部大牢的重犯们大约三天可以有一个时辰的放风时间。杜郁非和刘琦坐于空地上，有一搭没一搭地聊着，远远看着麻常和乙房的崔龙谈判。

刘琦懒洋洋道："不知能谈出什么鸟毛来。我看那也不算谈判，只是这些死囚在消磨时间罢了。"

杜郁非道："就这么会儿已经打了三场。这里一天打的架，比我在外头一个月还多，以后日子怎么过啊。"

"是吗？听说前两天你和对面打架时挺厉害，原来你也怕。"

"死谁不怕？"杜郁非小声道。

刘琦看了他一眼，笑道："你在外头一定混得不错，要不然可不会这么怨念。怎么样，我看你和那些泥腿子不同，要不以后就跟我混？我早你一年进来，在这里也算罩得住。"

"不算什么很好，外面官府吃人，锦衣卫吃人，东厂吃人。我们平头百姓不过勉强过活罢了。"杜郁非注意到讲到锦衣卫时，刘琦眼中闪过一丝恐惧，于是他慢慢道，"琦少爷，你的事我知道一点。我们也算本家。我不知你之前日子怎么过的，但总是去水牢也不是个事儿吧，该忍的时候要忍。"

刘琦打了个哈欠，笑道："既然进来了，就别管冤不冤的。忍了一辈子，到牢里难道还要忍？我怕什么。"

杜郁非道：“打打杀杀在外头或许很嚣张，但在这里真杀了人，能逃哪里去？而且大家都是苦哈哈。”

“这里是刑部大牢，你越想出去就越出不去。你也算出来跑江湖的？”刘琦侧头看了他一眼，眼中显出一丝不屑，不知是看不起杜郁非的消息来源，还是看不惯他那种唯唯诺诺的样子，“刘丙，你怎么说话跟农民似的，到底跟不跟我？不跟就滚远点。”

“我外头的老大在运作我出去呢。”杜郁非犹豫了一下，试探道，“我是这两日才进来的，进来前听说有个锦衣卫大官死了，而且我听说……麻老大在想办法让你出去。”

“出去？你开什么玩笑，我会出得去？”刘琦陡然瞪起眼睛，“你给我滚，不识抬举，胡言乱语！”

杜郁非微微退开几步，边上孔杰一路小跑过来，压低声音道：“刘丙啊，我对不起你。刚才我偷听到老大和对面崔龙谈好了，要处理你。”

“为什么？”杜郁非皱眉问。

孔杰飞快道：“我昨天听你在打听阴司的事……就跟麻常大哥说了句，可我没想到他会因为这个就对付你啊。还是你做了别的什么？”

“我能做什么……我！”杜郁非怒道，“阴司到底是什么？”

“你好好保重。”孔杰小声说了句，快步离开。

杜郁非发现周围有多个崔龙的手下正在靠近，就因为问了句阴司，对方就要除掉自己？杜郁非看了看远处的日晷，距离放风结束还有半个时辰，然而本该在位子的狱卒却都不见了。

这时那些犯人已到他面前，杜郁非灵动跨出一步，身子晃动，击倒一人。他发现对方都是有些武学功底的，心念一转，假装受了另一人一拳，脚步一个趔趄，才回身将敌人打倒。周围有更多人围拢过来……

杜郁非沉着脸硬受对方一通拳脚，冲入人堆抓住那个叫崔龙的大汉，他大吼一声将对方举了起来，不仅举起还像舞大刀一般地舞了几下，吓得周围那些犯人纷纷后退。

远处麻常看到这一幕，微微皱眉，但随即松了口气，暗道："好在不是上乘武学，只算是比较悍勇而已……"他从草堆上站起，高声道，"跟我来！"身后六七个甲房的犯人立即奔向混战的方向，"刘丙，我们来救你！"他大喊一声。

杜郁非心里冷笑，将崔龙重重丢出，不理边上犯人的追打，大步奔向麻常："老大，救我！"

麻常一挥手，甲房的弟兄们冲向敌人。他一把抓住杜郁非的胳臂，问道："他们为什么打你？"

"我……"杜郁非还没说出第二个字，麻常就在他脖子上劈了一掌，并将其扛上肩头，悄悄跑到大院的角落。

远处刘琦和孔杰目睹这一幕，什么话都没有说。

"我不知道你是谁，也不管你来大牢的目的。你靠近刘琦打听阴司，就该死。"麻常把杜郁非丢在地上，嘴里嘀咕着从怀中拔出一把磨锋利的木片刀。

就在木刀要刺入杜郁非心口时，杜郁非忽然睁开眼睛，一手捏住刀锋，一手按在对方胳臂上，冷笑道："麻常，你杀了我，自己就能活吗？"

"你……"麻常用力夺刀，但木刀在对方指尖仿佛生了根一样。他当机立断弃刀飞退！

杜郁非手腕一抖，木刀扎入麻常右腿，那家伙闷哼一声，仍挣扎向前。杜郁非从后一脚将其踢倒，沉声道："我看你也是条汉子，告诉我什么是阴司，我饶你不死。"

"救命啊，救命！"麻常突然大声呼喊。

大嗓门远远传开去，使得正乱成一片的犯人纷纷朝这边望来。刘琦忽然飞奔向狱卒休息的地方，大叫着让狱卒来救人。如此，那些牢头们想装聋作哑也不成了，纷纷向这边跑来。

"给脸不要脸，我原以为你还算是个人物。"杜郁非看着坐在地上不肯起来的麻常，又好气又好笑。

“你要杀就杀，现在所有人都看到是你要杀我！”麻常狡黠地笑道。

“我杀你还不跟拍死个苍蝇似的？”杜郁非目光扫向周围靠近的狱卒，高声道，“锦衣卫在此办差，闲人勿近！”说着，他将苏月夜给的腰牌亮出。

那些远远就大声呵斥的狱卒们顿时没了声音，就连平日里对锦衣卫和东厂百般厌恶的犯人们也瞬间失声。

孔杰和刘琦望着锦衣卫腰牌，眼中透出极度的恐惧……

杜郁非望向远端，看到狱卒老蔡已将大牢管事请来。他高声对管事道：“所有犯人都押回大牢，死了一个我拿你是问。我要一间屋子审案，另外派人去府衙刑部找锦衣卫袁彬，让他马上过来！”

“是……”众多狱卒一同躬身领命。

杜郁非并没立即提审麻常，而是叫了牢里资历最老的几个犯人，以及监狱管事在内的部分狱卒到审讯室：“我不喜欢用刑，但我要听实话。谁能告诉我阴司是什么，谁就可以先离开这里。”

所有人面面相觑，管事拱手道：“我……我说大人，我们不是犯人。”

“我查案子，一视同仁。”杜郁非道，“谁先说？”

“我只知道一个传说，据说阴司是大明牢狱的地下审判所，但从没听过谁真的被洗脱冤情的。”老蔡低声道。

“这里大多数人都是被冤枉进来的，可惜不是所有的冤情都会有人管。”一个老犯人沉声道，“我在这里关了十五年，阴司还有个名字叫凄凉殿，都说他们会为蒙冤者出头，但我是没有见过谁真的被救出去的。”

“凄凉殿……你听过吗？”杜郁非问牢营管事。

牢营管事苦笑道：“大人，我在此当差不过三年，并不熟悉这些事。老张，你呢？你干了有二十年了吧？”

张牢头低声道：“我听过凄凉殿，但这只是个传说，而且是近些年才有的传说，而阴司则要早很多年，在我才入行就听师父说了。我总觉得那是鬼故事。”

杜郁非问道：“不提是否是鬼故事，如果真有凄凉殿，他们是怎么介入冤案的？传说里是否有这部分内容？”

张牢头摇头道：“这些小人们怎会知道，但大人你如果是从麻常那里得到的这个名字，那他就是关键。这种神秘组织，外人即便能听到一些传说，多数也都不足信啊！”

杜郁非何尝不明白这些，但在质问麻常前，他手里必须有点什么。接下来他询问了近二十个囚徒、十五个狱卒来收集关于“阴司”和“凄凉殿”的信息，最后听到一个比较详细的传说。

据说十多年前，在两湖有个好官蒙冤入狱，他在牢里写了无数状纸，命仆人递给各个衙门，但所有的状纸都是石沉大海。最终在他临刑前，有一个鬼影出现在他的牢房中，详细听他重述了一遍冤情。那个自称为“凄凉殿暗影判官”的鬼影告知他，会去核实一切，若一切属实，将为其复仇。那个传说里的官员名叫居孝承，大约死后三年被永乐帝平反，但当年谋害他的凶手当时已经死了有一年时间，至于尸体是否被取了首级则无人知晓，这毕竟只是一个传说。

这些传说里有多少可信的内容，杜郁非并不清楚，但他决定赌一赌。这时袁彬赶到此地，他并没有叫东厂的人。

“面色不好，怎么？”杜郁非听完袁彬对近况的汇报后，扬眉问道。

袁彬苦笑道：“大哥，你一个人出来冒险也不告诉我一声？你知道我在衙门里有多担心？”

杜郁非换上对方带来的飞鱼服：“我让你到济南城来，就是要你独当一面，要不然我就带你去泰安了。何况，这是我和苏姐儿临时的决定。”

“苏姐儿呢？”袁彬问。

“她应该就在周围布控，怎么，你来的时候没发现我们的暗桩？”杜郁非皱眉道。

“完全没有……”袁彬立即叫人去大牢周围的街道查看。

杜郁非沉着脸来到关押麻常的囚室，一路上众人看到他那身光鲜锦绣的飞鱼服，不论是犯人还是狱卒都伏卧在地不敢直视。

麻常腿上的伤口已被包扎好，看到杜郁非，嘴角挂起一丝嘲弄的笑意："换了一身皮，果然威风不少，但这样是唬不到我的。你麻常爷爷刀山火海经过，什么场面……啊！呀！"

杜郁非不等对方把话说完，一手就按在他伤口上，刚刚凝结的伤口再次溢出大量鲜血。麻常额头上的青筋都暴了起来……杜郁非笑着等对方继续说，麻常紧咬牙关终于不再作声。

"我叫杜郁非。我从京师来到济南城，不是为了对付你，所以不用跟我介绍自己。我是锦衣卫，你的背景我都知道。"杜郁非稳稳坐在麻常对面。

"你既然都知道，还来找我作甚？"麻常哼了声。

杜郁非道："凄凉殿的判官如何联系？回答了这个，我就放你一条生路，然后还给你在老家种地的儿子在衙门里谋一份闲差，让他不用再在外头苦哈哈。你一辈子打打杀杀、颠沛流离，不容于家族，这算是给你了却一桩心事。"

"我哪里来的儿子？"麻常冷笑道。

"我知道你不怕死，我也知道，那个对外号称是你侄子的后生，其实是你的亲骨肉。十五年前，你入狱时他只有三岁，先天眼睛不太好。他妈妈在他十岁时候死了，孤苦伶仃。"杜郁非慢慢说道，"凄凉殿不能替你照顾他，我能。"

"我如果知道……我一定告诉你，但我真不知道。你什么都不要做就是帮我。"麻常眼角微微抽动，语气软了下来。

杜郁非脸上挂起淡漠的微笑，低声道："你是在求我吗？你忘记坐在这儿的是锦衣卫了？你既然有弱点，就跟我交易。我只要结果，不会心软。"他将麻常的伤口重新包好，仿佛刚才弄伤他的不是自己。

麻常仍旧在犹豫，颤声道："你……你能否容我考虑？"

杜郁非笑了笑，忽然扭头对外面吼道："袁彬，告诉外面那些犯人，麻常招供了，今晚有肉吃。"

"我没有！"麻常激动道。

"你说凄凉殿是相信你嘴巴够紧，还是相信我用刑的本事？"杜郁非瞪眼大喝道，“说！”

麻常瞪着眼睛，低声道：“我说了之后，你能给我什么好处？除了之前说过的那个。”

杜郁非道：“那要看你知道多少。”

“我要一碗水。”麻常轻声道。

杜郁非看了看他，给他拿了碗水。

“我的确知道不多。我知道凄凉殿，是因为在我入狱的头几年，听到过凄凉殿的传说。据说这是一个为人申冤的组织。”麻常苦笑了一下，眼睛看着囚室的屋顶，低声道，“我一直不信真会有这种组织，但江湖上千奇百怪的事那么多，谁又说得准呢？对吧。

“四年前，这里关进来一个叫任疯子的人，他一直说自己是冤枉的，并说已经将冤情上呈府衙。我听说他是应天府的一个铸剑师，因为打造了一把好剑被人陷害，并把他从南京抓到了济南。他说所有陷害他的人到时候都会被追究，但他在这里关了一年也没有动静。这个人就变得越来越疯，身体也越发虚弱。

“有一天有人来探望他，那是个面目很平常一身黑衣的男子……那个人大约在三个月后又来了一次。当时任疯子已经病入膏肓，他几乎一句话都没说，只是默默听对方讲。我们同牢房的都隔着很远，听不清他们说什么，只是最后任疯子目光冰冷地扫了我们一眼，又看了看边上的牢头，说了句‘我要他们死！’”麻常脸上露出恐惧的表情，又重复了一遍，那话语带着应天府的口音，“我要他们死。”

“后来发生了什么？”杜郁非问。

“任疯子晚饭时跟我们说，他要走了，阴司凄凉殿派人来接他了。‘万事因果终有时。’他文绉绉地说了这么一句。当晚任疯子突然暴毙，之后一个月的时间里，这座大牢的一个管事、一个狱卒都莫名其妙地死在家里。”麻常道，“当时听到他说阴司的三个人，只剩下了我。我们没有一个人再提这件事，所以没人知道大牢管事的死和阴司有关。想来，那个黑衣人就是阴司的判官，死去的那两人都是遭了凄凉殿的报应。关于阴司，我只知道这些。一直到刘琦入狱，确切地说，是刘家十来个男丁都关在这里。”

“你和刘家有旧。”杜郁非道。

“我当年是建文帝的兵，战败被俘后，是刘堂先生将我释放的。他同时释放了有二十来个人……按理说我给他立长生牌位也是应该的。”麻常慢慢道，“刘堂先生是真正的好人，他原不该这样。”

“他并没关在这里。”杜郁非道。

麻常手指轻扣杯子，抿了口水，低声道：“是的，但他的子侄亲属，都关在这里，不在甲房，就在乙房。一年不到的时间，一个个都死了。刘琦是刘家最后的骨血，我千方百计想要保住他。于是我一方面动员外头的人脉，想办法延缓他的死期；另一方面，我想到了凄凉殿。”

“你怎么联系的凄凉殿？”杜郁非问。

“最终还是落在这个问题上。”麻常忽然莫名其妙地笑起来，“我怎么知道该如何联系他们？只有他们联系你，没有你联系他们！我问了无数人，都不知该怎么联系凄凉殿。我把刘家的冤情，通过转狱的传递到其他州府的牢房，但从来没有回应！我觉得，我就是当年那个任疯子，随时都会发疯，随时都会死。”

“但刘堂案的主谋徐朝阳确实死了。”杜郁非思索道，他有些相信对方的话了，“如果你和凄凉殿没有联系，为何要杀我？”

“因为凄凉殿找上了我，或者说，我觉得可能是凄凉殿的组织找上了我。”麻常解释道，“几天前，外头传来消息徐朝阳死了，有个陌生人忽然来探监。那人对我说，刘堂案已了，他们在讨论处理刘琦的方式，在解决办法出来前，要我保证刘琦的安全。于是我开始安排人和刘琦打架，把他弄去水牢。”

“单独关禁闭比在外头安全。”杜郁非点头道，“凄凉殿的人长什么样？”

“和很多年前那个黑衣人是同一张脸。”麻常面无表情道，“昨夜你不是放了暗号出去，今天就有人来探监吗？放风的时候，我就接到命令要我杀你。你说我是听他的，还是不听？”

“你看见我发暗号？”杜郁非苦笑皱眉，转身出门对外头的袁彬道，“苏姐儿有消息了吗？”

“还没有，只找到她的马车和布在周围的一个暗桩。”袁彬焦急回答。

杜郁非眉头锁得更紧，他心中有些凌乱，面色凝重地转过身。

“你太小看牢里的人了。我们这种长期蹲在大牢里的人，看过的坏人比你抓过的多得多。任何人到我的牢房，第一个月我都会盯紧他。”麻常笑了笑，“你很惊讶吗？”

“是我小看了你。他怎么联系你？”杜郁非还是那个问题。

“放风的时候，我收到张不认识的狱卒递来的纸条。”麻常用力敲碎杯子，抬手将碎片抵在自己脖子上，沉声道，“只有他找你，你找不到他。”

杜郁非沉声道：“麻老大，你无须如此！我无意杀你，凄凉殿若真是侠义组织，他们也不会杀你。”

麻常怒道：“但我这一辈子，从不出卖人！我说了那么多关于凄凉殿的事，若他们真落在锦衣卫的手中，我麻常愧对江湖侠士！我从不出卖人！”

杜郁非微微向前跨出一步，麻常毫不犹豫地划开了喉咙，血流满地。

看着血泊中的麻常，杜郁非心头莫名沉重。尽管此人曾想要杀他，但罪不至死，而他更担心的是苏月夜到底发生了什么。袁彬奔进来看到这一幕，倒吸一口冷气，想要说什么，被杜郁非举手制止。杜郁非退到走廊上，手指敲击脑袋稳定情绪。东厂、凄凉殿、锦衣卫、徐朝阳、刘琦、苏月夜……那么多事，那么多人，一定有什么可以把他们联系起来。这次，真的是自己大意了吗？

“带刘琦回刑部府衙。”杜郁非站在牢房门前，端详了那个少爷片刻忽然下令。

袁彬一挥手，锦衣卫一拥而上将刘琦锁住带走。边上所有人都默不作声，杜郁非心里叹了口气，不论平日里这些犯人怎么咒骂朝廷和锦衣卫，当他真的来到他们面前时，真敢反抗的又有几人？他脑海中泛起苏月夜的倩影，大步走出大牢对锦衣卫们道：“带他去主要街市走一圈，让所有人知道他被带回衙门了。”

杜郁非命袁彬去寻找苏月夜的踪迹，大牢周围三个街区的范围挨家排查，自己则骑马走在押送刘琦的队伍里。这时东厂的人也已听到消息过来会合，石清扬和卢天行出乎意料地没有多问，只是稍微打听了一下苏月夜的安危，这让袁彬觉得对方深谙为官之道。

杜郁非看着街道两旁围观的路人。会不会有不开眼的出来劫人呢？他一厢情愿地盼望着，但并没如他所愿。

四

回到衙门，杜郁非不动声色地叫来东厂石、卢二人，问道：“给我说说进展。”

石清扬道：“我们排查了济南府的江湖人，发现五虎断门刀的彭秋水符合我们的目标特征。人在我们手上，但袁彬说没你命令不能用刑，因为彭家有不小的背景……”

“有丹书铁券的彭家。”杜郁非笑道，“证据充分？”

卢天行道：“行踪上吻合，不论是罗氏兄弟还是徐朝阳死时，他都在附近。他和刘堂相熟，与刘琦应该也认识。”

“纪纲案案发前，他也在京城。事情不会有那么巧。”石清扬补充道。

“你们听说过阴司、凄凉殿吗？”杜郁非问。

石清扬摇摇头，卢天行则皱眉道：“大人对凄凉殿了解多少，这难道不是神鬼传说吗？”

“凄凉殿确实存在，他们会选择为一些冤案翻案，而所谓的翻案不如说是复仇。”杜郁非看着衙门里空旷的院子，“我还不清楚他们是如何挑冤案的，毕竟天下冤案何其多，但有一点我很确定，他们不会只挑锦衣卫和东厂的案子下手。我们若要排查，要搜集的卷宗范围还要扩大。”

“但苏姑娘不在……”石清扬说到一半。

杜郁非道："是，所以我们人手不够。这样，告诉弟兄们，我们七日后回京师，彭秋水和刘琦都带回诏狱。"

卢天行皱眉道："不秘密押送吗？而且若是需要，我来押送，卑职可以即刻启程，何须七日？"

杜郁非道："凄凉殿若自诩为侠义之剑，陈善罚恶，就一定不会坐视不理。七日时间，他们来的人越多越好。"

"这……那彭秋水，大人是否要审问？"石清扬问。

"石清扬，你动用府衙人手查济南府的旧卷宗，卢天行你同我去审问彭秋水和刘琦。"杜郁非吩咐道。

同时在济南城的某处院落。

"她叫苏月夜，是北镇抚司杜郁非的女人。你们之前要么杀了她，要么放了她，好死不死地带回来做什么？"一个灰袍中年人敲着桌子，大声训斥面前几个同伴。

黑衣人苦笑道："忆剑说没弄清楚对方身份前，不该胡乱出手，所以我们就把她带回来了。谁知道才半天的时间，济南城就因她风声鹤唳。早知如此，这个烫手山芋不要也罢。"

被他叫作忆剑的是个身着紫衫的清秀女子，她扬起秀眉道："现在处理她也还来得及，就怕上头会怪罪……那几个老大定了那么多规矩。书航大哥，你说我们到底该怎么做？"

"殿主说了，任何时候都不能波及无辜的人，即便是锦衣卫和东厂，也非人人都是大奸大恶。你们在路上杀掉苏月夜，和在我们分舵杀完全是两个性质。"灰袍的书航想了想，低声道，"目前苏月夜的为人，我没有打听出污点，这个女人我们不能杀，但不杀归不杀，我们该怎么办？忆剑你点子多，想个折中的法子。"

"这就为难了。"忆剑苦笑道，"你们说，若我们用苏月夜去换刘琦，杜郁非会答应吗？刘琦只是一个纨绔子弟，为了他牺牲我们那么多年的经营，将凄凉殿暴露在锦衣卫的视野下，值得吗？只要我们当机立断，放弃刘琦，杀了苏月夜，没人能查到我们头上。”

书航道：“刘琦我们必须要保住，不能让他再遭锦衣卫毒手，刘家一门三十九口，只剩下他这仅存的骨血。殿主已经发话下来，我们不仅要为刘家复仇，更要照顾好这仅存的骨血。”

“还有彭秋水。”黑衣人提醒道。

书航道：“他们早晚能查明白彭秋水不是我们的人。杜郁非杀人虽多，但从不滥杀无辜，此人并非徐朝阳那种鹰犬。至于换人，苏月夜值得他妥协吗？”

忆剑微笑道：“如此可人儿，谁做她的上司，都不舍得牺牲吧。她可是跟了杜郁非十年的女人。”

书航将一份卷宗放在桌上道：“这事由你来筹划。”他又嘱咐黑衣人道，“七郎，别为私事乱了方寸。”

忆剑翻看着那份关于杜郁非的资料，笑道：“此人颇有传奇色彩，不知为何这几年才在锦衣卫崭露头角。”

黑衣人道：“和别的锦衣卫不同，他的资料要很高权限才能查阅。我们手里也不全。”

忆剑眼中光芒闪烁道：“纵观他的白驹过隙身法和踏雪剑，此人和二十年前毁了日月神教的陆天冥一脉相承。难道是那魔头的传人？按照他挑战应侯府薛阵芳，击杀蓝衫鬼韩庆阳，近期又拒绝东厂调令的行事风格，此人颇有侠骨。”

“即便你再欣赏他，他也是敌方的主将。我的女诸葛，如今到底该怎么做？”黑衣人笑了笑。

忆剑笑道：“我先给他写信。美女在手，我们多两分主动。”

“若是硬抢呢？”黑衣人问。

忆剑瞪了他一眼，连回答的兴趣也没有，而是对书航道：“是否召集附近的人来？最后火拼的可能不小。”

书航皱了下眉，点头道：“我飞鸽传书各地。”

彭秋水和刘琦两人果然是相识的。杜郁非带二人来到衙门的刑室，然后在此听彭秋水的自辩。彭秋水一面说，杜郁非一面将其在案发时所处的位置一一标明，连纪纲案案发前那晚彭秋水睡在眠翠阁的事都说了出来。与此同时，刘琦被丢在炉火边参与旁听，刑室里明晃晃的刀斧铁链以及红彤彤的炉火，都让人心神不宁，让他噩梦般地记起许多不堪回首的往事。

彭秋水禁不住怒极而笑："难道我会那么蠢，就不能偷偷摸摸去杀个人？"

杜郁非笑道："假设不是你做的，身边谁在这些事情里都陪着你，而且有可以杀人的身手？"

彭秋水想了想，苦笑道："我从小就习惯被人照顾，所以不管到哪里办事，我都带很多人。厨子、仆人、总管、马夫、保镖……每次出门都有二十来个人跟着。"

"这算什么，随便一个七品官，出门带的人都比你多。"刘琦在边上不屑道，但没有人理他。

"只要你写出名字，我就能查明白。"杜郁非将纸笔递给对方，"若里面有更符合条件的目标，你就可以离开。你这几天是住在这里，这里和牢房还是有区别的。"

杜郁非转过头，刘琦以为轮到自己，刚要摆出爱理不理的架势，却发现杜郁非根本没问他的意思，而是自顾自地倒了杯茶。在倒茶的瞬间，杜郁非心里莫名一阵烦躁，那个麻常不该死，这次他在山东连续犯了几个错误，不能再犯了。

等到彭秋水思索再三，涂涂改改将五个名字交给杜郁非。

"你确定就是这些？"杜郁非看着对方眼睛。

"应该没有遗漏。"彭秋水道。

"今天就到这。"杜郁非看了一遍名单，转手交给卢天行，依旧没有理刘琦。

琦少爷忍不住道："大人，你不问我话，把我叫来做什么？你在牢里不是追着我屁股问我吗？"

杜郁非淡漠地看了他一眼："我原以为你知道点什么，现在我认为你什么都不知道。”

“那你让我在这里站了一个多时辰？”刘琦怒道。

“你是什么东西，这样和大人说话。”卢天行上去就给他一个耳光。

杜郁非道：“在我决定杀你还是放你之前，让你做什么，你都要做。”

“大人，我家是冤枉的啊。”刘琦心里一颤，委屈道。

杜郁非道：“因为你没有用。麻常为你而死，你却不知感恩。一个忘恩负义又没用的人留着何用？”

“我……你不就是想找凄凉殿吗？这我可以帮忙啊！”刘琦大声道。

“关于凄凉殿，你知道什么？”杜郁非问。

“我知道怎么联系凄凉殿，怎么找到他！”刘琦飞快道。

杜郁非骂道：“你放屁，只有凄凉殿找你，没有你找凄凉殿！”

刘琦跪倒在地道：“我虽然无法直接联系他们……”

“那你说什么？”卢天行道。

“但我……我……”刘琦急得说不出话。

“慢慢说。”杜郁非按着他肩膀。

刘琦道：“凄凉殿既然是为我刘家出头，必不会让我落入官府之手，只要我做诱饵，他们必到。若我被他们掳去，我定留下线索。”

在场的人都怔了怔，杜郁非道：“若真被他们救走，为何还想要帮我？”

刘琦道：“我若跟着凄凉殿，去过没有身份、人不人鬼不鬼的日子，实在生不如死。你看麻常，前前后后为凄凉殿出力，又落得什么下场。杜大人肯为我刘家的事潜伏入狱必是好官。我只求立功之后，杜大人给小人一份前程，小人不辱家父在天之灵，定可重振家声。”

杜郁非沉着脸道：“我看你第一眼，就知你不是我当初想的那种人。我很看不起你，但我的确有用得到你的地方，这几日你还要受些委屈。”

“谢大人栽培。”刘琦喜道。

对方只是个心智不坚容易被人掌控的大孩子，却已是如此沉迷官场。杜郁非不禁苦笑，想来在很多人心里，的确只有当官才是出人头地的最好出路。

刚刚进门的石清扬吃惊地看着这一幕，再望向杜郁非时眼中闪过崇拜之色。他递上一封信函，低声道："钉在刑部衙门的匾额上。"

杜郁非打开信函，上面只是一行傲骨隽秀的字：琦换美人，随时随地，望君留心。——暗影判官

合起书信，杜郁非道："带刘琦下去，狠狠地打。"

接下来的几天，锦衣卫和东厂各自调集高手前来济南府。

杜郁非通过彭秋水提供的名单，将注意力放在一个叫彭七的人身上。此人只比彭秋水大五岁，却是他的堂叔，曾负盛名，退隐江湖近十年，在彭家大院里负责安排彭秋水的日常行程。彭七并未列在彭秋水的五人名单上，他之所以被杜郁非注意到，也正因为此。因为彭七无论从年龄、经历、身手，包括日常行程，都符合放在名单的标准。故意不放上去，只能说彭秋水在保护他。且不去说彭秋水是否知道凄凉殿的事，即便从前不知道，在经过这次的审问后，他多少会有些了解。一个人再神秘，也无法瞒过家人，瞒过身边的人那么多年，总会有一些让人起疑心的事。

"天行、袁彬！你们跟我去彭宅走一趟。石清扬，你守着府衙。"杜郁非吩咐下去，集合了三十个锦衣卫连夜直奔五虎断门刀彭家。

忆剑看着院子里正舞剑品酒的众人，盘算着这几日锦衣卫的动向。

书航道："曹玄、彭七郎、云落花……四方暗影判官齐聚。我们组织的高手当然不止这些，但魏闲云和他们打过交道，所以我不让她来，其他的有些不参与凄凉殿的事，还有些路比较远。眼下这些人联手，大内紫禁城也可以闯闯……你怎么了？"他看忆剑有些心不在焉。

"彭七郎说彭秋水只知他和侠客山庄有交情，不知道他是凄凉殿的人，更不会出卖他。但彭秋水落在杜郁非手里，是否能守住秘密，已由不得他。"忆剑苦笑了下，"彭秋水落在杜的手中已有六日，我有些担心。"

"既然他不担心，你担心什么？看他喝酒喝得多开心。"书航笑道。

忽然，院外有人跑进来道："出事了，有三十多个锦衣卫离开府衙直

奔彭宅，是杜郁非带队！”

“怎么办？”书航皱眉道，“看来真如你所料，彭秋水还是露馅了。”

忆剑搓了搓手，笑道：“好在七郎不在彭宅，如今正是兵来将挡水来土掩。书航大哥，趁着杜郁非不在府衙，我带人夜袭府衙去抢刘琦，你带着苏月夜连夜离开济南城。”

书航心念急转，当机立断道：“这是个绝佳的方案。那就由我带队夜袭，兵在于精不在于多，我们四方判官一同出手大局可定。你是女人，带苏月夜离开更方便。出谋划策你强于我，但冲锋陷阵，我并不输于你。”

忆剑深吸口气，一揖到地。

五

这一夜，云雾厚重，月色淡薄。

书航等人从民宅青瓦上掠过，四个人清一色的黑衣，统一背负双钩。轻功最好的是云落花，那老头子身法和名字毫无共通之处，如同夜枭划破夜空。

府衙外的街道非常安静，云落花贴着飞檐在府衙内墙晃了一圈，示意一切正常。

曹玄、彭七郎和他成品字形飞身掠入府衙。

一进入府衙，曹玄就很有默契地占领了最高点的飞檐，此刻衙门里人并不多，偶有提灯笼巡逻的官差走过，但这些拦不住凄凉殿的暗影。彭七郎之前来府衙刑部探访过两次，算是熟门熟路，他带头在前寻到刑部的临时牢房。他们放倒了值班室的狱卒，云落花留在外头把风，书航和彭七郎快步前行。最深处的牢房里关着刘琦和彭秋水。

“是他们。”彭七郎打开牢门，却发现二人都昏睡着，他走过去将彭秋水翻过身来。“彭秋水”忽然拔剑刺向彭七郎的心口，彭七郎勉强让开半步，胸口仍旧被划开极大的一个口子。

扮成彭秋水的石清扬抬头道：“凄凉殿的黑衣，我等的就是你。”

彭七郎冷笑着摸了摸伤口："就凭你，彭秋水呢？"

石清扬道："你不需要知道。"

彭七郎取下背上的双钩，低声道："书航，你带上刘琦，我宰了这小子就走。"

"这个好像是真的。你速战速决。"书航靠近遍体鳞伤的刘琦，将其背起站到走廊中，一点都不为负伤的彭七郎担心。

石清扬剑锋斜指，鲜血滴在监牢地面的干草上。彭七郎双钩在手，冷笑着向前一步，长钩以两道诡异的弧线划向对方。石清扬大吼一声，人贴着草堆掠起，剑锋昂扬着穿过长钩。彭七郎脚步变换，穿过凌厉的剑影，长钩一左一右从不同的方向斩往对方后背和腰际。石清扬却不管不顾地往左侧跨出一步，剑锋刺向彭七郎的小腹。

这算什么？彭七郎微微皱眉，但招式不变，而是更快速地斩落。

石清扬感觉到钢锋扫过自己的身体，失声道："你！"他愤怒的目光却不是望向彭七郎的，而是看向草堆。

这时草堆里突然一道人影窜出，彭七郎一怔，他的长钩还挂在石清扬的身上来不及收回，对方的钢刀已呼啸而至。彭七郎长啸一声飞身急退……但卢天行的刀锋已破入他的心口。

彭七郎的后背将牢门栅栏撞破，仍旧结结实实中了一刀，书航匆忙过来将其扶住。彭七郎目光古怪地望着卢天行，嘴角溢血道："那么好的刀，却用来偷袭，还牺牲同伴性命，可怜他还信你会合击我。"

大牢外，云落花的长啸声传来，显然外头也遭到攻击。

卢天行看了眼死不瞑目的石清扬，微笑道："办差不死人，怎么证明活下来的人功劳大？"他弹了弹刀锋，过道两边其他伪装成囚徒的差官一一现身。

彭七郎身子一颤，长钩支地险些摔倒，书航想要扶他，却被喝止："带着刘琦冲出去。徐朝阳这事是我起的头，我在此了断。"

"今天谁也走不了。"卢天行沉声道。

书航看看彭七郎的伤口，又看看堵住去路的那些官差。

“不要婆婆妈妈的，带刘琦出去！”彭七郎怒道。

书航双肩一耸，背着刘琦，足尖点地，踏着过道的栅栏凌空飞起，手中那对长钩一击冲破了所有人的阻拦。

“居然人手一对长钩，真以为我不知道你们来历，让我见识一下你的五虎断门刀好吗？侠客山庄的彭七郎。”卢天行笑着踏上过道。

从一开始这就是陷阱，彭七郎胸口的血大片渗出，他轻咳几下，目光扫过四周，这也许是自己踏足的最后一间牢房了。彭七郎将双钩并拢，合成了一柄奇形长刀。二人隔着五步远，安静了片刻，突然同时向前出刀！走道两旁的油灯被刀风刮灭一片。

“暗影判官，不过如此！”卢天行冷笑一声，收刀大步走出牢房。地上彭七郎身首异处。

书航冲到牢门外时，外头已经打成一片。云落花被袁彬和一干锦衣卫围攻，老头子为了阻止锦衣卫冲入牢门，守在门前一步不退。屋檐上曹玄和杜郁非激战正酣，但曹玄只是勉强支撑而已。书航大喝一声，双钩所指，锦衣卫连续被击倒。

云落花看了眼身后，皱眉道：“老七呢？”

书航道：“他中了埋伏。”

云落花深吸口气，大叫一声：“曹玄！”

曹玄看了眼牢门顿时明白了情况，飞身掠下屋檐，那速度陡然变快了三成。

“逍遥八荒身法……”杜郁非看到对方那飘逸出尘的绝世身法，脸上露出凝重之色，亦在屋顶发出一声呼哨，让所有锦衣卫退后。

“老七真的死了？”曹玄皱眉问。

书航皱眉看着远端屋顶上的强弓硬弩以及院中那气势汹汹的绣春刀，沉重地点了点头：“但我们不能死在这里，必须要把刘琦送出去。”他将刘琦递给云落花，“老云，你速度最快，我们拖住锦衣卫，你带他离开。”

曹玄手指拂过铁钩，那四尺长的铁钩在他指尖寸寸折断：“既然要打，就不用隐藏身份了。我们不是拖住他们，是杀光他们。”

“逍遥公子曹玄，梦里花落云落花，你呢？”看着书航缓缓取出一柄赤色宝刀，杜郁非苦笑道，“赤炎鬼王书航。这真是没有想到，原来凄凉殿就是侠客山庄。”

“凄凉殿和侠客山庄没关系，扬善罚恶是我们几人私下的作为。”书航高声道，“杜郁非，我一直以为你是个人物，没想到那么阴险，设下如此陷阱。”

“我调人出衙门，你们若不想着占便宜劫人，就不会落入埋伏。”杜郁非笑了笑，“所谓阴险，不过是尔虞我诈罢了。”

“废话不用多说，彭七郎死在此地，你们都要抵命。”曹玄怒道，他们四人本身是个集体，一起南征北战那么多年，或许并非好友，但从少年到中年，如今却少了一人。

“锦衣卫杀人就要抵命，被你们杀的人又找谁抵命？”袁彬同样一声吼了回去。

书航道：“我们杀的都是赃官大恶！”

“国有国法，杀人的事轮不到民间去做。”袁彬沉声道。

云落花冷笑道：“十年来，我们杀的贪官恶霸不下百人。你们做不了的事，也不许别人去做？做错了的事，不许别人去管？”

“你敢保证，自己未曾杀错一人？”杜郁非高声反问。

书航和曹玄同时面色一黯。几年前，因杀错一人，引发极大的风波，侠客山庄庄主项君天一怒闭关，二庄主程求败从此执掌凄凉殿。这么多年他们的确并非事事正确，所以近年来出手次数才越来越少，但尽管如此，侠客山庄仍然坚信有些事必须有人去做。

“有些事必须有人去做。”曹玄昂然道。

书航道：“侠者原本就是以武犯禁。”

“尽量要抓活的。”杜郁非悄悄吩咐左右，袁彬微微皱眉。

三人亦不再多言，云落花背起刘琦，曹玄、书航一左一右向前杀出。

袁彬一挥手，屋顶弓弩同时击发，箭若飞蝗。曹玄大袖一挥罡风迸发，弓箭在他前方三尺范围就全被击落。

书航迎向杜郁非，赤炎刀在夜色中闪出诡异的刀芒。杜郁非出剑，长剑拦下刀锋感到一阵痛苦的灼热。杜郁非穿梭在火影中，一不小心衣服就沾上火焰，弄得烟熏火燎。

书航冷笑道："你不会因为我们是侠客山庄的人就手下留情，想抓活的吧？那样你是不可能赢我的。"

这正说中了杜郁非的心思。侠客山庄为江湖第一庄，白道领袖之一，先不说庄里还有多少高手，单说他们在武林中的人脉和影响，就绝非五虎断门刀可比。若真的将这几个名宿全部击毙于此，不亚于在江湖引发一场地震。毕竟有人的地方就有江湖，江湖永远不会消失，若你失去了江湖里的人心，之后办什么事都会异常艰难。

撇开这些不谈，最重要的是，杜郁非心底也不认为凄凉殿杀徐朝阳这种赃官有错……这就让他为是否赶尽杀绝而犹豫。

如此一来，杜郁非不想杀书航，书航却没有这种困扰，此消彼长之下，赤炎刀牢牢压制住了踏雪剑。

另一边袁彬奋力周旋在曹玄的逍遥指下，逍遥指洋洋洒洒破空弹出，每一道指劲都好比凌厉的箭矢，倒在指下的已不下二十人。袁彬坚持挡在曹玄突破的路径上，仿佛一块不起眼，但又无法避开的岩石。

曹玄功力超凡入圣，片刻间袁彬就中了两指，但他不后退，不回避，不冒进。曹玄终究拿他无可奈何，被迫入重围。

在那二人牵扯住大多数锦衣卫时，云落花背着刘琦左冲右突，他将一把又一把的围棋子洒向四方，几乎"棋"无虚发，终于越过层层刀剑，避过如蝗箭雨掠上屋顶。

"大哥！"袁彬急道。

书航感到杜郁非剑势骤起，踏雪剑贴着赤炎刀，从不可思议的角度刺来。他被迫转身横跨一步让过，对方剑锋一拐弯，又从另一个角度扫向他的耳门，书航只得再退一步。

不知不觉书航连退五步，但杜郁非依旧不愿下杀手。就当杜郁非剑势一缓时，书航长啸一声，刀锋展开如疾风暴雨，赤色刀炎则好似雷雨中的冥火闪电。

杜郁非叹了口气，脚踩奇步掠过闪电般的刀锋，长剑斜指破尽所有刀式，剑锋在书航手腕划过，赤炎刀掉落尘埃。书航面色一变，突然背后刀风响动……

“别！”杜郁非还没来得及制止，卢天行的钢刀就从后将书航劈开。

卢天行嘴角挂着冷笑，他等了好久，就是为了这一刀。曹玄悲愤地抬手点向对方，指劲破空带起排山倒海的风鸣。卢天行先是想硬接，但劲风靠近才发现根本抵挡不了，立即踏步后退。饶是如此指风依旧扫在了他身上，卢天行如断线风筝飞出五丈多远。曹玄不管不顾紧追不舍，周围许多锦衣卫的刀剑刺入他身体，他也全不在乎，靠近卢天行再次一指捺下。卢天行大骇，举刀拦向前方，“嘭”，刀锋和指劲结实一碰，他再次吐出一口鲜血，毫无高手风范地连滚带爬向后逃去。

这时漫天箭雨飞向曹玄，曹玄全身是血，眼中却只有卢天行。弓弦声再起，第二波弩箭再次飞出，忽然一道身影横在他和箭矢之间……

杜郁非将周身浴血的曹玄击倒在地，长剑击落所有弩箭，愤怒地对着四周大吼：“我说过，要抓活的！活的！”他狠狠瞪了卢天行一眼。

从地上狼狈爬起的卢天行，却一副问心无愧的样子。

杜郁非心中一动，难道这家伙一早就决意如此？毕竟自己在伏击之前，就告知众人尽量少杀人。东厂这是要将他杜郁非推向万夫所指的位置吗？这案子……从开始就是个阴谋？但他是如何做到掌控一切的？

杜郁非脑海中不禁浮现出卢天行这一路引导追查方向的场景，尤其是追查彭家就是他提议的。此人从不刻意引导，也不轻易回避，可谓老谋深算。若卢天行一早知道凄凉殿就是侠客山庄，那东厂的目的就是将锦衣卫和侠客山庄引上不死不休之路。

“卢大人，你刀法不错啊。”杜郁非沉声道。

卢天行看着踏雪剑，低声道：“卢某只是为朝廷尽忠。”

云落花背着刘琦，身中数箭一路冲出府衙，夜色里老泪纵横。就在他以为已摆脱锦衣卫的追捕时，前方的一处高楼上，悠然站着一条傲慢悠闲的身影。

“听说有人去府衙劫人，你是其中之一吗？”面具下的罗邪淡定地捏着手指，刀丝在指尖若隐若现，“我总算还是及时赶到了。”

云落花注意到闪烁的刀丝出现于周围片片青瓦之上：“修罗刀阵……你是罗邪？”

“有眼光，但为何看到修罗宗的刀阵，就想到我？”罗邪问。

云落花道：“杜郁非身边有你这江湖败类已是人尽皆知的事。你好好的一方宗主不做，却做朝廷鹰犬，早被视为武林人的耻辱。”

罗邪仿佛没听到他的咒骂，只是在回味那句“杜郁非身边有你已是人尽皆知”。原来大家都已知道了，真好……她居然为此悠悠出神。

云落花不知对方在想什么，只以为此人看不起自己。他捏着棋子，凌空踏出……

罗邪目光收缩，大袖展开，结于青瓦上的刀丝层层旋动，如一张大网罩向云落花，也不管对方背上的是什么人。云落花指尖棋子弹动，漫天花雨手法将黑白棋子掷出，每一枚棋子都拦截住一缕刀丝。

夜空里刀芒闪烁，仿若群星争辉……二人身影交错而过，云落花眼里凶光闪动，指尖一弹，这次不是棋子而是一缕劲风破空而出。

华山派弹指神通？罗邪身子平平后仰，堪堪躲过这夺命一击。她动了真怒，十指连弹点点刀丝冲天而起，修罗问天斩昂扬劈出。弹指神通被击散于风中，云落花背着个人已无处可逃。

这时，杜郁非远远喊道：“罗牙儿，留活口！”

另一方向也有人喊了声：“手下留人！”

但罗邪的问天斩既已砍出，又如何收回？却是一道白色的人影从远处如电而至，他一双大手迎向修罗问天斩，将层层刀丝全都斩落，掌风余劲更将罗邪震起。罗邪冷笑，于半空划出绝美弧线，长袖一甩刀丝凌厉劈向对方头颅。突然，杜郁非的踏雪剑惊天刺出，拦在二人之间，罗邪和白袍人同时向后一闪，各自退出五步。

这时众人才看清白袍人的样子。那是个身形伟岸面带笑容的白胖子，一双肉肉的手掌合在一处，仿佛得道高僧，却又偏是俗家打扮。

“立地成佛”程求败……杜郁非嘴巴发苦，侠客山庄这是倾巢出动吗？这梁子看来是结定了。

程求败看着云飞花，苦笑道：“其他人呢，我到底是来晚了？”

袁彬带着一队锦衣卫，押着曹玄在不远处道：“曹玄在此，书航和彭七郎都被斩杀。”

程求败眼神一黯，低声道：“那我算不算自投罗网呢？”

杜郁非道：“今次只办凄凉殿的案子，和侠客山庄无关。”

程求败拍了拍心口，面色恢复常态，指了指云落花和曹玄道：“那就好，如此，我能否将山庄的人带走，什么凄凉殿，我是从来都没听说过。那个半死不活的小弟，我也没见过。”他说的最后一句是指刘琦。他的意思是放弃刘琦，以换取曹玄和云落花。

杜郁非沉默不语。这时，卢天行不知从何处带来了许多东厂番子和官兵，将街道各处封得严严实实。

“杜大人，这里到底是谁说了算呢？”程求败看着东厂的番子，又看看锦衣卫。

“当然是锦衣卫做主，东厂算什么东西？”罗邪怒道。

卢天行面色微变，但强忍不发。

杜郁非道：“你若留下，他们就可以走。”

程求败侧头一笑，低声道：“鱼死网破的结果是？”

“一换二又不吃亏，何必鱼死网破？”杜郁非反问。

云落花急道：“老程，你不可跟他们走。”

程求败举手示意不要多言，慢慢道：“天下皆知，我侠客山庄行事光明磊落，但我也不能听你随便一说就跟你走。诏狱那地方，估计没什么人会愿意去。我们一对一，我输了就跟你走。”

“你输了本来就要跟我们走。”罗邪好气又好笑。

"我可以选择不打，谁能挡我？"程求败微微仰起头，方才还是一脸佛像的人，此刻居然一身跋扈之气，"当然，我不是和你罗邪打，和你打没意思。"他又笑道，"杜郁非，我只对你的踏雪剑感兴趣。"

杜郁非抬头看了看夜空，苦笑道："我好大面子，人人都想着我。好，你我就一战定胜负。"

杜郁非和程求败重新回到府衙的院子，这里为二人比武做了清场，连罗邪他们都不得入内。比武前杜郁非再三告诫罗邪，必须保证曹玄、云落花的安全，务必让他们远离卢天行。

"我名字虽然叫求败，其实早败过多次。"程求败笑道，"名字而已，出道时候用的。那时年少轻狂，如今已是暮年，早就不追求这个了，但名字却也无须更改。"

杜郁非舒展了下身子，低声道："人还道烈士暮年壮心不已呢，其实我有很多疑问想问。"

"打赢了我，随便问。"程求败抬手微笑道。

侠客山庄的庄主、白道至尊程求败，十七岁出道，一身"龙象般若功"纵横天下三十五载。这样的人，疯子才愿去挑战。

二人就这么站在院子里一动不动，也不知过了多久，只是在程求败身后，天空中云层越聚越拢，一缕云絮慢慢绽放出金丝般的霞光，一道两道三道……身形原本就极为高大的程求败，双手合十面带微笑，左手云淡风轻地拍出一掌。那一掌夹带起万缕金光，仿若如来的五指山按向杜郁非的头顶。

杜郁非怀抱宝剑，感受到那摧枯拉朽的掌力，毫不犹豫地使出白驹过隙身法，仿佛要从对方的指尖溜出，在半空中，长剑指向对方眉心。程求败右手一抬护住面门，五指扣向踏雪剑剑锋，剑锋和手指一碰发出轰隆一声巨响。杜郁非连翻三四个跟头才落在飞檐上。

程求败看着指尖那道白痕，微微一笑："好险，功力弱个半分，就要见血了。"若小山般巨大的身躯忽然掠起，整个人炮弹般撞向飞檐。

杜郁非眯着眼睛，灵动掠向飞檐下方，照着对方肚子就是一剑。程求败“嘿嘿”一笑，人若陀螺旋转，竟将踏雪剑顶开。“嘭”，那强壮的身躯撞在屋檐上，砸开一大片砖瓦，而杜郁非被他撞得失去平衡，落向下方的石阶。程求败人在半空，居高临下一掌拍落，掌风中隐约响起龙吟象鸣，据说每一掌都有十龙十象之力。

“高手过招，三招定胜负。”杜郁非不知为何，脑海中冒出养父曾说过的那句话。这就是第三招，程求败的掌风封死了周围一切可以移动的角落，即便是白驹过隙身法，也无处可逃。无处可避就要硬接，但那十龙十象之力如何硬撼？一定会有破绽，一定会有空隙……杜郁非立于原地，剑锋四下游动，仿若灵蛇寻找游动的契机，但那泰山压顶般的力量已经完全碾压过来……

赤月中天，星辰飘零；连山雪照，大艰难书……忽然，杜郁非的脑海深处回荡起这十六个字，整个夜空的星辰，在他眼中星罗棋布地旋转开。连山雪照，大艰难书……杜郁非周身绽放起并不耀眼但足以突破一切的剑芒！他长啸出剑，一剑就是漫天风雪！

这是什么武功……程求败难以抵挡那狂龙般的剑气，双手平推连退二十余步，依旧无法摆脱那堂皇而来、荡平天下的杀气。最终他在府衙大门外停下，杜郁非的踏雪剑抵在他的喉咙口，鲜血已从他的脖子渗出，但踏雪剑并未继续向前……

程求败沉声道：“这是什么武功？”

杜郁非深吸口气收剑入鞘，全身上下被汗水湿透，但他无法回答对方问题，因为他自己也不理解怎么能刺出这一剑。这漫天风雪，足以杀戮四方、惊动鬼神的一剑。

“你输了，该问问题的是我才对。”

程求败苦笑道：“说得是，请问吧。”

杜郁非道：“凄凉殿成立于何时，和纪纲案有什么关系？近来的罗飞案、徐朝阳案是否都是你们的手笔？侠客山庄和凄凉殿有什么区别？”

“这说起来就话长了。”程求败盘膝坐在石阶上，那石阶上居然还有一些凝结的冰碴。方才那一剑到底是什么……

“侠客山庄不是凄凉殿。侠客山庄是天下江湖人聚会的地方，山庄当然也做行侠仗义的事，但基本不会去惹那种通天的官司。山庄主要是对付恶霸豪强、黑道巨擘惹下的乱子，而凄凉殿则面对的是官府刻意制造的冤案。我们每年会在各地收集大量的案子，再从中筛选出需要接手的。”

“谁能确定什么该管什么不该管？”杜郁非问。

“我明白你的困惑，但事情总要有人做。”程求败说这话的时候才有点像六十多岁的老人，“我们选出案子，确定冤情就会派出暗影判官出去办事。所谓暗影判官，就是你今天见到的那几个。当然其他地方还有，但这几个差不多算是身手最好、资历最老的几个了……”他轻轻叹了口气又道，“我们会给蒙冤的犯人一个选择，宽恕或是复仇。若是选宽恕，我们会想办法让蒙冤的犯人出狱并且给予生活补偿；若是复仇，则犯人依旧在牢里，但使他蒙冤的人将受到制裁。这一切的开头，就是在永乐十三年。”

“纪纲案是永乐十五年。”杜郁非道。

“不错，但是在永乐十三年，我和项君天死了个好朋友。”程求败目光望向远方，慢慢道，“天下第一才子，解缙。”

杜郁非恍然道：“修《永乐大典》的解缙。”

“解大才子原为永乐帝宠臣，但因卷入太子和汉王的纷争，被逐出京师。贬官被逐其实不算什么，你也被贬过官，应当明白的。但永乐八年，解缙他脑袋里不知哪根弦出了问题，居然弄了名目奔赴京城，并私下谒见太子，后来被汉王朱高煦告发。永乐帝将其关入诏狱五年。”程求败道，“只是五年而已，罪不至死。解缙为侠客山庄做过很大贡献，我和君天都欠他一份情。永乐十三年，我们意识到锦衣卫的纪纲要动他，所以亲自去诏狱探望他。”

“你给了他宽恕或复仇的机会？”杜郁非问。

“不算是，那时候还没有凄凉殿。我们只是对他说，形势严峻，他随时可能会死，所以问他是否愿意跟我们回山庄。即便是权势滔天的纪纲，我们又何所惧？但他不愿意，他说永乐帝没让他走，他不会走，只要熬过去，就还能当官。”程求败苦笑道，“当官到底有什么好？那年冬天，解缙被纪纲杀于雪中。”他默然出神，眼前满是雪地里的那片猩红。

杜郁非道：“于是你们决定斗垮纪纲。”

“是的，我们用两年时间收集他的罪证，在永乐十五年终于扳倒了他。扳倒纪纲后，我们正式成立了凄凉殿，之后做了很多快意恩仇的事。”程求败露出满是回忆的微笑，但紧跟着又面露愁容，“但执掌生杀大权并非好事。因为谁都会犯错，所以我们也曾经杀错人。更叫人无奈的是，并非人人都愿意你给他翻案，有些人死也不肯翻案。永乐十九年后，凄凉殿做的事越来越少，每一个案子都由我亲自过目，所以我可以很明白地回答你。罗飞案，不是我们做的。徐朝阳案？是的，因为这家伙死有余辜。”

“罗飞案不是你们做的？”杜郁非拳头砸在台阶上，眼中浮现出金英和卢天行的身影。

“所以，你是被人摆上台，要你和我们侠客山庄结仇。”程求败仰天看了一眼微微发白的天空，心头一阵酸楚，“只是可惜了那些死去的人。”

杜郁非知道程求败并非不愤怒，也并非不伤心，因为那么多年的江湖路。这个老江湖已见惯了生死：“即便如此，你还是要跟我回诏狱。死的这些人，我一定会给你个交代，但我的朋友，苏月夜小姐，能否放回来？”

程求败道：“先小人后君子，你将云落花和曹玄放回去，苏月夜自然会回来。山庄人说话，一言九鼎。”

“好。”杜郁非并不拖泥带水。

尾声

卢天行回京师两月，官升两级，如今已是东厂掌刑千户。早晨他走在每日必经的道路上，心情愉快地听着身边番子的报告。据说因为杜郁非将程求败关入了诏狱，武林白道一片哗然，已将杜郁非写入必杀名单。唯独事件中心的侠客山庄毫无动静。

天下事本就如此，皇帝不急急太监，但这个笑话在东厂却开不得。卢天行笑了笑，他比较介意的是，当时杜郁非是如何战胜程求败的，按理说他的武功不可能有那么高才对。

忽然，前方道路上出现了杜郁非和袁彬的身影，卢天行勒住马头皱眉道："杜大人，这一大早的，有何指教？"

"卢天行，你罗飞案的罪行败露了！"袁彬高声道。

"不要胡说，罗氏兄弟是凄凉殿的暗影判官杀的。"卢天行反驳道。

杜郁非道："我用两个月时间查清楚了你的老底，你和罗氏兄弟经常合作办差，并且合伙做生意。因经营纠纷，有人告你们贪墨，所以你为了灭口，杀了罗氏兄弟。"

卢天行目光收缩，沉声道："红口白牙，你得有证据。"

"证据有的是！"袁彬高声道，"你在济南府蓄意谋害石清扬一事，也败露了！"

卢天行抗声道："石清扬是彭七郎杀的，我杀了彭七郎给他报仇。你们锦衣卫果然能颠倒黑白！"

杜郁非道："现场勘查，我们确定你当时故意贻误战机，导致石清扬战死。你还说办差不死人，怎么证明活下来的人功劳大！你真以为当时那么多公差，就没人会检举你？"

卢天行面色逐渐难看，策马向后转。长街另一端，出现了罗邪的婀娜身影。

杜郁非大喝道："卢天行，你本为锦衣卫却投靠东厂，更为一己之私激起锦衣卫和侠客山庄的恩怨，还不束手就擒，更待何时？"

"一己之私？挑拨你杜郁非和程求败结仇又不是我的意思。我这一生，因纪纲案险些毁在你们锦衣卫手里，还不许我投靠东厂？"卢天行怒道，"凭什么我要束手就擒？"

卢天行纵马奔向罗邪，跑到半路突然弃马上墙。

"我早料到你要从这里跑。"罗邪手掌微微一抖，周围布置的刀丝同时展开，层层叠叠罩向对方。

卢天行冷哼一声，硬受两根刀丝，狂奔向前。

“一战的勇气也没有？懦夫！”罗邪冷笑飞掠上房。

卢天行突然转身，长刀直指罗邪的脖颈，但他之前被曹玄造成的内伤并未好，刀出一半就嘴角溢血。罗邪的刀丝轻巧扫过他的双手，卢天行爆发出痛苦的惨叫。

“削去你的拇指，令你今生无法再握刀。”罗邪恶狠狠道，她最恨让杜郁非陷入麻烦的人了。

袁彬皱眉道：“按他的说法，让我们锦衣卫得罪白道武林，是东厂督主金英的意思？”

杜郁非冷冷一笑，沉默不语。

袁彬又道：“那个刘琦，我没给他安排差事。但想来他打着他爹的旗号，要做官并不难。”

杜郁非苦笑道：“人人都想做官，千百年不变。”

看着袁彬押送卢天行离开，罗邪忽然笑道：“我忍了两个月，还是忍不住要问你一句。你是怎么打败程求败的？我看他一副心服口服的样子。”

“说不清……事后我也再没找到那个感觉。” 杜郁非看着远空，一阵阵的疲劳感席卷而来。究竟是大艰难书让他如此，还是官场让他疲惫？

一个月后，东厂督主金英，由原本司礼监秉笔太监晋升一级为司礼监掌印太监，但东厂的位子让了出来。这算不算明升暗降，只有当事人自己清楚了。

卢天行被关入诏狱，他承认早知凄凉殿的存在，也知道凄凉殿可能和侠客山庄有关系。他供认罗氏兄弟是他亲手所杀，原因是有人状告罗氏兄弟贪赃枉法，追究上去就会查到他。他供认说，早年因纪纲案被排挤，所以对锦衣卫和凄凉殿一直怀恨在心。因此杀罗氏兄弟前，就计划好将此事嫁祸给凄凉殿，并故意引导调查，使得锦衣卫去对付凄凉殿。但他不承认这事和东厂督主金英有关，即便是诏狱的酷刑也没让他松口。

卢天行最后说，他一直想做个好官，只是锦衣卫从来都不给他机会。这次杀的都是民间的凶手惯犯，他一点也不后悔。

卢天行在诏狱的牢房就在程求败的对面，两人相处多日，卢天行嘴碎地不停调侃侠客山庄，但程求败并不回他一句。

这一夜，卢天行睡眼蒙眬，却忽然被人拍醒。那人身形不高，气质温文，鬓角微有白发，一身黑衣背负一对长钩。

“你……你……咳咳……”卢天行恐惧得咳出血来。

黑衣人手指放在他嘴边，让其安静下来：“卢天行，你的时辰到了。”此人将长钩架在卢天行的脖子上，“今日，我为彭七郎、书航报仇。死后记得告知阎罗，杀你的是暗影判官，项君天。”说完长钩斩落，卢天行身首异处。

项君天毫不在意地将双钩收起，抬手对程求败道，“我原以为再也不会来这诏狱。走了走了，大块头。”

“你以为我想进来？”程求败摸了摸鼻子，一掌劈开狱门，“门也不帮忙开一下，你也算来劫狱的？”

项君天笑道：“我分明是来京城送美人的。”

“苏大美人回杜府了？”程求败跨出来道。

“当然，忆剑送她回去了。这二人风雨辗转大半个神州，居然成了好姐妹。真叫人看不懂。”项君天大步走出诏狱，“锦衣卫撤出狱卒让我们对卢天行动手，叫我对杜郁非那小子越来越感兴趣了。说实话，你是让着他故意输的吗？”

“故意个大头鬼！”程求败嘟着胖脸骂道，“你去试试？”

“踏雪剑而已，当年陆天冥可不是我的对手。”项君天微笑道。

那家伙有的可不只是踏雪剑……程求败拍了拍肚子，但那到底是什么，他也从来未曾见过。

第五章 绣春刀

楔子

雨，乌云压顶。

“求你，求你放过我，我还有女儿。”女人瑟缩于角落苦苦哀求。“啪！啪！”巴掌连续扇在她的脸上，她头发被人拽住，被拖着走了很长一段路，雨水敲打的街面冰冷泥泞。有力的大手按在这个清丽苦涩的女子身上，手上青筋暴起，浓重的呼吸声带着一丝兴奋。一道闪电划过，女人艰难地挣扎着，头顶的飞檐将视野压缩得极小，点滴雨水落在她苍白的脸上。

“救我，救……我。”她呜咽着，那双大手扣住了她的喉咙，女人眼睛朝外凸起，她用手拼命抠着对方的手，“救我啊……”

“啊！”男人从睡梦中挣扎惊醒，手扣在自己脖子上，脖子被他的指甲抠出几道爪印，他满头是汗急速喘息。求你，救我，救我……睡梦中的惨呼依旧在耳边回荡。他翻身起床，窗户外天光已现，却是万里无云。男人打了盆水，洗了把冷水脸，慢慢平复情绪。

求你，救我……他看着洗脸水，里面模糊地出现那张绝望凄楚的脸。男人大叫一声，将盆砸在地上，铜盆发出刺耳的落地声，洗脸水洒了一地，仿佛噩梦里的雨水。

一

袁彬一脸烦闷地看着街道，嘟囔道："我怎么记得昨晚没有下雨。"他站在右军街和泗水街的路口，看着被雨水浸泡过的尸体皱起眉头。

蹲坐在尸体边上的老仵作周铭笑道："袁少，昨晚南城没下雨，但这里下了啊。夏天嘛，随时飘飘阵雨，打打雷。"

袁彬看了眼被雨水泡得面目全非的尸体，冷笑道："这样子都能被认出来，他最近是真的有名了啊。"

"袁野少爷虽然……"周铭想了想，还是决定不说死人的坏话，换了话题道，"他和你不是亲戚吗？这几天在天下第一擂上表现抢眼，前两天刚入了六十四强，能被人认出来不奇怪吧。"

"他那把剑最近很出名，能被人认出不奇怪。"苏月夜的声音在不远处响起，一身蓝白相间衣裙的美人刚将周围的情况画成草图收入记录，"你杜哥呢？"

袁彬指着不远处一条僻静的巷子："大哥说那边有点问题就自己去看了，我在等老周装车。"

苏月夜点点头，绕到巷子后，看到杜郁非正半蹲着查看什么。

"老周说，袁野是在街中心被砍的，但打斗发生的位置应该不是那里，所以我就到处找了找。"杜郁非手里拿着一截丝绒串起的小珠，指了指巷口的水塘，"不意外的话，打斗是从这里开始的。"

"这么说凶手身手不弱。"苏月夜将这些细节记录下来。

杜郁非笑道："能多不错？"

苏月夜用毛笔比画着道："袁野昨日在比武大会入围六十四强，作为顺天府刑部的代表，已成为风云人物。凶手能正面格杀他，武艺应该很不错。"

如今是宣德三年。乐安之乱后，天下太平了好些日子，今年适逢宣德帝朱瞻基立太子，所以朝廷内外一片喜气洋洋。武林联盟里颇有地位的天涯会，其许多子弟分别隶属于锦衣卫、东厂、军队及刑部，在朝里已是不小的一股势力。而东厂新任督主张顺年并不像前任金英那样独揽大权，身为元老的楚利典在东厂的威望反而凌驾其上。

一日，楚利典选了个宣德帝心情好的时机向其请示，询问能否将武林联盟的天下第一比武大会安排在京师。爱热闹的皇帝朱瞻基欣然答应了这个请求。

于是今年的武林大会被“钦定”在北京，大会的重头戏是天下第一比武大会。宣德帝甚至宣布，全天下所有的武人都可参加比武，最后的胜出者将得到“天下第一高手”的头衔，而皇帝会亲临最后的对决，颁发钦赐金牌。

从四月开始，光海选比武就持续了三个月，最终决出了五百一十二名“武者”参加正赛。从海选到正赛引出了一项新的活动——“赌擂台”。赌的内容分多种，如“赌胜负”“赌胜负时间”“赌门派”，赌门派即赌第几轮哪个门派入围者多，甚至赌用剑的赢得多还是用刀的赢得多，花样百出。

从平头百姓到官场大员，简直是全民总动员。从小赌几文到豪赌破产，一时间天下风云涌动，会武的青年武者携剑出征，不会武的赌博下注。锦衣卫里有种传言，说有人对擂台的胜负估得极准，但那神秘人是谁则没人知道。

海选时有不知天高地厚者更放出豪言，若是得了“天下第一”，就要挑战“刀君”梦星辰。还有江湖传言道，梦星辰在两年前紫禁城一战中身受重伤，最近两年蛰伏不出，已不复当年之勇。来自天涯会的卫凝眉和铁衣山庄的夏铁衣，都摆出对“天下第一”势在必得的架势，更有赌坊开出了卫凝眉挑战梦星辰的赌局，卫凝眉的赔率还略占上风。

总之，袁野能进入六十四强，已是极大的荣誉。

“这要分怎么看。”杜郁非轻轻咳嗽了两下，走出到巷子口，立于杂货店的隐蔽角落，那边有一个破裂的货箱，“雨夜，凶手预谋杀人，选择偷袭。他站的大约是这个位置，此人信心不足。”

“面对六十四强的高手，信心不足也情有可原。”苏月夜笑着拍了拍杜郁非的背。

老杜苦笑了下，他这几年官运不错，财运普通，身体则大不如前。两年前，杜郁非莫名其妙地染上了怪病，罗邪说是他从前中过的毒最近压不住了，毒源是来自当年泉州时受的寒毒。这是旧疾，导致杜郁非体力变差，经常不停地咳嗽，弄得酒也不太能喝。

杜郁非分析自身的情况，私底下将这些归咎于《大艰难书》的副作用。“天剑”朱岩岚曾经说过，书如其名，是会给修习者带来厄运的一件东西，拥有它的人日子会变得异常艰难。杜郁非自忖这两年武艺上的确有所突破，所以若只是如此，还是可以坚持的。

杜郁非敲了敲胸口，继续道：“天下第一比武大会的六十四强并不是天下最强的六十四人。其实就算是天下最强的六十四人又怎么样？”

苏月夜笑道：“好啦好啦，在你眼里当然都不算什么。要不你也去拿一个天下第一的头衔来看看？”

“你以为我是罗牙儿？光是为了和看得上的人动手，在海选时就换了五六个身份。弄得一批正儿八经的高手都进不了五百强。”杜郁非说来也觉得好笑。

他们走回尸体所在的位置，袁彬拿着死者的宝剑。袁野是他的同宗远亲，在顺天府刑部任职，职务上一直高不成低不就，但志向嘛，当然是志存高远。袁野曾多次托关系想要袁彬照顾照顾，但袁彬的性格向来看不起开后门的人，另外就是不知为何他从小就看袁野不顺眼。但如今袁野死了就是另外回事了，刑部的人是不能随便死的，而亲戚更不是能随便死的。

“剑穗断了一截。”袁彬抬起剑柄，左手拂过半截剑穗，亮了个起手式。这是每次比武袁野必做的一个动作，每次起手式一做，他整个人的精神状态都变得不同。

杜郁非将另半截剑穗递给他，问道：“他那么早走这条路，是今天有比武？”

袁彬点头道："是的，今天一早决三十二强。"

杜郁非看着断掉的剑穗，这条多彩的剑穗足有一尺长，远超过一般的尺寸："难道这也算是件兵器？"

袁彬摇头道："没见他当兵器用过。"

"死亡于寅时前后，一刀致命，那把刀……那把刀……"件作周铭对杜郁非施礼道，其实他一直很纳闷，官做到杜郁非这个级别，他这老头子按道理没资格见到才对。

"是什么刀，支吾什么？"杜郁非问。

"是绣春刀。"周铭苦笑道。

绣春刀是锦衣卫的标准佩刀，京师的大汉将军和锦衣卫人手一把，许多东厂的人也配的绣春刀。这还真不好查了。杜郁非拍了拍老头的肩膀，道："别担心牵涉过大，查案是我的事。还有什么线索？"

老头子道："死者身上有些新旧伤口，我要回去才能弄明白都是什么。"

"寅时前后，起得早的人家已经开门上街了，去周围问问有没有人看到什么可疑的人。"杜郁非对周围差役吩咐道，袁彬带头领人去往左右的街面。

"苏姐儿……"杜郁非转身寻找苏月夜，却发现女子已心有灵犀地将马车驶到近前，"来，我们走一遍袁野前往天下第一擂的路线，看看凶手到底为何选在这里埋伏。"他笑道。

这几个月，全国各地涌来的人几乎把皇城给挤破了，城里的流动人口多了不止三倍，治安和卫生都成了问题。官府虽然要求前来参加比武大会的武者不能在公开场合带武器，但实际执行起来并不容易，大街上仍旧有许多带着兵器的江湖人晃来晃去。

接近袁家时，杜郁非微微皱眉："从他家到比武大会，不该经过刚才案发的地点。凶手为何会选在那里等，难道他知道袁野的行踪？"

"知道行踪也很正常，但那就说明是熟人作案了。"苏月夜道。

杜郁非问："目前我们对袁野了解多少？"

“二十一岁，单身。平日洁身自好，从不和公门里朋友出去鬼混。武艺不错，属于京师年轻一代的翘楚。”苏月夜思索道，“他名下没置办什么产业，但如果他不住家里又不鬼混，总该有个去处。”

“他那么优秀，有仇人吗？”杜郁非问。

“作为刑部新晋，当然有点江湖上的仇敌，但说要明确到谁，倒也没有。”苏月夜手指点了点档案，只看这些，袁野并不是那种有料可挖的名人。

在袁家接待杜郁非的是袁野的父亲袁强，老头子有三个儿子，袁野是最有出息的一个。他说：“袁野很懂事，各方面都很优秀，脾气好性格好，唯一的问题是还没有娶妻生子。这次进入了比武大会六十四强，媒人踏破了门槛，在刑部的职位也将调动一下，但如今……如今一切都没了。”袁强深深叹了口气，儿子一大早出门去比武，都没和自己打招呼。

杜郁非要求去袁野住的院子看一下，于是在总管的陪同下，他走到了那个有些偏的院子。总管告知，这边没有仆人，一般好几天少爷才会让人过去收拾一次。

苏月夜奇怪道：“他是二儿子，也不是庶出，怎么像被丢在了角落里一样？”

杜郁非淡淡一笑，等总管离开后，才道：“父母眼里的孩子大多数都是完美的。我们认真看一下。”

这是个僻静的院子，在这里喊一声，正院那边未必能听到。门锁响动，院门打开。空旷的院子其实是个小练武场，角落的兵器架上零散地放着几件兵器。练武场朝里走，正中央屋子窗户响动，杜郁非一皱眉，紧接着从围墙上掠出一道白影。杜郁非急掠跟上，那白影速度奇快，连续穿过数道围墙出了袁宅。

两人一前一后将各种房屋店铺甩在身后，杜郁非深吸口气脚步不断加快，逐渐拉近了距离。贴着飞檐，二人腿掌交换瞬间交手十余招，白衣人在青瓦上滑起，一个跳跃，仿佛闪现般掠到巷子对面，但他刚踏足另一边的屋顶就有一股剑气直逼后背。白衣人剑眉一扬，于半空中突然回手打出一枚弩箭，杜郁非眯着眼睛侧身避让，那弩箭却划出弧线飞向他面门。杜郁非一掌接下淡金色的弩箭，脚步也略微放慢，对方再次将距离拉开，奔向下一个街口。杜郁非冷笑加速奔到街心，对方已踪影不见，他回头看看来的方向，短短时间里，居然跑出了三个街口……

杜郁非把弄着金色的弩箭，发现这支箭打造得极为精致，而且是乌金锻造的箭头。这到底是什么人？

当他回到袁野的院子时，苏月夜已查看得七七八八了。

“我也想跟你一起追，但我出院墙时，你们已经跑很远了。”苏月夜苦笑，她轻功不弱，可那两人实在快得太离谱。

“此地有收获吗？”杜郁非笑道。

“部分凌乱的地方我认为是刚才那人翻动的。排除他翻动的地方，屋内东西摆放整齐，东西丝毫不乱，甚至床铺也是。”苏月夜面色变得难看，低声道，“杜哥，若不是我知道这是死者的屋子，还真以为查的是某个凶手的屋子呢。男人的房间怎么会那么整齐，而且看这样子，他昨夜都没回来睡过吧。”

“白衣人翻了哪些地方？”杜郁非问。

“他其实只翻了书房，目测并未缺少什么。”苏月夜指了指书房的书架，“但我发现袁野有收集仕女图的爱好。”

“看上去是新绘的画。”杜郁非看了一下。

“是的，最旧的也不过半年左右。”苏月夜道，“我对这间屋子有不好的感觉，但又说不出有什么问题。”

“他在家人和仆人眼里都是优秀的青年。”杜郁非仔细查了一遍屋子，走出院子轻声道，“若只是表面看到的这些，可不能平白辱没死者的名声。袁野另几个兄弟是什么情况？”

“都已娶妻生子，老大早就搬出去自立门户了，老三跟着父母住。老大娶了五个，老三娶了三个，老四还小，其他庶出的就不说了。”苏月夜翻看着卷宗，叹气道，“娃都生了好几个了，当然，他们没有袁野那么优秀。话说，袁老爷子娶了九房，像袁野这样独身的，在家里有点不正常。不过话说回来，我们袁少也是独身，会不会也有点那啥？”她说到这里自己也笑了起来。

杜郁非摸摸鼻子，笑道：“那你就去找那些女眷打听一下，我去刑部和袁彬汇合。”

“今天罗牙儿六十四进三十二，你不去看看？”苏月夜笑问。

杜郁非撇嘴道：“她是用别人的身份，帮人代打有什么好看的？”

不知何时开始，青年武生在比武大会的排名成了各行业的一个晋升凭证，高个两名，风评就会大不同。而罗邪为了与某些高手过招，自然积极地到处接单代打。

苏月夜和袁家的女眷聊过后，发现众多女眷一致觉得袁野有些古怪，并非觉得他不好女色。因为据老大家的女人说，袁野曾多次在烟花巷过夜，但除此之外就没其他收获了。苏月夜心存侥幸地将仕女图拿给袁野的大哥和三弟看，没人能认出画上的女子。

杜郁非将那白衣人的侧脸画了肖像，袁彬表示在案发现场的围观人群里曾见过此人。这人一身武者打扮，鼻子笔挺，嘴角挂着微笑，侧面颇为文秀。

“作为被你追逐的逃犯，他倒是一点紧张感也没，是个好杀手啊。”罗邪笑嘻嘻地出现于门边，接过画像点评了两句。

“这么一说……的确有点问题。”杜郁非将那支金箭递给罗邪，“能看出来历吗？”

“和他交手十余招也没看出来历？”罗邪问。

杜郁非道：“完全看不出，每一招都很实用，绝不花哨。”

罗邪仔细查看了金箭，说：“这是古董，工艺非常古老，近几十年的弩箭都不是这样的。如果找个古董行家来看，说不定说是几百年前的物件。谁那么阔气用它作暗器？”

“几百年前？”杜郁非皱眉道，“你能说出具体来历，我才信你。”

“那我说不出，这种怪东西有的只是传说，哪里来什么具体来历。”

罗邪沏了杯茶水，皱眉道，“你怎么一点都不关心我擂台打得怎么样？”

杜郁非笑道：“你难道会输？”

“那也多少问一句嘛。”罗邪哼了声，骂道，“你们锦衣卫就是那么不通情理，今天我还被锦衣卫要求重新确认身份，就因为我和顶替的那个人身高有点不同。”

“打擂台本来就不能代打。你后来怎么过关的？”袁彬觉得好笑，“如果最后你用假身份拿了天下第一，那真是天大的笑话、皇家的耻辱。”

罗邪得意道：“我自然不会易个容就去代打，肯定是里里外外都打点过了的！而且我才不会拿什么第一，总要给皇上面子的对吧。”

袁彬心里想，就凭她那修罗宗掌印人的身份，这世上还真没几个人敢惹她。

这时，苏月夜过来道：“仵作的报告送来了，说袁野手臂上有多条新旧不一的抓痕，看痕迹不是来自同一只手，但这些伤口和他被杀无关。杀他的刀的确是绣春刀，但应该是几十年前的旧款。”

“这样就和现役的锦衣卫无关了。”袁彬微微松了口气，查自己人是最麻烦的。

“这却不一定。”杜郁非道，“将这张画像发下去，若凶手和袁野有仇，那他一定多次出现在袁野周围，甚至可能参加过比武大会。我想过了，凶手动手的那个位置未必是偷袭，也可能是相约见面。”

然而袁彬带着白衣人的画像去比武大会的会场走了一遭，并没有什么收获。负责比武大会安全的是杜郁非和袁彬的老上司刘勉，他表示麾下有几百锦衣卫，不排除会有几个和画像有些像的人，但抓人还是要有证据，尤其是抓自己人。

二

三天后，又是一个雨后初晴的清晨，在上次案发地的下一个街口狗尾巷，准备前往比武大会参加三十二强战的司空狂龙被斩于巷口，血水从巷子里一直漫延到外面街道的排水沟。

袁彬看着巷外围观的人群，没找到那白衣人的身影：“又是守在敌人去比武大会的路上。难道这凶手杀人不是为了私仇，而是为了杀比武大会的高手？”

“那么多参加大会的武林高手，他为何偏偏选这两人？”苏月夜思索道，“这两人除去比武大会，可没有别的共同点。”

“少帮主就这么被人砍了，青龙帮这下抓狂了。要我说，该！司空狂龙这小子在黑道名气不小，平日跋扈无比，自己没多少斤两，仗着有个厉害的老爹横行霸道，早该死了。”罗邪是听到消息专门来看热闹的，她笑盈盈地拍了拍杜郁非的肩膀，“老杜你怎么看？”这架势让仵作以为她是哪里来的上差，于是对其格外恭敬。

杜郁非观察着尸体上的刀伤，低声道：“凶手作案比上次有信心，下手也更坚决。”

“他仍旧选择伏击，哪里看出他更有信心？”袁彬奇道。

“司空狂龙身高八尺，膀大腰圆，是个大个子，用的是大环刀。”杜郁非指着周围，不停移动步子道，“这条巷子是支路，凶手必须在街上拦住敌人并且将其引入巷子。这一切要勇气，也要技巧。凶手这一次做得很好，这条巷子里到处都是大环刀划过的痕迹，但没有绣春刀的刀痕。”

“也就是说，如果之前他杀袁野显示的是差不多的武艺，那这次他的武艺却压过司空狂龙一头。”苏月夜苦笑道，“谁能在短时间之内武艺飞速提升？”

“老周，你具体说一下。”杜郁非问仵作。

周铭微微吸了口气，低声道：“这次凶手用的也是绣春刀，下手没有上次那种犹豫。他杀袁野用了两刀，杀司空狂龙只用了一刀，还是正面劈杀。不过小人还不确定是不是同一把刀，看杀人的时间和击杀的手法是很相似的。上一次是杀人后下了大雨，所以脚印什么的都被雨水冲掉了。这次是雨后杀人，巷子泥泞，周围留下了一些脚印。除了司空狂龙的快靴外，血泊里另外的脚印是一双官靴留下的，脚印显示凶手是中等身材。”

“官靴，绣春刀。”杜郁非寒着脸道，“凶手好像并不想掩饰身份。”

苏月夜道：“还是说，他以锦衣卫的身份为荣？那他就该是身着锦衣卫官服行凶才对，如果他身穿官服，周围一定有人见过他。”

“没那么简单。”杜郁非抬头看了看巷子上方狭窄的天空，“但一定有什么理由让他这么做……”

突然，远处传来女子的尖叫声！紧接着，有人喊道：“杀人啦！”

众人脸色微变，杜郁非、罗邪相继掠上屋顶朝叫声传来的位置奔去。

案发地在风华棚前，“风华”虽可做风华绝代来讲，风华棚却是附近城区最大的一片贫民区。

杜郁非他们飞奔而至，就见拥挤的集市上一驾马车撞在水果摊上，车夫死于车边，拉车的那匹马倒于地上挣扎不起，把烂水果踩得到处都是，边上路人发疯般的大叫和奔逃。马车后坐着三个目光空洞的少年，不远处一个黑衣男子倒于血泊中。

凶手在哪里？杜郁非和袁彬同时看到了之前那个白衣人，袁彬不由分说冲了上去。那白衣人微一皱眉，身子斜掠向屋顶，正遇到好整以暇的罗邪。

此人并无同伴，但方才他站在十五步外的屋檐下，并不是凶手该在的位置，更像个旁观者。

杜郁非看了眼尸体的刀口，又是绣春刀。他眉头紧锁，目光扫视四周，混乱的人群里，男女老少四散奔逃，有人抱着孩子奔向屋子，有人顺手牵羊趁乱拿走地摊上的商品，有人拦在自己的摊位前，防止被人趁火打劫，还有从远处跑来的府衙官差，并没有他想找的“锦衣卫杀手”。

这混乱的场面中，只有斜对面的一间店面门开着，但无人走动。

罗邪和白衣人在半空中变换六七个方向，罗邪一掌击中白衣人肩膀，白衣人略有些愤怒地闷哼一声滑开两步。罗邪十指连弹，层层叠叠的刀网挥洒而出，风中的刀丝忽疾忽慢忽东忽西。白衣人眯着眼睛，身行变换，一刹那连变十余个位置，轻松躲开了修罗刀阵。罗邪轻哼一声，突然拉近距离，一缕刀风从袖底甩出，速度快出之前三倍。白衣人脚步一沉踩塌屋顶，坠下地面夺路而逃。

这不可能……那么近的距离，刀丝却落空了？罗邪难以想象，那一瞬间，对方仿佛在眼前消失了一样。而下面的袁彬冲入屋子紧追白衣人，他手抛脚踢将各种家具砸向对方。

白衣人微微皱眉，轻声道："静止。"周围一切仿佛泛起了水纹，而后所有的家具都停在了半空。白衣人轻轻拨开数件家具，将它们的飞行轨迹一变，然后有些不服气地看了袁彬一眼，但还是转身离开了屋子。

袁彬眼中所有的一切都朝他倒转而来，他一个匍匐在地面滚过，躲过棱角分明的众多桌角椅腿。屋顶上，罗邪一跺脚，踏着砖瓦疾步追去。

杜郁非独自走向那无人看管的店铺。这店铺空荡荡的，前屋无人看管。杜郁非穿过狭小的庭院，看到里屋有一个大通铺，看大小足够睡五六个人，但已经收拾干净。杜郁非回到院子，发现在角落有块新翻动过的土，他小心翻开潮湿的泥土，激灵灵打了个哆嗦。那是一张僵硬的小孩的脸，杜郁非粗看了下，死亡时间应该没有超过一天。

杜郁非走出屋子，外面苏月夜已带着官差控制住了现场。不多久罗邪和袁彬空手而归，两人前后堵截仍旧没有抓住白衣人。

"白衣人没有绣春刀，穿的也不是官靴，他未必是凶手。"罗邪道，"另外就是，他和我交手有所保留，有点怕伤了我的意思。真是够自以为是的。"

袁彬道："他每次都出现在案发地，一定有问题。"

杜郁非道："看死者的伤口，凶手可能与先前两个案子是同一个人。不过我不理解的是，凶手在清晨已经杀了一个，按照他前两次都是计划周详才出手的性格，怎么会突然在同一天，并且在闹市二次出手。"

罗邪和袁彬同时沉默，这的确是不合理的。

一旁苏月夜带来了三十来岁的卖把式的王老汉。

袁彬笑道："把式王，你看到凶手了？"

把式王笑道："袁少，咱家不是就住在风华棚吗？昨晚赢了两局，就多喝了一杯，没想到今天刚出门就遇到这种事。"

杜郁非道："你看到了什么详细说来。"

把式王躬身施礼道：“大人，我保证一个字也不会瞎说。”

事情发生时，这片集市刚开始一天的生意，黑衣人到这边的店铺叫门。这个店铺是间临时仓库，常被转租给不同的商户。马车是从店里出来的，车里装的什么王老汉不知道，但现在看起来，可能只是那几个孩子。车子里面的孩子很安静，周围的商贩们并没很在意马车。

车要离开仓库时，有一个蓝衣服的男子出现在街上。那人脚步匆匆，看到马车愣了一会儿。然后就和黑衣人交涉，双方发生口角后，黑衣人命马车起步。蓝衫客拔刀，先杀了车夫，马车失去控制撞在水果摊上，黑衣青年拔刀反击，但也被杀了。蓝衫客打开车门带走了一个女娃。

把式王说得颇有条理，杜郁非等他重复说了两遍，才道：“你说得那么详细，多少是看到的，多少是想象的？你怎么会把全过程都看在眼里？”

把式王正色道：“我今天是到前头铁匠铺拿我的兵器的。铁匠铺的张老头拖了我的活，所以我在那边等了一会儿。大人您看，在那个位置，差不多可以把事情经过看全了。”他指了指不远处的铁匠铺，距离案发现场有二十来步。

“这么远，你可看清蓝衫人的相貌？”杜郁非问。

“只是看到侧面……”把式王略有犹豫。

“尽你所能就行，我们也会问其他街坊。”杜郁非转身问苏月夜，“那些孩子能说话吗？”

“都被下药了。我已命人去查，看是不是本地孩子。”苏月夜回答。

杜郁非想了想，将众人召集到仓库的屋檐下，吩咐道：“下面我们要做几件事。第一，画一张蓝衫人的画像出来，这要找附近的街坊，除了把式王，应该也有其他人看到。第二，风华棚这里的杀人事件，不是按蓝衫客的计划走的，这个案子一定会有破绽。他带走了一个女孩，我们要查清那个女孩是怎么落到这里的。死掉的黑衣人是关键，这几个孩子也是关键。查他们的身份，彻底搜查仓库。第三，白衣人或许不是凶手，但不排除是帮凶。除了蓝衫客，我们也必须找到他。第四，目前有三个死者，我看不到他们之间的联系。苏姐儿，挖他们老底的事就交给你了，调来府衙的卷宗，将最近两个月所有的碍眼事翻出来，看我们是不是漏了什么。”

苏月夜小心进言道：“绣春刀和官靴的线索涉及了厂卫，我们是否先查和比武大会有关的厂卫？”

杜郁非慢慢道：“近半年那么多外来人口，我们锦衣卫有时也被抽调负责京城治安，比武大会里有锦衣卫轮值守卫，涉及的人太多。这张网要等我们有明确方向了再收，不然会出大乱子。京城可不是能出乱子的地方。”

袁彬和苏月夜点头领命，分头行动。

罗邪拉了拉杜郁非的衣角，小声道：“青龙帮的人，不是那么好杀的，定会有人来过问此事。他们或许不敢直接来问你，但一定会在城里闹事。”

杜郁非捏着拳头，沉声道：“你帮我看着点江湖上的风声，谁闹事我就抓谁。”

“很好。”罗邪笑道，“我忽然觉得，有点我在泉州初见你的感觉啊。”

杜郁非笑了笑，并没有接话茬，而是忽然道：“要想办法弄一个名额去参加比武。凶手杀的前两个人都是比武大会的参加者，不排除凶手也参加了比武。”

“我吗？”袁彬一怔，他望向罗邪，那大小姐不是明明已经在参赛了吗，干吗一定要自己去。

“罗邪从来不关注案子，我要办案人的角度。”杜郁非压低声音道，“你手边那么多事，怎么可能再去打擂。只能我去了，反正平日里那些会，可不开就不去开。”

袁彬苦笑了下，之前杜郁非一直不让手下“赌擂”，更不许去打擂台。因为不说打赢了如何，输了就一定会伤筋动骨，一旦进入正赛更是生死无论。现在为了破案，真是什么都顾不上了。

“杜大人，如果你运气不好，在擂台上遇到了我，我可不会让你哟。”罗邪一本正经道。

苏月夜看完所有卷宗，窗外夜色已浓。她左手边摆着的是从袁野书房带回的仕女图，右手边的则是刚看完的一份刑部卷宗。她心底浮起一丝寒意，重新扫了一遍报告，想到袁野手臂上的抓痕，心底一阵恶心，急匆匆前往顺天府刑部的殓房。

值班的差役没想到会有上差深夜到此，手忙脚乱地帮她找要查看的尸体。

“只有这一具？”苏月夜皱眉问。

“这天气，其他的时间久了，都不能看了。”差役怯生生道。

“尚未结案，尸体竟没存好？”苏月夜瞪起眼睛。

差役赶紧道：“据小的所知，这些死者都是外来人口，无有名字，无有身份，无主认领。最近衙门里人手很紧，她们死在城里各地，没有哪个专门负责这些案子。”

苏月夜知他说的也是实情，她靠近了面前的尸体，将手里那截剑穗贴上尸体的脖颈。那道触目惊心的伤痕和剑穗居然完全契合。

脑海中浮现出袁野每次比武前手抚剑穗的起手式，她拳头微微攥紧，吩咐道：“把我点的那几具尸体，全都送去北镇抚司。”

“是的，大人。”差役躬身领命。

苏月夜瞥了对方一眼，皱眉道：“你是新来的？”

“人手紧，小人临时来帮忙。”差役微笑回答。

苏月夜美目闪动，盯着对方道：“来了几天，跟的哪个仵作？”

“你……”差役一怔。

“你几次光临我们的案发地，如今又夜探殓房。朋友，你到底是什么人？”苏月夜认出对方就是白衣人。

那差役眯起眼睛，侧脸借着烛光打量面前的美人，低声道：“美人儿，有些事就算我告诉你，你也不会信。”

“试试看？”苏月夜笑道。

差役低声道：“我隶属于锦衣卫，永乐组。我们这个组高度机密，仅和赛哈同联系。单人办案，只对付传说里的怪物。”

“永乐组，你鬼扯吗？”苏月夜没好气道，“锦衣卫里，有什么是我不知道的？”

“鬼也是我们的目标之一，但这个案子和鬼无关。”差役脱去外头的常服，露出那一身白色武士服，“这个案子我跟了很久了，敢断言凶手还会继续作案。”

“你等于什么都没说。”苏月夜斜跨一步，站到了房门前。

“美女，这夜深人静的，你堵住房门不让我走，是对我有什么想法吗？”白衣人微笑道，“好吧，我给你一份大礼，你晚些同样要还我一份。这凶手和两年前开封麒麟河的一件旧案有关，但他每次杀人的理由都不同。”

苏月夜手扶剑柄，冷笑道：“说得好像你知道是谁干的一样，但我觉得你不知道。你老实点跟我去见杜大人，若你真是锦衣卫我们就去见赛哈同。”

“这绝无可能！”白衣人对女人摇了摇手指，脚步滑行而出。

苏月夜立即拔剑，敌人手指点在她剑锋上，汹涌澎湃的力量扬起，女人撞碎了门板落到屋外。白衣人突然出现在身边，搂着纤腰又送了一把，将她平稳送到地面才消失于夜色中。苏月夜吃惊地看着前方，心中生出荒谬的感觉，这真是凭空消失了一样，而破碎的门板表明刚才那些确实发生了。

一天的时间，包括苏月夜的文书在内，各方面的消息就雪片般汇总到杜郁非的桌上。

青龙帮派人来认领了尸体，但没有谁能给杜郁非解释状况，更没人来给衙门施压。罗邪说的青龙帮不好惹，并没有被证实。

死在风华棚的黑衣人叫曹九，和车夫都属于一个叫“沙狼”的人贩子组织，租用那个地方是为了临时存放几个小肉票。锦衣卫将“沙狼”的本地成员一网打尽，其头领供认说几个孩子是外地运来，准备再运到北方出手，只是在京城稍作停留。那个埋在院子里的女孩，大约是昨晚忽然病故。头领并不知道仓库前发生了什么，也不知是谁新抓来了什么女孩，对蓝衫客更无了解。

蓝衫客的画像画出了多个版本，街上众多路人描述的样子千奇百怪。

最离谱的一个版本是那是个身高过丈、青面獠牙的凶神，手提砍刀连杀五人。最简单的版本是把式王提供的，一个相貌平凡的蓝衫客，但拿的是不是绣春刀则不确定。

那些被拐来的孩子被不同程度地下过药，问不出什么线索来。

杜郁非看着苏月夜道："白衣人说自己属于永乐组，但没报姓名？"

"是的。真有永乐组这个东西？"苏月夜问。

杜郁非皱眉道："有的。传说中的三大锦衣羽卫，其中一个就是永乐组的人。但有一点他说错了，永乐组并不是单独行动的。"

苏月夜道："我怎么从没见过他们的卷宗，而且，现在已经不是永乐年了，还叫永乐组？"

"因为没有卷宗。但我很久以前遇到过一次他们的人。"杜郁非并不多说那个问题，他手指敲了敲桌子，对袁彬道，"你那边没查到蓝衫客带走的女孩？"

"在附近几个街区查访了一下，没人提过有女孩失而复得的事。"袁彬苦笑道，老大交给他的事都没有办好，这是要挨骂的节奏。

杜郁非没有发火，起身走到苏月夜做好的事件板前，低声道："如果袁野是因为乱杀外地女子而被杀，曹九是因为拐卖儿童被杀……司空狂龙被杀的原因不详，但他的确一直都恶名在外。那么的确符合白衣人说的，凶手每次杀人的理由都不同。"

"但我们依旧搞不清，他是如何选择杀人目标的。"苏月夜道。

杜郁非道："所以我们要有人去一次开封，调查那个麒麟河的案子。"

"你信那家伙的话？"苏月夜皱眉道，"要不我让开封卫所把卷宗送过来？眼下我们很缺人手。"

杜郁非道："永乐组做事神神道道的，我也不想跑那么远去找线索，但我们手边的三件事没有一件可以突破，还是有人去实地看一下较好。罗牙儿，给你五天时间跑个来回。"

一直在旁打着棋谱的罗邪，皱起鼻子道："人家还有擂台要打。"

杜郁非对她温柔一笑，抱拳一礼。

罗邪摊手道:“好吧,我知道你实在缺人手。不用五天,四天我就回来。”

“多谢。”杜郁非笑道。

“所有我们了解的和凶手有关的事,只有比武大会还在进行。”杜郁非拿起一支朱砂笔将天下第一比武大会圈住,轻轻咳嗽道,“如果再有一个打擂台的被杀,事情就会闹大。必须要去和楚利典打交道了。”

“喂!”罗邪皱眉道,“我怎么觉得你是故意把我支开,好去比武大会玩?”

杜郁非拍了拍她的小脑袋,罗邪眯起眼睛笑了笑。

苏月夜道:“白衣人那条线呢?”

“依旧通缉他。”杜郁非看着事件板上的时间线陷入沉思。

三

火!四面八方都是火。

“着火啦!”

“他娘的,着火啦!”

“快跑!你还拿什么包裹!”

“娘啊!”

“救命!我们出不去!”

“救火啊!”

“救救我的孩子!”

客栈里此起彼伏的尖叫声,但更多的则是睡梦中的亡魂。一些住客从房里冲出,却发现逃离的道路被燃烧的家具堵死,另有一些住客因在过道中稍做犹豫,就被汹涌而来的火光吞没。

浓烟滚滚,土墙在高温中慢慢倒塌,“太平客栈”的牌匾被大火烧作焦木,一个冷漠的背影于烈焰中缓缓转身……

“这位大人,你兵器检查好了吗?”华山派大弟子岳霆有些烦躁地问道。

面前那个锦衣卫这才回过神来，略带畏惧地看了他一眼，低声道：“你……你是岳霆，华山弟子？”

岳霆点头道：“是。”

那锦衣卫将一直攥在手里的长剑还给对方，轻声道：“身份已确认，你可以去擂台了。”

岳霆接过长剑，发现剑柄上湿答答的好像从水里捞出来的一样，心里不由直犯嘀咕。而那锦衣卫目送对方前往擂台，揉了揉眼睛，手掌抹去脸上和额头的冷汗，一阵风吹来，那被汗水湿透的后背冷得一哆嗦。是什么样的大火，会死那么多人？

周围大旗飘飘，远处有人大声喊出上场比武者的名字，又一场六十四进三十二的比武即将开始。当比武大会进入到这个阶段，海选中的一些特殊的江湖人都逐步被淘汰，剩下的大多数都是名门大派和武林世家的子弟。

会场的另一边。

天涯会的楚利典命左右退下，微笑着对杜郁非道：“我说杜大人，你以为想要参加比武就能参加？你要查案，在这里常驻就是了，为何一定要参加比武？”

杜郁非笑道：“我想经历那些死者经历过的事，站在风暴外围会漏了线索。据我所知，大会预留了三个神秘武者的名额，随时可以打一场附加赛，取代正式选手出战。”

“是的，这是为了增加比武大会的噱头，其实让谁做神秘嘉宾还不是看我高兴。”楚利典笑道，“万一你打了一轮，案子就破了，你是不是又弃权？”

杜郁非摸摸鼻子道：“楚大人，你只要给我名额，别的不用管。”

“皇上其实一直很希望你能参加这次比武。武林大会可以临时给锦衣卫一个名额，但我有个条件。”楚利典眯着眼睛，慢慢道，“要知道，打到这个地步，就算梦星辰来找我要个名额，我也只能是没有。如何？这可别说我不给杜大人面子。”

“请说条件。”杜郁非早知道事情不会简单，破案什么的和东厂没有一点关系。

“我把你分在卫凝眉的半区，等到四强，你要故意输给卫凝眉，一定要不露痕迹。”楚利典看看左右无人，笑道，“卫凝眉在大内颇受圣上欢喜，若他能赢了你，日后的前途不可限量。至于什么顶替其他人的附加赛，你不用打。”

“可以。”杜郁非轻轻咳嗽，“不过卫凝眉既然是你们东厂第一高手，你没信心他能光明正大地赢我吗？”

楚利典笑道：“这世上除了自己作弊，有什么事是稳赢的？”

“怎么都好，反正我对天下第一没兴趣。”杜郁非笑了笑，走出东厂的大棚，正好看到岳霆战胜对手，得意走下擂台。他目光跳过岳霆，望向擂台后的锦衣卫大棚，对着老上司刘勉挥了挥手。

楚利典看着杜郁非的背影，自语道：“对名利都不感兴趣的人最该死了，因为这种家伙只会挡路啊。”

当年为了照顾杜郁非被圣上贬官的刘勉，这几年来过得平平淡淡，从同知的位置被贬到千户，官职已比杜郁非还低了。

杜郁非多次向赛哈同提出给老上司调调位置，但赛哈同显然没那个兴趣，让他找另一个锦衣卫同知徐恭协调。但谁都知道，刘勉的事，要么赛哈同出头，要么皇帝松口，其他人哪有资格管。一来二去杜郁非连见刘勉都不好意思，关系自然就生疏了。

二人寒暄了两句，刘勉同样命退左右，低声道：“最近又死了个江湖人，所以连你也到这里查案了吗？但上次袁彬带来的画像，可不算是什么线索。”

“的确是伤脑筋的案子啊。”杜郁非毫不隐瞒地将案情说了一遍，并且将蓝衫客的画像一并递给刘勉，“绣春刀这东西，我们用，东厂用。算上给京城弟兄们配发的和在库房存着的，何止万余把？甚至那些街面上的人还有私造的。”

“这蓝衫客居然有三张肖像？”刘勉说了一句，沉声道，“画像这种东西，从来都是你说像就像，但说不是就又不是。若如你所言，凶手杀人不是为了私仇，那就真如大海捞针了。每个人都有自己的秘密，要找这个怪物可不容易。”

“说到怪物，为查这事我们还遇到了永乐组。先前那个白衣人就号称自己是永乐组的。”杜郁非微笑道。

刘勉一怔，恍然道：“原来你是为了这个来找我。”

杜郁非道：“当年是你告诉我，那个捉鬼组是确实存在的，现在我要确认一下白衣人是谁。除了来找老大你，实在没其他法子。”

刘勉挠了挠头，换了个坐姿，又拍了拍已经瘦下去的肚子，低声道：“我可以帮你联系下，但对方可不容易约。”

“老大不愧为老大！”杜郁非大喜。

“我职位丢了，但人脉还在。约到人我通知你。”刘勉替杜郁非倒了杯茶，“你不用为了我的事不好意思，应该多来看看我。”杜郁非尴尬一笑，老脸微红。

刘勉又道：“你为我的职位努力过好多次，我会不知道？自家兄弟和别人不同，对吧？”

“我错了，大哥。”杜郁非举起茶杯。

刘勉揽着杜郁非的手臂，笑道：“几年前，我以为那次你被贬官是老皇帝要历练你，结果发现被历练的还有我自己。”

两人又聊了几句才慢慢走出锦衣卫的大棚，东厂那边车水马龙，不断有人去拜访楚利典。

“这就是名利场。最近东厂又压到我们头上了。”刘勉笑道。

杜郁非则望着锦衣卫在擂台前摆放的检查站道：“整个场子里，是不是那边和比武者接触最多？”

刘勉点头道：“是必经之地，每个上擂台的都要确认身份并检查兵器。但因为之前报名时每个人都上报了资料，所以这里无非是问一下名字，走个过场。”

“有没有特殊的家伙？”杜郁非问。

刘勉笑道：“你是问锦衣卫里？这可难说了，但我觉得这里没有特别惹眼的人。锦衣卫里能干的人可不会被分来这里做保卫。”

杜郁非笑道：“别的先不说，把检查站弟兄们的卷宗给我一份吧。”

忽然远处有人尖声尖气地道：“杜大人、刘大人。这是多大的福气啊，能同时见到你们两位。”

杜郁非努力望向那阳光下的马队，来的居然是紫禁城里的大太监王振。

王振是来确认比武大会日程的，因为擂台已到三十二强，距离最后决胜越来越近。毕竟皇上会来看最后那场擂台，大会的安排就会变得非常烦琐。王振原本是去找楚利典，看到杜郁非就特地过来打了声招呼，摆出一副很殷勤熟络的样子。

“这个王振未来会是太子伴读，你知道那个位子意味着什么吗？”刘勉最后对杜郁非说了一句就去应付王振了。

杜郁非一贯不喜欢官场里的琐事，只是听过就算了。锦衣卫大棚下，一个神情木讷的青年校尉看到王振，忽然面如土色。

漫天尘沙翻滚而起，不知哪里来的蒙古骑兵突然出现在军阵前方，众多大明甲士想要出战，却无大将统御。慌乱中他们无助地向后飞奔，数万大军将后背完全交给了剽悍的异族。士卒、军官、大臣纷纷倒于异族刀下，甲胄破碎，刀枪无力，整个沙场展开了无休止的屠杀。

雨水不期而至，四周尽是哭喊声，钢刀入肉，血花飞溅。雨水和泪水交织在一起，他们脸上手上全是鲜血，放眼望去那是鲜红的炼狱。天啊！残肢断臂的士兵在地上挣扎蠕动，嘴里不断嘶吼呻吟。愤怒癫狂的异族挥舞长刀大声咆哮，马蹄高高扬起，满地都是尸体。

“萧校尉，你怎么了？中暑了吗？”有队长过来将校尉推醒。

灼人的日光重新射入眼中，萧姓校尉恍若还魂，倒吸一口冷气，喃喃道：

“我没事，没事。”

队长道：“满身虚汗了，还说没事！先前就看你脸色不对，身体不舒服就到后头休息。今天日头是大了点。”

“是的大人。”青年校尉手掌颤抖地按在腰间的绣春刀上，死了那么多人，那么多人……为何每天都会遇到这些怪事，这该死的比武大会何时才是个头。

不远处杜郁非看到了这一幕，轻轻咳嗽了两下，眼中闪过一丝异色。

萧校尉回到棚后换了身衣服，坐在椅子上，脑海里不断浮现出方才那阿鼻地狱般的杀戮画面，他深吸几口气，用力擦去眼中的泪水，请假离开了比武场。

杜郁非向检查站的队长简单问询了日常情况，得知此人名叫萧剑心，二十三岁，住天桥附近，身体并不太好，经常头疼脑热，但做事还是很勤勉的。刚才杜郁非远远看了一眼，觉得此人和把式王提供的画像有七分相像。为防止打草惊蛇，杜郁非并没刻意询问更多他的资料，而是不急不慢地远远在其身后一路尾随。

萧剑心并没有急着回家，先是去米店买了一袋米，又在经过花鸟市场时，盯着一只画眉站了好一阵，最后还看了会儿路边小孩做游戏才慢慢走回住处。他横穿半个城区，走了有一个多时辰。

杜郁非发现对方经常无缘无故发呆，发呆后有时面露微笑，有时则是眼中射出愤怒之色。与其说他像个杀手，更多的是像个疯子吧。只是这疯子是知道自己跟在后面，还是一贯如此悠闲呢？杜郁非在对方发呆的间隙，找到街上的卫兵，让他们通知袁彬带萧剑心的资料来天桥附近找他。

萧剑心又溜达了两个街口，拐入了一片尽管贫苦但还算整齐的民居。作为一个锦衣卫，住在这种地方的并不多见。杜郁非飞身上房，隐蔽在屋檐和砖瓦间继续跟随，目送对方进入一间在当地算是比较宽敞的房子。

杜郁非微微皱眉，从围墙上望去，萧剑心是一个人独住的，这不是他想看到的情况。杜郁非的目光向左右扫去，东面的小院子住着的是一对老夫妻，婆婆正数落着老头昨天输了多少文钱，下次下注一定要看清楚局面；西面的院子则很安静。

忽然，萧剑心推开了西面的篱笆，拎着那袋米步入西院。一个温婉的妇人走出门扉，微笑着接过了米袋，妇人脚边还跟着一个五岁左右的女孩。萧剑心和她们随便说了两句话，就又回到了自己的屋子，之后很久屋门都没再打开。

那叫小兰的女人看着他的目光很温柔，但并无那种感情，而那个小女孩，自始至终都是淡淡的笑容。

杜郁非听到屋内有男人的哭声传出，这哭声仿佛来自受伤的野兽，痛苦、悲伤，更带着诡异。他是个疯子吧，疯子会那么有计划地杀人？杜郁非皱眉退出了这片民居，在一个街口外看到了锦衣卫的马车。

“大人，你要的萧剑心的资料。”苏月夜将两页资料递给他。

杜郁非面无表情道：“东面有一个种了无花果树的院子，屋顶是黑色的房子，抓住他。”

袁彬带着二十多个锦衣卫，从两边包抄奔向萧家。

苏月夜见杜郁非面色不佳，低声问：“怎么了？”

“这不像是会主动杀人的家伙。见到这个人后，我觉得原本清楚的线索乱了。”杜郁非翻了翻资料，眼中再次闪过一丝失望。

萧剑心一年前从洛阳卫所调职到京城，中间办事妥帖从未犯错。洛阳卫所对其评价为忠诚可靠，之所以调来京城是因为他所在的小队集体调动。这里的住所，是他来京城后自己找的，此人并不适合群居，所以没有住锦衣卫提供的宿舍。所有资料都没把他和开封联系到一起。

“嘭”，远处传来篱笆墙倒塌的声音。杜郁非浓眉一扬，飞奔向事发地。两个锦衣卫正狼狈地从地上爬起，萧剑心两手空空飞奔在民居间，袁彬从侧后方飞起一脚踢向他后背。萧剑心从容回身一拳拦住，但袁彬的脚力远超他想象，他被踢在别人家的墙上。萧剑心额头出血面色微变，试图拐出巷子。袁彬早就蓄势待发，站在墙上又一脚踢来，雷霆万钧。萧剑心闷哼一声，双手忽然摆出奇怪的姿势，脚步倒踩七星，手掌架上袁彬小腿，整个人潇洒一转。袁彬感到所有力量分从七个方位推回了自己，他微一皱眉想要收腿，人却失去了平衡，踉踉跄跄冲出六七步。萧剑心趁机夺路狂奔跑向大街。

杜郁非淡定地来到街口拦住去路。萧剑心皱眉看着他，沉声道：“杜大人。”

“你认识我？”杜郁非问。

“今日在比武场见过你。大人，为何要抓我？”萧剑心问，也许是哭多了的缘故，他两眼血红。

杜郁非道：“怀疑你和一连串杀人事件有关。请跟我回北镇抚司。”

此时袁彬已堵住萧剑心的退路，更多锦衣卫出现在四周。

萧剑心苦笑道：“我没杀过人。我跟你回去。”

杜郁非并不多说，让袁彬将萧剑心锁住带回衙门。

“是觉得抵抗没用，还是他真的没做过？”苏月夜不禁皱起眉头。

“先搜了他的房子再说。”天色已悄然变暗，杜郁非重新打量那栋有些寂静的民居，耳边仿佛再次响起那男人的哭声，抓到了人，但他并不高兴，“我要他周围邻居，尤其是那家叫小兰的女人的资料。”他又补了一句。

“没问题。”苏月夜有些担心地看着杜郁非，她很少看到男人情绪如此低落。

四

萧剑心的家空荡荡的几乎没有什么家具，仅有的几件东西也都是他自己打造的。邻居说他平日里靠小兰母女照顾，家里经常传出哭声和砸东西的声音，但他对小兰和外人大多数时候还是很温和的，做木匠活是他唯一的爱好。

锦衣卫在他家没有收获，这里没有凶器，没有血衣，没有沾血的官靴。萧剑心表示他的官服都留在比武场，袁彬将在比武场的绣春刀拿回来比对了刀锋，并不能证明是凶器。

袁彬道："至于他为何在家莫名哭泣，萧剑心回答说过几天就是他父亲的忌日，想到自己一事无成，所以控制不住情绪。"

苏月夜道："小兰母女也证明了他不在场。每天早晨他都是固定的时间从天桥去比武场，早饭是小兰替他准备的。这里除了他的队长——锦衣卫百户赵安来过，平时没有同事来。他是有些孤僻，但对她们母女很好。"

"她女儿失踪被萧剑心找回来的事，她怎么说？"杜郁非问。

苏月夜道："她说没有这事，女儿每天都在家。女儿从小多病，她在家靠替人缝补衣服度日。赵安让她照顾萧剑心的起居，给的酬劳不算多。但我看那女孩不是多病那么简单，应该是有些轻度痴傻吧。我也问了她们的街坊，没人知道女孩是否曾经失踪。但我把人贩子的画像给周围邻里看了，他们的确见过那个车夫。有邻居说小兰是烟花女子，是暗娼。当然那人也拿不出什么证据。"

"即便他们都不承认，但所有线索都指向萧剑心。"袁彬板着脸道，"我说该用大刑了，不用刑他们是不会开口的。"

"他的队长赵安没有跟你过来？"杜郁非问。

袁彬道："天很晚了，他们还在准备明日擂台的事。他被招去见刘勉大人和楚利典了。"

"赵安是萧剑心的队长，出那么多大事居然不主动过来。查他的底。"杜郁非揉着额头，低声道，"就我们看到的这个萧剑心，很多事他一个人做不来。至于用刑，不需要。我们将小兰母女分开，将萧剑心和她们母女分开。关个两天再问。"

袁彬微微皱眉，明明有更干脆的办法为何不用？

苏月夜小声问："你是不是觉得案情有问题？"

"当然有问题。你们自己看一下！"杜郁非忽然提高嗓门道，"萧剑心一个二十多岁的青年，他生活自理能力有限，经常在各种场合表现得神志不清。他有什么能力制造这些凶案？即便这些凶案是他做的。昨天清晨，萧剑心发现小兰的女儿失踪，若不是在诱拐时当场发现，他是怎么凭借一己之力找到人贩子的？若是当场发现，不论是发生了争斗还是一路尾随，那一定会有别人听到或看到。若这些都不是他自己做的，那么他的同伙又是谁？”

忽然，拘留室那里传来萧剑心疯狂而凄惨的叫喊声。杜郁非他们赶到现场，就见他抱着头瑟缩于角落不停地狂叫。

守卫道：“刚被带进来就这样了。我看他只是摸了摸床就开始狂叫。”

外面有其他守卫轻轻嘀咕着，说这间就是以前常说闹鬼的拘留室，这疯子是不是看到了什么。

“给他换个房间。”杜郁非想到萧剑心的家，“弄张干净的床，不许任何人碰他。”

三人重新回到外头，袁彬沉声道：“大人，我觉得这案子的确有问题，但不该这么审。你只要允许我对陈兰或萧剑心其中一人动刑，一定能问出些什么。毕竟现在外头都说锦衣卫杀人，我们的确抓了锦衣卫，必须要尽快有个交代。”

“你是说我心慈手软？”杜郁非瞪起眼睛。

袁彬不说话，表示默认。

杜郁非冷笑了起来，刚要说些什么，远处有锦衣卫小声对苏月夜说了两句。苏月夜走到两个男人中间，递上一张纸条。

杜郁非看了一眼道：“苏姐儿，你跟我去见识一下永乐组。袁彬，你留在这里看着萧剑心，他碰破点皮，有个三长两短，我唯你是问！”

“你不带袁彬去长长见识？人关在老家怕什么？”苏月夜上了马车小声道。

杜郁非笑了笑：“你和袁彬一样，真以为锦衣卫都是自己人？这次的凶手是什么人？还用刑，用刑直接用到死，再找谁问话去？”

苏月夜秀眉微蹙，苦笑道：“好像是我们没想周全。”

右军街，年华楼顶楼。下面的世界繁华嘈杂，楼顶的世界清静阴凉。空旷的楼顶只招待特殊客人，除了一面画着山水楼阁的屏风，再无其他摆设。

杜郁非要了一瓶“梦里星落”于楼顶小酌，苏月夜坐于一边抚琴助兴，外人还真看不出他们正被重案折磨。不过杜郁非喝两口酒，就会稍许咳嗽一下，让人看着都替他难受。

大约过了一个时辰，楼下的声音逐渐消失，而他们等的人还没有来。杜郁非看了看夜空，算来已是罗邪离开的第二日，不知她在开封有何收获。

“我今天看萧剑心的卷宗时也很失望，他的卷宗和开封没有一点关系。真怕罗邪空跑一次。”苏月夜和他心意相通，小声表达了担忧。

“不怕白跑，就怕有陷阱。我这人总觉得有阴谋。”杜郁非转了转酒杯。

苏月夜小声道：“我放在外面的暗桩报告说，最近常有江湖人光顾楚利典的宅邸，楚利典得罪了谁？”

“楚利典并无妻室，只有一个年纪不大的儿子。他本身是天涯会的会主，又掌管本次比武大会，定会得罪江湖人。不过这条线索值得跟一下，毕竟若非大恩怨，没人会去惹东厂。”杜郁非一扬脖又是一杯下肚。他喝得快咳嗽得也快，这大夏天的居然咳出了秋风萧瑟的凛冽感。

“原来又是个天生酒鬼，都咳成这样了还不戒酒。”一个柔和的声音从一旁响起。

杜郁非和苏月夜扭头望去，看到了一个奇诡的场景。一只纤纤玉手从屏风画面的阁楼里打开了窗户，一个身着黑色长袍的绝美女子从阁楼里飘身而出，落在了他们面前。而后女子玉手一招，屏风变成了一幅画卷飞入掌心。

女人看着杜郁非，微笑施礼道：“本人杜晋玄，永乐组第二代当家人。”

杜郁非抱拳回礼，请对方入座。苏月夜虽颇为警惕地看着对方，但仍旧殷勤如女主人般替杜晋玄准备碗筷。他们重新打量面前的女子，这一次却感觉对方离开了阁楼后，似乎并不是非常美艳，但有种绝世的风华藏于眉宇间，让人感觉说不出的耐看和温柔。

“听说你要见永乐组的当家人，而我朋友欠你一个人情，所以我就来了。”杜晋玄淡淡一笑，喝了一杯酒水道，“先饮一杯赔罪，虽有迟到，但终未爽约，还请杜大人恕罪则个。”

“你朋友欠我人情从何说起？”杜郁非问。

“我好朋友是朱岩岚。”杜晋玄微笑道。杜郁非恍然点了点头。

女人侧头道：“那么你找我究竟何事？”她一颦一笑间，眼波流转，神情变化万千。

苏月夜递上白衣人的画像：“此人干扰了我们手上的案子，多次出现在案发地。一次遭遇战中，他说自己是永乐组的人，我们想求证一下他是谁。若真是永乐组的人，那么他为何要干扰我们的案子。关于这个人，我能说的是他的轻功卓越。”

杜晋玄借着月光看了看画像，叹了口气：“是时飞扬嘛……要说他是永乐组，勉强算是吧。这小子向来独来独往。”

“是就是，不是就不是。”杜郁非淡淡接了句。

“是，他是由我负责的。至于他干扰你们的案子，能简单跟我说一遍吗？”杜晋玄温柔道。

苏月夜简单说了一遍萧剑心的案子，最后道：“时飞扬说，他跟了萧剑心的案子很久。”

杜晋玄想了一下，慢慢道：“你们觉得萧剑心是不是有点特殊？”

“是的。初看他只是心智与众不同，说好听点是特别，说难听些就是有病。但我靠近他后，总觉得他不像是杀人凶手，更像个天真的孩子。”杜郁非苦笑道，“或许这番话有些前后矛盾。”

“杜大人，不管你是否相信，要知道这世上是有一些超出常理的人和事的。”杜晋玄道。

“比如鬼神？”苏月夜问。

杜晋玄笑道：“比如异人。有许多异人活在常人不知道的世界，他们在普通人眼里是怪物，是有病或不可理解的东西。通常时飞扬所涉及的案子，多数都和预言有关。”

“预言？”杜郁非和苏月夜一同皱眉。

“是的。他总是能知道一些即将发生的坏事，然后在那些事发生之前制止它。”杜晋玄笑道，“或许你们会问，即将发生而还没有发生，又怎么确定是真事呢？这很难解释。不过他虽然每次多少会惹出一些事，但意图一直都是好的，而且他很少染血，相信没有对你们造成什么伤害。”

杜郁非道：“的确，他没有对我的人下杀手。”

“那么……”杜晋玄微微拖长了慵懒的声音，“如不是十恶不赦的案子，我会让时飞扬离开你们视线。如何？”

“你保证？”杜郁非问。

“保证。”杜晋玄轻怕胸口引起一阵波澜，她起身眯着眼睛笑道，“当然……既然这里牵涉时飞扬，那么萧剑心很可能是个异人。对待那些异人最好的方法，就是和他们做朋友，消除他们的紧张感，否则……即便大刑伺候，你也是什么都问不出来的。至于你说的这个案子……跳出凶杀的思路看看呢？”

“跳出去？”杜郁非微微皱眉。

“你所追寻的秘密，可能是某些人公开议论的话题。”杜晋玄双手平举站到了屋檐上，长裙随之向上展开，露出她女人味十足的身段，微笑道，“杜郁非，大明的京城近来有那么多大事，你只盯着绣春刀和一叶障目有何区别？”

杜郁非还想问些什么。

“杜郁非，今日缘尽，谢谢你的‘梦里星落’。”杜晋玄抬手向天，杜郁非仿佛见她赤手撕开了天幕。

错愕中，美人已跃入虚空，那融入天地的身影只留下淡淡一句：“你既然修习了《大艰难书》，也许我们未来还会再见。后会有期。”

永乐组……杜郁非倒吸一口冷气，他修习《大艰难书》两年，自以为开始摸到“天剑”朱岩岚的境界，但杜晋玄这般的人物……他看了眼边上的苏月夜，苏姐儿已经完全弄不清这是怎么回事了。和时飞扬如鬼魅般的消失相比，刚才那又是什么？

袁彬搬了把椅子坐在萧剑心的房间外，在杜郁非离开后，他隐约理解了老大的做法，但有一条他并不赞成。若在北镇抚司衙门里，他们还保不住一个犯人，那还凭什么执掌这个衙门，至少他认为自己手下的人是没有问题的。

但真让他将看守萧剑心的重任交给手下，袁彬又觉得有些不放心。这不禁让他生出个念头，杜郁非有他袁彬做这些，他袁彬有谁？一直说要能独当一面，那么有可以信任的手足，也是很重要的一个条件吧。他仔细想了想手边能用的人，刘勉被贬官三年了，而他们手下的居然仍旧是刘大人的旧部。

萧剑心并不在意他坐在门口，事实上萧剑心只沉浸于自己的世界中。他看着锦衣卫端来的晚饭，先是视若无睹，但熬到深夜，架不住袁彬一次次在门口吃着各种东西，终于忍不住吃了一口晚饭，然后就把冷饭吃完了。

袁彬笑了笑，又给他端来一碗热汤。

萧剑心喝了两口热汤，忽然对袁彬道："这汤是小兰煮的？"

"是的，我告诉她你要喝汤。"袁彬回答。

萧剑心微微松了口气："那么你们没为难她？"

"当然，我从不欺负女人。"

萧剑心略微谨慎地轻轻碰了一下袁彬，皱着眉头退了一步，再慢慢舒展开稀疏的眉毛，点头道："你不是坏人。"

"我本来就不是坏人。你也是锦衣卫，难道觉得锦衣卫都是坏人？"

萧剑心苦笑了下，低声道："世事繁杂，不知信谁。小兰和这里的事没有关系。"

"她和什么事没有关系？"袁彬问。

萧剑心微一扬眉，却不再说话了。

"最近城里发生了哪些大事？"次日一早，杜郁非叫来了二十多个锦衣卫以及顺天府衙的众多捕头。

苏月夜道："城里最大的事是比武大会，然后是？"

没有人接话茬，一个个都很犹豫地看着杜郁非，好不容易有人道："有人用绣春刀杀人，这是第二的大事吧。"

袁彬看着众人道："放松一点，不谈我们这几天查的凶案，其他还有什么事？大人说了，拿出合理意见的，无论和破案有没有关系，都给一百两银子。"

有人道："那其实……最近的大事不是凶案而是街面上死了很多人，被什么刀杀无所谓。"

"很多人？"杜郁非问。

"最近赌擂输钱的人很多，昨晚在鹤鸣楼有两个人跳楼，在彩虹坊有一个。另外跳河跳天桥的也越来越多。"捕头里有人道。

"是，跳天桥的最多！那边归我管，这个月就跳了五个了。"

"赌擂……比武大会的赌局？"杜郁非问。

"是的，这比武大会从海选到现在进行了四个月了，几乎人人都赌，也越赌越大。"锦衣卫里有人道，"杜大人，你命我们不得参与，实话说大多数人是做不到的。这赌局不用去赌坊，只要在各衙门各酒楼找到愿意坐庄的人，就可以直接开赌了。"

"的确是越赌越大，一开始我们也就是十来文钱小赌赌，现在都是几两几十两银子了。"

"你昨天输了还是赢了？我是连输三场了。之前赢了几十两银子，如今全都吐回去不说，还倒赔了十多两。"

"才十多两算好的了，我家二叔已经输了两百多两了。他在刑部当差才挣多少？"

"两百多两算个屁，城南大户费大官人已经输出一条街的商铺和一个马队了！还有户部的那个侍郎，挺老实的一个官员，被赌场追着要银子！越有钱的人越是容易倾家荡产。"

"谁说十多两不算事的？都怪那袁野，就因为他死了，原来很清楚的胜负关系一下子乱套了。"

"还有那个司空狂龙，因为他的死，我也输惨了！"

杜郁非隐约觉得把握到了什么，轻咳了两下，高声道："按照你们的说法，全城有多少人赌？"

“杜大人，就这么说吧。全城有多少人不赌！”

“杜大人，听说你今天也要打擂台？”

“是的，我也看了告示了，你属于原本隐秘的三个神秘嘉宾。”

“杜大人，我们就压你了啊。你神勇无敌，什么对手没遇到过，我整个身家都压你身上！”

“大人，你可千万别像某些人那样，做出赢擂输盘的事来坑我们啊。”

杜郁非并非不懂赌博，因他不参与赌局。虽然也听说这“赌擂”的水非常深，但还真没想到已经造成这么大的影响。他和苏月夜交换了眼色，问个赌局的事居然就让场面失控了，这接下来估计也问不出什么了。

袁彬笑着开始清场，当然，对最先打开话题的人还是给了赏银。但他发现，散会后这些官差并未着急离开，而是留在外面休息室里等待什么消息。然后有一个锦衣卫从拘留地那边跑来，给他们说了什么，这些人才欢天喜地地走了。

袁彬一把抓住那锦衣卫问话。原来昨晚萧剑心被抓来前，在锦衣卫的小圈子里就传说他对“赌擂”的胜负判断极准，而他昨夜在办理关押事宜时，被人问了今日的胜负。接着在今早的擂台决胜中，他说的那些人全胜，于是刚才那些官差就都留下来打听消息。

袁彬挠头苦笑，世上真有能预测未来的人？

如果袁野和司空狂龙的死，同他们平日的恶行无关，是否和“赌擂”有关？萧剑心那能预测“赌擂”胜负的能力，又是否和他被卷入这些事有关？杜郁非觉得找到了新的方向。

这时苏月夜道：“比武大会那边发来通知，今日三十二进十六的擂台，你对北少林的关岁月，是三十二强战的最后重头戏。你差不多该去比武场了。”

“赌擂，盘口，庄家怎么赚钱，赌徒怎么赚钱这些事你懂吗？还有就是这次赌擂把全城人都搅和进去会涉及多大的数目？”杜郁非没头没脑来了这么一句。

苏月夜皱眉道：“按说不会很复杂，但最好找个原本就精通这些的人来做。”

“万能的苏姐儿也不懂吗？”杜郁非挠了挠头道，“另外，我发现了两件反常的事。”

袁彬道：“一件肯定是那个赵安，到现在也没来我们衙门报到，胆子也忒大了。另一件呢？”

杜郁非道：“青龙帮的人没有来找过我。司空狂龙的爹不在京师，但他们除了领尸体，其他什么都没做。是不是很奇怪？”

“的确。”袁彬点头。

杜郁非笑道：“让青龙帮的到比武场见我，还有，找到他们说的那个户部侍郎，那家伙一定很清楚赌擂的门道。告诉他，只要帮我们弄清这些事，债务我帮他平了。”

五

杜郁非到了比武场，验过身份后，径直前往武者的休息区。按规定，上擂台前还要验一次身份，让锦衣卫看一下用的兵器，用暗器需要特别申报。

休息区的人并不多，因为今日只剩下最后两场比武。

周围的武者远远地对他指指点点，仿佛在议论其身份。杜郁非扫了眼日程，意外地发现自己并没有被归入卫凝眉的半区，而是在另一个大热门，铁衣山庄的夏铁衣这一边。赵安仍旧没有来和他见面，据他手下说，宫里又有公公来检查这里的安全，所以赵大人去了东厂那边。

赵安和楚利典有关系吗？杜郁非用拳头轻轻敲了敲胸口，将临行前苏月夜递来的关岁月的卷宗打开。

关岁月，二十五岁，北少林俗家弟子。他是少林寺塔林之役的幸存者，当年是排名前十的俗家弟子，如今已是大师兄了，擅长少林七十二绝技中的“达摩剑”和“斩魔剑”，后者即剑掌。由于少林寺已经式微，所以他是经过海选一路杀来的。据说他打擂台只是为了证明少林寺依然有高手，依然能在天下占一席之地。而京城最大的赌坊“十方赌坊”将他们此战的赔率定为二赔一，杜郁非占优。

才二赔一吗？他们真是不看好我啊。杜郁非心里叹了口气，目光扫过周围的人群，在休息区的边沿看到了那个一身布衣、背负长剑的落寞青年。

杜郁非忽然记起几年前的泰山武林大会，在侠客山庄的宴席上有一个少林僧人也有相似的背影。梦星辰的那一战究竟毁了多少人的人生……

而随即涌进杜郁非脑海的，却是杜晋玄那撕破天幕的瞬间。武道如天……我们都太渺小了啊。在杜郁非出神时，远处传来了铜锣的响声，有人大声叫着杜郁非和关岁月的名字。他深吸口气，心里犹自道：梦星辰也对付不了那个女人吧。

杜郁非走到检查站时，袁彬带着几个青袍人出现在边上。青龙帮的人毕竟是来了，那赵安要躲到何时？杜郁非对青龙帮的人一抱拳，大步去向擂台。

从三十二强开始，所有的擂台赛都在最中央的天下第一擂进行。擂台高三丈，四面都有阶梯通向比武区，比武区五丈见方，并无绳圈。擂台正上方的牌匾上有御笔亲题的“武道第一”四字，另一面则同样是御笔亲书的“天下英雄”。四面的观众席只有一面有座位，有座位的这面分为三层，可容纳八百人，另三面都是站席，据说最多可同时有万人观看。

比武主持大声宣布比武事项后，擂台上就只剩下杜郁非和关岁月了。

“我们这些海选过来的人，最讨厌的就是你这种神秘特选。”关岁月左手绑着一层绷带，年纪不大却已是满额头皱纹，“但不管你是谁，我都会赢的。”

杜郁非笑了笑，并不废话，只是摊开手示意对方放马过来。

关岁月宝剑出鞘，他的剑锋比普通长剑宽了一指，他双手握剑猛地腾空而起，若一只猛禽停在半空，大剑就如猛禽的利爪，凌空浩荡而下。杜郁非剑眉轻扬，这是什么达摩剑法？他连退五步，避开五剑，对方每一击过后都能回到半空。

是蜻蜓点水，加达摩剑的变化。杜郁非再次避过一剑，在对方翻身升空的一瞬，忽然脚步闪动……关岁月原本只是做着自己的动作，却看到杜郁非已贴近自己身边。他勃然变色，而大剑过于巨大，居然无法翻转。

杜郁非探出手掌搭在对方肩头，一下将他按下擂台。关岁月感觉一股温和而庞大的力量将自己托起，人如断线风筝飞出三丈，眼看就要摔出擂台，他大吼一声，突然身子急向下坠，双脚落在擂台边沿，将地面震碎了一片。

台下青龙帮的人笑道："还好站住了，刚才真那样掉出去，不知多少人要上天桥了。"

袁彬道："为何？杜哥本就稳赢他的啊。"

青龙帮的老者道："但盘口没说十招之内就能赢。杜郁非最近两年都没和什么人动武，而关岁月可是一路打上来的。"

袁彬扫了眼周围，果然方才这一幕让许多观众惊出一身冷汗，他忽然看到赵安出现在擂台边。

青龙帮的其他帮众小声道："粗算才过了六招，还是够呛。"

台上，关岁月微微吸了口气，他轻轻解开左掌的绷带，手掌散开一层森然的剑气，闪过晶莹的剑芒。

杜郁非低声道："何必？"

"少林不是不能输，而是不能随便输。"关岁月瞪着眼睛疾奔冲起，擂台上剑气漫天。

这样的关岁月，杜郁非并不想将其重伤，但又如何能留手？轻轻叹了口气，他微微斜跨一步，人若飞马踏雪，在半空连续换过多个位置，踏入层层剑网，用剑背扫在关岁月的背上！

关岁月硬受一击，转身喝道："斩魔！"他双手一合，剑掌化作大剑长啸斩落。

白驹过隙，不舍昼夜……杜郁非凭空出现在他身侧，一脚将其踢落擂台。

青龙帮的老者轻轻叹了口气："少林终究是式微了。天下没有了少林、武当总感觉少了什么。”

老大变强了，而且不是强了一点，袁彬能感觉到杜郁非身上洋溢着一种前所未见的锐气。是被什么刺激了？

仍旧没过十招吗？台下的观众面面相觑，顿时有许多人大声喝骂，痛斥关岁月打假拳，更有人当场失声痛哭。当然，也有人发了疯般大叫杜郁非万岁。

杜郁非微微皱眉，站在擂台上看着这一切发生，目光落在人群中的赵安身上。

远处东厂的高台上，楚利典同样在望着杜郁非。一个高大的白衣青年立于他身边，正是比武大会当前最大的热门——大内侍卫统领卫凝眉。

卫凝眉出身东厂，在两年前京师大战袁忠受伤后，逐渐登上大内第一高手的位置。他天生有一双若刀锋般的浓眉，说话时总是凝着眉头，确实人如其名。

“据说他今早找了许多人问赌局的事，后来还主动联系了青龙帮。看来要从查凶杀变成查赌擂了。还是他一早就瞄准了你？”卫凝眉愁眉苦脸道。

“不管是不是，都不能放任不管。他是能通天的人。”楚利典轻声道，“青龙帮果然是个大麻烦。”

“是呀，被咬到小手指，也是很疼的。而且真的咬着不放，就成了大麻烦。”卫凝眉笑道，“但你也看到了，刚才那种表现，怕是比从前更厉害了。要杀掉他可不容易。”

楚利典嘴角挂上残忍的笑意：“这就是我叫你来的原因，不试试怎么知道呢？”

“啊？我以为你叫我来看戏的。”卫凝眉表情越发纠结了。

在一片骂声中，杜郁非走下擂台，好在他是锦衣卫不用走普通的退场通道。关岁月沾了他的光，也避开了百姓，却坐实了假打的名分。即便走入检查站大棚，外面叫骂声仍然响若雷鸣，杜郁非真不明白，这样的真刀真枪，怎么就有人说他们打假的？输钱的人总要给自己找个理由？

赵安躬身施礼，端上茶水道：“真是抱歉啊。大人，你也看到了。每天不管什么擂台打完，这里都是这个样子。到完事儿后，我还要去刘大人、楚大人那里汇报，晚上还要继续给弟兄们布置任务……真是分身无术。”

接过茶水，杜郁非摆手道：“罢了。听说萧剑心是你的老部下，他这次犯事，你怎么说？”

赵安道：“萧剑心这人一直有点神神道道，但人是好人，按说杀人的事他做不出来。”

“杀人他做不来，那他能做什么？他猜赌局倒是一把好手，给我们衙门里的差役赚了不少钱。”杜郁非接过袁彬递上的纸条，笑道，“厉害啊，连我这场他都猜对了。”

“这……萧剑心常说自己能看出别人的善恶，偶尔也会给弟兄们出出下注的主意，但是，有输有赢而已。”赵安小心翼翼地回答，“他不太合群，所以我安排他住在天桥那边，真没想到他会惹出事来。”

定人善恶？杜郁非目光在赵安的绣春刀上扫过，微笑道：“你赌吗？”

“小赌怡情。”赵安尴尬道，“赢了几两。”

“那可真不错。你带队有些年了吧，这次差事办得好，也该动动了。”杜郁非拍了拍他的肩膀。

赵安喜道：“谢大人，那萧……”

“萧剑心的事还要查，你不用管了。”杜郁非还回茶盏，大步离开了检查站。袁彬身着飞鱼服在前开道，外面的赌徒无可奈何地让开一条道路。

袁彬小声问道：“那家伙的佩刀就是旧款。”

“盯着他。”杜郁非转身对袁彬身后的青袍老者笑道，“何先生，久仰大名。”

这老头是青龙帮的二号人物，大总管何庸，是在司空狂龙死后紧急赶到京师处理事务的。刚才袁彬给的纸条其实是介绍此人身份的。

何庸刚要寒暄几句，忽然边上有锦衣卫急上前道：“大人，关岁月被杀了。”

“什么？”杜郁非一愣。

“就在他离开比武场不久，死在钟鼓楼的西面靠近狗尾巷的地方。”锦衣卫禀告道。

“袁彬，你护送何先生回衙门。我去看一下。”杜郁非对那锦衣卫道，“你带路。”

天边挂起了雨云，周围的街道极为冷清，关岁月周身浴血倒在街道拐角，凶手早就不见了踪影。

杜郁非靠近尸体，半截绣春刀插在关岁月的胸口，背后还有三条刀痕。他捡起边上的断刀查看了一下，这是一把旧款的绣春刀，与杀袁野的凶器吻合。

“杜大人，你为何杀了关岁月？”一路陪他来的那个锦衣卫忽然道。

他这句话一出，周围商铺大门纷纷打开，街面上、屋顶上、远处的路口，忽然多了许多锦衣卫。说话的锦衣卫缓缓后退。

杜郁非目光收缩，沉声道：“你胡说什么？”

“他没有胡说。杜大人，你在擂台结束后，因为在擂台上假打的事和关岁月发生口角，进而因为分赃不均杀了他。”赵安一身戎装，笑着从远处的锦衣卫里走出，“我有人证，而你手上的断刀就是物证。人证物证皆在，我们有理由相信，你和之前袁野、司空狂龙等案有关。请跟我回衙门。”

杜郁非笑道：“你是说我刚杀了人，你就带人在现场包围了我，是吧？”

“是。”赵安淡定从容地回答，“你也可以拒捕，这样我就能当场格杀你。相信我，你死在这里对你我都好。”

“就凭你？”杜郁非冷笑道。

“是凭我。”赵安抬了抬手，四周的屋顶和高墙上都有锦衣卫抬起弩机，甚至有人端着火铳。

杜郁非迅速看清四周的地形。若要突围，最佳路线是东面的药铺，只需要躲过第一排射击。但对方既然势在必得，应该不止看到的这点埋伏。

“好了，不开玩笑。杜郁非！楚大人说了，对你，格杀勿论。”赵安冷笑着一挥手，屋顶上的弩机立即击发，一排强弩呼啸而下，弩箭间还夹带着数点星火。

杜郁非脚步弹起，人在半空划出一个极大的弧线，从东面的高墙直掠向弩机射来的屋顶。只这么两步，就躲过了所有的弩箭，而那些火铳也只能追着他的脚底。

杜郁非踏雪剑轻灵扫出，仿佛点点细雨挥洒于屋顶，那一排弓弩手全被击落。他目光眺向远方，倒吸一口冷气。附近两个街口的屋顶上人影幢幢，密密麻麻都是东厂的番子，那些身披重甲的盾牌手，正是东厂精锐铁甲营。

对方调动厂卫那么多人，自己这边怎会一点风声也没收到……这刀枪如林袍甲如云的架势，楚利典真是不惜代价要杀我啊。杜郁非忽然笑了，长剑舞动，方圆三丈内的瓦片全被挑起，“哗啦啦”，瓦片如暴雨般砸向屋下的锦衣卫。

“向后拦截，不能让他跑了！”赵安喝道。

这些锦衣卫刚要转到后街拦截，杜郁非突然凌空掠向赵安，三五个锦衣卫奋力拦在赵安身前，被他这一冲之力全都撞开。

赵安冷笑着，双手摆出奇怪的姿势，脚踩七星阵法，一道诡异的气劲拦在了杜郁非前方，踏雪剑被带往另一个方向。剑虽然被挡住，杜郁非的身子却突然奇妙地一拐，他一个倒钩正踢在赵安的肩膀。赵安大喝一声，硬受了一脚，双掌箍住了杜郁非的小腿。杜郁非迅速借力晃动胳臂，踏雪剑旋向对方脖子。赵安闷哼一声，将杜郁非向后抛出。

杜郁非一个空翻站在街心，笑道：“你居然会慕容家的‘移星换斗’，真叫人吃惊。萧剑心的武功是跟你学的？”

“去问阎王吧！”赵安面色凝重地拔出绣春刀，硬受一脚的味道并不好。

“你就是用这把刀杀的袁野吧。”杜郁非看着那把旧款的绣春刀笑道，“刀是好刀，洪武年间的工艺，我老家也有一把。”

“那种靠杀女人来让自己兴奋的垃圾，不该杀吗？”赵安将绣春刀耍了个刀花。

“但司空狂龙却不是你杀的，你这算是为谁背黑锅呢？”杜郁非淡淡一笑，对着周围的锦衣卫提高嗓门道，“我是锦衣卫杜郁非，赵安以下犯上，以谋反论罪，罪无可恕。”

“不用你管。”赵安沉声道。他的呼吸变得缓慢悠长，绣春刀扬起一片灿烂刀光，刀法老辣而精准。伴着他展开攻击的，还有提着盾牌护在他左右的锦衣卫。这些悍不畏死的锦衣卫虽然不能接杜郁非一剑，却为赵安争取到出刀的空隙。

杜郁非接下赵安三刀，突然一声暴喝，踏雪剑力拔千钧旋动而起，一剑将赵安震出十来步。而后踏雪剑水银泻地般杀入敌阵，在人丛中衣甲平过，方才无懈可击的敌阵顿时被击破。

赵安他那套怪异的“守招”关键时刻能救命，但却无力压制杜郁非。他紧锁眉头，打打停停，看着身边的人一个个倒下却没什么办法。外围的东厂番子并没靠近此地，几番厮杀后，此地战事演变成了杜郁非追着一大群锦衣卫打。

眼看靠近街角，赵安再次被杜郁非追上。那踏雪剑纵横捭阖，发出凛冽的剑芒。

赵安深吸口气，试图再次转移对方的剑招，但这一次绣春刀却推不开剑锋！杜郁非一声长啸，踏雪剑化作暴风，一剑将那绣春刀劈断！赵安眼中射出恐惧，却强忍住并不后退，手持断刃仍旧砍向杜郁非。

此人行为有异！杜郁非心中生出警兆，远端屋顶一个白衣人凛冽站起。那是卫凝眉……

杜郁非心念刚刚转动，忽然在他侧后方剑气冲天！

原本倒毙不起的关岁月忽然诈尸！在最靠近杜郁非的位置，剑掌斩出！

杜郁非闷哼一声，长剑斜指，平掠三尺，背后被剑掌划开七寸长的一道口子。关岁月冷笑着贴身而上，少林绝学“一苇渡江”紧追“白驹过隙”。杜郁非长剑一立，突然停步迎向关岁月。

“斩魔。”关岁月轻吟道。一种天旋地转的怪异剑气从他的手掌发散开，那简单的掌刃附着了灿烂的金光，四面八方响起漫天梵音。

杜郁非身子飘忽而起，堪堪闪过那层层金光，歪歪斜斜的一剑点向关岁月的咽喉，而眼睛的余光仍盯着屋顶上的人。高处的卫凝眉全身上下散发着一层霞光，立于夕阳中一派仙风道骨。他一直等到踏雪剑刺入关岁月的咽喉，才长啸出手，一出手就带起漫天风云！

白衣的卫凝眉后发而先至，杜郁非的剑还没拔出，那一掌就印在了他的背上。杜郁非喷出一口鲜血，陡然转身刺出一剑。卫凝眉原以为杜郁非中了一掌不粉身碎骨，也要被击飞，而这一剑……

杜郁非的身子平飞而起，踏雪剑扬起层层残影，周围的一切仿佛凝固，只有绝情、绝念、绝影。这是突破了时间和空间的一剑。

卫凝眉双掌一合，却被刺破了掌沿，他大叫一声，“沧海桑田心法”运转如飞，朝后飞退同时层层叠叠踢出三十多腿。杜郁非眼中闪过一丝淡漠，突然身形回转斜飞上房顶，缥缈飞扬的身法追风而走。卫凝眉吃惊地看着杜郁非的背影，慢慢长出一口气。

“追啊！说好联手杀他，你最后才出手！”赵安大怒吼道，“卫凝眉，老子死了那么多人！我……”

卫凝眉捡起地上那半截绣春刀一刀砍在赵安眉心。赵安脸孔抽搐了几下倒在街心。

“楚利典让我杀两个人，这就算杀了一个吧。”卫凝眉目光扫向周围被吓呆了的锦衣卫，叫道，“楚大人有令。杀杜郁非者赏银千两。”

六

“袁彬、苏月夜都已拿下。杜郁非麾下的锦衣卫拿下二十七人。袁彬只问了一句抓捕的理由，并未拒捕。”卫凝眉缓缓道，“杜郁非尚未被抓获。赵安的手下萧剑心已转到我们手上。青龙帮的何庸未见踪影。差不多就是这样。”

“袁彬以为我们不敢杀他？”楚利典笑了笑。

卫凝眉道："我们确实不敢，现场有北镇抚司衙门近百双眼睛看到这一幕。他老子袁忠在大内地位依旧稳固，我们可以拘押，不可滥杀。杜郁非的罪名你都想好了吗？"

"杜郁非与赵安联手，控制京师赌坊赌局，与赵安因赌播发生纠纷，杀死袁野、司空狂龙。"楚利典微笑道，"二人分账不均，杜郁非杀死赵安及其同伙关岁月。这是一。"

"还有二？"卫凝眉奇道。

"杜郁非涉嫌在办案过程中将大内御用的妙法石占为己有，罪同谋逆。"楚利典慢慢道，"现在就看他们能不能在杜家找到那东西了。"

"如果找到那东西，袁家也一起完蛋，但如果没找到……"卫凝眉问。

楚利典淡然道："只要格杀杜郁非，其他都是后话。"

卫凝眉推开窗户，看着街对面的茶社，问道："会主，你觉得杜郁非会逃到这里吗？"

楚利典低声道："修罗宗和刘勉，他总要选一个能信任的退路，换你，选哪个？"

这时，外头有东厂的档头来报："对面有动静了。"

"对面我去过多次，从没想过会是修罗宗的地盘。"卫凝眉苦笑道。

"对东厂来说，世上无秘密。"楚利典拿起桌案上的天涯刀。

杜郁非虽然不悲观，但的确曾经想过，有一天自己会亡命天涯，毕竟干了那么多年锦衣卫，得罪了那么多人。在认识了罗邪后，他更有心理准备，有一天会为了这个爱打架的女杀手远走他乡，但他从未想过会在京师街头成为亡命徒。东厂的人迅速封锁了街道，不论是去往北镇抚司，还是去自己的家，都注定不会是坦途。

大量失血让杜郁非有些脚步虚浮，要杀出几百个东厂番子的包围并不容易。他冲出两个街口，身上又多了两支弩箭和一处刀伤，终于到了相对安全的地方。杜郁非在一家人的后院简单处理了伤口，他并不怕对方报官，反正不会留下过夜。他有些担心袁少和苏姐儿，东厂一定会对付他们，不知二人会如何应对。他依然对情报的缺失很在意，东厂那么大的行动，苏月夜的情报系统怎么会一点风声也没收到？

“没有道理。”杜郁非嘟囔了一句，若北镇抚司衙门的情报系统出了问题，那一定是有大内鬼，所以锦衣卫的系统就不再为他所用了。而且说起来，在京师锦衣卫并没有什么应急的设置，因为京师是锦衣卫的老家，人在老家还要什么紧急措施？现在想来……真该多做一些安排，谁知道以后又会刮哪阵风？

杜郁非忽然很想念罗邪，思思念念、牵牵挂挂，傻丫头千万别在这个时候回北镇抚司……

墙外又有甲胄声响。来得真快！杜郁非飞身上墙，东厂正在附近的街区逐户清场。他瞄着那队东厂番子的最后一人比量了下身材，在对方转过院墙时，无声无息地将其击倒。不久以后，他望了眼头顶的明月，就以东厂人的身份光明正大地走在街上，但没走几步，忍不住一阵咳嗽，鲜血不断溢出嘴角。卫凝眉那一掌比关岁月的剑掌更麻烦……他苦笑了一下，虽然并不情愿，但这一次只能去找修罗宗续命了。

转过右军街，穿过年华楼。在猫耳巷的里头有一个僻静的院子，院里栽种着茂密的大树，对外挂的是茶社的幌子。这个茶社开了有二十年，名叫“楼兰”，算是京师的老字号，平日里这里有不少达官贵人光临，但外人绝不知道，此地其实是天下第一杀手组织“修罗宗”的暗桩。

杜郁非看了眼歇业的旗幌，低头走入院子。他隐约感觉到周围有杀气环绕，但茶社空无一人。之前准备好的暗号居然毫无用处，杜郁非看着黑暗中的大堂，嗅到一阵熟悉而危险的气息。

“罗牙儿。”他苦笑道，“你回来了？”

“喂喂！暗号明明是你说‘洛阳女儿对门居，才可容颜十五余’，我再对‘少年十五二十时，步行夺得胡马骑’好吗？你怎么一点都不上心！”罗邪颇为懊恼道。

“我都知道是你了，还对什么？”杜郁非笑道。

罗邪的长袖扫出，一把将其拉入黑暗，怒道：“你就是不配合。呀！”

杜郁非搂住了她的蛮腰，在其香唇上深深一吻。罗邪微微挣扎了一下，最后死死抱住了他。这一来正压在杜郁非的伤口上，老杜顿时疼得一哆嗦，却没舍得放手。两人在黑暗中紧紧相拥，外头却忽然传来了许多甲胄碰撞的声音和脚步声。

面色酒红的罗邪低声道：“这里已被东厂识破，我将宗门里的人驱散了。独自留守，就为了等你。袁彬和苏姐儿都被东厂拘押了，他们行动太快，我没来得及赶上。不过当时我接应到了青龙帮的人。”

“他们不敢动袁彬的。”杜郁非道。

“的确如此，所以我们先离开此地。”罗邪笑道，一面将面具重新戴上，拉着杜郁非转到后院。

大批东厂番子冲入茶社，但这里已空无一人。

“搜！”楚利典面沉似水。

躲入茶社佛堂地下的罗邪和杜郁非，悠闲地倒上了茶水。

罗邪拿出刀伤药道：“这里距离地上足有十丈。转出去，有两个隐蔽出口。别说他们找不到此地，就算找到，我们也能离开。现在让我看下你的伤口。”

“躲到地下原来是为了让我脱衣服……”杜郁非笑道。

“你！”罗邪刚刚散去红霞的面颊再次变得绯红。

“好了好了。但我严重的该是内伤。”杜郁非咳嗽两下，脱下衣袍露出背后触目惊心的剑伤、箭创，以及一个暗金色的手掌印。

“卫凝眉……”罗邪咬牙道。

“你在开封找到线索了吗？怎么回来得那么快。”杜郁非问。

罗邪苦笑道：“那线索现在还重要？我从青龙帮的何庸那边了解的事情，加上你今天的遭遇，可知一切都同楚利典的赌局及赵安有关。唉，如果我不走，你一定不会有事。”

“说说看。”杜郁非笑道。

“我翻遍了开封卫所的卷宗，发现了一个诡异的事实。萧剑心并非萧剑心，而是叫李寒。他是老锦衣卫李坤的儿子。”罗邪一边处理杜郁非的伤口一边道。

“那个对案件常有神奇预判的李坤？”杜郁非惊讶道。

“是的，卷宗显示过去在开封，有几个大案实际和李坤有关。这个锦衣卫里的神捕，其实是个杀人凶手。但光看卷宗我们仍不知道李坤最后一案的问题以及他是怎么死的。我只知道李坤死后，李寒由赵安照顾。赵安将其身份换成了洛阳卫所的萧剑心，并带到了京城。根据那边卫所的老人说，李寒是有一些特别，很多人愿意相信他有预测能力。”罗邪低声道，“我发现了赵安和李寒的关系后，觉得没有其他线索可追，就第一时间回来了。一个来回正好是三天多一点，然后我这一路上发现，哪怕是开封卫所，对赌擂这事也是非常热衷。于是就叫修罗宗的弟子关心了一下这事，结果发现……真是大事。原来最近以青龙帮为首的京城赌坊和天涯会已势同水火。”

杜郁非道：“我知道青龙帮在京城就开有赌坊，而且是京城最大的五个赌坊之一，名字叫青龙坊。具体的问话，本想在今晚进行的。”

“我替你问了何庸。你想听复杂的还是简单的？”罗邪慢条斯埋道。

“能简单当然好。”杜郁非回答。

“那就是京师的擂台赌局本是各大赌场和天涯会联合操控的，但因为赌资金额越来越多，牵涉的各方利益越来越广。天涯会不满最初的分成，想将二八分账提到六四分。赌场这边以青龙赌坊为首，不同意如此压榨，于是司空狂龙被杀。天涯会那边有东厂、锦衣卫以及京师各大衙门撑腰，青龙帮原本准备低头，但发现你是个干净的官，于是准备找你搏一下。结果今天你就差点倒了，现在青龙帮决定撤出京师。”罗邪语速飞快地说完，在杜郁非的背上拍了一掌，“包扎好了，不谢！”

杜郁非再次疼得一咧嘴，皱眉道：“这次赌擂几乎牵涉城里所有的人，到底涉及多少赌资？”

罗邪竖起两根手指。

“两千万两？”杜郁非扬起眉头。

罗邪笑道："两千万不止，等到最后四轮开始，我看接下来数字将奔着三千万去。这还是因为擂台出的是即时结果，消息一旦延迟到两日以上，就可能被人造假，这样外地的州府不好操作，要不然全国各地滚起来……"

"那如今京畿周围的银两加一起……"杜郁非的头顿时大了。

"别算银子了，你又不是账房先生。接着准备怎么办？需不需要我动员宗门弟子，杀得他东厂鸡犬不留？"提到杀字，罗邪就杀气腾腾的。

"两千万两银子一旦出乱子，京畿就会不稳，势必将动摇国本。"杜郁非眯着眼睛，慢慢道，"我们和东厂的账该算一下了，但东厂有神龙营和铁甲营两大精锐，我们不能逞匹夫之勇。"

"呸，你才是匹夫！"罗邪嗔道。

楚利典的弱点到底是什么？杜郁非眯着眼睛思索着。

不知不觉过去两日。

尽管擂台附近有些路口仍有血迹未清理干净，但寻常百姓并不知道究竟发生了什么。在两日的血腥风雨后，京城里的各大势力正在迅速重组。以青龙赌坊为首的多家赌坊被东厂查封，青龙帮的势力被连根拔起，京畿各大赌场无奈向天涯会妥协，银子一车又一车地运往东缉事厂。

刘勉走在擂台周围的大道上，面色阴沉地看着几乎全都换上新人的检查站。这两日天下比武大会正常进行，十六强打完后，即将开始的八强战万众瞩目，盘口的雪球越滚越大，很多人孤注一掷地压上了自己的所有。而杜郁非仍然在逃，东厂也并未在杜家搜到他们想找的东西。

刘勉这两日用了所有从前秘密联系杜郁非的办法，但都没有回应。事情这么下去，可如何是好……

愁容满面的刘勉回到锦衣卫大棚，忽然看到桌上多了份公文。他皱眉打开后，上面是一行熟悉的字迹：今夜子时，东城老宅。他顿时心跳加速，下意识地合上公文，望向远端的东厂大棚，然后小声问左右道："谁送的公文？"

“什么公文？小的不知。”卫兵摸不着头脑道。

东城老宅，就是杜郁非的家。这栋宅子是几年前泉州之乱后，杜郁非被调回京城时刘勉送给他的。据说刘勉任百户时就是住在这里，将它送给杜郁非是代表将杜郁非看作左膀右臂。宅子不大，无非是前后两进，带个小花园，但对孤身一人的杜郁非来说已是足够。

刘勉还记得很多年前自己还是百户时，初见杜郁非的场景。刚在泉州立了大功的青年一脸的落寞。后来才知，在立大功的时候，这个大男孩失去了青梅竹马的娇妻。

“大丈夫……当以功业为重，来日方长。”刘勉话到嘴边，把那句大丈夫何患无妻换成了这句话。

刘勉还记得，杜郁非在京师一年半，锦衣卫上上下下一片赞誉，小子却想回家。

“你一年时间办了那么多大案，现在回去不是前功尽弃？”刘勉怒道。

“我不喜欢这里的复杂。而且，我爹老了，我要照顾他最后两年。”杜郁非回答。

“京里太复杂？你有点出息好吗，世上哪里不复杂？”刘勉敲着桌子道，“郁非，你爹也希望你出人头地吧。”

杜郁非道：“我爹不是要我出人头地，他只是要我做个好官。我怕留在京师，别说好官了，我连好人都做不了。”

刘勉还记得杜郁非从泉州返回京师时的样子，当年的青葱少年眼角多了些许皱纹，但眼神依旧清澈，腰板依旧笔直。这小子在肮脏的官场存活下来了啊，刘勉忽然有些嫉妒。

一阵大风吹过，大树上，几片落叶飞舞而下，耳边的虫豸之声悄然停止。夏日的夜晚，居然有了几丝阴冷。

刘勉深吸口气，坐于后院的石凳上，高声道：“我来了，杜郁非。”

杜郁非手提踏雪剑，慢慢从阴影中走出。

刘勉打量着对方，沉声道：“你没事真是太好了，但为何还留在京师？两日的时间，我以为你远走高飞了。”

“事情没有了结，我哪里都不会去。”杜郁非笑道。

“你要怎么了结？你一天不死，楚利典就每天都带着那么多保镖。你还能越过几百人把他砍死？”刘勉认真劝道，“而且出了那么多事，赛哈同那老东西又装聋作哑。他不仅没为你出头，就连袁忠让他一起过问袁彬的事他都没有回复。锦衣卫现在对东厂完全处于下风，没有衙门的帮衬，你杜郁非武功再高，又能如何？”

“所以我不是来找大哥你了吗？”杜郁非笑道。

刘勉道：“此话不假，你也只能来找我。我马上安排你出城，向北去关外。”

“不。你误会了。”杜郁非道，“我来找你，是因为只有你能帮我把楚利典引到这里来。”

“什么？”刘勉面色微变，先是瞪眼，但看到杜郁非那淡定的表情，遂微微摇了摇头，“你什么时候知道的？”

“第一天，我确认了楚利典在北镇抚司抓捕的锦衣卫弟兄名单，大半是你的旧部。”杜郁非道，“第二天，东厂带走了五个归我管辖的锦衣卫千户。”

“那说明什么？”刘勉奇道。

“我手下的锦衣卫，大多也都是你的旧部。你和我向来交好，楚利典和你之前也一度对立，他为何不动你？”杜郁非慢慢道，“最近苏姐儿的情报网出了问题，对她的暗桩网最熟悉的人，不是我而是你。只有你能屏蔽我的耳目，让我不知道东厂的动向。毕竟东厂在擂台那天打我的埋伏，调动了那么多人，正常情况我不可能一点风声也收不到。”

“就因为这？”刘勉微微皱眉。

杜郁非咳嗽了两下，笑道：“不够吗？尽管老头子赛哈同一副事不关己的样子，也许也值得被怀疑一下。但你能做的，他做不了。”

“的确。能绊倒你杜郁非的，只有我。”刘勉长长舒了口气，“你既然知道了，我也不用伪装了，舒服多了。”

“可是，为什么？”杜郁非苦笑道。

“我老了，不想再等了。”刘勉拍了拍这两年瘦下去的肚子，“几年前，我做到同知的时候已经中年发福，而现在，你看看，我比你杜郁非还要瘦。贬官之后清闲了很多，但我这人最怕寂寞。和你一起被贬官的时候还不觉得，但当你起复了，而我仍无动静……人啊，就真耐不住了。

“我今年已经五十有三了，还能当几天官？如果再等三年，那就到了随时都会撒手的年纪，还有什么意思？我知道，如果有一天你做到同知，甚至做到指挥使，你不会忘记我。但你对官位向来无欲无求，那一天什么时候能来？”他抬头看了看星空，慢慢道，“我不是恨你，但我必须抓住楚利典给的机会。他在比武大会之前找到我，说会想办法让我和他一起管大会，说他很尊重我，我不该是这个结局，如果我愿意，东厂可以给我机会。我说……我不要东厂的位置，我只想做锦衣卫指挥使，我要赛哈同死。他说，要杀赛哈同就要先杀你。我承认他说得对，但你不容易杀。他说，我们慢慢等。”

“然后就等到了这次机会。”杜郁非挠了挠头。

“你和我关系不错。但我后来发现，你和赛哈同那老家伙也合作得很好。你不是我的人，你只是个尽职的锦衣卫，所以我不用护着你。你挡路了，就得死。”刘勉慢慢道，“而且不得不说，这次事情闹得很大，机会很好。你完全没想到有人随时随地想要你命。你没有这个觉悟。”

“以后就会有了。”杜郁非道，“这一次，我的确大意了。”

“但是我仍旧有个疑问，你既然知道我不是朋友，为何约我来此？”刘勉问。

“因为我相信，你并不认为自己暴露了，所以一定会带着大批东厂高手来。楚利典和卫凝眉一定都会来，这样我们可以做个了结。”杜郁非提高音量道，“楚大人，你来了那么久，不用再躲了吧！”

院子周围霎时间灯火通明，大批的东厂番子涌了进来。楚利典和卫凝眉各自带队站在东西两面，卫凝眉的身前是被锁着的袁彬和苏月夜，再后面是捆成一整串的杜郁非的部下。四周的高墙和屋子的房顶上同时布满了弓箭手，远处的黑暗里还有更多的脚步声。

“对付我一个，有必要弄那么大阵仗？”杜郁非好笑道。

“不说废话，束手就擒！”楚利典昂首道，“不然这里马上有人人头落地。”

“我只问一个问题。”杜郁非道，“为何要杀我？我不算清官，平时什么都收。你赚了那么多的银子，分我些不就好了？我们应该没有深仇大恨，我也不影响你的仕途。”

楚利典笑了笑道：“老杜，你不用妄自菲薄，钱这东西对你的影响力真不大，当年沈庆余已经证实过了。实际上，东厂和锦衣卫是圣上的两只手。究竟是左手的力气大，还是右手的力气大？我们必须要比一下。而只要你在锦衣卫，皇上就一定会选锦衣卫，所以杜郁非必须死。当然我们的确没有私人恩怨。我们什么身份？若说为了私人恩怨打打杀杀，就太低级了。”

“我明白了。”杜郁非又轻轻咳嗽了两下，“但你真以为这样能杀我？可知比你厉害十倍的人，也杀不死我。”

“你是英雄。我有人质。”楚利典指了指袁彬和苏月夜道，“放下剑！”

杜郁非先将剑柄向前慢慢递出，却忽然一笑道：“洛阳女儿对门居，才可容颜十五余。”

什么？楚利典和刘勉同时一愣。

“少年十五二十时，步行！夺得！胡马骑！”一个女声在院子的大树上响起！

树上那个握着弓弩的番子做梦也没想过头顶竟然还有人，吓得直接跌下树梢。罗邪长袖飞舞，若一阵秋风扫过夏夜，以吹落星辰之势凌空而下。

卫凝眉冷笑，急掠而起，凌空踢出二十多腿。罗邪的身法诡异之极，指尖轻点对方的武靴，让过了所有攻击。她高速掠过袁彬和苏月夜身边，一缕刀丝斩断了袁彬和苏月夜手上的镣铐。那些在卫凝眉身后举着盾牌的铁甲营士兵纷纷上前拦截。层层叠叠的刀丝，忽然从地上飞起，那忽疾忽慢的刀丝于黑暗中切开层层铁甲，最前方的十来个甲士居然同时被斩为两截，院子里瞬间充斥了浓重的血腥味。

房顶上的神龙营士兵同时举火铳向罗邪开火。突然一道刀丝闪过神龙营射手的面前，所有人只觉火铳一轻，刀丝切断了所有枪管，火铳在手里炸开。

杜郁非高速掠过屋顶，将一排神龙营的人全都击落，傲然望定楚利典和刘勉。

罗邪眼中闪过了冰冷的杀机，仰首回望卫凝眉："你就是那个爱偷袭的家伙？"

卫凝眉停在大树上，皱眉道："你就是修罗宗的罗邪？"

"我要斩了你！"罗邪长啸一声，身形化作重重叠影，向虚空点出层层刀丝。

卫凝眉大吼一声，手掌上闪过一层日光般的晶莹，居然凭一双肉掌拦下修罗刀阵。罗邪冷笑，刀丝冲天而起，刀风纵横交错。卫凝眉则小心地见招拆招，时不时踢出一脚，亦是罗邪必救之处。

另一边，杜郁非的踏雪剑和楚利典的天涯刀杀到一处。天涯刀三尺长的刀锋泛着一层晶莹的血色，绝美的刀身仿佛不羁的浪子，潇洒而又凛冽地傲对天下。踏雪剑和天涯刀，片刻间就交换了二十多招，杜郁非没想到楚利典会那么厉害。在"天涯"刀芒的闪耀下，夜空中的星辰瞬间暗淡，仿佛全天下的光辉都聚拢于刀锋。

杜郁非目光扫过周围，袁彬和苏月夜正带领着其他人替他和罗邪抵挡源源不断涌来的东厂甲士。东厂的几大档头都不是弱者，而袁彬他们的状态并不好，陆续开始有锦衣卫部下倒下，局势正变得岌岌可危。杜郁非深吸口气，周身绽放起并不耀眼，但足以扫荡一切的剑芒！踏雪剑迎风而起，剑风过处风雪漫天！

情报是对的，果然有这么一剑……楚利典连步后退，尽管之前他曾无数次想象过要面对这样一剑，但真要撼动这漫天风雪，谈何容易？他紧咬牙关，天涯刀死死拦住对方剑锋，退出二十多步。但杜郁非那一剑依旧不断向前，剑意不但不见消退，更意若癫狂！周围有东厂的两大档头拼命过来拦截杜郁非，但刚靠近风雪中心，就被狂野剑气绞碎。好在也正因此，楚利典得以逃脱剑意的笼罩，他眉头结霜、面容惨白，周围大批的东厂番子将其护于正中。

杜郁非一人一剑站于数百人前，但没一人敢上前挑战。袁彬等人趁势聚到杜郁非身后。

楚利典看了刘勉一眼，刘勉苦笑叹了口气，一副我早说过他不好杀的样子。楚利典愤怒吼道："杀杜郁非者赏银万两！上！一起上！"

那数百人顿时大叫着蜂拥而上！

罗邪和卫凝眉已战到三十余招，卫凝眉将"落日腿法"和"朝霞掌法"发挥得淋漓尽致，居然丝毫不落下风。

"看了又看，就你这点本事，还敢说要挑战梦星辰？真是笑掉大牙！"罗邪忽然道。

卫凝眉冷笑，想要反驳，却见罗邪双臂展开长袖飞舞，前三十招埋伏在周围的修罗刀阵瞬间爆发！来自幽冥的刀风，从六合八荒、九天十地狂啸而至！卫凝眉左躲右闪，先前能赤手格挡的刀丝居然已拦截不住，手脚皆被割开。他更发现最危险的刀丝只有一缕，而发现这一缕时，刀丝已缠绕于他的脖颈。血光乍起！卫凝眉的头颅飞出一丈多高！

"敢偷袭我家老杜……"罗邪嘟囔着重回主战场。

杜郁非、罗邪、袁彬、苏月夜，组成了一个梭形阵，如潮水中的巨岩，接受东厂甲士一次又一次冲锋。罗邪不断飞掠而起击杀远处的弓箭手，但尽管杀了一批又一批敌人，却架不住东厂的人实在太多。楚利典动员到此的怕不止千人，而杜郁非这边已战到不足十人。

苏月夜皱眉道："你们俩不会就这点计划吧，打定主意一个打一千个？"

"姐姐莫急，计划自然是有的，但我实在是现在就想去杀楚利典。"罗邪有点愤怒地看着数百人后的楚利典，"老杜，我们两个同去，说不定能直接把他杀了！"

杜郁非还没回答，罗邪就倏地冲出老远，他只能紧跟其后。罗邪两手化出重重袖影，前方的铁甲营根本无法阻挡她的步伐，东厂番子组成的军阵仿佛被她一袖劈开。隔着十多丈远，汹涌澎湃的刀风狂飙而至！楚利典眯着眼睛，突然将边上的刘勉推了出去。刘勉连惨叫都没发出，就被刀阵吞没。罗邪收刀已来不及，蓦然一怔，她答应过杜郁非不杀刘勉的。

楚利典趁势脱出刀阵的攻击，但杜郁非已到了近前。杜郁非眼见刘勉惨死，心中一片黯然，踏雪剑直取楚利典心口。楚利典尽管身在百余人的护卫中，却仍像孤立无援的样子。他双手握定天涯刀，猛地一咬舌头，一口鲜血从舌尖溢出，体内真气瞬间如万马奔腾般汹涌而起。天涯刀发出凄厉的刀鸣，凝聚起浓厚的杀气，天地间一片肃杀！

这是什么魔功？“当啷”，踏雪剑和天涯刀碰在一处，发出刺耳的金属碰撞声。杜郁非倒飞三丈，在风中留下一串咳嗽声。而楚利典两眼充血，冷笑着提刀追击，刀锋扬起半尺暗红色的刀芒，斩向杜郁非的后背。罗邪从侧面想要拦截楚利典，却被东厂的番子拼死拦下。

杜郁非身处无边的杀气中，身不由已地被吸往天涯刀，他身形闪动，反手一剑，原该刺入楚利典的喉咙，剑锋却被粘在了刀锋上。

楚利典刀锋回转，狞笑着斩向杜郁非胸口：“原本找到《大艰难书》前我不想杀你，但事已至此！”

大艰难书……他为何知道？狂暴的刀风中，杜郁非使出白驹过隙身法，于命悬一线间绕过刀锋，面向天空时，天地悠悠，苍穹尽收眼中，骤然有无穷无尽的力量渗入心底。杜郁非剑锋指天，刺出了飘逸出尘、无拘无束、寂寥如雪的一剑。踏雪剑柔和的剑锋，划出灵动的弧线，绕过天涯刀刺入楚利典的心口。

此剑一出，天地间一片惊雷……

楚利典茫然地看着心口，又看了看周围那么多的东厂手足，倒于尘埃之中。

尾声

“刚才那是什么？我只知道你有‘绝影’和‘踏雪’两剑，刚才是一直没掌握的第三剑吗？”罗邪问。

杜郁非略有纠结地看着长剑，低声道：“仍旧一知半解。《大艰难书》似乎是必须在困境里领悟的武功。”

周围那数百东厂子弟先是面面相觑，而后在那几个大档头的带领下，再次冲向罗邪和杜郁非。

真要杀到最后？杜郁非等人紧握兵器面色凝重。

忽然周围有隆隆马蹄声响，东厂众人望向马队的旗帜纷纷露出喜色。站于高处的袁彬不禁变色，那是东厂督主张顺年的人马。

“督主有令，杜郁非无罪，拿下楚利典！不服者同罪论处！”有太监在前高举令牌叫道。

东厂各营甲士一片哗然，但旗帜下那个中年太监的确是督主张顺年，为首的东厂档头无奈上前禀告情况。

张顺年皱眉，远远看了眼杜郁非，微笑道：“这次，真是辛苦杜大人了。”

杜郁非微微欠身，向对方施礼告谢。

看着这场面，袁彬一头雾水，却见杜郁非和罗邪一副了然于心的样子，刚想发问就看到东厂督主大旗边出现了锦衣卫的旗帜。锦衣卫指挥使赛哈同骑着高头大马，淡定从容地现身于灯火下。

杜郁非慢慢道：“楚利典闹出那么大动静，我注意到张顺年一直没有出面。众所周知，这两年由于天涯会势力日大，东厂督主的权力实际是被楚利典架空的。任谁做督主都不会高兴。”

“而再怎么架空，楚利典也无法做督主，因为督主必须是太监才能做。”苏月夜恍然道，“这就是楚利典在东厂最大的弱点。我想这两年他大概去做太监的心都有了。”

“除掉楚利典将权力收回，是张公公日思夜想的事。”杜郁非道，“我确认刘勉有问题后，连夜拜访了赛哈同，由他去和张顺年打交道，梳理各方面的关系。我是和他们说好子时在此会合的。”

罗邪冷冷道：“但他们怎么那么晚才来，是想看我们斗个鱼死网破吗？”

袁彬道：“杜大哥在赛哈同心里的地位，说不定和楚利典在张顺年那里的地位是一样的，所以之前一直袖手旁观。说起来，这几年大哥取代了刘勉在北镇抚司的地位，而且大哥更加年轻，一定让那老头子很头疼。”

“来了总比不来好。”杜郁非笑着拍了拍身上的尘土，向着赛哈同走去。

赛哈同亲自将准备好的飞鱼服给杜郁非穿戴上，笑盈盈地一顿夸奖。杜郁非小声应对了几句，命人将刘勉的尸体小心收敛起来。他亲手替刘勉整了整遗容，眼中闪过些许哀伤。

杜郁非当然了解被贬官后会遇到的那些嘴脸，只不过有些事他并不在意，而刘勉却很在意。到底是谁做错了什么？二人的恩怨，实在是一言难尽。杜郁非有时也会想，是否是自己仍旧不适合这个官场，要不然以他今时今日的地位，怎么会让刘勉连起复都做不到？

苏月夜看看杜郁非，又看看罗邪，忽然感觉两人的关系似乎有所不同了，一时间，再没心思关注别的事了。

楚利典死后，张顺年正式接回了东厂所有的事务，天涯会表面看仍然在主持武林大会，实际上影响力大不如前。比武大会的赌局正常进行，有所不同的是，赌坊的保护人由东厂变成了锦衣卫，赛哈同很大方地允许三七分账，并把大笔的分红转给了张顺年。顿时，京师各界一副皆大欢喜的样子，东厂和锦衣卫的纠纷，仿佛从未发生过。

杜郁非重新提审了原名李寒的萧剑心，这一次萧剑心很配合地将事情的过往全盘托出。

赵安在代替萧剑心的父亲照顾他没多久后就投靠了东厂，他是东厂留在锦衣卫的棋子。由于萧剑心有预测的能力，所以能替赵安更好地预测赌局，赵安通过萧剑心的帮助几乎完美地操控了比武大会的盘口。为了保密，赵安甚至安排萧剑心住在远离比武大会的天桥附近。但在进六十二强赛的时候，萧剑心的预测忽然失灵，导致东厂损失了数万两银子。赵安发现，让萧陷入混乱的是一个叫袁野的人。

之前赵安和袁野商量好在下一场比武中合作，但擂台开始前袁野突然提价，而且是狮子大开口。赵安一怒之下杀了袁野，用的是他自己的绣春刀。袁野死后，萧剑心也恢复正常。

事后，赵安将此事禀告了楚利典。楚利典不但没有责怪他，更鼓励他，若还有要动手杀人的情况，就继续用绣春刀杀人。因为这是东厂在万岁面前斗垮锦衣卫的方法之一。之后，青龙帮和东厂发生冲突，楚利典派关岁月杀了司空狂龙。也就是那天，萧剑心因为陈兰的女儿在早晨被拐走，去求助赵安。赵安也认识那个孩子，而且他一直将萧剑心置于自己的保护下，待之有若亲子，所以立即帮助调查。他们在风华棚前杀人，杀人的是赵安，救人的是萧剑心。赵安杀人时戴着面具，因此街坊描述他的画像时，画出了好几种样子。

事情的经过大约就是如此。萧剑心一打开话匣子就停不住，一再重复自己有预测的能力。其父李坤就是依照他的预测杀人，最后不堪重压选择自尽。

“这么说来……有人说李坤作为名捕，有些神神叨叨，是有理由的。”苏月夜皱眉道。

杜郁非道:“这就说不清了，毕竟他的那些预测，有时候准，有时候不准。比如说，他预见到陈兰会被袁野杀死，所以很困扰，但最后袁野并没有杀死陈兰，这才是事实。”

“但袁野的确杀了很多女人，这也是事实。”袁彬低声道，“我听东厂的人说，萧剑心落到楚利典手里后，楚利典让他预测在哪里能抓到你。结果萧剑心说，楚利典会死在一把特别的剑下。而且他预测的比武大会最后的获胜者也是对的，获胜者是夏铁衣。”

杜郁非摸摸鼻子，低声道：“预测什么的和他是否有罪无关。现在既然知道人不是他杀的，放了他吧。”

袁彬道：“可是他给了我许多噩梦的细节，我们能通过他的预测抓到很多坏人啊。大哥！”

“我们不能因为别人没做的事给人定罪。”杜郁非没好气道。

袁彬叹了口气，萧剑心曾多次提醒他要小心一个叫土木堡的地方，但他查了地图，实在没看出那里有什么好当心的。

杜郁非走出北镇抚司衙门，罗邪戴着面具在长街的远处等他。

“对了，那天在楼兰，你一个人在黑暗里怎么没戴面具。”杜郁非问。

“真的想知道？”罗邪问。

杜郁非点点头，罗邪慢慢道：“我怕那是见你的最后一面，自然不能戴着面具见你。”

杜郁非心里一暖，小声道：“上次我去无尽崖没见到你师父，我想再去一次。”

“你……想好了？”罗邪怯怯地问。

“是的。”杜郁非温柔地笑道，“所以，别戴面具了好吗？”

罗邪沉默不语，走出老远，轻轻摘下了面具，回眸一笑。

半个月后，萧剑心被放出了诏狱，他和陈兰母女离开了京城。

但是……一年以后，不知为何他又独自回京，在大太监王振外出办事的路上试图伏击，被大内侍卫乱刀砍死……

两年后，他预言的那个会纵火的岳霆，在纵火时被当场拿获，之前已放火三次。

【第二卷完，第三卷即将上市，敬请期待！】

番外

永乐夜话

永乐夜话

“你说那个人是否真是死了？”杜晋玄看着醉眼蒙眬的朱岩岚问。

“哪个人？”男人笑了笑。

“张三丰。”杜晋玄叹了口气，坐到对方身边，“梦星辰荡平了武当，把他们山门牌匾都拆了，如果他还活着能允许？”

“你知道的，到了我们这个境界，不会理那些小事。”朱岩岚伸了个懒腰，“我听你的去了一次武当山，他应该不在山里，否则不见别人总会见我。他一定活着，他若死了，我会知道。”

“老友凋零，有时候我也会觉得孤单。”杜晋玄嗔道，“酒要少喝。你不在的时候，时飞扬来过了。”

“他这次又为的什么？嗯，我还要多问一句，是多大的时飞扬？”朱岩岚笑道。

杜晋玄道：“独行侠时飞扬，是他二十不到的状态吧。”

朱岩岚拿葫芦喝了口酒，点头道：“那至少不是来搞破坏的。”

“他说，京师有一个预言者，这个人可能会做一些出格的事，所以提前来观察下。事情涉及宫里的太监。”杜晋玄摇头道，“但他不告诉我到底是怎么回事，就像我知道了，真会管他似的……”

朱岩岚道：“若事情逼到你头上，你还是会管的。虽然，天下值得我们出手的家伙，屈指可数。”

“很久以前，我师父问过我一个问题。”杜晋玄打开窗户，看着夜色迷离的山林，慢慢道，“他说，如果天下生灵涂炭，我辈修道者是否该仗义出手拯救苍生。这还用问吗？我立即回答，义不容辞。但他只是笑了笑说，果然你也是无法达到那最后一步的。”

“那时你多大？”朱岩岚问。

“那时候洪武帝还没起兵，元帝国正统制着天下，汉人过着猪狗不如的生活。”杜晋玄露出一丝追忆的表情，“当时我还小。”

“你没反驳他吗？这个问题，我师父也问过我。”朱岩岚道，“我跟他说，人先入世，后才出世。我先拯救苍生，然后全身而退便是。”

“你师父说什么？”杜晋玄问。

“他说，进去容易，离开难。”朱岩岚苦笑道，“我本来不以为然，但经历了这几年的道魔之战，我才知道，原来师父说的都是对的。”

“拿起容易放下难，这句俗语，确是天下至理。全身而退这种事，刘基做不到，张三丰做不到，想来你我都做不到。”杜晋玄笑道，“我当时没有反驳师父，因为那时在我眼里，他说的永远都是对的。”

“所以时飞扬的事，你抱着不管的态度。”朱岩岚笑道，“不过时飞扬这个穿越者，若再来我们这个时代就要小心了，因为京师出了个有趣的新人。”

“杜郁非吗？”杜晋玄道，“你把《大艰难书》给他的目的是？”

朱岩岚道：“我没有给他，只是有缘者得之。”

“好好。”杜晋玄换了个问法，“你留给他的原因是？”

朱岩岚注视着对方片刻，而杜晋玄侧头笑了笑，狡黠如冬日的灵狐。

“陆天冥曾救过我一次，虽然我后来做了回报，但毕竟他救我在前，我不喜欢欠他人情。”朱岩岚道，“而且《大艰难书》是很难领悟的东西，若杜郁非没有缘分，那就只是块普通石头而已。我只是让宝物继续漂在外头，等待有缘人。”

“他似乎悟了。”杜晋玄看着星空，顺手取过对方的酒葫芦喝了一口，“上一个悟了《大艰难书》的，可是了不得的人。”

"有些事若是注定的，我们也无法阻止。"朱岩岚笑了笑道，"其实就连杜郁非也不知道，早在他小时候，我们就见过他。"

"但陆天冥终究没有站在我们这边，他儿子又会如何？"杜晋玄皱起鼻子，"想想就烦。陆天冥出海后就消失了吧？我天天祈祷他随便死在哪个角落都好，但千万别回来。"

"原来你也有担心的事。"朱岩岚好笑道。

杜晋玄沉默不语。她走到另一间屋子，里面供奉着许多灵牌，足有数十个之多。

在同一片星空下，杜府后院。

苏月夜拿着薄薄的两本小册子道："我努力收拢了所有关于永乐组的卷宗，哪怕只是提到过名字的也收进来了，却只有这么点。"

"你忽然收集这个做什么？"杜郁非道。

"我怕。"苏月夜苦笑道，"那个女人太强，而且显然他们组织不是只有她一个。"

罗邪道："我晚些回无尽崖问问师父，他一定知道这女人的来历。"

"这的确是个办法。"苏月夜笑道。

"与其担心他们，不如帮我想另一件事。这东西怎么藏？"杜郁非拿着从后院取出的《大艰难书》宝石盒，"这次东厂的楚利典是冲着这东西来的，以后一定还有更多的人会打它的主意。"

"事到如今，叫你毁掉是肯定舍不得了。"苏月夜抿嘴笑道。

罗邪道："那是自然，绝世秘籍怎么能毁了！"

杜郁非道："我忽然想到梦星辰说过，他最看不起靠秘籍起家的人。"

"走捷径的死得快？"罗邪笑道，"那也得分什么人拿到秘籍。我说，咱们仍旧是挖个地窖，我给你布置上奇门遁甲。"

杜郁非道："难道不该是放在一个不起眼的，但只有我们会想到的地方吗？挖地窖的目标太大了吧。"

"不起眼，别人又想不到，你说是哪里？"罗邪笑道。

杜郁非眨眨眼睛，扫视这个屋子，一时也没有主意。

苏月夜道：“到底是多大的东西，这个盒子？”

杜郁非取出一枚指甲大的宝石。

苏月夜道：“难道不能随身带？”

“那要丢了怎么办？”罗邪瞪眼道。

杜郁非苦笑道：“我算是了解那些坐拥宝物的人的苦恼了。”

“不急，慢慢想，总会有办法。”苏月夜笑道。

杜郁非捏着宝石，慢慢道：“说来，这次见过杜晋玄后，我忽然想起点事情。这女人似乎有点面熟。”

“你何时见过她？”罗邪问。

杜郁非摇了摇头，他也仅仅是一瞬间的念头罢了。他拍了拍踏雪剑，赫然发现宝石和剑柄很是契合，不由心里一动。

苏月夜递上一杯茶，小声道：“想不起来就算了，这世上我们记不起的事情多着呢。”

杜郁非望向廊外的星空，喝下一口，发现不是酒水，不由皱了皱眉。

“你还是戒了酒比较好。”罗邪道。

杜郁非看着罗邪和苏月夜，无奈地叹了口气。

【完】

后记·古之侠者

前些时候，去学校给孩子们上课，谈到了一个作者成长的问题。我说小说和作者之间是互相影响的。你看过什么，无论印象深还是不深，最终都会换一个形式回到你的字里行间。我本来想说回到“笔”下，但新一代的小说家大多数都不用纸笔写作了。

不记得是松本清张的哪部电影，有过很长的一段开场白，甚至开场白的具体内容，如今也不记得了。但我知道，在写《踏雪者》之初，我想的都是松本小说的大气势。于是有了落笔在前的这段话：这个世上不是只有黑与白，还有灰色。那些游走在灰色地带的人，整日在风雪狂澜中奔走，然无论其去过哪里，做过什么，最终都会被冰雪掩盖。既不显赫于人前，亦不留名于身后，谓之踏雪者。

这是 2011 年春天的事了。

《踏雪者》的故事和松本清张当然没有一点关系，它是我在连续创作了几年都市异能《异现场调查科》后的一个转变。我总是喜欢写几年现代题材，再写几年古代题材。这样可以使自己始终保持创作的热情和新鲜度。

如果说《异现场调查科》是今之侠者的悬疑故事，那《踏雪者》就是古之侠者的悬疑故事。古之侠者，为国为民；古之侠者，一剑光寒十四州的明月。

有人问我，为何要写锦衣卫的故事，如狼似虎、荼毒百姓的锦衣卫，真有杜郁非这样的好人吗?

锦衣卫在大明显赫两百年，有过许多威风赫赫的指挥使，然而为人熟知的并不多，留下事迹的则更少。而指挥使以下，能确切留下名字的更是少之又少。所以我就想，会不会有一个类似杜郁非这样的人，在一个恶名昭著的暴力系统里做着正确的事？于是，我尝试着创作了这个系列的故事。

说来好笑，我的本意是写一个古代“坏警察”的故事，他会有一些官场的习气，他的手段比较狠辣，但是因为有一颗侠义的心，所以虽然身着飞鱼服，却仍旧做着一些看似霸道但其实善良的事。他游走在灰色地带，行慈悲之事，最后被命运的激流带走。

后来写着写着，杜郁非成了一个善于查案的锦衣卫，也就是古代的“名侦探”。飞鱼服带来的负面影响被逐渐减弱，扬善除恶的长剑则更锐利了。这虽然略微偏离了我的初衷，不过故事的确是更正气好看了。这算是小说人物的自我进化，即便身为作者，也只能顺其自然。

我的小说一直秉承着这样的传统，即“在真实世界的背景下，在前进的时间线中，创作好看的新故事”。

这部书的主线，从永乐末年开始，预计会跨越永乐、洪熙、宣德三朝。主要是沿着正史上的事件去写，会涉及追查朱允炆下落、郑和的船队、汉王造反等历史事件。众多历史人物，除了皇室子弟外，还有如胡濙、李祹、郑和、袁彬、于谦、金英、王振等人陆续登场。

在进一步构架小说故事时，我又将自己十五年前创作的武侠小说中的人物——梦星辰引入这部小说。从而将我整个“君天小说世界”的人物加入进来，杜晋玄、朱岩岚、程求败、商景澜。

庙堂的阴谋，江湖的诡计，这里不仅有皇权的争夺，高傲的刀客，更有隐藏于黑暗的恶魔。亦幻亦真的人物交织在一起，化作一个正史和虚构并重的美妙世界。梦星辰的铁刀，成了连接过去与未来的那把铁刀。

这是我的灵感所致，也是小说的自我进化。

也许有人会说，我说得神乎其神，小说还能“进化”？不论你信不信，万事万物皆有灵，一部好的小说并不完全是作者说了算的。在创作的过程中，会有各种各样的事情对小说施加影响，也正因如此，世上不存在两个完全相同的原创故事。也因为有了小说自己走出的两步，我坚信这是一个好故事。

作为第二季的单行本，本次收录的是“泉州无常”“大艰难书”“乐安烽火”“暗影判官”“绣春刀”这些故事。《踏雪者》从 2013 年开始在畅销杂志《最推理》上连载，而第一个单行本发行已到 2018 年 9 月。这期间发生了很多创作之初无法想象之事，再回首时，可谓物是人非。

最近在微博上看到一个活动，说是寻找 2003 年左右开始看幻想小说的读者。其实读者好找，难找的其实是作者吧。

有朋友戏言说，2003 年时，网络文学作者泾渭分明地分成了两派，一派是在网络文学网站做连载的日更党，另一派是继续于实体杂志死守的杂志派。然而，在日更党功成名就的今天，杂志派已经几乎团灭了。从某种意义上说，幻想小说的两大“流派”也算是胜负已定。

世间事，顺天者生，逆天者亡。站在历史的天空下回首过去，作为一个作者，从未如此伤感。好在，历经风雨之后，君天仍然在坚持创作；好在，我仍然拥有你们这些读者。

这世界上最宝贵的财富就是你们。

我为单行本做了不少内容修订，你们看到的许多细节已经和连载时不同了，不知有没有发现呢？

在连载的最初，有读者因为武侠悬疑很是激动，而当连载进行到一年半后，有人抱怨这个故事逐渐玄幻化了。对我来说，这从来不只是一个武侠故事，只要内容合理，就怎么都可以。

古之侠者，为国为民；古之侠者，一剑光寒十四州的明月；古之侠者，自反而缩，虽千万人吾往矣。

无论他手里拿着什么，都是一样的豪气干云。

只要小说里有侠义精神，不必去在乎是武术还是玄幻。我坚信，我们做的首先是小说，小说是要让人看懂的。侠义是精神，精神是不能用来践踏的。

我的故事天马行空，我的故事璀璨若星。

《踏雪者》或许并非开宗立派的小说，无论最后是不是会被尘世的冰雪掩盖。

不论是否显赫于人前，亦不论是否留名于身后。这是我努力创作的故事。

最后，在此感谢《最推理》和编辑在这部小说连载和出版期间做的工作，并且感谢我的父母、老婆和孩子，对我一如既往的支持。有你们，才有美好的生活。

君天

2018 年 9 月

修订于风雪江山斋

出品人 | 朱家君
总经理 | 常募尘
总编辑 | 熊 嵩

执行策划 | 胡博文
装帧设计 | 徐昱冉

执行总编 | 罗晓琴
设计总监 | 李 婕
产品经理 | 马 飞
发行总监 | 蒋 雷
流程校对 | 罗露露
宣传营销 | 蒋 惊

总出品 漫娱文化

图书在版编目（CIP）数据

大明锦衣卫之踏雪者．贰／君天 著．—武汉：长江出版社，
2018.12
ISBN 978-7-5492-6198-7
Ⅰ．①大… Ⅱ．①君… Ⅲ．①推理小说－中国－当代
Ⅳ．①I247.5
中国版本图书馆 CIP 数据核字（2018）第 282316 号

大明锦衣卫之踏雪者.贰 / 君天 著

出　　版　长江出版社
（武汉市解放大道1863号　邮政编码：430010）
市场发行　长江出版社发行部
网　　址　http://www.cjpress.com.cn

责任编辑	陈　辉	**开　　本**	710*1000　1／16
装帧设计	ABOOK	**印　　张**	19
印　　刷	深圳市精彩印联合印务有限公司	**字　　数**	285千字
版　　次	2018年12月第1版	**书　　号**	ISBN 978-7-5492-6198-7
印　　次	2019年1月第1次印刷	**定　　价**	39.80元

电话：027-82926557(总编室)　027-82926806（市场营销部）